Cindy McCormick Martinusen

W0222755

Tatjanas Geheimnis

Auf den Spuren der Vergangenheit

Cindy McCormick Martinusen lebt mit ihrem Mann und ihren drei Kindern in Cottonwood, Kalifornien. »Tatjanas Geheimnis« ist ihr erster Roman.

Hänssler-Paperback
Bestell-Nr. 393.912
ISBN 3-7751-3912-5

© Copyright der amerikanischen Originalausgabe 2000
by Cindy McCormick Martinusen.
Published by Tyndale House Publishers, Inc., Wheaton, Illinois
Originaltitel: Winter passing
Übersetzung: Marlies Stubenitzky

© Copyright der deutschen Ausgabe 2002 by Hänssler Verlag GmbH,
D-71087 Holzgerlingen
Internet: www.haenssler.de
E-Mail: info@haenssler.de
Umschlaggestaltung: Carmen Knoll
Titelbilder: Porträts – © by Manfred Esser/Masterfile, Tony Stones
Images, and FPG International. All rights reserved. Rose – MEV
Satz: Vaihinger Satz & Druck
Druck und Bindung: Ebner & Spiegel, Ulm
Printed in Germany

Für David, meinen
geliebten und
seelenverwandten
Weggefährten

Denn siehe, der Winter ist vergangen, der Regen ist vorbei und dahin. Die Blumen sind aufgegangen im Lande, der Lenz ist herbeigekommen und die Turteltaube lässt sich hören in unserm Lande.

Hoheslied 2, 11+12

Prolog

Österreich, 11. August 1941

Ihre Augenlider waren schwer, aber Tatjana konnte trotzdem nicht schlafen. Die Zeit lief so schnell auf ihr Lebensende zu, sie konnte keinen Augenblick mit Schlaf verschwenden.

Ein Geräusch unterbrach die Stille. Sie horchte – nichts. In einer der anderen Zellen musste sich jemand bewegt haben. Aber bald würde man die Schritte hören. Irgendwo draußen blieben dann Soldatenstiefel stehen, dröhnend wurde eine Zelle geöffnet, Ketten schabten und klirrten auf dem Fußboden. Manchmal drang ein leidenschaftliches Flehen um Gnade bis in ihre Zelle, öfter aber gespenstische Stille. Dann saß Tatjana regungslos da und wusste, dass auch die unsichtbaren Fremden in den anderen Zellen horchten. Sie stellte sich vor, dass sie den Atem anhielten wie sie selbst es tat, bis das Geräusch der Schüsse kam.

Sie würden wiederkommen. Aber heute würde es anders sein. Nicht die Zelle am Ende des Ganges oder die neben ihr würden sie öffnen. Heute würde es Tatjanas Tür sein. Ihr Türpfosten war nicht mit Lämmerblut bestrichen. Ganz sicher würde ein Todesengel in SS-Uniform hereinkommen. Heute würden ihre Ketten auf dem Steinfußboden schaben. Heute würden die Kugeln ihre Brust durchschlagen.

Gott, willst du mir nicht jetzt noch einen Retter schicken, jetzt auf dem Weg zum Tod? Ich möchte tun, was du willst, aber ich habe Angst zu sterben.

Tatjana faltete die Hände und zuckte vor Schmerz zusammen. Es war gut, in ihren steifen und gebrochenen Fingern den Schmerz zu fühlen. Das Pochen im ganzen Arm bewies ihr, dass noch Leben in ihr war. Ihr magerer, zerschundener Körper, so fremd er auch aussah, atmete und bewegte sich noch. Sie hatten alles versucht, um sie zum Sprechen zu bringen, aber Gott sei Dank: Das, was sie erfahren wollten, wusste sie nicht. Tatjana wusste, dass sie unter der Folter nachgegeben hätte. Aber sie hatte die Information nicht, die sie suchten. Und nach dem einzigen Puzzlestück, das sie kannte, hatten sie nie gefragt.

Tatjana setzte sich auf den Fußboden und zog die Beine an den Körper. Flöhe stoben davon, als sie sich an die dünne Matratze lehnte. Sie lächelte und spürte, wie ihre Lippen aufsprangen. Denn eines hatte Tatjana gegen sie erreicht und das würden sie nie erfahren. Für sie war sie jetzt nutzlos und konnte ihr Geheimnis mitnehmen. Aber könnte es jetzt in ihrer letzten Stunde noch einen Ausweg geben? In den Büchern, die sie gelesen hatte, geschahen immer wieder Wunder und im letzten Augenblick wurde die Heldin gerettet. Aber hier war niemand, der sie retten konnte. Niemand war nah genug, um zu helfen.

Licht flutete durch das Gitter des Zellenfensters. In den Fenstern ihres Elternhauses hätte dieses strahlende Morgenlicht Wärme und Sicherheit bedeutet, aber heute und hier zeigte es an, dass sie bald sterben würde. So schnell, wie das Licht die Zellenwand erreichte und darüber hinlief, ging ihre Zeit zu Ende.

Tatjana schloss die Augen. Ihre Mutter würde sagen: »Beiß die Zähne zusammen und geh deinen Weg weiter. Dann regelt sich alles.« *Wirklich, Mutter? Wird sich heute auch alles regeln?* Mit dem Gedanken an ihre Mutter und ihr Zuhause kamen wieder Zweifel in ihr hoch, die die Hoffnung ausblendeten. Hoffnung, Angst, Hoffnung, Angst. Tatjana hatte richtig entschieden, oder doch nicht? Hoffnung, Angst.

Ein lautes Knirschen tönte durch den Flur. Tatjana fuhr zusammen. Das erste Tor wurde geöffnet, Schritte kamen näher und hielten vor ihrer Zelle. Schlüssel klirrten, dann öffnete sich die Tür.

Tatjana ging zwischen den beiden Soldaten, ohne ihnen ins Gesicht zu sehen. Das Dröhnen ihrer Stiefel und das Klirren von Tatjanas Ketten hallten in dem mit Steinplatten belegten Gang. Sie wusste, dass die anderen Gefangenen dasaßen und horchten. Ob sie den Atem anhielten?

Ein Wachmann bückte sich und nahm ihr die Ketten ab. Als sie in den offenen Hof traten, schauderte sie in der kalten Morgenluft.

Dann ging es Steinstufen hinunter und weg vom Hinrichtungsplatz. Sie schaute auf die Wand – sie war sicher gewesen, dort zu sterben. Sollte sie Hoffnung schöpfen? Würde man sie doch freilassen?

Sie gingen über den zentralen Hof, aber nicht zum Haupttor. Und dann hörte sie die Musik: eine Mozartmelodie, die sie selbst hundertmal auf ihrer Geige gespielt hatte. Tatjana wusste, was diese Musik bedeutete, und sie wusste auch, wo man sie hinbrachte. Heute würde sie sterben, aber nicht allein.

Der kantige Kies schnitt in ihre nackten Füße, als sie den Fahrweg zwischen Block D und E entlanggingen. Wie würde es sein? Wie weh würde es tun?

Panische Angst und der unwiderstehliche Wunsch zu fliehen, ergriffen Tatjana. Könnte sie nicht irgendwie aus diesem grauen Gefängnis springen oder fliegen, hinaus zu den Farben des Lebens: zu grünen Bäumen, gelben Blumen, violetten Berggipfeln? Bestimmt sollte sie heute nicht sterben. Nicht heute. Die Sonne schien doch so hell. Sie wusste, dass hinter den Schlackensteinmauern Menschen spazieren gingen. Unten im Dorf kauften sie ein, lachten, pflückten Blumen in ihren Gärten. Eine Mutter hielt ihr Kind auf dem Arm. Ein Mädchen saß auf einer Parkbank und las, vielleicht den Schluss eines Buches, in dem die Heldin gegen alle Widerstände doch noch gerettet wurde.

Sie gingen zwischen den Baracken durch. Tatjana sah Augen durch das unebene Glas starren. Sie war dem entgangen, was die anderen durch harte Arbeit und Hunger erkaufen mussten:

einem hinausgezögerten Tod. Sie war Ehrengast des Lagergefängnisses gewesen, wo Folter, plötzliche Genickschüsse und Massenexekutionen zu den Gastgeschenken gehörten.

Wieder schaute Tatjana hinüber zu den Gesichtern hinter den Barackenfenstern. In ihren unverhohlenen Blicken erkannte sie Furcht. *Bitte lass mich nicht so sterben wie dieses Mädchen,* dachten sie.

Sie drehte sich weg. Mit jedem Schritt auf das offene Tor zu überfielen sie wieder diese »Niemals«-Gedanken: *Niemals werde ich Brautkleid und Schleier tragen. Niemals werde ich die Liebe eines Mannes erleben. Niemals mein Kind in den Armen halten. Niemals mehr meine liebste Freundin umarmen.*

Sie musste damit aufhören. Seit Tagen quälten sie solche Gedanken. Tatjana musste alle übrigen »Niemals« von sich wegschieben und in irgendein dunkles Versteck in ihrem Innern verbannen. *Du hast versprochen stark zu sein. Geh dem Tod mit Würde entgegen. Beiß die Zähne zusammen und geh deinen Weg weiter.*

Sie sah ihren Platz in der Reihe. Hinter dem offenen Tor standen mehrere Dutzend lebende Skelette. Sicher waren noch viele Tausend in den Baracken und dem Gefängnis hinter ihnen. Ein paar Gerippe sahen sich verstohlen nach ihr um, als ein Soldat sie an die Wand stieß. Ihre hohlen, verstörten Augen spiegelten Angst: ein alter Mann in Tränen, ein anderer stolz und trotzig, ein Vater und sein Sohn eng umschlungen wie ein einziges Wesen.

Tatjanas Finger tasteten einen Riss in der Wand, berührten den Granit, fühlten, wie kalt er hier im Schatten war. Tief atmete sie die frische Morgenkühle ein, ganz bewusst spürte sie ihren Duft. Wieder blickte sie die Fremden an, die jetzt ihre Familie waren, mit denen sie in die Ewigkeit eintreten würde.

Sie wendete sich der schnurgeraden Reihe von Uniformierten zu, die vor ihr standen. Jedem Gesicht sah sie prüfend in die Augen. Halt – dieses Gesicht kannte sie. Das des letzten Soldaten in der Reihe. Es war ausdruckslos wie die anderen. Sie hatte diesen Jungen einmal gekannt, aber jetzt kannte sie ihn nicht mehr.

Sie zwang sich, nicht auf die Körper der Soldaten und die Gewehre zu schauen, die sie hielten. Sie wartete mit zusammengebissenen Zähnen. Etwas kam in ihr Blickfeld: Über der Mauer segelte ein Vogel im Morgenwind. Er stieg auf und tanzte über der Gefängnismauer, dann über den Baumwipfeln dahinter. Die schwarzen Flügel glänzten in der Sonne, bevor er nach unten verschwand.

Ein Soldat rief einen Befehl. Die Gewehre hoben sich. Plötzlich sah Tatjana zehn Gewehrläufe vor sich.

Jemand rief etwas; ein Kind schrie. Wo war ihr Retter? Dieses Mal würde die Heldin nicht entkommen.

Sie fuhr zusammen, als sich zehn Hähne spannten. Das Echo füllte den ganzen Hof und sogar ihren Körper. Plötzlich stieg der Vogel wieder auf und schwebte hoch über den Mauern.

Tatjanas Augen folgten dem Vogel, als die Kugeln ihren Körper zerrissen. Ihr Retter – *der* Retter – war gekommen und hatte ihr seine Freiheit gebracht.

Tatjana hatte richtig entschieden.

1 Erstes Kapitel

Sebastopol, Kalifornien
Heute, im Herbst

»Tatjana, Tatjana!«

»Es ist gut, Oma, beruhige dich.«

»Tatjana!« Großmutter Celias schwacher Ruf wurde fast zum Kreischen.

»Oma, wach auf!« Darby Evans versuchte die um sich schlagenden Arme festzuhalten. Es dauerte lange, bis ihre Großmutter ruhig wurde und sich wieder zurück auf das Kissen legte. Sie öffnete die Augen nicht, aber sie murmelte nur noch leise.

»Hilfe«, flüsterte sie und Darby wusste, was das deutsche Wort bedeutete. Aber ihre Großmutter sprach sonst nie ihre Muttersprache. Warum jetzt?

Darby legte ihre Hand auf Oma Celias heiße Stirn.

»Machen Sie schnell!« Die Stimme der alten Frau klang wieder ängstlich. »Tatjana!«

Darby hielt ihre Großmutter an den Schultern fest. »Alles ist in Ordnung, Oma.« Großmutters Hände griffen in die Luft, wehrten sich gegen unsichtbare Feinde; ihr Gesicht verzerrte sich von inneren Kämpfen.

»Ich bin hier, Oma. Darby. Du brauchst keine Angst zu haben.« Wieder beruhigte sich die alte Frau. Darby löste die Finger, die ihren Arm umklammerten, und hielt sie in ihren Händen. Sie führte die knochigen Hände an die Lippen. Sie fühlten sich wie poröses Papier an, über Knochen und blaue Adern gespannt.

Darby zog einen Stuhl heran und legte ihre Arme um die alte Frau. Sie summte eine Melodie von Mozart, die ihr die Großmutter an späten Abenden vorgesummt hatte, als sie noch ein Kind war, und sah zu, wie Oma Celia langsam in einen friedlichen Schlaf sank. Nach einer Weile zog sie zärtlich die Decken zurecht und strich ein paar graue Haarsträhnen aus dem Gesicht ihrer Großmutter.

Die schwache Lampe warf Schatten oben an die Schlafzimmerwände wie dunkle Augen, die jede Bewegung verfolgten und auf jedes Wort achteten. Dieses Haus, in dem sie aufgewachsen war, hatte nie Schatten beherbergt – jedenfalls soweit Darby wusste. Aber heute Nacht schien ihrer sterbenden Großmutter ein Geheimnis entschlüpft zu sein: ein fremder Name. Tatjana. Den deutschen Ausrufen waren bald panische Schreie gefolgt, so dass Darby kalte Schauer über den Rücken liefen. Obwohl das Zimmer nach Körperpuder duftete, wie sie es aus ihrer Kindheit kannte, obwohl alles, was ihre Großmutter hatte, wohl geordnet erschien, gab es Geheimnisse in diesem Haus und der Gedanke machte ihr Angst. Und jetzt schlichen die Schatten um ihre Beute wie ein Rudel Schakale. Fast konnte sie ihr kreischendes Lachen und ihre heimtückischen Worte hören: »Hier gibt es Geheimnisse. Wir kennen sie, aber wir verraten nichts.«

Ihre Großmutter bewegte sich und Darby erkannte den Namen auf ihren Lippen, bevor er hörbar wurde: »Tatjana«.

Sie wartete auf einen weiteren Ausbruch der Angst, aber Oma Celia schlief jetzt fester ein. Darby stand auf und ging zum Fenster. Das Mondlicht füllte den Hof mit hellem, fast unwirklichem Licht. Sogar die Rosensträucher um den Erker sahen geisterhaft aus wie mit Fingern, die zum Himmel zeigten. In dem schwachen Licht erkannte man vereinzelt Unkraut auf dem Plattenweg. Sie schüttelte den Kopf, um die Ängste zu verscheuchen. Hier war sie zu Hause. Jetzt wohnte sie zwar gut 150 Kilometer nördlich in Redding in Kalifornien, aber in Omas Haus in Sebastopol wurde sie immer freudig begrüßt.

Wie konnten die Rufe ihrer Großmutter nach einer Fremden solche Dunkelheit hier verbreiten?

Schon vom Alter von fünf Jahren an, bis sie das Haus verließ, um aufs College zu gehen, hatte sie hier gelebt. Hier in diesem Haus war sie aufgewachsen und hatte sich verändert. Hatten hier die ganze Zeit versteckte Erinnerungen gelauert, während sie, ein ahnungsloses Kind, lachte und spielte und nichts davon merkte?

Vielleicht nahm sie das alles zu wichtig und es gab eine einfache Erklärung. Vielleicht durchlebte ihre Großmutter vergangene Kriegsereignisse noch einmal. Oder hatte sie von den vielen Schmerzmitteln und anderen Medikamenten vielleicht Halluzinationen bekommen? Aber Oma Celias Angst wirkte sehr real, nicht eingebildet.

Darby zog einen Brief aus der Tasche ihrer Jeans und glättete den Umschlag. Noch ein Geheimnis, aber dieses würde sie für sich behalten. Wahrscheinlich hätte sie ihrem ersten Gedanken folgen und den Brief verbrennen sollen. Wie konnte dieser Mann, Brant Collins, ihrer Großmutter so etwas schreiben? Briefmarke und Absender zeigten, dass der Brief aus Europa kam. Hätte sich ihre Krankheit nicht so schnell verschlimmert, dann hätte ihre Großmutter jeden Tag gespannt die Post durchgesehen in der Hoffnung, diesen Brief zu bekommen.

Darby streckte die Hand aus, um die Stirn ihrer Großmutter zu berühren. Sie hielt die Hand ein wenig über ihr, denn sie wollte sie nicht stören und wünschte, sie könnte sie vor allen Schmerzen schützen.

Die Erbschaft ist mir gleich. Ich brauche nur dich, dachte Darby und zeichnete das Gesicht ihrer Großmutter nach, ohne sie zu berühren. Ihre Großmutter hatte angefangen nach dem Familienerbe zu forschen und gehofft, den Schatz zu finden und ihren Enkelkindern zu schenken. »Was unserer Familie gehört, will ich weitergeben«, hatte sie entschieden bekundet. Oma Celia hatte Holocaust-Organisationen angeschrieben und sogar gelernt die E-Mail und das Internet zu benutzen.

»Kannst du dir vorstellen, dass deine alte Großmutter im Internet surft?«, hatte sie Darby am Telefon gefragt. Darby war nicht sonderlich überrascht gewesen. Oma Celia hatte immer irgendetwas vorgehabt: Country- und Western-Tanz im Altenzentrum, freiwillige Arbeit im örtlichen Kindergarten, Briefe an Kongressabgeordnete. Der Gedanke, dass die Nazis ihr Familienerbe beschlagnahmt hatten, war nicht neu – nur dass Oma plötzlich anfing danach zu forschen. Warum jetzt? Vielleicht wegen ihrer tödlichen Krankheit und weil die Schweizer Banken endlich anfingen, Auskünfte zu geben? Gewöhnlich versuchte Darby ihre Großmutter zu bestärken oder zu unterstützen, aber dieses Mal hatte die Neugestaltung ihres Fotostudios sie in Anspruch genommen und sie fand die Suche nach dem Vermögen auch ein wenig abwegig.

Darby studierte die sanften Falten im Gesicht ihrer Großmutter. Die Backenknochen darunter zeichneten sich scharf ab; die Augen waren tiefer in die Höhlen gesunken. Seit Darbys Besuch im Sommer waren erst ein paar Monate vergangen. In diesen letzten Monaten war der Krebs schneller fortgeschritten, als irgendjemand erwartete – außer vielleicht Oma Celia. Als Darby an diesem Abend angekommen war, hatte sie eine Notiz vom örtlichen Pflegedienst vorgefunden. Darauf waren Anzeichen aufgeführt, wenn ein Patient nur noch ein oder zwei Wochen leben würde: »Erregung, Reden mit dem Unsichtbaren, Verwirrung, blasse oder bläuliche Farbe, reaktionsloser Schlaf«. Viele davon hatte sie bei Oma Celia gesehen. Dann ging es weiter mit Anzeichen dafür, dass ein Patient nur noch Tage oder Stunden Zeit hatte: »Plötzliche Energie, unregelmäßige Atmung, glasige Augen ...« Die Liste war noch lang, aber das letzte Zeichen, »Schnappen nach Luft«, machte Darby Angst.

Sie dachte wieder an Brant Collins und seinen Brief und wurde wütend. Hier lag die liebenswerteste, ehrlichste Frau der Welt und dieser Mann hatte sie doch tatsächlich beschuldigt, sich illegal zu betätigen. Er schrieb, er wisse die Wahrheit über die Familie Lange und wenn Celia weiter Ansprüche erhöbe, würde sie wegen Vortäuschung falscher Tatsachen strafrechtlich verfolgt. Diesen Brief würde Darby vor ihrer Mutter und Großmutter geheim halten und die Sache selbst regeln.

»Wo bist du, Oma?«, flüsterte sie. »Ich will meine starke, energische Großmutter. Sie würde diesen Collins-Typen anrufen und ihm die Meinung sagen.«

Sie konnte sich das leicht vorstellen. Wenn Oma von etwas überzeugt war, war sie voller Energie. Erst vor einem Monat hatte sie Darby am Telefon erklärt: »Diese Nazi-Räuber müssen rausrücken, was meiner Familie gehört!«

Darby hatte gelacht. Die Geschichte von einem ihrer Vorfahren, der Archäologe war und zwei seltene keltische Münzen fand, hatte ihr gut gefallen. Der schönste Teil der Erbschaftsgeschichte war für sie, wie ein Vorfahr einer österreichischen Kaiserin half und dafür die Brosche, die die Kaiserin selbst trug, als Geschenk erhielt. Ja, die Geschichte hatte ihr gefallen, besonders als Kind, aber mehr war es für sie nicht. Es war nur eine von vielen Geschichten. Wenn es diese Erbstücke überhaupt einmal gegeben hatte, waren sie bestimmt längst verloren oder in einem Museum oder einer privaten Sammlung vergessen. Darby hatte sich gewundert, wie entschlossen ihre Großmutter war. Mr. Collins' Worte hätten die liebenswürdige Frau sicher tief verletzt.

Darby saß in dem Sessel neben dem Krankenbett ihrer Großmutter und blinzelte. Ihre Augen blieben nicht geschlossen; sie konnte nicht einschlafen. Gab es viel, was sie nicht wusste?

Sie hörte Schritte im Flur. Darbys Mutter schaute durch die verdunkelte Türöffnung herein. »Wie geht es ihr?«, fragte sie leise.

»Jetzt gut«, antwortete Darby und schlich vorsichtig in den Flur. »Du sollst doch schlafen. Heute Nacht halte ich Wache.«

»Ich weiß, aber ich habe sie rufen hören und konnte nicht wieder einschlafen«, sagte Carole Evans. »Ich bin so froh, dass du gekommen bist.«

Darby lehnte den Kopf an den Türpfosten; ihr Blick fiel auf die Sammlung von Familienfotos an der Wand gegenüber. Das schwache Licht ließ die Gesichter nicht erkennen, aber sie kannte jedes Bild genau.

Die drei obersten Bilder zeigten ihre Familie: nur Frauen. Da waren Mutter, Oma Celia, Darbys jüngere Schwester Maureen und sie selbst zu sehen. Darunter hingen Fotos von Onkel Marc und Tante Helen, daneben Darbys Lieblingsfoto. Es war gerahmt und zeigte ihre Mutter, wie sie am Fenster saß, während Oma Celia ihr Haar bürstete. Die Belichtung war genau richtig und der Gesichtsausdruck war der von Mutter und Kind, nur waren beide älter. Für dieses Foto hatte Darby im College einen Preis gewonnen.

Als Carole vorsichtig in Oma Celias Zimmer schaute, ließ die nächtliche Dunkelheit die Ringe unter ihren Augen noch tiefer erscheinen.

»Du hättest mich eher anrufen sollen. Ich wäre bestimmt gekommen.«

»Ich weiß, aber du hast auch eigene Pläne und ich wollte nicht, dass du diese Fotoreise absagst.«

»Oma ist wichtiger. Haben die Ärzte sonst noch etwas gesagt?«

»Ja«, sagte ihre Mutter zögernd, »sie sagen, sie hat noch zwei Wochen. Ich versuche mich darauf vorzubereiten, aber obwohl ich sehe, wie sie schwächer wird, kann ich es nicht akzeptieren. Ich möchte noch so viel von ihr wissen. Ich will meine Mutter noch nicht verlieren.«

Darby schaute über die Schulter ihrer Mutter die Großmutter an. *Ich will sie auch noch nicht verlieren.*

Sie wollte ihre Mutter in die Arme nehmen, aber sie legte ihr nur die Hand auf die Schulter. Schon diese leichte Berührung schien etwas in der älteren Frau zu berühren; sie schluchzte leise. Darby streichelte sie ungeschickt, als ob ihre Hand aus dem Takt eines Liedes geraten wäre. So kannte sie ihre Mutter nicht. Liebe wurde in diesem Haus immer großzügig gegeben, aber

Trauer und Tränen behielt man für sich allein. Darby kämpfte gegen ihren eigenen Schmerz und ihre Angst und sie erinnerte sich an das einzige Mal, dass sie ihre Mutter hatte weinen sehen. Beim Versteckspielen mit ihrer jüngeren Schwester lag die fünfjährige Darby unter dem Bett ihrer Mutter, als sie sie weinen hörte. Am Morgen war ihr Vater weggefahren, aber Darby war sicher, dass er zurückkäme. Bisher war es immer so gewesen.

»Mama, warum weinst du?«, fragte sie und schlüpfte aus ihrem Versteck. »Weil Papa weggefahren ist?«

»Ja, Liebling.« Ihre Mutter hatte sich weggedreht.

»Ich bin auch traurig. Aber Papa hat gesagt, er will ganz viele Briefe schreiben, wenn er in Texas arbeitet.«

Ihre Mutter wischte sich die Augen. »Ich wollte nur, dass ihr mit einem Papa aufwachst. Nicht ohne wie ich ...« Sie nahm Darby in die Arme und brach wieder in Tränen aus.

Darby hatte nicht gewusst, dass ihr Vater dort, drei Staaten von Kalifornien entfernt, nicht nur arbeiten wollte. Er hatte eine neue Frau gefunden, mit der er eine Familie gründen wollte. Darby bekam ein paar Briefe, aber irgendwann hörte das auf. Bald danach zogen Darby, ihre Mutter und Schwester in das Haus ihrer Großmutter in Sebastopol, nur einen Steinwurf weit nördlich von San Francisco.

Mit der Zeit entnahm Darby aus den Gesprächen mit ihrer Mutter, dass ihr Schmerz zum großen Teil nicht vom Verlust ihres Mannes herrührte, sondern vom Verlust eines Vaters für ihre Kinder. Das war ihr wichtig und sie erwähnte oft, dass sie selbst ihren Vater nie gekannt hatte.

Jetzt weinte sie wieder. Darbys Vater war aus ihrem Blickfeld verschwunden, fast als wäre er nur eine Traumgestalt gewesen. Aber jetzt ging es um Oma, das stabile Fundament der Familie – der Anker, der jedem Halt gab. Darby hatte noch nie eine geliebte Person an den Tod verloren, vor allem nicht jemanden, der ihr so nahe stand.

»Ach du liebe Güte«, sagte ihre Mutter und räusperte sich.

»Entschuldige, Darby.«

»Oma stirbt. Das ist Grund genug zum Weinen.«

Ihre Mutter seufzte tief und lächelte dann. »Oma würde sagen: Guck mal, jetzt hast du den Teppich begossen.«

»Sie hat Recht. Und vielleicht wächst da morgen eine Bohnenstaude. Ich habe diese märchenhaften Samen noch nie gefunden.«

Carole lachte leise. »Ich bin so froh, dass du da bist. Du hast Schwierigkeiten schon immer besser ausgehalten als deine Schwester. Maureen wollte helfen, aber sie war so emotional und dann tobten die Kinder hier herum – ich glaube, sie war eher lästig als hilfreich.«

»Ich bleibe hier, solange es dauert.« Darby wies mit dem Kopf auf ihre Großmutter. »Clarise kann im Studio alles regeln und ich habe vorläufig keine Termine mehr. Ich mache die Nachtwache. Du bist schließlich nie eine Nachteule gewesen. Ich weiß gar nicht, wie du das in den letzten Monaten geschafft hast.«

»Jetzt bin ich einfach dankbar für jede Hilfe.« Ihre Mutter streichelte Darbys Hand und wandte sich zum Flur.

»Mama?« Darby zögerte. »Oma ruft immer nach jemandem. Wer ist Tatjana?«

Im Flur war wenig Licht, aber Darby sah die Müdigkeit im Gesicht ihrer Mutter. »Ich weiß es nicht, Liebes. Schon seit Wochen ruft Oma diesen Namen, wenn es ihr schlecht geht. Sie sagt dann auch deutsche Worte. Ich wollte schon so oft fragen, aber ich habe es nicht getan. Es geht ihr so selten gut.«

»Hat Oma früher nie von ihr gesprochen?«

»Ich habe den Namen Tatjana vorher nie gehört – erst letzten Monat. Und Oma hat auch nur im Schlaf von ihr gesprochen, sonst nicht.«

»Gut. Jetzt musst *du* schlafen.«

»Gute Nacht, Liebes.«

Als ihre Mutter in der Dunkelheit verschwand, ging Darby wieder in Omas Schlafzimmer. Sie starrte auf den Schatten, der jetzt das Gesicht ihrer Großmutter bedeckte. Ihr Leben lang war Oma Celia in der Liebe zu ihrer Familie aufgegangen. Warum kreisten jetzt alle ihre Gedanken um eine Fremde?

Darby beugte sich über den Bettrand und berührte den abgemagerten Arm ihrer Großmutter. Sie dachte daran, wie Oma Celia immer leicht auf die Matratze geklopft und Darby zu sich ins Bett genommen hatte, wenn sie schlecht geträumt hatte. Immer war es Oma gewesen, die ihr beim Teetrinken oder beim Bürsten ihres langen braunen Haares mit einer Geschichte die Unruhe genommen hatte.

»Prinzessinnen haben keine dreckbraunen Haare und Augen«, hatte Darby mit fünf Jahren gejammert.

»Nein, aber unsere Prinzessin hat dunkel goldfarbene Strähnen im Haar, die aussehen wie Sonnenschein auf einem Berg. Unsere Prinzessin hat Augen wie ein scheues Reh auf der Wiese und ein hübsches herzförmiges Gesicht.«

Heute war es Darby, die das Bettgitter herabließ und ihre Großmutter in die Arme nahm. »Ich habe dich lieb, Oma.« Sie schloss die Augen vor der Dunkelheit, die beide umgab, und wieder fiel ihr die eine Frage ein: *Wer war Tatjana?*

Hallstatt, Österreich

Sein Gehstock rutschte auf den losen Steinen aus und der Schein der Taschenlampe tanzte wild, als der Mann sich wieder fing; mühsam ging er weiter. Das Schlurfen seiner Schritte passte zu dem schwermütigen Zirpen einer Grille. Erst war es eine, dann antwortete eine andere weiter weg. Auf seinem Weg die schmale Uferstraße entlang versuchte er ruhig und gleichmäßig zu gehen. Am Ende einer Zementmauer fand er die vertrauten Stufen, die auf den dunklen Berg führten. Über kaum sichtbare Biegungen und versteckte Fußwege ging er weiter nach oben auf den Kirchturm zu, der sich vor dem mondlosen Nachthimmel abzeichnete. Er war schon fast da. Seine Brust krampfte sich zusammen vom mühsamen Atmen in der frostigen Luft. Die letzten steilen Kurven, die er früher schnell heimlich hinauflaufen konnte, erschöpften ihn jetzt. An der hölzernen Pforte ruhte er aus und stützte sich schwer auf seinen Stock. Als er die Pforte aufstieß, begrüßte ihn das vertraute Quietschen zu den Reihen von Grabkreuzen und den roten Kerzen, die ein sanftes Licht auf seinen Weg warfen.

Er ging weiter an Namen vorbei, die er nicht zu lesen brauchte. Er kannte sie alle auswendig. Sehr vorsichtig stieg er die Stufen zum oberen Teil des Friedhofs hinauf und steuerte auf ein großes weißes Gebäude zu. Friedhof und Kirche waren wie das Dorf weiter unten in den Berghang eingelassen. Herbstblätter raschelten unter seinen Stiefeln. Er blieb plötzlich stehen und beugte sich über das Grab, um nach Unkraut zu suchen. Es gab keines. Er hatte dafür gesorgt, dass das eingefasste Rechteck in seiner Abwesenheit gut gepflegt wurde. Er setzte sich auf die Ecke der Betoneinfassung und legte seinen Stock auf den Boden.

»Ich ...« Seine Stimme versagte und er räusperte sich. »Ich bin wiedergekommen.«

Er betrachtete sein Werk und lächelte. Mit jugendlicher Leidenschaft hatte er stundenlang an dem schmiedeeisernen Grabkreuz gearbeitet. Andere Kreuze waren aus Eisen oder auch aus Holz, aber er hatte ihr kein Namensschild kaufen können. Er musste es selbst machen, musste fühlen, wie das Metall sich in seinen Händen formte, schwitzen und sich die Hände blutig schneiden – so war es gewesen – wenn auch viel weniger, als sie durchgemacht hatte. Er hatte das zwingende Bedürfnis gehabt, die fertige Arbeit auf dem Rücken hinzubringen – ein Kreuz, das er für immer tragen musste.

Manche Freunde hatten gedacht, der Krieg hätte ihm den Verstand geraubt, aber er hatte diese Arbeit gebraucht, um den Tag zu überleben und dann den nächsten, bis er jetzt, viele Jahre später, wieder hier stand. Denn diese Arbeit war nicht nur ein Grabkreuz; sie war ein Denkmal, das er seiner jungen Frau setzte. Dieses Kreuz war das, was ihn am engsten mit ihr verband. Denn sie selbst war nicht hier. Ihr Körper ruhte nicht unter der Erde. Das hatte ihn am Anfang sehr gequält. Denn er konnte ihn nirgends suchen, nur ein wenig Erde von dem Platz holen, an dem sie gestorben war. Sonst war ihm nichts von ihr geblieben und darum brachte er nur Staub zu dem Platz, den er besuchen und wo er ihre Nähe fühlen konnte.

Der alte Mann nahm seinen Tweedhut ab und setzte ihn auf die Ecke der Betoneinfassung. Mühsam richtete er sich auf und hinkte zu einem steinernen Wasserhahn, den eine Bergquelle speiste. Er öffnete ihn und geräuschvoll strömte das Wasser in die Blechgießkanne. Er schloss das Ventil und trug die Kanne zum Grab.

»Die Blumen will ich noch gießen«, sagte er zu sich selbst und freute sich, dass die Stiefmütterchen und Herbstkrokusse gesund aussahen. Er streckte sich aus und riss ein paar verwelkte Blätter von dem Rosenstrauch, der um den Fuß ihres Grabkreuzes wuchs; ein Dorn stach ihn in den knotigen Finger. Er öffnete die eiserne Deckplatte, um ihren Namen zu sehen. Seine Finger folgten den feinen Linien der Buchstaben auf dem Metall und hinterließen ein wenig Blut um das C herum.

»Dies ist vielleicht mein letzter Besuch«, sagte er zärtlich zu ihr. »Nein, es ist noch nicht unser Hochzeitstag. Aber ich musste heute Nacht kommen. Ich habe in letzter Zeit so oft an dich gedacht. Aber jetzt kann ich diesen Weg bald nicht mehr hinaufsteigen. Dann brauche ich nicht mehr ängstlich zu fragen. Dann weiß ich alles genau. Und dann sind wir zusammen – endlich. Und, Liebste, ich freue mich sehr darauf, wieder bei dir zu sein.«

Im schwachen Licht der roten Grabkerzen betrachtete der Mann die letzte Rosenblüte am Strauch. Ihre Blätter waren vollkommen geformt. Diese blassgelben Rosen blühten auch jetzt im frühen Herbst noch schön, als ob sie wüssten, dass dies seine letzte Möglichkeit war zu sehen, wie sie ihr Grab schmückten. So konnte er noch dieses eine Mal das letzte Opfer sehen, das seine Liebe ihr gebracht hatte.

Der Mann bückte sich und drückte seine Lippen auf die kalte Metallplatte. Noch einmal schaute er auf ihren Namen, dann schloss er die Deckplatte. Diesen Namen liebte er immer noch so sehr, auch nach so vielen Jahren. Wenn seine Vorahnung richtig war, würde er sie bald beim Namen nennen können und dann würden sie zusammen sein. Für immer.

2 Zweites Kapitel

Das Rollo sprang nach oben und das Morgenlicht drang ins Zimmer.

»Wach auf, Liebes.«

Darby stöhnte und blinzelte ins Licht. »Mama, ich bin eben erst eingeschlafen. Muss ich heute unbedingt in die Schule?« Sie grinste und bedeckte die Augen mit der Hand.

»Wahrscheinlich bist du wirklich eben erst eingeschlafen. Ich wollte dich nicht wecken…« Jetzt wurde das Gesicht ihrer Mutter deutlicher. Aber Oma geht es heute früh ungewöhnlich gut und ich wusste, dass du mit ihr sprechen wolltest.«

Darby warf die Decke weg. »Kann ich gleich zu ihr?«

»Sie wartet schon.«

Schnell lief Darby wieder aus ihrem früheren Schlafzimmer in das ihrer Großmutter am Ende des Flures.

»Darby, Liebling. Endlich bist du da.« Oma Celia setzte sich langsam auf. Das Tageslicht gab ihrem fahlen Gesicht mehr Farbe. »Du hast eine alte Frau wochenlang vom Sterben abgehalten, um in den Bergen herumzuklettern.«

Darby lächelte. So kannte sie ihre Oma Celia, aber der Name Tatjana klang immer noch in ihr nach. Omas lebhafter Gesichtsausdruck hielt sie vom Fragen ab – jetzt jedenfalls.

Darby ging zu dem Stuhl neben dem Bett. »Wer hat mir jahrelang von den österreichischen Alpen erzählt, bis ich ganz verrückt auf Berge war?«

»Ich nicht.« Celia sah sie unschuldig an. Darby hatte ihren weichen deutschen Akzent schon immer gern gemocht, obwohl Oma Celia behauptete, sie hätte gar keinen; dazu habe sie sich viel zu viel Mühe gegeben, »amerikanisch zu klingen«. Dann versuchte Darby nicht zu lachen. Manchmal bemühte sich Oma so sehr um den amerikanischen Klang mit ihrem gepflegten Englisch, betonte Slang-Ausdrücke und besonders das W, damit es nicht wie ein deutsches W klang, dass sie am Ende noch ausländischer wirkte.

»Du bist nur neidisch, weil ich durch die duftenden Kiefernwälder wandern und dabei noch Geld verdienen konnte.« Darby griff nach der Hand ihrer Großmutter. »Und was soll das heißen, ich hielte dich vom Sterben ab? Du scheinst noch genug Energie zu haben, um den Knochenmann für immer wegzujagen!«

»Gut, ich will es dir sagen.« Mit ihrem zitternden Finger zeigte Oma auf Darby. »Ich habe eine gute Beziehung zu Herrn Tod entwickelt. Weißt du, er wird schon seit Jahren missverstanden. Er ist ein angenehmer Zeitgenosse, wenn man ihn erst einmal kennt.«

»Machst du meiner Tochter das Leben schwer?« Carole kam mit einem Tablettengläschen und einem Glas Wasser ins Zimmer.

»Ich will doch *meine* Enkelin nicht enttäuschen.« Oma zwinkerte. Darby beobachtete sie sorgfältig und merkte eine kaum hörbare Schwäche in ihrer Stimme.

»Es ist Zeit für deine Medizin«, sagte Carole laut und schüttete zwei Tabletten in ihre Hand.

»Ich habe dir schon gesagt, meine Tochter: Ich sterbe zwar bald, aber ich höre noch sehr gut!«

»Ach, sei still und mach den Mund auf.«

Darby sah zu, wie ihre Mutter zwei Tabletten und ein Glas Wasser vor Omas Mund hielt.

»Ich bin auch kein Kind mehr. Ich kann schon ganz allein Medizin einnehmen, danke.« Oma Celia griff nach den Tabletten und spülte sie mit dem Wasser hinunter.

»Oma, du bist so munter wie selten.«

»Was hast du gedacht? Ich würde noch kurz vor dem Tod brav werden? Du meine Güte, nein! Ich will jetzt losgehen zu den Perlentoren und Jesus den dicksten Schmanzer geben, den er in den letzten tausend Jahren bekommen hat.«

»Du meinst einen *Schmatzer*. Komm, gib mir das Glas.« Carole nahm es und ging hinaus.

»Nein, einen ganz dicken *Schmanzer*«, rief Oma ihr nach, dann wandte sie sich wieder Darby zu. »Ich finde, das klingt schöner, egal, was es bedeutet.«

»Aber Jesus kann noch ein bisschen warten, egal, was für Küsse du ihm gibst«, sagte Darby und verschränkte die Arme. »Du kannst noch nicht weggehen.«

»Rede nicht solchen Unsinn, meine Liebe. Guck mich doch an. Ich bin ja so dünn wie ein Bleistift.«

Darby wollte die Arme nicht anschauen, die sie gestern Abend so gründlich betrachtet hatte.

»Ihr jungen Küken denkt, ihr müsst so tun, als ob das Leben auf der Erde nie aufhörte. Aber es hört auf, so ist es nun mal. Es gibt eine Zeit, geboren zu werden und eine Zeit, zu sterben.« Oma Celia streichelte Darbys Hand und seufzte. »Aber das ist ein seltsamer Zustand, so auf der Schwelle des Todes zu sein. Man schaut zurück und sieht alles, das ganze Leben. Die Fehler, die Trauer, Freude, Triumphe. Und dann schaut man vorwärts und fragt sich, was da drüben wirklich ist.«

Überrascht beugte Darby sich nach vorn. »Oma, hast du Zweifel?«

»Um Himmels willen, nein! Gott hat in meinem Leben so viel getan, dass ich weiß, dass es ihn gibt. Aber ich denke, es ist viel, sehr viel – wie heißt das? – enormer oder sensationeller, als ich es mir vorgestellt habe. Es ist sehr aufregend und vielleicht ein kleines bisschen unheimlich.«

Darby wünschte, sie könnte ihrer Großmutter widersprechen. Sie wünschte, sie könnte ihr ein längeres Leben versprechen, aber Oma Celia sagte die Wahrheit. Sie lag wirklich im Sterben. Aber wie konnte ihre Großmutter so selbstverständlich vom

Sterben reden und sich anscheinend fast darauf freuen? Obwohl sie sah, wie Omas Körper die Kraft verlor, konnte Darby sich ein Leben ohne sie nicht vorstellen.

Oma schob ihr Kopfkissen zurecht und Darby bemerkte, dass ihr auch bei so kleinen Bewegungen das Atmen schwer fiel. Oma Celia legte sich bequem hin, holte noch einmal tief Luft und wandte sich wieder Darby zu:

»Erzähl mir von deiner Arbeit in letzter Zeit. Nicht von den langweiligen Sachen in der Stadt, von Hochzeitsbildern und schnupfnasigen Kindern. Ich möchte deine Bergabenteuer hören! Ist die Gruppe in die Trinity Alps gefahren, wie du es wolltest?«

»Ja, es war herrlich!«, rief Darby.

Oma Celia streckte sich, um ein paar braune Locken hinter Darbys Ohren zu legen, wie sie es schon oft getan hatte. Diese Berührung und das erwartungsvolle Leuchten in den Augen ihrer Großmutter taten Darby gut wie eine Liebkosung.

»Du weißt ja, es war derselbe Wanderverein aus San Francisco. Sie haben gesagt, die Bilder hätten im Büro des Vereinspräsidenten alle begeistert. Er ist Geschäftsführer bei einer Versicherung in San Francisco und wandert in seiner Freizeit.«

»Ist er verheiratet?«

»Ja, Oma. Seine Frau ist mitgekommen und ist eine sehr nette Dame. Ich habe dir doch gesagt, die Guten sind schon weg.«

»Aber nein. Dein Mann wartet da irgendwo. Er ist auch sehr nett. Ich bete schon immer für ihn. Er will nicht mehr, dass du dich hinter deiner Arbeit versteckst, und wartet nur darauf, dich kennen zu lernen.«

»Und wer ist dieser Mann?« Darby tippte sich mit dem Finger auf die Wange.

»Das weiß ich nicht genau. Aber ich weiß, dass es ihn gibt.«

»Gut, also meine Geschichte. Der Verein wollte dieses Jahr wieder Fotos haben und unternahm eine schwierigere Tour, über sechzig Kilometer in acht Tagen mit Felsklettern. Es war gut, dass ich im Sommer den Sport mitgemacht habe. Wir sind fast viertausend Meter hoch gestiegen.« Als sie die Großmutter lächeln sah, versuchte Darby so lebhaft zu erzählen, wie ihre Großmutter es immer tat. »Das Beste an der ganzen Tour war ein totaler Stadtmensch.«

»Das war nicht der Geschäftsführer?«

»Nein. Dieser ist auch bei einer Versicherung, aber man wusste gleich, dass er die Tour nur mitmachte, um Bilder für sein Büro zu bekommen. Ich sollte ihn fotografieren, als ob er an einem Felsen hinge, und in Wirklichkeit stand er auf dem Boden!«

Omas Lachen brachte auch Darby zum Lächeln. Sie fühlte sich wie das Kind, das seiner Großmutter von den Kümmernissen oder den Abenteuern des Tages erzählt hatte. Wenn sie damit fertig gewesen war, hatte Oma immer eine ähnliche Geschichte oder eine andere zur Ermutigung parat. Darby wusste noch, dass diese Geschichten sie mehr fasziniert hatten als ihre liebsten Fernsehsendungen wie *Scooby-Doo* oder *Die Bluthund-Bande.* Omas lebhafte Erzählungen von den österreichischen Alpen waren unvergleichlich. Diese Geschichten von den Bergen hatten in Darby selbst die Liebe zur Wildnis geweckt und sie wünschte sich die hohen Felsgipfel aus der Kindheit ihrer Großmutter zu sehen. Darby war noch nie nach Europa gekommen und würde es wohl auch nicht mehr, aber der Kiefernduft und die klare Bergluft rührten etwas in ihr an: ein Gefühl, das sie nie richtig erklären konnte. Es kam von diesen Geschichten. Omas Erzählungen lebten jetzt in Darby. Aber in all den zahllosen Geschichten hatte Oma Celia nie den Namen Tatjana erwähnt.

»Oh, am liebsten wäre ich dabei gewesen!« Omas Lachen wurde von einem leisen, rauen Husten unterbrochen. »Diesem Stadtburschen hätte ich ein bisschen eingeheizt!«

»Warte, es kommt noch besser!« Darby kicherte beim Weitererzählen. Sie ignorierte die Krankheit ihrer Großmutter und tat, als erzählte sie einfach wie sonst eine Geschichte. »Wir kamen auf dem Gipfel des Siligo Peak an und konnten über hundert Meter unten den Deer Creek Canyon überblicken, da sehe ich plötzlich etwas.«

»Den Stadtmenschen?«

»Ja! Er hängt an einem Felsen, kneift die Augen zu und fürchtet sich zu Tode! Na ja, ich hatte ja den Auftrag zu fotografieren …«

»O du böses, böses Mädchen! Wusste er denn, dass du Bilder von ihm machst?«

»O ja! Er hörte den Apparat klicken und machte ein Auge auf. Da schreit er plötzlich los, ich sollte aufhören. Hab ich natürlich nicht. Von da an hat er auf der ganzen Tour darum gebettelt, mir diesen Film abzukaufen.«

»Ich war noch nie so stolz auf dich!« Omas Stimme klang heiter, aber ihre Augen sahen glasig aus und Darby fragte sich, ob es vom Lachen oder vom Husten kam.

Sie erzählte weiter von ihrer Reise, merkte aber, dass ihre Großmutter Mühe hatte, die Augen offen zu halten. Oma legte sich zurück auf ihr Kissen und kroch tiefer unter die Decken.

»Na, ich sehe schon, meine Geschichten sind nicht mehr interessant genug für dich.«

»Das ist diese grässliche Medizin. Damit kann ich nicht lange wach bleiben, aber ohne sie habe ich zu viele Schmerzen. Das ist eine richtige …« Oma bekam wieder einen Hustenanfall – »eine richtige Hassliebe.« Darby stützte sie, als ihr Körper von unkontrollierbaren Krämpfen geschüttelt wurde. »Wasser«, brachte sie heraus. Darby griff nach dem Glas und hielt es der Großmutter an die Lippen. Oma Celia versuchte zu trinken und kleine Tropfen spritzten auf die Decke. Endlich hörte der Husten auf und Oma lehnte sich zurück. Sie schloss die Augen, dann erschien langsam ihr Lächeln. »Ich muss den Rest der Geschichte noch hören, mein Liebes. Weißt du, es ist nicht fair, dass ich hier im ›Hügelland‹ festsitze. Du hast es gut, du bist ganz im Norden von Nordkalifornien, wo die richtigen Berge sind.«

Einen Augenblick schaute Darby ihre Großmutter unverwandt an. Wie sehr sie diese Frau liebte! Sie wollte sich nicht an diesem Spiel beteiligen, erzählen und Späße machen, während die Krankheit ihre Großmutter vor ihren Augen verzehrte. Aber sie schluckte die Tränen hinunter, die kommen wollten – weinen konnte man später noch genug. In diesen letzten Augenblicken musste man lächeln, erzählen und ihr Freude machen. Und hinter all dem standen die unbeantworteten Fragen.

»Du musst wohl noch Geduld haben, bis ich dir von der Grille im Schlafsack des Stadtmenschen erzähle. Jetzt lasse ich dich schlafen.« Darby zwang sich zum Lächeln und stand auf, um zu gehen.

»Warte.« Oma griff nach Darbys Hand. »Ich muss etwas mit dir besprechen.«

»Gut. Gleich, wenn du aufwachst, ist das recht?«

Oma Celia hielt ihre Hand noch fester. Die Anspannung in den Augen der älteren Frau erschreckte sie.

»Ja, jetzt geht es noch nicht. Aber es ist sehr wichtig.«

Darby spürte, wie ihr Herz schneller schlug. Vielleicht würde sie jetzt erfahren, was die Schatten geheim gehalten hatten. Sie hatte nicht gewagt zu fragen; wie ihre Mutter fürchtete sie, die Nennung des Namens könnte unberechenbare Auswirkungen auf ihre Großmutter haben. Heute Morgen brauchte Darby ihre Oma Celia, wie sie sie kannte.

»Worum geht es?«

»Deiner Mutter konnte ich es nicht erklären. Sie macht sich Sorgen und sie könnte auch nichts tun. Außerdem ist das eine Aufgabe für dich. Das weiß ich schon lange.«

»Was soll ich für dich tun?«

Oma Celia hielt die Augen so lange geschlossen, dass Darby schon dachte, die alte Dame sei eingeschlafen. Aber als Darby näher herankam, zitterten ihre Lider und einen Augenblick später öffneten sie sich halb.

»Du musst etwas für mich tun, was ich nicht kann.«

»Alles, was du willst. Was soll ich machen?«

»Du musst die Sache mit Tatjana für mich in Ordnung bringen.«

»Wer ist Tatjana?«

Oma Celia starrte an die Zimmerdecke; plötzlich zeigte sich

die Müdigkeit von vielen Jahren in ihrem Gesicht. »Tatjana war meine beste Freundin.«

Darby spürte, dass sie nicht mehr viel Zeit miteinander hatten, und wollte sie drängen, wollte eine Menge Fragen stellen; aber sie schwieg, damit ihre Großmutter sich so weit öffnen konnte, wie sie wollte.

»Ich habe einen kleinen Tresor, den Fred für mich aufbewahrt.«

»Fred Bishop, dein Rechtsanwalt?«

»Ja ... darin wirst du Antworten finden. Wenn ich aufwache, erkläre ich dir mehr. Aber Darby ...« Celia hielt ihre Enkelin mit beiden Händen am Arm fest. »Du musst das in Ordnung bringen. Bitte bring das für mich in Ordnung.«

»Was in Ordnung bringen?«

»Das siehst du, wenn du hinkommst.«

»Wohin?«

Omas Augen fielen zu, dann öffneten sie sich wieder ein wenig. »Tatjana braucht ihren Namen. Ich erkläre es dir später. Erst muss ich ausruhen.«

»Ihren Namen? Was meinst du damit?«, fragte Darby erschrocken.

Oma winkte mit der Hand: *Nicht jetzt, nicht jetzt.* Dann schlief sie ein.

Salzburg, Österreich

Regen schlug Brant Collins ins Gesicht, aber er nahm es gar nicht wahr. Die Tropfen liefen ihm wie Tränen von Kiefer, Nase und Kinn. Mechanisch und ziellos ging er durch die nassen Straßen. Er überquerte sogar eine verkehrsreiche Kreuzung, ohne sich umzusehen. Erst eine laute Hupe und das quietschende Bremsen eines Busses machten ihn aufmerksam. Er ging weiter auf die Brücke und blieb schließlich in der Mitte stehen.

An das Geländer gelehnt schaute Brant hinunter in die graue, vielfach verzweigte Salzach. Dann bemerkte er die Zeitung, die er krampfhaft in der Hand hielt. Sie war schon lange schlaff geworden und tropfte jetzt wie ein undichter Wasserhahn. Er wischte sich Regen aus dem Gesicht und breitete die Zeitung aus; viel von der Druckerschwärze hatte auf seine nasse Hand abgefärbt. Die Gesichter auf dem Foto waren jetzt ganz verzerrt, sie passten zu den Personen, die sie darstellten. Der Mann hatte bei der Verhaftung die Augen auf den Boden gerichtet, aber die Frau schaute Brant von dem Bild aus direkt in die Augen. Ihr Lächeln war ein verzerrtes, höhnisches Grinsen: So war sie wirklich. Die Augen blickten ihn immer noch trotzig an, darüber stand die Überschrift: PAAR WEGEN HOLOCAUST-BETRUGS ANGEKLAGT.

Brant hatte einen großen Teil seines letzten Arbeitsjahres den Aldrichs gewidmet. Die Frau hatte ihn um Hilfe bei der Suche nach verlorenen Familienbildern gebeten. Sie seien die letzte Erinnerung an ihren Vater, der den Nazis zum Opfer gefallen sei. Für sie seien sie nicht nur Öl und Leinwand, sondern die einzigen Porträts aus ihrer Kindheit. »Bitte helfen Sie mir«, flehte sie, »wenn ich sterbe, möchte ich diese Bilder bei mir an der Wand hängen haben.« Da hatte Brant natürlich geholfen – das war ja der Sinn seiner Arbeit. Es ging nicht so sehr um Papiere und Nachforschungen – bei der Österreichischen Organisation für Holocaust-Geschädigte arbeitete man für Menschen. Sie wollte etwas erreichen für Personen, die unter dem Krieg gelitten hatten, in Lagern gefangen und gefoltert worden waren. Er hatte sich schon auf Frau Aldrichs Gesichtsausdruck gefreut, wenn er ihr sagen würde, dass sie ihren Schatz zurückbekommen hatten.

Genau das hatte Brant getan. Er fand die Kunstwerke in einer kleinen Sammlung in den Vereinigten Staaten. Er sah die Freude in Frau Aldrichs Gesicht. Aber er sah auch die Trauer und den Schrecken der rechtmäßigen Eigentümer.

Das Ganze war eine Täuschung gewesen. Aldrichs waren in sein Büro gekommen, nachdem eine andere Zeitung vom Sieg einer Klientin berichtet hatte, einer französischen Überlebenden. Sie hatten sich als Geschwister vorgestellt, ihre traurige Geschichte erzählt und hatten beim Weggehen bestimmt über sein Mitgefühl und seine Hilfsbereitschaft gelacht. Aldrichs waren nicht nur keine Juden und auch keine Geschwister, sondern Greta war in Wirklichkeit Nazi und Lageraufseherin gewesen. Durch eine Lagerinsassin, die sie zu bewachen hatte, hatte sie von den Kunstwerken erfahren. Man vermutete, dass Frau Aldrich ihr Opfer sogar wegen dieser Information für die Gaskammer bestimmt hatte. Nach dem Krieg hatte Greta Aldrich die Bilder nicht finden können, aber mit Brants Hilfe hätte sie beinah bekommen, was sie wollte.

Er konnte nicht glauben, dass man ihn betrogen hatte. Brant riss die tropfnasse Zeitung in mehrere Stücke und ließ sie über das Geländer fallen. Die kleinen Wellen des Flusses nahmen die Stücke mit und trugen sie fort.

Das war nicht der erste Versuch gewesen, unrechtmäßige Ansprüche zu erheben, besonders seit die Schweizer Banken Nachforschungen erlaubten. Erst vor kurzem hatte Brant einen Anspruch sofort als falsch entlarvt: Eine Amerikanerin hatte behauptet, sie sei Celia Müller. Er war stolz darauf gewesen, dass er sich nicht täuschen ließ, und jetzt hatte die Sache mit Aldrichs diese Illusion zerstört.

Ärgerlich wendete Brant sich vom Fluss weg. Er merkte plötzlich, wie kalt ihm war, und bewegte sich schnell. Sein Pieper tönte und er blieb unter dem Dach eines verwitterten weißen Stuckgebäudes stehen. Brant wollte ihn abschalten, aber dann sah er die Nummer. Warum sollte diese Frau ihn anrufen? Er nahm sein Handy aus der Jackentasche und wählte die Nummer.

»Hier ist Brant. Was ist passiert?«

»Wahrscheinlich hat er einen Schlaganfall gehabt«, sagte sie.

»Nein!«

»Komm lieber her.«

Aber Brant rannte schon.

3 Drittes Kapitel

Darby sah den Tod in Oma Celias Gesicht. Es würde nicht mehr lange dauern. Oma atmete immer mühsamer und Darby beobachtete ständig dieses Atmen. Ihre Mutter schien zu akzeptieren, dass es zu Ende ging, obwohl ihr Gesichtsausdruck wechselte zwischen der Müdigkeit vom Warten und der zähen Hoffnung, Omas Leben würde noch nicht ganz ausgelöscht. Aber Darby konnte es nicht akzeptieren. Sie betete sogar zum ersten Mal seit vielen Jahren: *Gott, nimm sie nicht weg, bitte nimm sie nicht.*

In ihrer Kindheit in diesem Frauenhaushalt hatte Darby sowohl in ihrer Großmutter als auch in ihrer Mutter immer das Vorbild von Stärke vor Augen gehabt. Nach außen versuchte sie diese Stärke beizubehalten, aber je näher ihre Großmutter dem Tod kam, umso mehr spürte die Enkelin, dass sie schwächer wurde.

Der Tod gehört zum Leben, sagte sie sich die ganze Woche lang immer wieder. *Jeder Mensch verliert Angehörige. Jeder stirbt. Ich muss darauf gefasst sein. Aber wie kann ich mich vorbereiten?*

Nur ein paar kurze, kostbare Minuten lang war Oma so fröhlich gewesen wie früher. Spät abends rief sie immer noch Tatjanas Namen, aber ihre Stimme klang nicht mehr so angespannt. Trotzdem hatte Darby keine Gelegenheit gefunden, nach der geheimnisvollen Freundin ihrer Großmutter zu fragen.

Darby wartete, bis ihre Mutter einkaufen ging, und suchte dann die Nummer des Rechtsanwalts ihrer Großmutter heraus.

»Ist sie tot?«, fragte Fred noch vor dem Gruß.

»Nein, noch nicht.«

»O, Gott sei Dank. Ich habe in diesem Beruf mit so vielen gemeinen Leuten zu tun. Es ist eine Ehre, jemanden wie Ihre Großmutter zu kennen.«

»Das stimmt. Aber warum ich anrufe ...« Darby stützte den Ellbogen auf das Tischchen neben dem Telefon. »Oma sagte mir, Sie hätten einen Tresor für sie aufbewahrt.«

»Ach ja. Vor etwa einem Jahr hat sie ihn hergebracht. Ich bewahre so etwas gewöhnlich nicht auf und schlug ihr vor, ein Bankschließfach zu nehmen, aber Sie wissen ja, was sie von Geldinstituten hält.«

»Ja. In der Oberschule musste ich für jeden Zehndollarschein, den ich von ihrem Depot unter der Matratze auslieh, einen Schuldschein schreiben. Hat sie ihr Erspartes in dem Tresor oder müssen wir unter ihrem Bett nachsehen?«

»Das darf ich jetzt leider noch nicht sagen. Außerdem weiß ich auch nicht genau, was darin ist. Mein Auftrag lautet zu warten, bis sie gestorben ist; dann können wir alles klären.«

»Oma hat mir nichts gesagt, nur dass Sie den Tresor haben und dass ich darin Informationen finden würde, die sie mir geben wollte.«

»Das verstehe ich, aber so lautet mein Auftrag.«

»Mehr brauche ich nicht zu wissen. Seien Sie vorsichtig, Fred.«

»Sie auch, Darby. Und achten Sie gut auf die alte Dame.«

»Das verspreche ich.« Sie legte auf und lehnte sich in ihrem Sessel zurück. Was in dem Tresor war, würde ihr jetzt nicht weiterhelfen. Nur zu bald würde man ihn öffnen, denn dann würde ihre Großmutter tot sein.

*

Darby schlief jetzt in Omas Zimmer für den Fall, dass etwas passierte.

Tage und Nächte verschwammen ineinander, bis sie nur

noch einen gleich bleibenden Nebel wahrnahm; nur das Licht im Haus war einmal an-, dann wieder ausgeschaltet. Einmal wurde Darby mitten in der Nacht von einer Stimme geweckt. Nur schwer überwand sie die Erschöpfung und kam zu vollem Bewusstsein. Dann, plötzlich hellwach, setzte sie sich auf.

Die Stimme führte Darby ins Unbekannte, weit zurück in fast vergessene Zeiten, während Darbys Augen in dem ungewissen Licht die Großmutter zu erkennen suchten; sie saß aufrecht im Bett.

»Woanders und in anderen Zeiten hätten wir es vielleicht nicht so intensiv erlebt – aber es war eben diese schwierige Zeit. Man hat Angst vor schweren Zeiten, aber starke Bindungen werden durch Hindernisse meist noch stärker. Mitten im Chaos fanden wir die große Liebe.«

Darby beugte sich gespannt vor, fasziniert von Omas Stimme; rhythmisch bewegte sich die alte Dame vor und zurück wie bei einem nächtlichen Lobgesang.

»Wäre unsere Liebe anders geworden, wenn wir so viele Jahre hätten zusammenbleiben können? Das habe ich mich gefragt, kann es mir nicht vorstellen, aber wir waren nur ein halbes Jahr verheiratet.« Sie kicherte leise. »In dieser Zeit war uns jeder Augenblick kostbar.« Ihre Stimme schien weit weg in der Vergangenheit.

Wie schön war der Zauber dieser träumerischen Erinnerung im Vergleich zu den Hustenanfällen und den ängstlichen Rufen. Oma Celia wollte nach Darbys Hand greifen. Darby kam zu ihr und ergriff die ausgestreckten Finger; überrascht sah sie in dem hereinscheinenden Licht, dass ihre Großmutter bei vollem Bewusstsein und mit leuchtenden Augen dasaß. »Darby, machst du mir das Fenster auf?«

»Natürlich.« Darby lehnte sich ungeschickt über das Bett und öffnete das Fenster einen Spalt. Kühle Luft strömte ins Zimmer und Mondlicht schien durch die offenen Vorhänge.

»Diese Schachtel auf meinem Toilettentisch, die Onkel Marc mir gemacht hat. Bring mir die bitte.«

Darby ging zum Lichtschalter.

»Liebes, mach bitte nicht das Licht an. Der Mond ist hell genug. Ich möchte nicht, dass diese – diese zauberhafte Nacht zerstört wird. Hier bin ich in der Erinnerung deinem Großvater wieder begegnet.«

»Ja, Oma.«

Darby holte die kleine geschnitzte Schachtel, drehte sich um und blieb abrupt stehen. Da saß Oma Celia, sie selbst und das Bett vom hellen Mondlicht überflutet. Sie war schön. Ihr wirres weißgraues Haar leuchtete wie ein Engelsmantel bis auf die Schultern.

Celias Hand zitterte, als sie nach der Holzschachtel griff. Einen Moment lang fragte sich Darby, ob das Wirklichkeit sei oder ob sie vielleicht noch schliefe. Selbst die Fragen, die sie die ganze Woche lang hatte stellen wollen, vergaß sie, als sie ihre Großmutter in der geschnitzten Schachtel suchen sah.

Oma Celias Stimme durchbrach die Stille im Zimmer: »Ich habe lange nicht von ihm gesprochen. So war es leichter für mich und auch für deine Mutter. Sie sehnte sich so sehr danach, ihn kennen zu lernen. Auch als ich alle Hoffnung verloren hatte, hat deine Mama daran festgehalten. Ich hatte zu viel von ihrem Papa erzählt, aber am Ende zerstörten die Tatsachen doch ihre Hoffnung. Darum habe ich nicht mehr von ihm gesprochen, wir mussten ihn ja zurücklassen. Aber in all den Jahren war er hier drin, immer in meiner Nähe.« Oma legte die Hand auf ihr Herz.

Heftiger Husten unterbrach die Stille. Oma Celia hielt sich ein Papiertuch vor den Mund, dann zerknüllte sie es in ihrer knochigen Hand. Ihr schwaches Lächeln erschien wieder. »Vielleicht wäre es anders geworden, wenn dein Großvater und ich ein gemeinsames Leben hätten führen können. Vielleicht wären wir so geworden wie andere Paare, die zusammen alt geworden sind. Aber für mich ist er immer noch der wundervolle Mann, der mir den Verstand geraubt hat. Du hättest ihn geliebt, Darby. Du hast mich an ihn erinnert. Ihr wart beide so voll Leben, Lachen und Abenteuerlust. Bereit mit allem fertig zu werden, was kommt.«

Darby hatte ihre Großmutter noch nie so viel von ihrem Großvater sprechen hören und aus irgendeinem Grund hatte sie auch nie viel über ihn gefragt. Er war schon lange gestorben, irgendwann im Krieg, und viel mehr wusste sie nicht. Die Art, wie ihre Großmutter jetzt von ihm sprach, machte sie sehr neugierig und Omas Stimme hatte noch nie so geklungen wie jetzt. Sie schien ganz in ihre Erinnerung versunken, schien jeden Gedanken nachzufühlen, jeden Moment zu genießen.

Das Mondlicht beleuchtete einen winzigen Gegenstand, den Oma aus der Schachtel nahm. »Hier ist er.«

Darby schaute näher hin.

»Für uns beide ist es in diesem Leben zu spät, aber eine Sache muss noch getan werden ...« Wieder musste Celia husten. Darby hielt sie nach vorn und tastete hinter sich nach dem Wasserglas. Der Husten schüttelte Omas mageren Körper, aber die Stöße wurden langsamer und hörten dann auf. Darby nahm ihr das Papiertuch ab, das sie vor den Mund hielt, und hielt ihr das Glas hin. Selbst in dem, was Celia zauberhaftes Mondlicht nannte, sah Darby hellrote Spritzer auf dem Tuch, das sie wegwarf.

»Das sollst du haben.« Omas Stimme war heiser, ihre Hand zitterte.

»Ein Ring?«

»Nur ein halber Ring. Dies ist der Verlobungsteil. Die Hochzeitshälfte ist weg. Siehst du die Diamanten hier oben?«

Darby sah, dass an der Stelle der üblichen Fassung ein zweiter, um den Rand herum mit Diamanten besetzter Ring war.

»Dein Großvater hat diesen Ring entworfen.« Oma räusperte sich und setzte sich aufrechter. »Wenn man die Hochzeitshälfte anfügt, hat man zwei schmale, zusammengeschlossene Ringe, von Kostbarkeiten umgeben.«

»Wunderschön«, flüsterte Darby und schaute ihrer Großmutter ins Gesicht. Sie müsste sich jetzt ausruhen. Aber so müde und erschöpft ihr Gesicht auch aussah, es hatte einen entschlossenen Ausdruck. »Was ist mit der anderen Hälfte passiert?«

Oma Celia lächelte. »Ich habe dir so viel erzählt, liebe Darby.« Ihre Finger streichelten Darbys Wange. »Seit du klein warst und voller Staunen, habe ich dir meine Geschichten erzählt. Aber was wirklich passiert ist, habe ich dir nicht erzählt. Ich wollte dir nicht die Freude nehmen, die in deinen Augen war. Als deine Mutter klein war, habe ich ihr viele besondere Augenblicke vorenthalten, weil ich in meiner eigenen Trauer gefangen war. Dich wollte ich schonen, aber andere Kräfte haben das Staunen aus deinen Augen verschwinden lassen. Ich sehe eine Leere in dir – ich kenne sie aus Erfahrung. Aber du läufst davor weg, du traust dich nicht, dich selbst zu sehen.«

Darby betrachtete ihre Großmutter lange. Wie war ihr eigenes Leben so plötzlich zum Thema geworden? »Oma, mach dir keine Sorgen um mich. Ich bin glücklich, sehr glücklich.«

»Aber du hast die Freude verloren. Es hat Jahre gedauert, bis ich das gemerkt habe. Ich habe gesehen, wie verletzt du als Kind warst, als du endlich verstanden hattest, dass dein Vater nicht wiederkommen würde. Und ich glaube, du bist nie darüber weggekommen, dass deine Freundschaft mit Derek auseinander gegangen ist. Am deutlichsten sehe ich es an deiner Arbeit. Du versteckst dich hinter der Kamera, früher hast du damit getanzt. Ja, deine Arbeit hat sich am meisten verändert.«

Darby lehnte sich im Sessel zurück. Was sollte sie dazu sagen? Die Worte verletzten sie tief, gerade weil sie sie nicht wahrhaben wollte.

Oma drückte ihre Hand und atmete tief. »Hab keine Angst. Halt mich nicht so fest. Du musst wissen, dass du dich auf Menschen nicht verlassen kannst – sie enttäuschen dich, brechen dir das Herz, sterben dir weg. Du kannst sie lieben und geliebt werden, aber investiere nicht alles in einen anderen Menschen; dazu sind wir zu unvollkommene Geschöpfe.«

»Aber was soll ich machen?«, fragte Darby. »Wie kann ich dich gehen lassen?«

»Ich bin immer bei dir. Du brauchst mich nicht gehen zu lassen. Aber innendrin, in deinem Herzen, brauchst du mehr als nur mich. Ich konnte Gott erst wirklich finden, als ich meinen Mann verloren hatte. Ich glaube zwar nicht, dass Gott wollte, dass ich Gunther verliere – ich verstehe immer noch nicht alles, was Gott tut. Kann ich natürlich nicht. Aber bald werde ich erkennen, wie ich erkannt bin.«

Oma lächelte, aber ihre Stimme wurde rau. »Manches weiß ich. Als ich schwach war, hat Gott mich stark gemacht. Menschen sind dafür da, dass man sie liebt und wieder geliebt wird. Aber Gott ist der Platz, wo unser Herz, unsere Seele und unser Denken hingehört. Er lässt dich nie im Stich, das kannst du mir glauben.«

Oma schloss die Augen lange. Ihr Griff um Darbys Hand lockerte sich. Ihre Stimme klang leise und mühsam, kaum mehr als ein Flüstern. »Dieser Ring gehört zur letzten Geschichte, die ich für dich habe. Und jetzt wird sie zu deiner Geschichte. Aber, mein Kleines, ich kann sie nicht abschließen. Das musst du tun.«

»Brauchst du Sauerstoff?«, fragte Darby, griff nach der Maske auf dem Nachttisch und öffnete das Ventil der Flasche. Oma nahm die Maske und atmete zwei- oder dreimal tief ein, dann setzte sie sie auf die Brust.

»Kann jetzt nichts erklären. Vertrau mir. Du siehst es, wenn du hinkommst.« Sie atmete noch mehrmals tief ein, öffnete die Augen und lächelte schwach. »Du wirst mehr finden, als ich mir denken kann. Und das wird nach mir dein Leben werden: eine Reise ins Unbekannte, alte Geheimnisse entwirren und Unrecht wieder gutmachen.« Oma nahm einen langen, tiefen Atemzug. »Dein Leben wird anders werden. Ich bete darum, dass du dich richtig entscheidest, wenn es so weit ist. Ich gehe jetzt bald. Ich bin vorbereitet. Dann findest du alles für den Anfang im Tresor. Deine Mutter hat den Schlüssel.«

»Oma, ich verstehe überhaupt nichts.« Darby zitterte am ganzen Körper.

»Ich weiß. Ich weiß, Liebling.«

Darby sah, dass ihre Großmutter unbedingt Ruhe brauchte. Aber sie musste noch so viel wissen: Was wollte ihre Großmutter von ihr? Wie konnte sie eine Geschichte abschließen, von der sie nichts wusste? Und was hatte ihre Großmutter damit gemeint, dass Tatjana ihren Namen brauchte?

Darby griff nach der Hand ihrer Großmutter. Sie öffnete den Mund, um ihre vielen Fragen anzubringen, aber Oma Celia hob eine Hand, um sie zum Schweigen zu bringen.

»Nicht jetzt, Kleines. Später. Wenn es Zeit ist, wird sich alles klären. Vorläufig ist es genug.«

»Aber Oma ...«

»Vertraust du mir?«

»Ja.«

»Dann vertrau mir auch. Du wirst alles erfahren. Schritt für Schritt. Sehr bald.«

Darby wollte widersprechen und den Lauf der Zeit nur ein wenig aufhalten – diesen Augenblick verlängern.

Sie wusste, sie würden nie wieder so miteinander sprechen können.

Irgendwann am Morgen hörte sie Stimmen. Darby wachte in ihrem Zimmer auf und versuchte sich zu erinnern, wann sie dahin gekommen war. Müde schlurften ihre Füße über den Teppich und blieben vor der Tür ihrer Großmutter stehen. Ihre Mutter hielt Oma Celias Hände. Eine Träne fiel von Caroles Gesicht. Wieder weinte ihre Mutter. Darbys Füße fühlten sich steif und schwer an vor Angst. Aber dann hörte sie die Stimme ihrer Großmutter – sehr langsam und mühsam mit Atempausen. Darby fielen die Liste von Symptomen und das »Nach-Luft-Schnappen« ein.

»Ich muss mich entschuldigen«, sagte Oma Celia, atmete heftig ein und dann langsamer. »Egal, was du sagst.«

»Ich habe dich lieb, Mutter.«

»Ich wünschte so sehr, ich hätte dich besser behandelt.« Oma hielt die Augen geschlossen und öffnete sie nur hin und wieder. Darby wusste, in diesem Augenblick sollte sie beide allein lassen. Aber ihre Füße wollten sich nicht bewegen, ihre Hand ließ den Türpfosten nicht los. Sie wusste wenig von der Kindheit ihrer Mutter. Wie war das gewesen in der Nachkriegszeit mit einer eingewanderten Mutter und einem Vater, der weit weg in Europa gestorben war? Und was hatte ihre Mutter später dazu gebracht, ihr Studium fallen zu lassen wegen eines Mannes, der sie am Ende alle fallen ließ?

»Es hat lange gedauert – zu lange –, bis ich stark genug war«, flüsterte Oma. »Ich habe dir zu viel zugemutet.«

»Mutter, du musstest doch ganz neu anfangen. Sogar deine Sprache war anders.« Carole kam näher. »Ich habe mich gefragt, was du verloren hast, als du deine Muttersprache aufgabst. Worte, die man auf Englisch nicht schnell genug finden konnte. Geschichten, die man nie richtig übersetzen konnte. Ich habe erlebt, wie du dich umgestellt hast und etwas Neues geworden bist.«

»Auf deine Kosten.«

»Nein, ich habe dich bewundert – auch wenn es mir nicht gleich bewusst geworden ist.«

»Du hast deinen Vater vermisst. Und meinetwegen hast du Österreich gehasst, deine Heimat.«

»Nein, nicht deinetwegen. Ich hasste es, weil es uns alles weggenommen hat. Ich wollte nichts von Sonnenuntergängen in den Bergen hören, weil ich immer nur das Gesicht meines Vaters sehen konnte, der nicht da war, und die Großeltern, die ich nie haben konnte. Du bist nicht schuld. Was passiert ist, ist schuld – und der Gedanke daran macht mir immer noch Angst.«

»Aber Gott hat mehr gegeben – mehr, als ich hatte. Allerdings habe ich sehr lange gebraucht, um das zu merken. Aber du – meine Tochter – du brauchst nicht so zu leben. Halte dich an Gott fest, dann wird er dir helfen, heil zu werden, damit du nicht alles Schwere durchmachen musst, was ich erlebt habe. Ich möchte auch nicht, dass Darby ihr ganzes Leben so verbringt. Darum habe ich ihr diesen besonderen Auftrag gegeben, von dem ich gesprochen habe ...« Das zu sagen, schien Oma alle Kraft zu kosten. Darby kam herein, aber ihre Mutter sah es auch. Sie unterbrach Oma Celia sanft.

»Ruh dich jetzt aus. Du brauchst jetzt Ruhe. Wenn es dir hilft, sollst du wissen, dass ich dir alles vergebe, was dir Leid tut. Aber für mich bist du eine großartige Frau und eine wunderbare Mutter.«

In den nächsten Tagen war Oma Celia meist bewusstlos und selten wach. Die Pflegerin kam täglich und Darby und ihre Mutter hielten Wache; immer wenn die Atmung kurz aussetzte, bekamen sie Angst. Aber die Großmutter schlief ruhig, ihre Medikamente halfen gegen die Schmerzen und den Husten. Mehrmals wurde sie unruhig, bewegte sich heftig und murmelte auf Deutsch – eine Sprache, die zu sprechen sie sich seit langer Zeit nicht mehr erlaubt hatte.

Eines Morgens, als es anfing hell zu werden, warf Darby einen müden Blick auf Omas Bett. Sie fuhr auf und schaute auf ihre Brust. Die Großmutter hielt die Augen geschlossen; das mühsame Atmen war nicht mehr zu hören. Oma Celia war gestorben.

4 Viertes Kapitel

Darby lächelte, wenn es angebracht war. Irgendwie fand sie Trostworte für Familie und Freunde. Auf der Liste, die sie mit ihrer Mutter zusammengestellt hatte, war schon einiges als erledigt durchgestrichen – etwa *Lincoln-Friedhofskapelle, Besuchszeiten, Blumen, Trauerkleidung.*

Die Gespräche mit Verwandten, die sie seit Jahren nicht gesehen hatte, die Absprachen mit der Leichenhalle, sogar die Geschichten, die sie ihren beiden Nichten erzählte – alles schien sich irgendwie ohne sie selbst abzuspielen. Sie hörte sich sprechen und registrierte es auch, aber alles wirkte entfernt und fehl am Platz. Innerlich zwang sie sich zu einer ganz unwirklichen Härte, um diese erste Woche nach Omas Tod irgendwie zu überstehen.

Tatjana, was ist mit Tatjana? Die Frage belastete Darby und zugleich zog sie sich mit ihrem Verlust in sich selbst zurück. Sie wollte ihre Mutter über Oma Celia ausfragen. Sie wollte sehen, was in dem Tresor war. Aber all diese Fragen mussten warten, mindestens bis das Begräbnis mit allen Anforderungen vorbei und die Verwandten abgereist waren.

Während des gemeinsamen Essens nahm Oma Celias engste Freundin Maisie Hansen Darby beiseite. Darby sah weiter entfernt die leere Punschschale stehen und wollte sie füllen, aber sie wusste, dass sie sich jetzt einen Augenblick Zeit für Maisie nehmen sollte. Die alte Dame war seit Jahren mit der Familie befreundet und würde bald wieder nach Hause gehen. Darby zwang sich, die Augen vom Getränketisch abzuwenden und

Maisie ihre volle Aufmerksamkeit zu schenken. Es gab so unheimlich viel zu tun.

»Darby, das tut mir so Leid mit Celia. Aber sie hat doch schön lange gelebt.« Maisie legte die Hand auf Darbys Arm. »Sie hat mir eine Schwester ersetzt.«

»Ich weiß, Maisie.«

»Das Leben geht so schnell vorbei. Glaub mir, du solltest deine Jugend gut nutzen.«

»Ja, ich weiß.« Darby dachte an die zwei Aufläufe, die sie im Backofen gelassen hatte. Hoffentlich hatte Mutter sie herausgeholt.

»Vielleicht ist es kleinlich, aber ...«

»Was, Maisie?«

»Da war ein Fehler in der Rede des Pastors und im Nachruf. Das wollte ich dir sagen.«

»Ein Fehler?« Darby hörte es, während sie sah, wie ihre beiden Nichten versuchten, den letzten Tropfen Punsch aus der Schale zu bekommen. »Ich habe alles selbst vorher überprüft.«

»Es geht um Celias Geburtsort. Sie ist nicht in Wien geboren, sondern in Hallstatt.«

Darby schaute Maisie schnell an. »In ihren Papieren steht es anders.«

»Ich bin aber sicher, dass sie in Hallstatt geboren ist. Sie hat es mir selbst gesagt. Alle aus der Familie ihrer Mutter sind in Hallstatt geboren. Deine Großtante ist sogar im letzten Schwangerschaftsmonat aus Salzburg angereist, damit dein Onkel Henri am Sitz der Familie geboren würde. Das war Tradition, jedenfalls bis der Krieg alles veränderte.«

Darby schwirrte der Kopf. Was sagte Maisie da? Oma Celia hatte ihr viel von Hallstatt erzählt, dem Dorf, in dem sie aufgewachsen war. Aber als sie in Omas Papieren las, dass ihr Geburtsort Wien war, hatte sie angenommen, die Familie sei nach Hallstatt gezogen, als Celia noch klein war.

»Danke, Maisie, dass du mich darauf aufmerksam gemacht

hast.« Die Ältere schien erleichtert zu sein. »Ich versuche das zu klären, ja?«

»Gut. Ich habe gehofft, vielleicht könnte die Zeitung eine Berichtigung drucken oder so.«

»Ja, vielleicht.« Darby ging weg, zurück in die Hektik der Erledigungen. Aber ihre Gedanken kehrten immer wieder zu Maisies Worten zurück.

Endlich wurden die Anrufe weniger und die Verwandten verabschiedeten sich. Darbys Schwester Maureen Lamont fuhr mit ihren Zwillingen wieder nach Sacramento. Der Kühlschrank war immer noch überfüllt mit Essen, das Freunde zubereitet hatten. Darby war überrascht gewesen, wie viele Menschen im Lauf der Jahre mit Oma Celia verbunden gewesen waren, als sie jetzt kamen, um zum Traueressen beizutragen – aber sie hoffte nie wieder Auflauf essen zu müssen. Jetzt, nach der Beerdigung, wirkte die Stille im Haus wie ein Schrei: *Was nun?*

Darby beobachtete ihre Mutter und bemerkte, dass sie in einem ähnlich waren: Beide stürzten sich in Arbeit, wenn ein Schicksalsschlag kam. Aber was würde ihre Mutter jetzt tun?

»Du weißt ja, dass du zu mir nach Redding ziehen kannst«, fing Darby an, als sie ihrer Mutter half die Spülmaschine auszuräumen. »Wenn das Schulsemester vorbei ist und Clarises Nichte auszieht, habe ich ein Zimmer mehr in der Wohnung.«

»Danke, Liebling. Maureen hat mich auch eingeladen nach Sacramento zu ziehen. Und Tante Helen und Onkel Marc haben mir angeboten in Südkalifornien zu bleiben, solange ich will. Um ehrlich zu sein, ich weiß es noch nicht.«

Darby sah ihre Mutter an; noch nie hatte sie so verletzlich und zart ausgesehen. Darby spürte plötzlich den Wunsch sie zu umarmen, aber stattdessen räumte sie weiter Plastikgeschirr ein.

»Es kommt ja nicht unerwartet«, sagte Darbys Mutter und

schaute hinaus über die Allee und zu den weinbewachsenen Hängen dahinter. »Ich habe darüber nachgedacht. Aber jetzt, wo Oma wirklich gestorben ist, weiß ich nicht, wohin ich gehen soll. Es ist ein merkwürdiges Gefühl, wenn deine Mutter stirbt. Niemand liebt einen so wie die Eltern. Außer Gott natürlich. Wahrscheinlich muss ich Gott fragen, wie es weitergehen soll.«

Die Worte ihrer Mutter erschreckten Darby so, dass sie fast die Schüssel fallen ließ, die sie in der Hand hatte. Sie gingen zwar alle ziemlich regelmäßig zur Kirche, aber nur Oma hatte von ihrem Glauben gesprochen. Für die anderen gehörte es einfach zum Leben wie Einkaufen oder Kinobesuche. Vielleicht war es mehr, aber es könnte auch weniger sein. Darby fiel ein, was sie vor so vielen Jahren einmal gesagt hatte: *Vergebung ... Ich gehöre dir ... Komm in mein Herz.* Aber allmählich waren die Worte mit ihr verschmolzen und zu einem verborgenen Teil ihres Lebens geworden. Ihre Mutter über Gott sprechen zu hören weckte ein seltsames Gefühl in ihr. Wie oft hatte sie Oma so reden hören? *Meine Gebete sind immer bei dir, Darby. Gott hat dich nicht aufgegeben.* Schon ein paar Mal vor Omas Tod hatte Darby ihre Mutter etwas Frommes sagen hören, aber nicht so, als ob Gott zu ihrem täglichen Leben gehörte.

Das Geschirr wurde ohne weitere Gespräche fertig eingeräumt. Mutter stapelte die sauberen Backbleche und Auflaufformen und stellte sie dann in eine Kiste, um sie Freunden und Verwandten wiederzugeben. Darby beschloss, jetzt sei die richtige Zeit zu fragen. Ihre Fragen hatten lange genug gewartet.

»Mama, Oma Celia hat mir etwas gesagt, bevor sie starb. Ich soll irgendetwas tun.« Darby sah, wie ihre Mutter das Einräumen unterbrach und sich ihr zuwendete.

»Ich weiß. Oma hat mit mir darüber gesprochen, ehe du kamst. Ich will Fred anrufen und sehen, ob er kommen kann. Er hat gesagt, er möchte das Testament mit uns zu Hause besprechen, weil Oma eine gute Freundin war. Und ich habe den Schlüssel.«

»Für den Tresor?«

»Ja.« Carole streichelte Darbys Hand. »Ich wünschte, Maureen könnte zu diesem Besuch noch einmal kommen, aber jetzt muss es so gehen. Hat es noch Zeit bis heute Nachmittag?«

»Gut, heute Nachmittag.«

Darby lief im Haus hin und her. Sie brauchte Antworten und sie wollte sie gleich.

Sie ging durch die Zimmer des Hauses, in dem sie einen großen Teil ihres Lebens verbracht hatte. Äußerlich hatte sich nicht viel verändert: Omas und Mamas viktorianische Einrichtung blieb da und in Maureens Zimmer hing immer noch ein Bryan-Adams-Poster, obwohl es jetzt das Nähzimmer war. Darbys Zimmer mit ihrer violett-weiß gemusterten Bettdecke war in ein hübsches Gästezimmer verwandelt worden. Alles sah normal aus wie in jedem anderen Haus am ländlich geprägten Pappelweg. Aber die Atmosphäre war jetzt anders. Wie konnten in einer so normalen Umgebung so viele Geheimnisse versteckt sein? Darby wusste, dass die unheimlichen Fragen schon lange wie Gespenster darauf lauerten, beantwortet zu werden.

Sie konnte diese Gedanken nicht mehr aushalten; sie wusste, wohin sie gehen musste. Die Hektik um das Begräbnis und die Gäste hatte sie davon abgelenkt, sich von Oma zu verabschieden. Jetzt war es Zeit.

Im Schuppen holte sie die Gartenschere und ging gleich in den verwilderten Rosengarten. Oma hatte den Garten mit einem kreisrunden Weg angelegt und ihr Lieblingsbusch stand genau in der Mitte. Darby stand vor dem Rosenstrauch und schnitt die schönste Blüte ab, die es jetzt im Herbst gab. Sie streifte die unteren Blätter ab, ließ die Reste auf dem Boden liegen und ging zu ihrem Wagen.

Als Darby am Friedhof ankam, war das Eingangstor geschlossen. Sie parkte und ging durch die Fußgängerpforte. Omas Grab war leicht zu finden. Schon vor Jahren hatte sie sich einen Platz ausgesucht, der unter einer der wenigen großen Eichen lag.

Darby betrachtete den grünen Rasenhügel mit der frischen schwarzen Erde an den Rändern. Es kam ihr unwirklich vor, dass ihre Großmutter irgendwo unter diesem Stück Erde lag. Die Finger, die ihre Wange gestreichelt hatten, seit sie ein Kind war, waren jetzt kalt und tot. *Wie lange dauert es, bis der Körper zu Erde wird?* Der Gedanke ließ ihr einen Schauer über den Rücken laufen. *Nicht Oma, nicht meine Oma Celia. Aber der Tod ist so natürlich wie die Geburt, oder? Der Körper ist nur ein Gehäuse für den Geist, der weiterlebt. Dann kommt der Himmel, die Engel, Gott.* Für Oma wünschte Darby, dass es wahr wäre, wahrer als dieses Leben. Aber als sie da so stand, war der Himmel so weit weg und unerreichbar. Sie starrte auf den Platz, wo bald nur noch ein Grabstein an ein ganzes Leben erinnern würde:

Celia Rachel Müller, geliebte Großmutter und Mutter.

Die Frau, die sie so liebte, würde bald nur noch irgendein Name zwischen all den aufgereihten Granitsteinen sein, irgendein Grab auf irgendeinem Friedhof.

Hoffentlich gibt es noch etwas nach diesem Leben.

Darby kniete sich ins Gras, um sich ihr näher zu fühlen. Aus dem nasskalten Rasen zog die Feuchtigkeit in runden, nassen Flecken durch ihre Hose und um ihre Knie. Sie beugte sich vor und fuhr mit dem Finger an der frischen Erdkante entlang. Oma Celias Ring fiel nach vorn und hing in der Luft an der Goldkette, die Darby um den Hals trug. Als sie den Ring in die Hand nahm und mit einem Finger um den warmen Metallreif strich, segelten ein paar abgefallene Eichenblätter nach unten.

Wird mein Leben zerstreut und weggeblasen wie diese Blätter?, fragte sie sich. Sie hatte eine Mauer um sich gebaut und gut gepflegt. Jetzt bröckelte diese Mauer. Was hatte Oma gesagt, als sie zum letzten Mal miteinander sprachen? Dass diese letzte Geschichte auch ein Teil ihres Lebens werden würde – dass

Darby Entscheidungen treffen müsse – hoffentlich die richtigen? Es erschütterte sie zutiefst, es zeigte ihr Stellen in ihrem Inneren, über die sie nie gewagt hatte nachzudenken, denn wenn sie es täte, wer wusste, was sie finden würde?

Vielleicht wollte sie dieses geheimnisvolle Unbekannte gar nicht kennen lernen. Darby hatte immer selbst geplant, was sie tun wollte, und folglich hatte alles perfekt funktioniert. Jedenfalls sagte sie sich das immer, wenn Zweifel aufkamen. Und jetzt dies: Tatjana; Geheimnisse; Schatten. Vielleicht würde die Wahrheit alles zerstören, was sie kannte, was sie selbst war. Aber sie konnte nicht zurück. Der Anfang würde der Tresor sein. Was dann kam, wusste sie nicht.

Darby legte die einzelne Rose auf den frischen Rasenhügel.

»Ich wollte mich verabschieden. Ich kann den Gedanken, dass du weggegangen bist, immer noch nicht ertragen. Aber das verspreche ich dir, Oma: Alles, was du von mir willst, will ich tun, so gut ich kann. Darauf kannst du dich verlassen.«

Sie stand auf und ging langsam weg. Mit einem Blick zurück dachte sie daran, wie Oma sich über die Blume auf ihrem Grab freuen würde. Ihre Lieblingsblume, eine hellgelbe Rose, leuchtete im Licht des Vormittags.

5 Fünftes Kapitel

Überrascht schaute Brant auf die Schwarz-Weiß-Fotografie. In den vielen Jahren, die er Gunther schon kannte, hatte sein väterlicher Freund ihm dieses Bild nie gezeigt.

Er lehnte sich bequem in den ledernen Ohrensessel zurück: Gunthers Sessel. Schon hier zu sitzen, gab Brant das Gefühl, ihm näher zu sein. Ein leichter Geruch von seinem bevorzugten Pfeifentabak, der von dem weichen Leder ausging, machte Brant noch einmal bewusst, wie sehr er die Zeiten bei dem alten Mann vermisste. Er wusste, bald würde er zum letzten Mal in Gunthers Arbeitszimmer sitzen. Nach diesem Tag, ohne die Anwesenheit seines lieben Freundes, würde das Zimmer nie mehr so sein wie vorher. Und wenn es erst umgestaltet wäre, würde Brant nicht mehr oft von Salzburg in sein altes Sommerhaus neben Gunthers Haus reisen. Wenn Gunther nicht mehr hier war, gab es in Gosau nur noch Erinnerungen für ihn. Er hasste Veränderungen – besonders so schwer wiegende und dauerhafte wie diese.

Brant schaute wieder auf das alte Foto. »Das ist also deine verlorene Geliebte«, murmelte er und betrachtete die beiden Gesichter.

»Ja, und seine einzige Geliebte.«

Erschrocken drehte Brant sich um und sah Ingrid, Gunthers Frau, in der Tür. Er wollte etwas sagen, um seine Worte irgendwie zurückzunehmen. Wenn er gewusst hätte, dass sie ihn beobachtete, hätte er nichts gesagt.

»Du brauchst nicht überrascht zu sein.« Ingrid kam ins Zimmer. Sie stellte sich neben Brant und betrachtete die strahlenden Gesichter des jungen Paares auf dem Bild. »Gunther hat mich nur geheiratet, weil ich seine Hilfe brauchte. Nach dem Krieg war Europa nicht gerade sicher für eine Ledige mit zwei Kindern. Gunther hatte Mitleid mit mir, das war damals genug.«

»Bestimmt hat er dich später geliebt«, sagte Brant schnell. Als er das Foto wieder in den braunen Umschlag schob, spürte er etwas darin. Aber Ingrid war mit im Zimmer, immer wachsam und misstrauisch, und er ließ sich nichts anmerken.

Sie lachte. »Im Lügen warst du noch nie gut, Brant. Auch als du noch klein warst, wusste ich es immer. Wenn du lügst, guckst du weg und fängst dich mit irgendetwas anderem an zu beschäftigen.«

Brant betrachtete die scharfen Linien ihres faltigen Gesichts, als sie die Hüfte an den Sessel lehnte, der ihm gegenüber stand. War da Schmerz in ihrem Lächeln?

»Gunther hat mich nie geliebt, wie man seine Frau liebt. Lange dachte ich, das hinge mit meiner Vergangenheit zusammen. Es ist schwer, Achtung für eine Frau aufzubringen, die eine Zuchtkuh für Nazioffiziere war.«

Brant biss die Zähne zusammen. Darüber wollte er nichts hören. Er suchte nach Worten, fand aber keine.

»Ich hätte wissen müssen, warum. Der Grund war sie.« Ingrid zeigte auf den Umschlag neben Brants Sessel. »Über den Verlust ist er nie weggekommen. Ich habe beide gekannt, als sie noch jünger waren. Wie sie sich angeschaut haben, das vergesse ich nie. Ich wollte, dass er mich so anschauen sollte. Aber sein Herz gehörte ihr, auch als sie schon tot war. Mindestens einmal im Jahr, an ihrem Hochzeitstag, ist er diesen Berg hinaufgegangen zu ihrem Grab. Unseren haben wir nicht ein einziges Mal gefeiert.«

Brant beobachtete Ingrid. Was sollte er ihr sagen? In den vielen Jahren, die er Gunther und Ingrid kannte, hatte sie nie so offen zu ihm gesprochen. Er war der Lausejunge und sie war froh, dass er nur im Sommer ins Nachbarhaus kam. Das hatte sie ihm gesagt, als ihr Küchenfenster einmal von einem Stein zerbrochen wurde. Sie ahnte ja nicht, dass ihr Enkelsohn Richard den Stein geworfen hatte.

»Wir haben die ganzen Jahre im selben Haus gewohnt, aber keiner hat am Leben des anderen teilgenommen. Gunther hat dir also von ihr erzählt?«

»Ein bisschen.«

»Was hat er gesagt? Nach unserer Hochzeit hat er nie mehr von ihr gesprochen.«

Brant zögerte. Er wollte nicht zu viel preisgeben, auch nicht diese lange zurückliegenden Geheimnisse. »Nur dass die Nazis sie erwischt haben. Sie versuchten, aus Europa zu fliehen und mussten sich trennen. Sie wurde gefasst, nach Mauthausen gebracht und hingerichtet. Das weißt du bestimmt.«

»Ja. Sie stammte aus einer bekannten Familie und war Halbjüdin. Darum haben die Nazis sie geholt.«

»Viel hat er mir nicht erzählt.« Brant schaute weg und nahm Gunthers Pfeife von dem Schreibtisch, der neben ihm stand.

Ingrid sagte mehrere Minuten lang nichts. Sie blickte Brant so durchdringend an, dass er unruhig im Sessel hin- und herrutschte. Als Kind hatte er immer Angst vor Ingrid gehabt und etwas von dieser Angst war geblieben. Gunther umarmte einen oft und kräftig, schlug einem auf die Schulter – er strahlte Wärme aus. Um Ingrid war es kalt, selbst wenn sie lächelte. Wahrscheinlich war sie als junge Frau schön gewesen, aber etwas in ihrem Blick hatte er nie gemocht. Einmal hatte Gunther Brant erzählt, dass Ingrid wie alle anderen im Krieg die Hölle durchgemacht hatte. Aber Ingrid war die bösen Geister nicht losgeworden; sie verfolgten sie immer noch.

»Wenn du mehr wüsstest, würdest du es mir doch nicht sagen; das weiß ich.« Ingrid stand auf. »Wenn du alles auf den Speicher bringen könntest, dann kann ich es da aufbewahren, bis ich weiß, ob ich das Haus verkaufen oder als Sommerhaus behalten will. So wie es Gunther geht, kommt er bestimmt nicht wieder.«

»Gib Gunthers Sachen nicht weg.«

»Nein, Brant.« Ihre Stimme klang herablassend. »Aber ich will dieses Zimmer nutzen. Der Dachbalkon mit den Fenstertüren hat mir schon immer gefallen und ich fand es schade, ein verräuchertes Arbeitszimmer daraus zu machen. Vielleicht benutze ich es als Strick- oder Teestube. Den Winter über bleibe ich in München, dann sehen wir mal. Wie lange brauchst du, um seine Sachen einzupacken?«

Brant stand auf. Er brauchte alle Kraft, um sich zu beherrschen. Und diese Frau fragte sich, warum Gunther sie nicht lieben konnte! »Dieses Wochenende schaffe ich alles weg.«

Der Gedanke, dieses Zimmer auszuräumen, gefiel Brant nicht. Aber schließlich stand er Gunther am nächsten. Seit einem Monat hatte Ingrid ihn jede Woche in Salzburg angerufen, um ihm zu sagen, dass das seine Aufgabe war. Brant wollte nicht, dass jemand anderes Gunthers Bücher und Papiere durchsah; trotzdem mied er die Arbeit, bis Ingrid ihm drohte, alles von einer Spedition wegbringen zu lassen. Am liebsten hätte er das Zimmer für immer so gelassen. Von dem Gedanken, Ingrid könnte es in eine blumengeschmückte Teestube verwandeln, wurde ihm übel. Nein, in dieses Haus mit so vielen Kindheitserinnerungen würde er nicht mehr kommen. Wahrscheinlich würde er sogar sein eigenes benachbartes Haus verkaufen oder vermieten.

»Dein Abendessen steht für dich da. Wahrscheinlich ist es jetzt kalt.«

»Das war nicht nötig. Ich habe etwas zu essen in meinem Haus.« Brant hatte keine Lust, allein mit Ingrid zu Abend zu essen.

»Nein, du kannst hier essen. Ich habe dir ja diese Arbeit aufgedrückt. Richard muss bald hier sein. Ich habe ihn gebeten, übers Wochenende zu kommen.«

Brant behielt seinen gleichmütigen Gesichtsausdruck, denn er sah, dass Ingrid auf seine Reaktion wartete. Er fragte sich, warum sie ihren Enkel nach Gosau eingeladen hatte. Richard und Brant hatten sich nie gemocht. Ingrids Enkel war oft im Sommer bei Gunther und ihr gewesen, während Brant und seine Mutter im Nachbarhaus wohnten. Brant wusste, dass Richard seine enge Beziehung zu Gunther übel nahm. Ingrid musste wissen, dass sie sich als Kinder und auch jetzt als Erwachsene nie vertragen hatten.

Sie hatte etwas vor, das spürte er. Glaubte sie, er wisse mehr über Gunthers Geheimnisse? Brant wusste nur sehr wenig. Das Wichtigste hatte Gunther für sich behalten. Aber Ingrid wusste nicht, wie viel er wusste. Wenn Ingrid einen Verdacht hatte, dann hatte sie Richard vielleicht eingeladen, damit er ihn im Auge behielt. Aber warum bestand sie dann darauf, dass er Gunthers Sachen durchsah, und tat es nicht selbst? Es gab zu viele Fragen und zu viele Verdächtigungen.

»Ich habe nach dem Rezept gekocht, das deine Mutter mir gegeben hat.« Ingrid sah ihn forschend an. »*Fried chicken*, so heißt es doch? Ein amerikanisches Essen für dich.«

Brant wunderte sich, dass sie sich die Mühe machte, ein Essen aus seiner Heimat zuzubereiten. War das ein Friedensangebot von ihr?

»Danke, ich komme sofort«, rief Brant, als Ingrid in die Küche ging. Er hob den braunen Umschlag auf, ging zum Bücherregal und stellte die Bücher wieder auf das unterste Bord. Er war überrascht gewesen, den Umschlag hinter diesen großen Bänden versteckt zu finden. Er beschloss, ihn wieder in sein Versteck zu legen, bis er mehr Zeit hätte, ihn genau anzusehen. Aber als er den Gegenstand unten im Umschlag wieder fühlte, musste er doch schnell hineinschauen.

Gerade als er ihn öffnete, klang Ingrids Stimme durch den Flur: »Kommst du?«

Brant schob den Umschlag schnell in sein Versteck. Als er das Licht ausknipste, fragte er sich, ob Ingrid schon etwas von dem Gegenstand und dem Briefumschlag wusste. Das hübsche, freundliche Gesicht der Frau auf dem Bild fiel ihm wieder ein. Hoffentlich tat er das Richtige. Er war entschlossen, Gunthers

Geheimnisse zu bewahren, wenn er auch selbst nicht genau wusste, worin diese Geheimnisse bestanden.

Er musste vorsichtig sein.

Das soll der geheimnisvolle Tresor sein?, dachte Darby, als Fred Bishop, der Rechtsanwalt der Familie, ihn auf den Esszimmertisch stellte. Jeder Supermarkt oder Eisenwarenladen führte ähnliche »feuersichere Heimtresore«. Eine hölzerne Schatzkiste mit rostigem Schloss hatte Darby nicht erwartet, aber dies sah doch zu geschäftsmäßig aus für die Geheimnisse, die darin waren.

»Wir wollen ihn aufmachen«, sagte sie und rieb die Hände aneinander.

Fred Bishop und ihre Mutter schauten sich an, dann wieder Darby.

»Erst möchte ich ein paar Dinge klären.« Fred nahm einen Aktendeckel aus seiner Tasche.

»Bin ich die Einzige, die nicht weiß, was drin ist?«

»Wir wissen es auch nicht«, sagte ihre Mutter. Sie brachte drei Tassen Kaffee an den Tisch.

»Was wisst ihr denn?«

»Geduld, Liebling«, sagte Carole lachend. »Du tust ja wie am Heiligen Abend.«

»Nein, das hier ist schlimmer.« Darby saß am Tisch. *Warum noch warten?*

»Erst müssen wir die Geldangelegenheiten klären.« Fred blätterte in den Papieren. »Wir müssen uns über ihre Lebensversicherungspolice und ihre Geldanlagen informieren.«

»Oma hat Geld angelegt? Sie hatte doch Angst vor Bankgeschäften.«

»Ja, bei dem, was sie als Notgroschen ansah – was sie auf keinen Fall verlieren wollte, behielt sie entweder im Haus oder im Tresor. Aber von ihrem ›Extrageld‹, wie sie es nannte, investierte sie ganz gern ein bisschen. Nicht viel. Aber sie hat ihr

Geld doch ganz gut angelegt. Unter anderem bei Microsoft. Sie sagte immer, bei diesem Bill Gates hätte sie ein gutes Gefühl.«

»Was?«, riefen Darby und ihre Mutter gleichzeitig.

»In Computern?«, fragte Carole.

»Das kann nicht Ihr Ernst sein.« Darby starrte ungläubig auf die Papiere.

»Ja, in Computern, und doch, es ist mein Ernst. Tatsächlich hat sie die Aktien vor mehreren Monaten verkauft und trotz der fallenden Kurse noch fünfzigtausend Dollar gewonnen.«

»Was?«, riefen Carole und Darby wieder einstimmig.

»Sie war ganz schön schlau, meine Damen.«

»Das hast du nicht gewusst?«, fragte Darby ihre Mutter.

»Ich wusste, dass sie Aktien hatte und ein bisschen investierte. Als sie den Computer gekauft hatte, habe ich noch nicht einmal gelernt, ihn anzuschalten. Aber sie hat ihn ständig benutzt. Das weißt du ja – sie hat dir ja immer E-Mails geschrieben. Aber das hätte ich nie erwartet.«

»Mir hat sie auch nie ein Wort davon gesagt.«

»Ich glaube, sie wollte Sie beide überraschen.« Fred nahm einen Schluck Kaffee.

»Das hat sie.« Darby schüttelte den Kopf. Oma Celia mit Microsoft-Aktien? Diese Frau verblüffte sie immer wieder.

»Jetzt die Lebensversicherung. Sie war nicht besonders hoch. Sie hatte wirklich immer Angst, die Gesellschaft könnte Konkurs machen, besonders im neuen Jahrtausend; darum hat sie eine mittelgroße Summe gewählt, auch fünfzigtausend. Aber weil sie für die Beerdigungskosten selbst aufgekommen ist, ist das auch eine hübsche Summe.«

»Oma konnte vorsorgen«, sagte Darby. Sie stellte sich vor, wie ihre Großmutter all diese Pläne machte und Vorkehrungen für ihre Familie traf in dem Wissen, dass sie bald mit Fred hier sitzen würden.

»Also, Ihre Mutter bekommt natürlich das Haus und fünfundzwanzigtausend in bar. Darby, Sie und Maureen bekommen mehrere Erbstücke, das steht im Einzelnen auf Seite 18.

Maureen bekommt außerdem auch fünfundzwanzigtausend. Aber das restliche Geld ist für Sie, Darby. Ihre Mutter weiß das schon.«

»Für mich? Warum?«

»Das wollte Celia so haben.«

»Aber Moment, das sind ja fünfzigtausend, oder?«

»Stimmt.«

»Das verstehe ich nicht. Warum hat sie mir nicht genau so viel gegeben wie Maureen?«

»Ich glaube, es gibt mehrere Gründe«, sagte Fred. »Erstens hat Ihre Großmutter mir gesagt, sie wollte Sie bitten, eine Aufgabe zu erledigen, die sie selbst nicht mehr wahrnehmen konnte. Vielleicht hatte sie deshalb das Gefühl, Ihnen helfen zu wollen. Das ist meine Meinung; Celia hat nicht genau gesagt, warum. Aber sie wusste auch, dass sowohl Ihre Mutter als auch Maureen schon versorgt sind.«

»Hat Oma Ihnen gesagt, was ich für sie tun soll?«

»Nein.« Der Anwalt lehnte sich zurück und rückte seine Krawatte zurecht. Auf Darby wirkte Fred, als kenne er kein Älterwerden. Das Grau in seinen Koteletten war etwas mehr geworden und sein Bauch füllte das dunkle Jackett jetzt besser aus, aber sonst war es derselbe Fred, den sie schon immer gekannt hatte. »Ihre Großmutter wollte nicht, dass etwas von ihrer Bitte bekannt würde, bevor sie mit Ihnen darüber sprechen konnte. Aber sie machte sich Sorgen, dass jemand wegen des Geldes gekränkt sein könnte. Ich wollte gegen einen Erbschaftsprozess vorbeugen – ich habe das schon so oft erlebt. Darum hat Ihre Großmutter es Ihrer Mutter erklärt und Ihre Schwester hat einen Brief bekommen, in dem alles steht.«

»Liebling, ich weiß auch nicht, um was Oma dich gebeten hat«, sagte Carole. »Aber egal was es ist, du brauchst es nicht zu tun. Die Wünsche deiner Großmutter in Ehren, aber jetzt ist sie tot. Der Gedanke, dass du in der Vergangenheit wühlen sollst, gefällt mir nicht; du musst auch dein eigenes Leben führen. Du sollst dich nicht gezwungen fühlen, dein Leben einzusetzen, um herauszufinden, was vor langer Zeit einmal passiert ist – besonders jetzt, wo du finanziell abgesichert bist. Du kannst auch wieder nach Redding gehen und das zusätzliche Geld in dein Studio investieren; da bist du nicht gebunden. Wenn du das lieber willst, würde das Oma verstehen.«

Darby nickte. Unwillkürlich überlegte sie, was sie mit so viel Geld für ihr Studio tun könnte: ihre Hälfte des Geschäfts abzahlen und noch eine neue Ausstattung kaufen. Aber sie hatte es ihrer Großmutter versprochen.

»Ich finde, Carole hat Recht.« Fred schloss den Aktendeckel. »Dieses Geld ist nicht an Bedingungen geknüpft. Ihre Großmutter wusste, dass Ihre Mutter eine gute Rente und noch Grundbesitz hat. Maureen, John und die Zwillinge bekommen noch Aktien, die sie jetzt noch investiert hat. Nehmen Sie es also als Geschenk ohne Verpflichtung.«

»Ich werde darüber nachdenken.«

»Kannst du uns sagen, was Oma von dir wollte?«, fragte Carole.

»Um ehrlich zu sein, ich weiß es nicht genau. Ich hoffe, in dem Tresor ist etwas, was das klärt. Sie hat von Tatjana gesprochen, ihrer besten Freundin, und gesagt, Tatjana brauche ihren Namen. Sie bat mich, Tatjana ihren Namen wiederzugeben – aber ich habe keine Ahnung, was das bedeutet.«

Fred sah sie seltsam an. »Wirklich? Das habe ich überhaupt nicht erwartet. Ich habe angenommen, Ihre Großmutter wollte, dass Sie nach der Erbschaft der Familie Lange forschen.«

»Tatjana?«, fragte Carole. »Das ist die Frau, nach der Mutter immer gerufen hat, wenn es ihr so schlecht ging. Ich dachte auch, sie wollte, dass du nach den verlorenen Erbstücken suchst.«

»Diese Erbstücke gibt es also wirklich?«, fragte Darby.

Fred zuckte die Achseln. »Ich habe keine Ahnung. Celia hat alles getan, um sie zu finden, besonders im letzten Jahr. Wahrscheinlich hat sie an alle Organisationen geschrieben, die es überhaupt gibt.«

Darby dachte an den Brief von Brant Collins von der Österreichischen Organisation für Holocaust-Überlebende, den sie niemandem gezeigt hatte. »Ich weiß, aber sie hat mich nicht gebeten, weiter danach zu suchen. Wir hatten nicht viel Zeit zu reden, bevor sie gestorben ist. Vielleicht wollte sie das auch, kam aber nicht mehr dazu.«

»Hat Oma dir gesagt, wer Tatjana war?«

»Nein. Sie hat mir keinen Nachnamen oder andere Details gesagt – nur dass sie Omas beste Freundin war. Hoffentlich ist im Tresor mehr Information.«

»Egal, was wir darin finden«, sagte Carole und legte eine Hand auf Darbys, »ich habe vorhin schon gesagt, du musst in der Gegenwart leben, Liebling. Lass dich nicht so von der Vergangenheit vereinnahmen, dass du das verpasst.«

»Können wir bitte den Tresor aufmachen? Ich kann die Spannung nicht mehr aushalten.«

»Sicher.« Fred legte den Aktendeckel weg.

»Ich habe die Schlüssel.« Carole ging zum Schreibtisch und nahm zwei Schlüssel an einem Ring aus einer Schublade. »Also los.«

Darby zog den Tresor zu sich hin. Er war schwerer, als er aussah. Der Schlüssel drehte sich und der Deckel öffnete sich leicht. Sie schaute hinein, nahm vorsichtig Papiere und Aktendeckel heraus und reihte sie auf dem Tisch auf. Fred und Carole rückten näher heran.

Darby nahm ein Gummiband von einem Päckchen Briefe ab. Die Poststempel waren aus den späten vierziger und frühen fünfziger Jahren, die Briefe an verschiedene Personen gerichtet. Einer war an Tatjana Hoffmann adressiert.

»Jetzt wissen wir ihren Nachnamen.« Darby öffnete den Brief. »Kann jemand Deutsch?«

»Dein Onkel Marc, aber er kommt erst zu Weihnachten.« Carole nahm den Brief. »Ich bin schockiert, dass Oma etwas in ihrer für sie selbst verbotenen Sprache geschrieben hat.«

»Das ist im November 1945 geschrieben, vielleicht vor ihrem Entschluss?« Darby zeigte auf das Datum. Sie betrachtete die Worte: Ob sie wohl alle Auskünfte enthielten, die sie suchte? »Ich glaube, wir müssen jemanden finden, der das für uns übersetzen kann.«

»Was ist da noch?«, fragte Fred. »Ach, wahrscheinlich geht es mich gar nichts an und ich sollte lieber weggehen.«

»Bleiben Sie ruhig da – bitte.« Carole nahm seine Kaffeetasse. »Ich schenke Ihnen noch einmal ein.«

»Ich habe diesen Tresor immer angeguckt und bin vor Neugier fast gestorben. Macht es Ihnen beiden wirklich nichts aus?«

»Überhaupt nicht«, sagte Darby. Sie gab ihm einen Stapel Papiere in einer Plastiktüte. »Wir geben Ihnen Arbeit.«

»Danke. Das ist wirklich wie Heiligabend.« Und Celia war der Weihnachtsmann.

Darby blätterte mehrere Fotos durch. Sie erkannte niemanden und hinten stand nichts drauf. Die offiziellen Papiere, die sie fand, waren auch auf Deutsch geschrieben.

»Was ist das?« Darby ging um den Tisch zu Fred. Carole kam mit dem Kaffeefilter in der Hand und schaute ihnen über die Schultern.

»Es sieht aus wie Reisepapiere – ich vermute ein Pass.«

»Guckt mal den Namen an.« Darby zeigte auf die oberste Zeile. »Das sind Tatjana Hoffmanns Papiere.«

»Das Ausstellungsdatum ist 1939.«

»Das ist also Tatjana.« Darby betrachtete das schwarzweiße Passbild der jungen Frau. Aus ihrem Geburtsdatum und dem Stempel mit der Zahl 1939 ersah sie, dass das Mädchen damals etwa neunzehn Jahre alt gewesen war. Sie war hübsch mit dunklen Augen und Haaren. Sie lächelte nicht, aber um ihren Mund und in ihren Augen blitzte der Humor. Darby hatte diesen Ausdruck schon oft gesehen, wenn sie ein ernstes Foto von einem Kunden machte und jemand im Hintergrund versuchte ihn zum Lachen zu bringen.

Carole beugte sich näher zu ihr. »Warum könnte meine

Mutter den Reisepass von diesem Mädchen gehabt haben?«

»Ich weiß nicht.« Fred strich sich nachdenklich übers Kinn. »Höchstens, wenn sie zusammen in die Vereinigten Staaten gekommen wären. Vielleicht erfahren wir das aus den anderen Papieren hier. Darby, hier ist ein Brief an Sie.«

Darby legte Tatjana Hoffmanns Reisepass weg.

Der Brief war nicht vom Alter verfärbt wie die anderen Papiere. Darby öffnete den Umschlag vorsichtig und las ihn erst für sich, dann laut:

Meine liebste Darby,

dein Leben lang habe ich dir Geschichten erzählt und Worte gesagt, die ich am liebsten noch einmal sagen möchte, denn ich weiß, dass dies meine letzten Worte an dich sind. Das andere weißt du schon. Aber du brauchst keine Sonntagsschulstunde und ich bin nicht so vollkommen, dass ich dir einen Lebensplan vorgeben könnte. Gott hat einen eigenen Weg für dich. Aber dass ich so viel für mein Darby-Mädchen gebetet habe, das hilft mir jetzt eine unverschämte Bitte zu äußern. Ich weiß, dass ich damit viel von dir verlange. Aber manchmal kann man die Vergangenheit nicht einfach zudecken. Manchmal muss man Vergangenes in Ordnung bringen, damit die Zukunft nicht belastet ist. Ich kann dir nicht genau sagen, was du tun musst; das musst du entscheiden. Da ist so vieles, was ich nicht weiß und nicht erkennen kann. Aber eines ist mir sehr wichtig und darum bitte ich dich: Fahre nach Österreich.

Jetzt sehe ich dein schockiertes Gesicht vor mir und erst recht das deiner Mutter. Ja, Darby, fahre nach Österreich. Das ist mein Auftrag an dich. Ich hoffe, ich konnte dich vor meinem Tod noch darum bitten, meiner besten Freundin Tatjana Hoffmann ihren Namen zurückzugeben. Das kann erst Sinn ergeben, wenn du dahin kommst. Dann wirst du es verstehen.

Wenn du bei deinen Nachforschungen auch die Erbstücke der Familie findest, achte gut auf sie. Viele sind ihretwegen umgekommen. Ich habe gehofft, sie selbst wiederzufinden, aber ich kann dich nicht bitten, weiter danach zu suchen, denn ich weiß nicht, wie gefährlich so ein Unternehmen wäre. Aber Tatjana hat es verdient, dass du ihr wiedergibst, worum ich dich bitte: ihren Namen. Bei all dem weiß ich, dass es um mehr geht als um die Suche, auf die ich dich schicke. Ich habe das ganz sichere Gefühl, dass Gott da etwas für dich hat. Er will, dass du ihn wieder findest.

Nimm dir Zeit herauszufinden, wer du bist. Innerlich gehe ich selbst auf diese Reise und ich glaube, wir alle sollten eine solche Reise machen.

In Liebe, Celia Rachel Lange-Müller.

Darby legte den Brief auf den Tisch.

»Huh!« Fred sprach als Erster. »Celia steckt heute voller Überraschungen.«

Carole setzte sich an den Tisch, den Kaffeefilter immer noch in der Hand.

»Dann werde ich wohl nach Österreich fahren«, sagte Darby. Ihre Mutter schaute in eine andere Richtung.

6 Sechstes Kapitel

Wir haben da ein Problem.« Richard lehnte sich im Sessel zurück und legte die Füße auf den Tisch. Er blies eine Wolke von Zigarettenrauch in den Nachthimmel.

Ingrid zog ihren Pullover enger um sich und setzte sich halb auf das Geländer der Veranda.

»Bei dem Alten haben wir zu lange gewartet«, sagte Richard.

»Brant ist ja noch da.« Sie drehte sich zu ihm. »Ich weiß, dass Gunther ihm etwas gesagt hat. Wir müssen genau herausfinden, was er weiß.«

»Und wie, meinst du, können wir überhaupt etwas erfahren?«

»Wir müssen eine gute Gelegenheit finden.«

»Warten führt zu nichts. Ich bin kein geduldiger Mensch. Wir müssen etwas tun.«

»Nein, wir müssen die Zeit abwarten. Dann handeln wir.«

»Und wenn Brant gar nichts davon weiß?«

»Brant ist vielleicht nicht die einzige Möglichkeit.«

Richards Füße plumpsten auf den Boden. Er sah Ingrid an. »Es gibt noch jemanden, der etwas weiß?«

»Vielleicht. Hab Geduld. Sehr bald wissen wir, was wir tun müssen.«

»Ich fliege übers große Meer.« Darby summte die Melodie vor sich hin, während sie ihre Kleidung säuberlich zusammenlegte und in den Koffer packte. Als Kind hatte sie den Weg von Wien durch die Alpen bis zur Schweizer Grenze auf der Landkarte gesucht. Jetzt hatte sie die Karte längst weggelegt und ihre Träume hinter sich gelassen. In der Wirklichkeit war kein Platz für Märchen. Aber die Flugtickets für Hin- und Rückreise mit drei Wochen Aufenthalt dazwischen zeigten Darby, dass sie endlich doch nach Österreich kommen würde.

Sie trug ihr Gepäck zur Haustür. Vor Omas Zimmer machte sie Halt. Weder sie noch ihre Mutter waren bereit, die Sachen einzupacken – das hatte Zeit. Sie hatten das Bett gemacht, Omas gestickte weiße Tagesdecke darüber gelegt und die Kommode mit den Parfümflaschen und Schmuckkästchen abgestaubt. Alles sah wie immer aus, als ob Oma Celia einfach nur einkaufen oder in den Garten zu ihren Blumen gegangen wäre. Darby hasste alles, was ihr zeigte, dass es anders war: den Grabstein, der inzwischen aufgestellt worden war, und die Zeitungsanzeige auf dem Kühlschrank, in der vielleicht ein falscher Geburtsort stand.

Als Carole vor ein paar Wochen den Tresorschlüssel auf den Tisch gelegt hatte, war Darby sicher gewesen, dass die Schatten, die sie jede Nacht um sich spürte, endlich von der Wahrheit besiegt würden. Aber es war nicht so. Die Dokumente, Briefe und Fotos warfen nur noch mehr Fragen auf. Und nun gab es zwei Wege: die Vergangenheit zu begraben und sich an die Gegenwart zu halten oder die Antworten aus der Vergangenheit zu suchen.

Schon mehrfach hatte Darby in ihrer Kindheit diese Entscheidung treffen müssen und sie hatte die Vergangenheit immer ignoriert. Sie lebte ihr eigenes Leben mit Volleyballturnieren, neuem Make-up, Frisuren, »Was machen wir am Wochenende?« und »Was willst du werden, wenn du groß bist?« Nur ein einziges Mal hatte Darby die Fragen beachtet, die manchmal auftauchten.

Sie hatte auf ihrem Fernsehapparat die Kurzserie *Krieg und Erinnerung* gesehen. Vor ihren Augen war die schöne Natalie, dargestellt von Jane Seymour, zu einem ausgehungerten Tier mit ängstlich flackernden Augen geworden. Natalie war Insassin eines Konzentrationslagers gewesen. Das Wort kannte Darby. Ein Teil ihrer Familie war an solchen Orten umgekommen, wie sie hier dargestellt wurden. Schließlich hatte sie ihre Mutter danach gefragt. Aber Carole war ärgerlich gewesen, weil sie die ganze Woche so lange aufgeblieben war, und hatte ihr sogar verboten, in ihrem Zimmer fernzusehen – das allein zeigte schon, dass Mutters Ärger einen tieferen Grund hatte. Darby wurde selten etwas verboten und das Fernsehen sonst nie. Oma Celia hatte sie beiseite genommen und gesagt, es sei gut, dass sie jetzt wüsste, was manche Familienmitglieder durchgemacht hätten, aber beide wollten nicht mehr darüber sprechen. Nur von Oma Celias Kindheitserinnerungen an Österreich wurde erzählt: schöne, spannende Geschichten, nicht die schrecklichen, die mit den dröhnenden Stiefeln der Nazis kamen. Also fragte Darby nicht weiter, ihre Neugier legte sich. Da war etwas Entsetzliches passiert, aber sie wollte es nicht wissen und brauchte es auch nicht. Sie war nicht anders als ihre Freundinnen. Tammy Dodds Vater hatte in Vietnam gekämpft. Michelle Ingalls hatte einen Großvater, der in Korea gestorben war.

In der Oberstufe hatte Darby für den Holocaust-Kurs in Geschichte ganz gegen ihre Gewohnheit eine schlechte Note bekommen. Sie hatte im Zeugnis die Unterschrift ihrer Mutter gefälscht und außerdem zum ersten und einzigen Mal die Schule geschwänzt, als die Klasse einen Dokumentarfilm mit echten Aufnahmen aus einem Konzentrationslager sah. Mehrere Jahre später, als eine Freundin sie zu *Schindlers Liste* einlud, hatte sie etwas anderes vor. Sie mied das Thema nicht bewusst. Aber nach der heftigen Reaktion ihrer Mutter und dem Schweigen ihrer Großmutter nach einer Fernsehserie und ein paar einfachen Fragen hatte Darby unbewusst verstanden, dass es nicht gut war zurückzuschauen – bis sie Oma Celias Brief las.

Sie nahm also ihr Gepäck und verabschiedete sich von Omas leerem Zimmer. Sie würde mit einem Düsenflugzeug fliegen. Und obwohl Darby wusste, dass sie in drei Wochen wiederkommen würde, fiel ihr immer wieder die nächste Zeile ein: »Weiß nicht, wann ich wiederkehr«.

Der internationale Flughafen von San Francisco war wie eine Stadt für sich. Darby musste aufpassen, um die richtigen Ausgänge und Passagen zu finden und dabei nicht von einem Taxi oder einem Pendelbus überfahren zu werden. Während sie einen Parkplatz in der Nähe des Auslandsterminals und der Lufthansa-Linien suchten, gab ihre Mutter ihr Ratschläge.

Darby war schon ein paar Mal hier gewesen, um Freunde abzuholen, aber sie selbst bevorzugte die kleineren Flughäfen in Redding oder Sacramento, wenn sie einmal fliegen musste. Ihre bisher weitesten Reisen waren nach New Mexico zu einer Fotografenkonferenz und nach Montana, um eine Freundin zu besuchen. Plötzlich fragte sie sich, wie es ihrer alten Freundin Tristie Grant in Columbia Falls in Montana wohl ging. Grants hatten ihr eine freundliche Beileidskarte geschrieben und der Kontakt war zwar durch Entfernung und unterschiedlichen Lebensstil lose geworden, aber Darby wusste, dass sie ihre Schulfreundin jederzeit anrufen konnte und immer eine freundliche Zuhörerin finden würde. Wenn nur jemand wie Tristie mit ihr flöge, dann würde vielleicht der Klumpen in ihrem Magen nicht so schnell größer.

Als sie auf den Flughafen kamen, zählte Darbys Mutter alles auf, was man vermeiden sollte. Darby versuchte nicht zu lachen, als ihre Mutter ihr eine ganze Liste von Vorsichtsmaßregeln vortrug.

»Mama, hast du etwa auch meinen Namen in meine Strümpfe und Unterwäsche geschrieben?«

»Das hätte ich machen sollen«, sagte Carole, als sie an der Gepäckkontrolle hielten.

»Von hier aus komme ich zurecht. Danke, dass du mitgekommen bist, Mama.«

Carole umarmte Darby. »Also, dann mach es gut.«

»Es wird bestimmt schön. Es ist ja nicht, als ob ich noch nie verreist wäre. Wenn ich ankomme, rufe ich an.«

Darby wollte schnell wegkommen. Der Abschied war auch ohne lange Umarmungen und verschämte mütterliche Tränen schwer genug.

»Ich bete für dich und versuche immer noch zu glauben, dass es so irgendwie richtig ist. Aber jetzt gehe ich einfach. Ruf mich dann an.«

Ein letztes Mal umarmte Darby ihre Mutter. »Bis später, Mama.«

Als sie Carole zurückließ, spürte Darby, wie ihre Zweifel wuchsen. Doch, sie hatte schon einmal von Europa geträumt, aber das war noch mit ihrem Exfreund Derek Hunt gewesen. Er war ein begeisterter Radfahrer und wollte mit ihr durch die Landschaft fahren. Sie hatten Pläne gemacht, Flugrouten ausgesucht und Karten studiert, aber es war nichts daraus geworden. Immer mehr wurde ihr Leben von Kameras, richtiger Belichtung, Blitzlicht, Terminen und Porträtaufnahmen ausgefüllt. Jetzt hatte sie sich freiwillig von allem losgerissen, was ihr vertraut und sogar sicher war. Warum tat sie das?

Als sie im Flugzeug saß und ihr Gepäck in der Ablage verstaut hatte, wurden aus ihren Zweifeln Angst. Tatsächlich, nun flog sie wirklich nach Österreich. Aber es war nicht wie ein großes und wunderbares Abenteuer. Plötzlich fühlte sich Darby wie jemand, der sich am Rand eines Schwimmbeckens festhält und spürt, dass seine Finger gewaltsam gelöst werden. Würde sie sinken oder schwimmen?

Das Flugzeug ließ das vertraute Land hinter sich und Darby fühlte sich nicht mehr sicher.

7 Siebtes Kapitel

Ich bin allein. Allein, allein, flüsterte es in ihr, während sie mit der Menschenmenge zur Gepäckausgabe in Salzburg ging. Zum ersten Mal wurde ihr klar, wie man sich als Fremder in einem fremden Land fühlt. Sicherlich, sie ging mit reichen Geschäftsleuten auf Wandertouren, aber das kam ihr doch irgendwie sicherer vor – zu Hause im guten alten Amerika.

In dem verrauchten Terminal, das voll mit geschäftigem Lärm war, blieb sie stehen. Sie fühlte sich gefangen, umgeben von Leuten, die verschiedene Sprachen redeten, und unsicher in diesem Land, von dem sie so wenig wusste außer Omas Alpenwanderungen und dem Duft der Bäume. Würde sie sich im Flughafen verirren oder sobald sie herauskam? Wo genau war der Zoll? Würde man all ihr Gepäck durchsuchen, wie sie es im Kino gesehen hatte? Hatte sie etwas vergessen?

Zum dritten Mal seit der Landung griff Darby nach dem Pass in der Vordertasche ihrer Handtasche. An der Gepäckausgabe stand eine dicht gedrängte Warteschlange. Endlich kamen ihre zwei schwarzen Koffer an und sie drängte sich durch, um sie anzunehmen. Es war ein Balanceakt, die Koffer, Fotoausrüstung, Sporttasche und Handtasche aufzuladen und zur nächsten Kontrolle zu schieben. Darbys Augen brannten und jetzt dachte sie dankbar an das strenge Rauchverbot in Kalifornien. Der nächste Halt war an der Zollstelle und sie stellte sich in die Schlange für Bürger nichteuropäischer Länder. Sie schob ihren Pass dem jungen Mann hinter dem Schalter zu. »Tut mir Leid. Ihr Pass ist ungültig«, erklärte der Beamte.

»Was?«

»Sie haben nicht unterschrieben«, sagte er mit breitem Lächeln und legte einen Federhalter vor sie hin.

»O, Entschuldigung«, sagte sie; sie fand den Witz nicht lustig. Sie unterschrieb schnell und sah zu, wie er eine leere Seite stempelte. Im Weitergehen wurde ihr bewusst, dass sie eben ihre erste Zollkontrolle überstanden hatte.

Viele Leute um sie herum hatten es eilig, manche begrüßten begeistert ihre Familien. Andere standen an den Wänden, suchten in der Menge und hielten Schilder mit Namen hoch. Ihr fiel ein, dass jeder, der auf sie zulaufen und sie freudig umarmen könnte, neuntausend Kilometer entfernt war.

Das Österreich aus Omas romantischen Abenteuergeschichten war nicht das Österreich, das sie vorfand. Sie hatte nicht viel Zeit dem nachzugehen, aber sie hatte eine böse Vorahnung, die sie bis ins Innerste spürte. *Nimm das nächste Flugzeug in die Vereinigten Staaten,* drängte es heftig in ihr, *zurück zu Englisch und Baseball und Apple pie – zurück nach Hause!* Warum war sie überhaupt gekommen? Alle Gründe verblassten sofort vor dem Wunsch, nach Hause zu kommen.

Weiter ging Darby von einem Hinweisschild und von einer Warteschlange zur nächsten bis zum Ausgang des Flughafens. Vor den Türen warteten Taxis, also sprang Darby in eines hinein und sagte dem Fahrer den Namen ihres Hotels. Dunkle Wolken und ein unangenehmer Nieselregen behinderten die Sicht nach draußen, als der Wagen vom Parkplatz schoss. Aber sobald sie im Taxi war, interessierte sie die Stadt nicht mehr, sie wollte nur noch die Fahrt gut überstehen. Das Taxi kurvte vorwärts, dann trat der Fahrer hinter einem Lastwagen heftig auf die Bremse, kam haarscharf daran vorbei und schoss wieder vorwärts. Es erinnerte sie an das, was man von den New Yorker Taxis erzählt und was sie nie hatte ausprobieren wollen. Der Fahrer war recht freundlich und grüßte sie mit einem herzlichen »*Grüß Gott.*« Sie wusste nicht, was das bedeutete, grüßte ihn aber ebenso.

»Da«, sagte er und zeigte auf eine große Kirche. Darby schaute kaum von der Straße auf. Der Fahrer erzählte etwas, was sie für eine Geschichte der Stadt hielt, aber von seinem gebrochenen Englisch konnte sie nichts verstehen außer einer Erwähnung von Mozart. Ihr fiel ein, dass dieser große Musiker in dieser nasskalten Stadt seine Begabung entfaltet hatte; wahrscheinlich würde es zur Bestätigung an jeder Ecke Mozart-Souvenirs zu kaufen geben.

»Hier, Ihr Hotel.« Der Fahrer bremste plötzlich. Er sprang heraus und öffnete die Tür. »Achtzig Schilling bitte, äh, *please.*«

»Schilling?« Wie hatte sie so dumm sein können! Natürlich konnte sie nicht in Dollar bezahlen. Sie hatte am Flughafen Geld wechseln wollen, aber in der Aufregung um Zoll und Gepäcktransport und die Suche nach dem Ausgang hatte sie es vergessen. »Es tut mir Leid, ich habe kein ...«

Der Gesichtsausdruck des Fahrers wurde geradezu bedrohlich.

»Ich habe Geld, aber nur amerikanische Dollar.«

»Nein, keine amerikanischen Dollar«, sagte er mit strengem Gesicht. »Achtzig Schilling, oder haben Sie Euro?«

»Nein, ich habe weder Euro noch Schilling. Kann man hier irgendwo Geld wechseln?«

»Da bekommen Sie Schilling oder Euro.« Er zeigte auf etwas am Ende des Häuserblocks, das wie ein Geldautomat aussah. Darby lief hin und schaute schnell zurück, ob ihr Gepäck noch am Eingang des Cozy-Hotel International stand, wo der Taxifahrer es abstellte. Der gelbgrüne Kasten war wirklich ein Geldautomat. Es gab eine englische Bedienungsanleitung, aber wie viel sollte sie abheben? Sie gab dreitausend Schilling ein, weil ja die Taxifahrt schon achtzig kostete. Nach ein paar Knopfdrucken hatte Darby österreichische Schilling von ihrer amerikanischen Bank und hoffte, dass sie ihr Konto eben nicht restlos geleert hatte.

»Danke«, sagte der Fahrer, sprang dann ins Auto und raste davon.

Darby strich sich eine nasse Haarsträhne aus dem Gesicht, sammelte ihre Gepäckstücke am Eingang des Hotels ein und ging hinein. Am Empfang begrüßte sie eine junge Frau im traditionellen österreichischen Dirndl: »Grüß Gott.«

»Grüß Gott«, antwortete Darby. »Ich habe ein Zimmer reserviert. Ich heiße Darby Evans.«

»Ja, hier. Übrigens Frühstück ist inklusive. Zimmer Nr. 14.« Die Frau lächelte und gab Darby den Zimmerschlüssel und mehrere Papiere. »Sie bezahlen, wenn Sie ausziehen, und bitte lassen Sie uns wissen, wenn Sie etwas brauchen oder wenn Ihnen das Zimmer nicht zusagt.«

»Danke«, sagte Darby erleichtert; die Redeweise der Frau erinnerte sie an den weichen deutschen Akzent, den Oma Celia immer verbergen wollte. Das beruhigte ihre wirren Gefühle – zumindest ein wenig.

Sie nahm ihr Gepäck und schaute sich nach dem Flur zu den Zimmern im ersten Stock um. Die einfache, aber elegante Empfangshalle war mit einem Restaurant und einem Aufenthaltsraum verbunden.

»Wenn Sie wollen, können Sie den Aufzug zu Ihrem Zimmer nehmen«, sagte die Frau.

Darby fand den Aufzug, den die Frau ihr zeigte. In dem Bewusstsein, dass sie sie beobachtete, dankte sie ihr noch einmal und stieg ein. Die Türen schlossen sich und Darby studierte die Knöpfe. Sie drückte den Knopf mit der 1, die Türen gingen auf, aber der Aufzug rührte sich nicht. Sie war immer noch in der Halle. Die Frau sah sie und lächelte.

Wieder schlossen sich die Türen. Darby verglich noch einmal die Zimmernummer auf der Karte und erriet, dass der erste Stock wohl das sein müsse, was man in den Vereinigten Staaten als zweiten Stock bezeichnete. Als der Aufzug sich in Bewegung setzte, wurde Darby bewusst, wie vieles sie vorausgesetzt hatte bei dem, was eine einfache Fahrt vom Flughafen ins Hotel hätte sein sollen. Europa war ganz anders, als sie erwartet hatte, gerade in den Kleinigkeiten, die sie so sehr verunsicherten. *Wenn das heute schon so schwierig war, wie soll ich dann auf dieser Reise jemals etwas klären können?*

Darby schleppte ihr Gepäck mehrere Marmorstufen hinauf; mit jedem Schritt schien es schwerer zu werden. Ja, Zimmer 14 war nach amerikanischer Zählung im zweiten Stock. Das Zimmer in dem alten Haus war einfach und sauber. Es hatte nicht die geblümten Tapeten und Messingbeschläge wie in den Cozy-Hotels, die sie in den Vereinigten Staaten kannte. Die Einrichtung war schmucklos und zweckmäßig. Am Fußende des Bettes lag auf gestärkten weißen Laken eine quer gefaltete Daunendecke. In der Falte eines besonders flauschig aussehenden Kopfkissens steckte ein Pfefferminzbonbon. Sie stellte ihre Sachen im Vorraum ab, schloss die Tür zu und warf sich auf das einladende Bett. »Endlich in Sicherheit.«

Als Darbys Kopf in das Daunenkissen einsank, fielen Streifen von schwachem Sonnenlicht durch die Jalousie. Im Flugzeug hatte sie nicht geschlafen. Zu viele Gedanken waren ihr durch den Kopf gegangen. Immer wenn ihr die Augen zufielen, war ihr eingefallen, welch ungeheure Schwerkraft den Jumbo-Jet nach unten ziehen wollte und wie unten das kalte Wasser des Atlantiks darauf wartete, sie zu verschlingen. Sie hatte auf jede Anweisung des Stewards geachtet und sogar nach der Schwimmweste unter ihrem Sitz geschaut. Ihr Sitznachbar hatte spöttisch über ihre Unerfahrenheit gelächelt. Aber Darby hatte gedacht, wenn er erst auf den Grund des Atlantiks sänke und sie oben schwämme, hätte *sie* Grund zum Lachen.

Der zehnstündige Flug von San Francisco aus war ihr länger vorgekommen, als sie gedacht hatte. Ein Buch mit Essays, das ihr eine Freundin gegeben hatte – *Medizin für Reisende* – war ihr bald langweilig geworden. *Medizin für allein stehende Frauen* und *Medizin für Fotografen* kannte sie schon. Ein Leser verträgt nicht unbegrenzt viel Medizin. Darby hatte den *Lonely-Planet*-Reiseführer von Österreich lesen wollen, um sich auf die Ankunft in Salzburg vorzubereiten. Aber auf dem Auslandsflug durfte man nur ein Gepäckstück im Passagierraum haben und die Tasche mit dem Notgepäck und dem Reiseführer hatte sie versehentlich abgegeben.

Darbys nächster Fehler war, dass sie im Flugzeug zwei Tassen Kaffee trank; sie bedauerte das, als sie viermal über die Beine von drei Passagieren steigen musste, um zum Waschraum zu kommen. Später hatte sie versucht zu schlafen, als gerade heftige Turbulenzen das Flugzeug fast in Stücke rissen – obwohl erfahrene Reisende einfach weiter Kaffee tranken oder auf ihren Laptops schrieben. Dieses Erlebnis bestärkte in Darby das Gefühl drohenden Unheils, das sie schon den ganzen Tag nicht losgeworden war. In London stieg sie um und kam dann endlich in Österreich an. Sie war nicht nur weit geflogen, der lange Flug hatte sie auch in eine andere Zeitzone gebracht: Hier war schon der nächste Tag. Zu Hause ging man bald schlafen, in Österreich wartete man auf das Mittagessen.

»Wenn du über den *Jetlag* wegkommen willst, musst du unbedingt wach bleiben!«, hatte ihre Geschäftspartnerin Clarise ihr gesagt. »Mach den neuen Zeitplan mit, egal, wie müde du bist. Stell dich auf ihren Zeitplan ein, mach deine Arbeit und komm wieder ins Studio.«

Clarises Worte rissen sie aus dem Schlaf. Mühsam kämpfte sie sich aus dem bequemen Bettzeug. Die Bluse klebte ihr am Rücken, als hätte sie sie schon einen Monat lang getragen. Ihre Hände rebellierten gegen die Millionen Bakterien, die daran hingen: vom Flughafen, aus dem Taxi, von den verschiedenen Türgriffen.

Sie ging in das blau-weiß geflieste Bad und wusch sich die Hände. Was war aus den Träumen ihrer Kindheit geworden? Diese Zeit enthielt mehr als die der Erwachsenen: nicht nur Träume, auch Hoffnungen. Das kleine Mädchen damals hatte sich vorgenommen, auch den letzten Winkel zu erkunden. Sie wollte ein Moped mieten und damit herumtuckern, denn der Zehnjährigen kam ein Führerschein gefährlicher vor als eine Reise nach Europa. In derselben Zeit sah sie auch zum ersten Mal ihren Lieblingsfilm *Der Zauberer von Oz*. Darby veränderte ihren kurzen Namen zu »Dorothy« und stellte sich vor, wie sie in das Zauberland Oz flog, das Land irgendwo über dem Regenbogen, wo alle Träume wahr werden. Europa wurde dieses Zauberland mit einem Schloss an jedem Bergsee und mit Königen und Königinnen, die sich vor Ihrer Majestät verneigten.

»Du bist nicht mehr in Kansas, Dorothy«, sagte sie sich. Nach all dem Trubel am Flughafen und der Schreckensfahrt zum Hotel, unfähig sich verständlich zu machen, konnte Darby fast glauben, dieses Oz sei das Land der bösen Hexe – nicht im Westen, sondern im Osten.

Sie ging zum Fenster und öffnete die Jalousie. Unter ihr floss ein schmutziger Fluss unter einer Brücke durch und an hohen Kirchtürmen vorbei. Die Wasserfläche war von Regentropfen gesprenkelt. Oben auf dem Berg starrte die Festung Hohensalzburg sie an wie einen feindlichen Eindringling. Wann würde sie den Mut haben, sich weiter zu wagen als bis zum Hotelfenster? Heute nicht. Müdigkeit breitete sich in ihrem Körper aus. Ihre Schultern taten weh, denn sie hatte das schwere Gepäck vom Flugplatz zum Hotel bringen müssen. Von ihren Schläfen aus verbreitete sich Kopfschmerz. Ganz gleich, was Clarise über die Überwindung des *Jetlag* sagte, sie musste sich ausruhen. Schließlich konnte man in diesem Land weit weg von zu Hause Löwen, Tigern, Bären und Hexen begegnen.

Brant schloss die Tür auf und der bekannte muffige Geruch seiner Wohnung im dritten Stock schlug ihm entgegen. Jetzt, Ende Oktober, war es noch kälter in allen Zimmerecken; hier spürte man den kommenden Winter, noch bevor die Blätter auf den Bergen ringsum ihre Herbstfärbung entfalteten. Jeden Morgen wachte Brant in dieser abgestandenen Luft auf und jeden Abend kam er wieder hinein. Er hatte Pflanzen gekauft, aber sie waren eingegangen, und verschiedene Raumsprays, aber das Parfümgemisch machte es nur noch schlimmer. Vor einem Jahr hatte er sich geschworen, eine andere Wohnung zu suchen. Aber er verbrachte die meiste Zeit im Büro und hatte sich nicht die Mühe gemacht.

Brant warf seine Aktentasche auf das Ledersofa und inspizierte den Kühlschrank. Die fast leeren Fächer erinnerten ihn schon die ganze Woche jeden Tag daran, dass er einkaufen musste. Er nahm das Ende einer Salami und einen einsamen Apfel, roch an dem Käse aus dem Feinkostgeschäft, ließ ihn liegen und ging wieder zum Sofa.

Nach dem Lärm dieses geräuschvollen Tages traf ihn die Stille in seiner Wohnung wie ein neues Geräusch. Jeder Laut – das Knirschen des Leders, wenn er den Kopf anlehnte, das Summen der Heizung, die Geräusche der abendlichen Stadt hinter den einfach-verglasten Fenstern – betonte noch die Leere des Zimmers. Gewöhnlich machte Stille Brant nervös. Er schaltete dann den Fernseher oder Musik ein. Aber heute brauchte er Ruhe um nachzudenken.

Schon seit drei Jahren arbeitete er in zwei Berufen. Seine Technologie-Beratungsgesellschaft hatte schon mindestens dreißig österreichischen Firmen dazu verholfen, einen technologischen Stand zu erreichen, der sie gegenüber marktbeherrschenden europäischen Firmen konkurrenzfähig machte. Und seine Arbeit bei der Österreichischen Gesellschaft für Holocaust-Überlebende hatte schon vielen Familien in vielfältiger Weise geholfen – nur war da das Fiasko mit Aldrichs. Seine Arbeit war wichtig, ja lebenswichtig – oder? An diesem späten Oktoberabend schien ihm nichts daran wichtig – und schon gar nicht lebenswichtig. Die Finanzmärkte waren unberechenbar und oft brachen auch gesunde Firmen zusammen. Und die Holocaust-Überlebenden? Sie standen vor dem Ende einer Epoche. Sehr bald würde niemand mehr leben, der davon erzählen konnte. Und Brant war traurig, dass seine Arbeit zu langsam vorwärts ging, um den meisten von ihnen zu helfen.

Aber heute gab es noch einen Grund zum Grübeln: Richard

und Ingrid. Seit Brant vor einem Monat ein Wochenende damit verbracht hatte, Gunthers Sachen zusammenzupacken, hatte Richard beschlossen, sie seien jetzt Freunde. Fast jede Woche kam er von München nach Salzburg und lud Brant zum Mittagessen oder zum Fußballspiel ein. Für Brant war es klar, dass ihre Beziehung sich nicht verändert hatte; keine plötzliche Zuneigung war aufgetreten. Er hatte nicht den Eindruck, dass Richard ihn lieber mochte als früher; warum also die dauernde Schauspielerei? Brant hatte den Verdacht, dass die beiden etwas vorhatten – aber vielleicht war er seit dem Betrug durch Aldrichs zu misstrauisch geworden. Er würde wachsam sein, bis das Ganze sich wieder legte. Dann konnte er vielleicht wieder ein normales Leben führen – was immer das war oder werden sollte.

Brant warf den Wurstzipfel auf den Kaffeetisch. Was war das für ein Abendessen? Er bekam nur selten eine selbst gekochte Mahlzeit und hatte wenig soziale Kontakte. In seiner ersten Zeit in Salzburg hatte er sich mit anderen verabredet und an öffentlichen Veranstaltungen teilgenommen; er galt als einer der begehrtesten Junggesellen in der Gegend. Aber dann hatte er sich in die Arbeit vergraben, viel zu tief.

»Du musst eine gute Frau finden«, hatte Gunther ihm gesagt, als er Brant zum letzten Mal in seiner Wohnung besucht hatte. Sein alter Freund hatte in den Kühlschrank geschaut und den Kopf geschüttelt. »Ja, eine gute Frau würde dich am Tag mit warmem Essen und nachts mit Liebe versorgen.« Und der alte Mann hatte schelmisch geblinzelt.

Wie sehr würde Brant sich freuen, das heute wieder von Gunther zu hören! Wie gern hätte er einen Zuhörer gehabt, der ihm helfen könnte, alles klarer zu sehen, was ihn beunruhigte. Aber damals hatte Brant Gunthers Empfehlung, »eine gute Frau zu finden«, nicht lustig gefunden. Es war ein ganz besonders anstrengender Tag gewesen und der Tod von Avia Gerstein hatte ihn schwer belastet. Ihr einziger Wunsch, das Geld ihres Vaters von einer Schweizer Bank zu bekommen, konnte nicht mehr erfüllt werden. Sie hatten hart gearbeitet, aber gegen die Zeit hatten sie nichts ausgerichtet.

»Du sagst, ich soll heiraten und dann womöglich so glücklich sein wie du?« Brant hatte seine harten Worte sofort bedauert. Gunther hatte nicht reagiert; er hatte nur den Kühlschrank geschlossen und sich zu ihm umgedreht.

»Gunther, so etwas Verletzendes wollte ich nicht sagen. Es tut mir Leid.«

»Du hast nur gesagt, was du als wahr erkannt hast. Das kann manchmal eine gute Eigenschaft sein, aber wenn Ehrlichkeit durch Liebe gemildert wird, ist sie noch besser.«

»Ich weiß.«

»Wirklich? Du sprichst doch von meiner Ehe mit Ingrid. Aber auch nach so vielen Jahren ist Ingrid nicht meine eigentliche Frau. Mit der war ich einmal verheiratet und sie bleibt meine Frau, bis ich sterbe. Ich habe Ingrid einen Gefallen getan, weil wir einmal gut bekannt waren. In meiner Trauer und um ihr zu helfen habe ich Versprechen gegeben, die ich eingehalten habe, so gut ich konnte. Aber sie war nie meine richtige Frau.«

Brant stand sprachlos da.

»Ich bin nicht traurig. Ich habe in kurzer Zeit mehr Liebe geschenkt bekommen als andere in ihrem ganzen Leben. Das ist etwas Großes.«

Brant schüttelte den Kopf. Gunther war nicht zornig oder bitter, obwohl er von seiner Frau nichts hatte als ein Grab an einem Berghang.

Gunther schien Gedanken lesen zu können. »Hör zu. Du füllst dein Leben mit Arbeit – guter, wichtiger Arbeit, versteh mich nicht falsch. Du hast mit deinem Einsatz viel für Überlebende erreicht. Und wenn ein neues Zeitalter anfängt, wird Österreich stärker sein. Du führst unser Land dahin. Aber auch wenn die Arbeit wichtig ist, vergiss nicht zu leben. Nimm jeden Tag als Geschenk, egal, was Gott in deinem Leben möglich oder unmöglich macht. Die Leute wollen Gott immer für die guten Tage danken und dann für die schweren anklagen. Alles im Leben hat einen Grund und dient einem Zweck, auch wenn wir Menschen es nicht erkennen können. Aber du musst leben, atmen, lieben, auch wenn es dir und anderen weh tut. Einmal für kurze Zeit Liebe zu erleben ist etwas Größeres, als sie gar nicht kennen zu lernen. Also vergiss nicht zu leben, zu atmen, zu lieben.«

Diese Worte verfolgten ihn jetzt. Eigentlich musste er herausfinden, was Richard im Schilde führte, oder wenigstens überlegen, was er beruflich weiter tun sollte. Vielleicht würde er sich für einen der beiden Berufe entscheiden müssen. Entweder konnte er die schlechter bezahlte und sehr anstrengende Arbeit aufgeben, Holocaust-Überlebenden bei der Wiedergewinnung ihres Familienbesitzes und beim Erzählen ihrer Geschichten zu helfen – Geschichten, die bald unwiederbringlich verloren sein würden, denn die Zahl der Überlebenden nahm schnell ab. Oder er konnte auf die Stellung als Hauptgeschäftsführer in der österreichischen Firma verzichten, die dem sich entwickelnden Land half, sich in der Welt von Computerchips und Megahertz durchzusetzen.

An diesem Abend wünschte Brant mehr als alles andere, sein alter Freund säße neben ihm. Er vermisste den Mann, der ihm bei jeder wichtigen Entscheidung geholfen hatte, seit seine Mutter gestorben war, als er noch studierte. Er vermisste den Menschen, den er am meisten liebte und der ihn am meisten liebte. Aber er hörte nur wieder Gunthers Worte: »Vergiss nicht zu leben, zu atmen, zu lieben.«

Das Problem war, dass Brant es doch vergessen hatte. Und er wusste nicht mehr, wie er neu damit anfangen könnte.

8 Achtes Kapitel

Darby wachte im Dunkeln auf und drehte das Zifferblatt der Uhr zu sich hin. Erst als sie nach der Lampe tastete, fiel ihr ein, dass sie weder in ihrer Wohnung in Redding noch im Haus ihrer Großmutter war, sondern in einem Cozy-Hotel International in Salzburg in Österreich.

Es war Mitternacht und sie war ausgeruht und startbereit. Die Straßenlaterne draußen schien verschwommen durch die geschlossene Jalousie und ab und zu hörte Darby ein Auto auf der nassen Straße vorbeirauschen. Sie suchte aus ihrer Handtasche das Päckchen Salzbrezeln aus dem Flugzeug, aber die beruhigten ihren hungrigen Magen nur wenig.

Nach einer heißen Dusche setzte sie sich in einem übergroßen T-Shirt aufs Bett und suchte die Fernsehprogramme durch. Schließlich fand sie etwas, was an zu Hause erinnerte, eine Wiederholung von *Magnum*. Aber dann sprach der schöne Tom Selleck mit einer grotesk unpassenden deutschen Stimme. Sie suchte weiter in den Programmen und kam dann auf das deutsche *Magnum* zurück.

Sie war immer noch nicht müde und nahm schließlich den Telefonhörer ab. Sie musste es mehrmals versuchen, bis sie mit ihrer internationalen Telefonkarte ihre Mutter erreichte.

»Ich bin's!«, sagte Darby heiter; es klang seltsam in der Stille der Nacht.

»Darby! Eben habe ich an dich gedacht. Bestimmt ist es schon spät da drüben.«

»Genau genommen ist es früh. Halb eins in der Nacht. Ich

wollte nur, dass du weißt, dass ich gut angekommen bin.« Die Sprechpausen zwischen ihnen schienen etwas länger als gewöhnlich.

»Ich habe aufgepasst, ob es Flugzeugunglücke oder Terroranschläge gibt. Wie findest du es?«

»Flugzeugabstürze und Terroranschläge? Die mag ich überhaupt nicht.«

»Schon gut, Schlaumeier.« Carole kicherte. »Ich wollte sagen, wie findest du das Heimatland meiner Familie?«

»Als ich ankam, hat es geregnet und ich bin nicht draußen gewesen, kann also noch nicht viel sagen. Aber bald habe ich bestimmt eine Menge Geschichten und zentnerweise Postkarten.«

»Darauf bin ich gespannt. Aber sprich nicht zu lange; diese Anrufe sind bestimmt teuer. Sei bitte vorsichtig. Weißt du, es gibt Männer, die jungen Frauen nachstellen.«

»Wie ist es dir heute gegangen – oder heute und gestern oder noch länger? Die Zeitverschiebung macht mich ganz unsicher, wie lange ich schon weg bin.« Darby versuchte ihre Mutter von ihrer Angst abzulenken.

»Es war erst gestern, obwohl es mir länger vorkommt. Aber mir geht es gut, danke. Maureen hat nach mir geschaut und der Pfarrer war auch da. Auf irgendeine Weise möchte ich in der Kirche aktiver werden und da scheint es ganz nett zu sein. Vielleicht fange ich sogar diese Woche an, mich um Omas Zimmer zu kümmern. Aber wenn du so weit weg bist, bin ich damit schon ganz gut beschäftigt.«

»Es ist bloß irgendeine Stadt, Mama, wie L. A. oder New York. Das passt zwar nicht gut, denn Salzburg ist eine kleine Stadt: nur 144 000 Einwohner. Und so sehr weit von zu Hause ist es eigentlich auch nicht, nur ein kurzer Flug. Und heute Nacht habe ich gelesen, der Gruß hier, »Grüß Gott«, bedeutet, dass man Gott grüßen soll. In so einem Land bin ich doch gut aufgehoben.«

Einen Augenblick blieb es still. »Es ist mir nur unheimlich, dass mein Kind da ganz allein ist. Wenn du nicht erwachsen wärest, hätte ich dir verboten wegzufahren.«

»Ich komme wieder, das verspreche ich dir. Clarise hat mir nur drei Wochen freigegeben, dann muss ich wieder im Studio sein. Sonst hat sie nachher eine Glatze vom Haareraufen.«

»Diese Clarise soll sich mal abregen.«

»Stimmt.« Darby schwieg; sie fühlte sich so sehr, sehr weit von ihrer Mutter entfernt. »Ich wollte noch sagen, es tut mir Leid, Mama.«

»Was?«

»Ich habe nie nach deinem Vater gefragt und nicht einmal daran gedacht, wie das wohl war für dich. Oma hat mir ein bisschen davon erzählt, ehe sie starb, aber bestimmt war es schwer für dich, einen so großartigen Vater zu haben und ihn nie kennen zu lernen.«

»Er war immer nur Legende für mich.« Dann, nach kurzem Zögern, sagte Carole: »Jetzt wird es aber wirklich teuer. Melde dich alle vier oder fünf Tage, damit ich weiß, dass es dir gut geht. Und nächstes Mal lass mich bezahlen.«

»Ich werde anrufen.«

»Sei besonders vorsichtig. Ich habe gehört, auf Bahnhöfen soll es gefährlich sein, wenn man sich wie ein unerfahrener Reisender verhält.«

»Ich bin eine unerfahrene Reisende?« Darby biss sich auf die Lippe, um nicht zu lachen. Sie setzte sich aufs Bett und steckte sich ein Kissen hinter den Rücken. »Hast du sonst noch Ratschläge für Reisende?«

»Steck dein Portemonnaie tief in die Handtasche oder in die Innentasche der Jacke. Geh nicht allein im Dunkeln ...«

»Ich habe doch nur Spaß gemacht, Mama.«

»Ich weiß, das ist übertrieben, aber du kommst mir so weit weg vor. Ich gucke den Globus an und kann nicht glauben, dass meine Tochter da drüben ist. Und ich lese zu viel in der Zeitung, was alles Schreckliches passiert: Terroranschläge, Entführungen, Leute verschwinden. Ich vermisse dich jetzt schon.

Ich wünschte, Oma hätte das ruhen lassen und dich nicht da hineingezogen.«

Darby lächelte. Wie oft hatte ihre Mutter das schon angedeutet, seit sie ihr den Tresorschlüssel gegeben und Darby beschlossen hatte, hierher zu kommen? Vielleicht hätte sie es doch lassen sollen. Ihre Mama wollte nichts von der Vergangenheit wissen, wahrscheinlich weil sie selbst jahrelang ihren Vater gesucht und immer nur Enttäuschungen erlebt hatte. Aber für Darby war es anders. Sie versuchte nicht, eine Lücke in ihrem eigenen Leben zu füllen; sie suchte Antworten für ihre Großmutter.

»Ich schlage vor: Stell den Globus weg und hör auf, die Nachrichten zu sehen. Ich vermisse dich auch und es dauert nicht lange, bis ich wiederkomme. Wenn ich in ein paar Wochen nicht da bin, wird Clarise mich garantiert finden. Und, Mama, wenn du Omas Sachen noch nicht durchsehen willst, dann warte, bis ich wieder da bin.«

»Danke, Liebling. Vergiss nicht, dass ich für dich bete.«

»Gut.« Da war es wieder: Mama war neuerdings fromm.

Sie verabschiedeten sich und Darby legte auf. Sie legte sich bequem in die Kissen, mit den Augen verfolgte sie Magnums Faustkampf mit dem »Schurken«. Wie sehr sie sich auch sagte, sie müsse schlafen, sie war hellwach.

Wenn sie schon nicht schlafen konnte, konnte sie sich doch genau überlegen, was sie weiter tun wollte. Seit Darby sich entschlossen hatte, nach Österreich zu fliegen, war sie mit den Reisevorbereitungen so beschäftigt gewesen, dass sie kaum Zeit hatte nachzudenken, wie sie vorgehen wollte, wenn sie tatsächlich da wäre. Clarise hatte die größten Schwierigkeiten gemacht; Darbys Partnerin im Fotostudio war gegen ihre Entscheidung.

»Du warst schon drei Wochen nicht da, weil deine Großmutter krank war. Das verstehe ich natürlich, aber warum musst du jetzt schon wieder nach Österreich?«

»Ich will da hin, bevor der Winter richtig einbricht, sonst

gibt es womöglich Stürme und ich muss auf verschneiten Straßen Auto fahren. Ich könnte auch bis zum Frühjahr warten, wenn die Hochzeitsfotos anstehen.«

Clarise gab schließlich nach, wenn auch nur gezwungenermaßen. In den folgenden Wochen überhörte Darby ihre Bemerkungen. Schließlich nahm sie sich sonst nie frei, während Clarise jeden Monat einige Tage frei hatte, um etwas mit ihrer Familie zu unternehmen. Anscheinend war es eine unausgesprochene Regel, dass Darby, die ja ledig und kinderlos war, mehr arbeitete als Clarise. Sie dachte daran, dies anzusprechen, aber damals hatte ihr die zusätzliche Arbeitszeit nichts ausgemacht. Darby verabredete sich nur selten, hatte keinen Freund, seit sie und Derek sich vor Jahren getrennt hatten und an den Wochenenden arbeitete sie meistens. Warum also nicht das Studio zum Lebensinhalt machen? Aber seit Oma Celias Tod sah Darby das anders – und Clarise wollte keine Veränderung.

Bei den langen Arbeitszeiten im Studio und den vierstündigen Fahrten zu ihrer Mutter an ihren freien Montagen und Dienstagen waren die Wochen bis zur Abreise schnell vergangen. Jetzt war sie hier in Österreich und hatte keine richtige Vorstellung davon, wie es weitergehen sollte. *Gut, dann überlege ich das am besten jetzt,* beschloss sie.

Die Dokumente aus Oma Celias Tresor hatte sie kopiert. Eine Kopie hatte sie wieder in den Tresor gelegt und noch ein Exemplar war sicher in der Innentasche ihres Koffers verstaut. Die Originale trug sie in einer langen schwarzen Tasche an ihrer Seite. Erst hatte sie die Originale zu Hause lassen wollen, aber viele Briefe waren noch geschlossen und sie hoffte einen Fachmann zu finden, der sie prüfen und übersetzen könnte.

Oma hatte gesagt, im Tresor seien Informationen für sie. Aber der Inhalt warf nur neue Fragen auf. Darby hatte Abbildungen gefunden und wusste jetzt, wie die Münzen und die Brosche aussahen. Sie hatte den halben Ring von Omas Verlobung, genug Geld, um wenn nötig lange im Ausland zu bleiben, und noch andere Dokumente, die nicht viel Sinn ergaben.

Sie schob die Lamellen der Jalousie etwas auseinander und schaute auf die dunkle, verlassene Straße hinunter. Scheinwerfer über der Brücke strahlten die Kirchtürme und die feindselige Festung auf dem Berg an. Wie kam es, dass sie ein Geschäft eröffnen und leiten und durch die Wildnis wandern konnte und dass ihr eine Auslandsreise so viel Angst einjagte? Ständig reisten Leute ins Ausland. Oma war während der Besatzung durch die Nazis aus diesem Land geflüchtet; sie war allein gewesen, schwanger und in akuter Lebensgefahr. Wenn Oma das konnte, dann konnte Darby auch als Touristin reisen und dabei ein paar Fragen stellen. Aber vielleicht war das auch ein Grund: Es waren zwar die Nazis gewesen, vor denen ihre Großmutter fliehen musste, aber dies war doch immer noch dasselbe Land.

Ich bin hergekommen, um Antworten für Oma Celia zu suchen. Ich gebe nicht auf. Dies hier ist kein Dritte-Welt-Land. Österreich ist ein zivilisiertes Land, wo es viele gibt, die Englisch sprechen.

Sie seufzte und ging vom Fenster weg. *Auch wenn ich im Umkreis von mehreren Tausend Kilometern niemanden kenne, kann ich es trotzdem.*

Darby fand den Brief, den sie am wenigsten mochte: den Brief von Brant Collins. Er arbeitete hier in Salzburg, vielleicht wohnte er sogar in der Nähe. Er hatte ihre Großmutter beschuldigt eine Betrügerin zu sein, als die alte Dame Tausende von Kilometern entfernt wohnte. Jetzt, wo Darby hier war, würde es anders sein. Institutionen wiesen Bürger oft achtlos ab, wie man Schmutz von den Schuhen wischt. Aber sie würde sich nicht so schnell abfertigen lassen, nicht wenn es darum ging, Oma Celia zu verteidigen. Ja, sie konnte Brant Collins gegenübertreten. Darby hoffte auf eine Gelegenheit. Dabei konnte sie vielleicht auch erfahren, warum ihre Großmutter sich ursprünglich an ihn gewandt hatte.

»Also, Mr. Brant Collins, an alte Frauen kannst du vielleicht solche Briefe schreiben, aber ich lasse dir das nicht durchgehen.«

9 Neuntes Kapitel

Brant schaute vom Computerbildschirm weg. Den ganzen Vormittag hatte er über E-Mail und Bildtelefon die hektische Geschäftswelt beobachtet, die im Computer ihre Aktivität entfaltete. Wochenlang hatte er mit *Holz aus Österreich* gearbeitet, bis die Firma mit voller Kapazität ins technologische Zeitalter eingestiegen war, um mit anderen europäischen Holzfirmen zu konkurrieren. Jetzt der Konkurs. Es gab nur ein paar Tausend österreichische Firmen, die dem neuen Jahrtausend gewachsen sein würden.

Brant ging ans Fenster und streckte sich. Seine Schultern waren schon jetzt am Vormittag verspannt. Er schaute auf Hohensalzburg, das selbstsicher in einer grauen Wolkenmasse über der Stadt thronte. Seit siebenhundert Jahren schaute die Festung von dort oben herunter. Das erinnerte ihn daran, dass es Dinge gibt, die weit über die Gegenwart hinaus bestehen bleiben. Diese Möglichkeit gab ihm etwas Hoffnung für seine eigene Arbeit.

»Herr Collins?« Das Knistern der kleinen Sprechanlage auf seinem Schreibtisch begleitete die Stimme.

Brant drehte sich in seinem Ledersessel zum Schreibtisch. »Ja, Frau Halder?«

»Da ist ein Anruf für Sie von einer Frau Darby Evans. Sie spricht nur Englisch.«

»Von welcher Firma?«

»Keine Firma – sie sagt, es ist privat.«

»Privat?« Das konnte Brant nicht einordnen. Er kannte keine Darby Evans.

»Sie sagt, es geht um eine Frau namens Celia Müller.«

Brant zögerte. »Bitte stellen Sie durch.« Er runzelte die Stirn und wartete einen Moment, ehe er den Hörer abnahm. »Hier ist Brant Collins. Worum geht es?«

»Mein Name ist Darby Evans.«

»Das weiß ich bereits.«

»Gut. Also ich rufe an, weil ich den Brief angenommen habe, den Sie meiner Großmutter Celia Müller geschrieben haben ...«

»Celia Müller ist seit über sechzig Jahren tot. Ich weiß nicht, was Sie wollen, aber wahrscheinlich habe ich an irgendjemand ...«

»Was reden Sie da? Sie ist nicht seit über sechzig Jahren tot!«

»Hören Sie zu, ich lasse mich nicht veralbern.«

»Vielleicht könnten *Sie* einmal zuhören, Mr. Collins, und mich nicht immer unterbrechen.«

»Also gut«, sagte Brant und räusperte sich.

»Danke. Zuerst muss ich sagen, dass meine Großmutter den Brief nie bekommen hat, den Sie ihr geschrieben haben. Ich habe ihn angenommen und ihr nicht gezeigt, weil sie in der Zeit sehr krank war. Aber da gibt es ein paar Sachen, über die wir reden müssen, und weil ich hier in Salzburg bin ...«

»Sie sind in Salzburg?« Brant stand auf und drehte sich wieder zum Fenster.

»Darf ich ausreden oder wollen Sie mich jedes Mal unterbrechen, wenn ich den Mund aufmache?«

Brant antwortete nicht.

»Ich möchte das gern mit Ihnen besprechen. Persönlich.«

Seine Augen wanderten wieder zur Festung Hohensalzburg. Hunderte von Generationen hatte sie kommen und gehen sehen – sie beschützt, beobachtet und alles gewusst. Brant erinnerte sich, dass die Frau, die sich als Celia Müller ausgab, Informationen über den Erbbesitz der Familie Lange gesucht hatte. Darüber hatte Gunther Brant nicht viel erzählt, aber er wusste, dass der Besitz Millionen wert war – wenn jemand ihn fand und Anspruch erhob. Wenn er sich mit Darby Evans träfe, könnte er vielleicht erfahren, was die beiden Frauen wollten.

Besser den Feind im Auge behalten, als nichts von ihm zu wissen.

»Welche Zeit würde Ihnen passen?«

Darby schob den Stuhl von dem kleinen Schreibtisch in ihrem Hotelzimmer zurück. Die Verabredung stand und alles war ordentlich aufgeschrieben; sie war bereit, Brant Collins zu begegnen.

Ihr Magen knurrte laut. Wenigstens ein Teil von ihr war der Tageszeit angepasst. Darby hatte rote Augen und war jetzt endlich müde, aber es war neun Uhr morgens. Der Tag hatte gerade angefangen und sie wünschte sich etwas zu essen und eine lange Nachtruhe.

Nach einer kurzen Dusche, die sie etwas wacher machte, schloss Darby den Adapter und den Haartrockner an die Steckdose an und hoffte, dass nicht etwas explodierte oder alle Sicherungen im Haus durchbrannten. Als der Fön summte, seufzte sie erleichtert. Als sie zu Jeans und einer Bluse mit langen Ärmeln den schwarzen Schal und die Stiefel anzog, die Maureen ihr geschickt hatte, fiel ihr ein, was ihre Schwester ihr dazu geschrieben hatte: *Damit wirst du richtig europäisch aussehen. Vergiss nicht, keine Tennisschuhe und Sweatshirts, sonst sieht jeder sofort, dass du eine amerikanische Touristin bist. Mach dich schick.* Maureen und John waren auf ihrer Hochzeitsreise drei Wochen in Frankreich und der Schweiz gewesen. Und weil ihre jüngere Schwester über jede neue Mode auf dem Laufenden war, befolgte Darby Maureens Rat – nur auf ihre ausgebleichten Jeans konnte sie nicht verzichten. Fast fertig geschminkt und mit noch feuchtem Haar schnappte sie ihre Handtasche und lief nach unten, bevor die Frühstückszeit zu Ende war.

Sie ging ihrer Nase nach zu einem gemütlichen Aufenthaltsraum mit Esstischen auf einer Seite. Sie sahen ordentlich aus in sanftem Dunkelrot und Weiß und perfekt dekoriert, als wäre sie der einzige Mensch, der jemals zum Essen hierher gekommen war. Das Essen war wie zu Hause: Eierkuchen mit Speck, Muffins und Vollkornbrot.

Eine Frau in einem gepflegten österreichischen Dirndl trat ein. »Guten Morgen. Wie gehts?«

»Hm?«

Die Frau wartete.

»English?«

»Ach so.« Die Frau lächelte. »Ich sagte guten Morgen. Wie geht es Ihnen?«

»O, mir geht es sehr gut. Ihnen auch einen guten Morgen.«

Sie nickte. »Möchten Sie Kaffee oder Tee?«

»Kaffee wäre sehr schön. Danke.«

Die Frau nickte freundlich und ging hinaus. Darby nahm einen von mehreren Tellern verschiedener Größe, die auf ihrem Tisch standen. Wahrscheinlich machte sie alles falsch, aber sie war zu hungrig, um darauf zu achten. Die Frau kam wieder, stellte eine Tasse Kaffee auf den kleinen Tisch und verschiedene Speisen auf das Büffet und ging wieder hinaus.

Darby saß in dem stillen weiß getünchten Raum und biss ein paar Mal in den Vollkorn-Pfannkuchen. Plötzlich fiel ihr etwas ein: *mein Frisierstab!* Hatte sie den Stecker herausgezogen? Zu Hause vergaß sie es oft und bat dann ihre Nachbarin nachzusehen. Die hatte sogar einen eigenen Schlüssel zu Darbys Wohnung, weil das so oft passierte. In der Broschüre des Hotels stand, das Haus sei über fünfhundert Jahre alt, und es könnte durchaus passieren, dass das Ganze durch ihre Schuld abbrannte.

Darby ließ ihr Essen liegen, hoffte, es würde nicht abgeräumt und sauber neu gedeckt werden, ehe sie wiederkäme, und lief die Treppe hinauf. Sie fasste den Türgriff um aufzuschließen. Aber die Tür ging einfach auf.

Hatte sie nicht zugeschlossen? Doch, da war sie sicher. Sie schaute hinein, aber es war niemand da. Vielleicht das Zimmermädchen? Darby sah ihren Koffer auf dem Bett und war sicher, dass etwas nicht stimmte. Sie wusste genau, dass sie ihn wieder in den hölzernen Schrank gestellt hatte.

Räder quietschten. Sie drehte sich schnell zum Flur. Ein Zimmermädchen kam aus einem anderen Zimmer.

»Entschuldigung ...«

Die Frau schaute auf.

»Sind Sie oder sonst jemand in meinem Zimmer gewesen?«

»Nein. Kein Englisch.«

»Sie sprechen kein Englisch?«

»Nein.«

Darby ging auf ihr Zimmer zu. »Meine Tür war offen.« Sie zeigte auf die Tür, öffnete und schloss sie. »War jemand hier drin? Eine Person?« Sie suchte nach deutschen Worten oder nach einem französischen Ausdruck aus ihrer Schulzeit, der ihr helfen könnte. »Eine Frau oder ein Mann?«

»Ah, Ihr Mann.«

»Mein Mann? Ach, das heißt mein Ehemann, oder?«

»Ja, Mann. Ehemann.« Die Frau nickte grinsend. »Ja, Ihr Ehemann.«

Darby schaute die Frau erstaunt an. »Aber ich habe gar keinen Mann.«

Die Frau grinste immer noch. »Ihr Mann«, sagte sie und machte eine Bewegung, als ob sie für jemanden die Tür öffnete, anscheinend Darbys Mann.

»Nein, ich habe keinen Mann. Ich – kein Mann.«

Das Zimmermädchen wurde ernst.

»Wir müssen den Chef sprechen. Ihren Boss. Chef.« Darby zeigte auf die Treppe; nach einer Weile lief die kleine Frau eilig fort. Darby griff nach ihrer Tasche, um zu prüfen, ob die Originale der Papiere noch da waren, und ging dann zu ihrem Zimmer. Ein Schauder ergriff sie: Vielleicht war der Mann noch da?

Brant kontrollierte seine Uhr. Seit über zwanzig Minuten schaute er schon die Straße entlang. Immer wenn eine einzelne Frau kam, meinte er, das müsse sie sein. Am Ende der Straße sah er ihr Hotel. Brant hatte dieses Café in der Altstadt als Treffpunkt angegeben. Der Weg war nur einen Häuserblock weit; sie konnte sich nicht verirrt haben. Aber warum war sie nicht gekommen?

Eine Frau ging schnell auf dem schmalen Bürgersteig auf das Café zu. Brant stand auf, aber sie ging ohne Zögern weiter. Das reichte. Er würde das nicht mitmachen. Die Frau hatte ihn angerufen. Während er hier saß, wuchs der Stapel Arbeit in seinem Büro mit jeder Minute. Brant zahlte und beschloss, dann in ihrem Hotel vorbeizugehen, um zu sehen, ob sie sich verfehlt hatten oder ob es vielleicht gar keine Darby Evans gab.

Brant stieß die Eingangstür auf und ging zur Anmeldung.

»Darby Evans' Zimmer bitte.«

Die Frau sah ihn seltsam an. »Sind Sie der Mann, der hier war? Sind Sie ihr Mann?«

»Nein, ich bin nicht ihr Mann.«

Die Frau schaute an ihm vorbei. »Bitte warten Sie hier einen Augenblick.«

»Ist etwas passiert?«

»Nein, nein. Bitte warten Sie doch hier.« Die Frau lief von der Rezeption weg und durch die Tür zum Aufenthaltsraum; dort sah Brant eine Gruppe von Menschen und einen Polizisten stehen. Die Dame vom Empfang ging auf sie zu und sprach mit einem würdigen älteren Herrn. Brant fragte sich, was ein Polizist in diesem Fünf-Sterne-Hotel wollte. Eine kleine ältere Frau redete schnell auf Deutsch mit dem Polizisten, aber Brant war nicht nah genug, um genau zu verstehen, was gesagt wurde.

Noch eine Frau, wahrscheinlich Ende zwanzig oder Anfang dreißig, stand mit verschränkten Armen dabei. Vermutlich ein Zimmermädchen, das man beim Schnüffeln oder beim Stehlen von Schmuck erwischt hatte. Dann sprach die jüngere Frau mit dem Polizisten und Brant hörte ein paar englische Worte. Neugierig kam er einen Schritt näher. Die junge Frau hatte langes dunkles Haar und war anscheinend, soweit man das von der Seite sehen konnte, über irgendetwas unglücklich. Sie trug Jeans und ihre Bluse war hinten etwas verknittert.

Brant sah, dass die Dame vom Empfang und der ältere Herr ihn anschauten. Der Mann sprach mit dem Polizisten und alle drei kamen ihm entgegen und ließen die junge Frau und das Zimmermädchen stehen.

»Stimmt etwas nicht?«, fragte Brant, als sie näher kamen.

»Sie wollten Fräulein Evans besuchen?«

»Ja. Das muss sie sein.«

Die junge Frau, offensichtlich Darby Evans, kam hinter ihnen her.

»Anscheinend hat sie heute schon Schwierigkeiten gehabt.«

»Können Sie bitte Englisch sprechen? Ist er das?«, fragte Darby den Polizisten.

»Ich bin Brant Collins. Sie wissen schon, der, den Sie heute morgen treffen wollten.«

Sie sah überrascht aus. »Ich habe es nicht vergessen. In meinem Zimmer ist eingebrochen worden.«

»Das ist nicht ganz so sicher«, sagte der Mann im Anzug schnell. Brant sah, dass er der Manager des Hotels sein musste.

»Ich finde, es ist ziemlich sicher. Ich kam zum Frühstück und ging dann noch einmal kurz in mein Zimmer; da war die Tür offen. Diese Frau sagte, ein Mann hätte sie gebeten, die Tür aufzumachen – er hätte seinen Schlüssel verloren. So habe ich es jedenfalls verstanden. Er hat ihr gesagt, er wäre mein Mann, oder so getan, als ob er es wäre. Was sie darüber gesagt hat, weiß ich auch noch nicht genau.«

Der Manager winkte das Zimmermädchen heran und zeigte

auf Brant. »Ist das der Mann, der in das Zimmer gegangen ist?«, fragte er auf Deutsch.

»Was?«, fragte Brant.

»Nein, nein.«

»Gut. Sie können wieder an die Arbeit gehen«, sagte der Manager zum Zimmermädchen.

»Danke, danke.«

»Ja, danke!« Brant schaute Darby zornig an. »Ich soll einen geschäftlichen Termin wahrnehmen und werde plötzlich verdächtigt, bei einer Frau eingebrochen zu haben.«

»Es tut mir Leid, aber ich muss alle Möglichkeiten überprüfen«, sagte der Manager. »Im Salzburger Cozy-Hotel passiert so etwas nicht.«

»Es ist aber passiert«, sagte Darby. »Und wo geht diese Frau hin? Wollen Sie nichts unternehmen?«

»Fräulein.« Der Polizist sprach langsam in gebrochenem Englisch. »In Ihrem Zimmer fehlt nichts. Wir halten Kontakt mit Ihnen und dem Hotel und sehen, was weiter passiert.«

Gleich darauf entschuldigte sich der Manager schnell und lief eilig zur Rezeption, wo ein paar besorgte Gäste zuschauten und die Empfangsdame ausfragten. Der Polizist gab Darby seine Visitenkarte, entschuldigte sich, dass sie Schwierigkeiten bekommen hatte, versprach herauszufinden, was passiert war, und ging dann auch. Sie starrte auf die Karte, als er weg war. Eine lange Haarsträhne fiel ihr übers Gesicht. Darby schob sie hinters Ohr und sah Brant an, gerade als er sich fragte, warum er überhaupt noch hier war.

»Ganz so habe ich mir das Treffen nicht vorgestellt«, sagte Darby. »Es tut mir Leid, dass Sie warten mussten.«

Brant gefiel die Situation auch nicht. Er hatte erfahren wollen, was diese Frau wollte und wer sie wirklich war. Die Frau, die er vor sich sah, war ganz anders, als er erwartet hatte. Ihre sanften braunen Augen mit den dunklen Ringen darunter schienen tief innerlich müde. Sie kaute an ihrem Daumennagel, merkte es dann anscheinend und ließ die Hände fallen.

Die Frau holte Luft und versuchte tapfer auszusehen, aber sie schien den Tränen nahe. Nur das nicht! Wie konnte er gegen so eine Frau hart und misstrauisch sein?

Brant musste sich von ihren Augen abwenden. »Wollen Sie mich morgen im Büro anrufen, dass wir einen neuen Termin vereinbaren?«

»Ja, natürlich.«

»Gut.« Er wollte weggehen, dann drehte er sich noch einmal um. Ihre Augen bewegten sich nicht. Überlegte sie, was sie tun sollte? Oder war das alles ein Trick, um Informationen von ihm zu bekommen? Brant wollte nicht so misstrauisch sein, aber in letzter Zeit musste er anscheinend auf jedes ungewöhnliche Ereignis achten. Und Darby Evans war etwas Ungewöhnliches. Aber das Zimmermädchen hatte wirklich gesagt, sie habe jemanden im Zimmer der Frau gesehen. »Und was wollen Sie jetzt machen?«

Sie schüttelte leicht den Kopf. »Ich weiß nicht genau.«

»Vielleicht sollten Sie sich erst mal hinlegen.« Sobald er es gesagt hatte, wusste er, dass das gleichgültig klang, sogar herablassend – mehr als er beabsichtigt hatte.

»Danke. Davon muss wohl alles besser werden.«

»Was soll ich denn sagen?«

»Nichts. Dies hier hat mit Ihnen nichts zu tun. Es tut mir Leid, dass ich unser Treffen versäumt habe. Morgen rufe ich Ihre Sekretärin an. Sonst brauche ich nichts und erwarte nichts von Ihnen. War es das, was Sie hören wollten?«

»Ich habe nur gefragt.«

»Verstehen Sie nicht, Mr. Collins? Ob Sie oder der Manager oder die Polizei es glauben oder nicht, jemand ist in mein Zimmer eingebrochen. Und Sie waren ja alle so reizend und hilfsbereit! Alle in diesem abscheulichen Land behandeln mich wie eine Geisteskranke oder eine Verbrecherin. Ich weiß, dass ich meine Tür abgeschlossen habe. Wenn ich einen Mann oder Freund hätte, wüsste ich es doch. Ich habe in zehntausend Kilometern Umkreis keinen einzigen Freund oder Bekannten – so weit ist es wirklich, ich habe gestern Abend auf der Karte nachgesehen! Ich weiß gar nicht, was ich hier eigentlich soll.«

»Das frage ich mich auch.«

Darby starrte ihn an, ihre Augen brannten vor Zorn. Die Lidränder wurden rot von aufsteigenden Tränen.

»Nein, nein! Sie dürfen doch nicht weinen.«

Sie drehte sich weg. »Bitte gehen Sie jetzt. Vergessen Sie, dass ich angerufen habe. Was ich brauche, kann ich auch selbst herausfinden.«

»Bitte weinen Sie nicht. Ich kann doch nicht mit Ihnen reden, wenn ...«

»Ich weine nicht.« Er merkte, wie angestrengt ihre Stimme klang. Sie weinte, aber sie gab sich alle Mühe dagegen anzugehen. »Bitte lassen Sie mich allein, ja?«

»Hören Sie. So geht das doch nicht. Können wir nicht irgendwo essen gehen und reden? Ich höre auf, mich wie ein Trottel zu benehmen, dann brauchen Sie nicht mehr zu weinen und alles sieht gleich viel besser aus.«

»Nein danke.«

In diesem Moment trat der Hotelmanager auf sie zu. »Fräulein Evans?«

Darby wischte schnell die Tränen ab. Der Mann warf Brant einen anklagenden Blick zu.

»Ja?«, fragte sie.

»Ich möchte mich entschuldigen. In unserem Hotel ist bisher noch nie so etwas passiert und ich verspreche Ihnen, dass Sie hier sicher sind. Ich hoffe sehr, dass derjenige, der in Ihr Zimmer gegangen ist, sich geirrt hat. Diese Woche haben wir viele Gäste; wir werden versuchen, weitere Informationen zu erhalten. Wir haben unser Hauspersonal streng instruiert, so dass so etwas nicht wieder vorkommen wird. Ich hoffe doch, Sie werden bei uns wohnen bleiben?«

Darby schien einen Augenblick zu überlegen. »Ja, ich glaube, ich bleibe erst einmal hier. Danke, Herr ...« Sie betrachtete sein braunes Namensschild. »Herr Braucher.«

»Danke«, sagte auch er; man konnte sehen, dass er sehr erleichtert war. Die Zuschauer zerstreuten sich und der Manager war offensichtlich froh, dass sein Hotel den normalen Betrieb fortsetzen konnte.

Darby schien immer noch unsicher zu sein, was sie tun sollte. Impulsiv nahm Brant ihren Arm und sagte: »Kommen Sie erst mal für eine Weile hier raus. Wir gehen Kaffee trinken oder – oder irgendwas anderes.«

Ehe es ihm richtig bewusst wurde, waren sie zusammen unterwegs.

10 Zehntes Kapitel

Warum war sie mit Brant Collins mitgegangen? Eben erst war ein Fremder in ihr Zimmer eingedrungen – und was tat sie? Ging mit einem anderen Fremden aus dem Hotel, um Kaffee zu trinken.

Sie gingen schweigend, aber Darby gingen viele Gedanken im Kopf herum. War jemand absichtlich in ihr Zimmer eingedrungen oder konnte es ein Irrtum sein, wie der Hotelmanager meinte? Es fehlte nichts. Ihr Koffer war offen gewesen, aber nichts darin war verändert worden. Darby hatte sofort ihre Fotoausrüstung im Kleiderschrank gesucht, aber nicht einmal eine Filmrolle war weggekommen. Dann dachte sie an die zusätzlichen Kopien in der Innentasche des Koffers – aber sie waren da. Die Originale hatte sie bei sich getragen. Vielleicht hatte der Mann ihr Zimmer für seines gehalten, beim Öffnen des Koffers den Irrtum bemerkt und war gegangen. Aber trotz aller Versuche, sich mit logischen Überlegungen zu beruhigen, fühlte sie sich noch so verunsichert wie am Anfang, als die Tür beim leichten Druck ihrer Hand aufging. Der einzige Mensch, der wusste, dass sie hier war, war Brant, und er war in seinem Büro gewesen. Stimmte das? Das Zimmermädchen hatte ihn nicht erkannt. Brachte sie sich selbst in Gefahr, wenn sie jetzt mit ihm das Hotel verließ, oder war dies nur eine Möglichkeit, Informationen zu bekommen für das, was ihre Großmutter wollte? Solange sie sich unter anderen Menschen aufhielten, würde Darby mit ihm weitergehen. Wenn er sie aber in eine einsame Gegend führte, würde sie weglaufen und eines der wenigen deutschen Wörter rufen, die sie kannte: Hilfe!

»Zum ersten Mal in Salzburg?«

Darby fuhr zusammen, als sie seine Stimme hörte. Er wollte sie unterhalten, das war klar. Und da war etwas in seiner Stimme – vielleicht bedauerte er seine Entscheidung, sie mit aus dem Hotel zu nehmen.

»Ja.«

»Und wie viel bezahlen Sie für ihren Aufenthalt?«

»Wie bitte?«

»Nein, lassen Sie mich raten. Ungefähr achtzehnhundert österreichische Schilling, oder haben Sie in Euro bezahlt?«

»Nach meiner Rechnung müssen es ungefähr hundertfünfzig amerikanische Dollar sein.«

»Ja, das ist ziemlich genau das Gleiche. Wahnsinnspreis.«

»Wie meinen Sie das?«

»Unerfahrene Reisende sind oft so leichtgläubig.«

»Ich bin nicht leichtgläubig.« Sie sagte nichts über Unerfahrenheit, wurde aber verräterisch rot. »Ich zahle genau das, was in meinem Reiseführer angegeben ist. Für mich hat niemand die Preise erhöht.«

»Ist Ihnen nicht klar, dass jetzt keine Saison ist, weder Sommer- noch Winterurlaubszeit? Und jetzt nach dem Einbruch könnten Sie bestimmt vierzig Dollar pro Nacht Ermäßigung bekommen.«

»Nein danke. Nach dem Tag heute will ich lieber alles so lassen.« Darby sah Brant aus dem Augenwinkel an. Was bildete der Kerl sich ein?

»Wenn Sie Österreich kennen lernen wollen, sollten Sie in einem österreichischen Hotel, einem Gasthaus oder einer Pension wohnen. Da zahlen Sie vielleicht nur ein Drittel pro Nacht. Oder Sie schauen nach einem Schild: Zimmer frei.«

»Nach was?«

»Da gibt es viele Möglichkeiten. Meistens vermietet ein Hausbesitzer ein oder zwei Zimmer, um etwas Geld einzunehmen. Fast immer ist das Frühstück inklusive, ein österreichisches Frühstück. Manchmal auch das Mittagessen. Was haben Sie heute Morgen gegessen – amerikanische Pfannkuchen?«

Darby antwortete nicht.

»Ich werde nie verstehen, warum jemand im Ausland in einem geklonten Hotel aus seinem Herkunftsland wohnen will.«

Darby hätte ihn am liebsten geschlagen. Und dieser Mensch hatte sie sogar zum Weinen gebracht! Das passierte ihr nur sehr selten und nie in der Öffentlichkeit.

Ein Regentropfen traf sie auf den Kopf. Darby hatte ihren Regenschirm in ihrem Zimmer gelassen. Auf den eben erst getrockneten Bürgersteigen wurden noch mehr Tropfen sichtbar.

»Nehmen Sie meinen Schirm.«

Bis dahin war ihr nicht aufgefallen, dass er Schirm und Aktentasche trug. Er zog den Schirm auseinander.

»Es ist schon gut so.« Ein Tropfen traf ihr Auge und sie blinzelte, ohne ihn anzusehen.

Während sie noch einen halben Block weitergingen, wurde der Regen heftiger.

»Nehmen Sie doch den Schirm.« Er spannte ihn auf. »Ich bestehe darauf.«

»Nein, danke.«

Brant blieb stehen. »Hören Sie, das mit dem Hotel tut mir Leid. Seit ich Sie getroffen habe, bin ich unhöflich gewesen. Aber nehmen Sie doch den Schirm, ja? Bitte!«

Darby versuchte ihn einzuschätzen. Seine dunklen Augen sahen wirklich aus, als ob es ihm Leid täte. Und wenn sie sein Angebot nicht annähme, wäre sie bald durchnässt. »Gut.«

Sie nahm den offenen Schirm und ging weiter.

»Danke«, sagten beide zugleich. Darby schaute woanders hin.

Pitsch, patsch. Der Regen trommelte auf den Schirm und Darby merkte, dass Brants dunkles Haar nass wurde.

»Wir können ihn beide benutzen.« Sie hielt ihn einladend zu ihm rüber.

»Es ist schon gut so.«

Bockiger Kerl. Er wischte sich das Wasser aus dem Gesicht. Der Regen fiel jetzt in Strömen und die Straße glänzte vor Nässe.

Darby blieb stehen. »Kommen Sie doch unter den Schirm, ja? Bitte.«

Brant biss die Zähne zusammen, entspannte sich dann aber wieder. »Gut.«

Ein Pärchen ging vorbei, eng aneinander geschmiegt unter demselben Schirm. Das machte Darby noch verlegener. Beide versuchten, sich unter dem einen Schirm nicht zu berühren oder zu nah zu kommen.

»Wo gehen wir hin?«, fragte sie, um das Schweigen zu brechen.

»Noch ein paar Blocks weiter gibt es ein gemütliches Restaurant. Sehr österreichisch.«

»Klingt gut«, sagte sie und überlegte, was sie noch fragen oder sagen könnte. Die Liste von Fragen und Bemerkungen, die sie in ihrem Hotelzimmer aufgestellt hatte, hatte sie vergessen und ihr fiel nichts ein, jedenfalls nichts, was ihr beim Gehen unter demselben Schirm passend vorkam.

Nach einem Weg von mehreren Blocks auf der schmalen gepflasterten Straße wurde Darby bewusst, dass dies ihr erster Ausflug aus dem Hotel war. Ihre Schritte hallten wider von den Wänden der hohen geraden Häuserflucht.

»Sind Sie zum ersten Mal in Österreich oder nur in Salzburg?«

»Zum ersten Mal in Europa sogar.« *Zum ersten Mal nicht in den Vereinigten Staaten.*

»Dies ist die Kaigasse. Ein paar Straßen weiter finden Sie die Getreidegasse, die ist schon seit vielen hundert Jahren eine berühmte Einkaufsstraße. Wenn *Straße* am Ende steht, wie Franz-Josef-Straße, dann ist damit *Franz-Josef-Street* gemeint. Wenn der Name auf *-gasse* endet, wie hier, ist das eine kleine Straße, das sind oft Einbahnstraßen, weil sie so schmal sind.«

»Gut.«

»Das klingt wie bei einem Fremdenführer.« Brant schüttelte den Kopf und lächelte leicht. Der Regen trommelte noch heftiger auf das schwarze Stoffdach über ihren Köpfen.

Die Straße erweiterte sich zu einem Platz, von dessen Ecken gepflasterte Straßen ausgingen. An einem Ende sprudelte ein großer Springbrunnen und Fußwege führten unter Arkaden hindurch zu einem zweiten Platz am anderen Ende. Darby hielt den Schirm schräg, um die Kirchtürme mit den grünen Dächern sehen zu können. Regen schlug ihnen ins Gesicht und die Spitzen der Schirmspeichen trafen Brants Kopf.

»Oh, Entschuldigung. Vielleicht sollten Sie ihn nehmen, Sie sind größer.« Sie wusste, dass er nicht gern mit ihr unter dem Schirm war, aber es regnete jetzt noch stärker.

»Wir sind fast da«, sagte Brant und nahm ihr den Schirm ab. »Ich habe einen Umweg genommen, damit Sie die Stadt sehen können.«

Auf einem Schild an einem Haus stand *Residenzplatz*. Der Brunnen ließ Wasser aus den Mäulern und Nüstern von Pferden sprudeln wie Schaumflocken nach einem langen und anstrengenden Ritt. Darby hätte gern etwas von seiner Geschichte erfahren, fragte aber nicht. Plötzlich sah sie durch all ihre Ängste in diesem fremden Land und die Bedrohungen im Hotel das schöne alte Salzburg. Die Wolken hingen tief über dem steilen Mönchsberg, wo die Altstadt zusammengedrängt lag, von der Festung bewacht.

»Das ist die Kirche St. Peter«, sagte Brant. »Sie hat ein sehr schönes Deckengewölbe, das müssen Sie sich von innen ansehen.«

»Das werde ich machen.« Darby fühlte sich in alte Zeiten zurückversetzt. In diesem alten Stadtteil, geradezu uralt im Vergleich zu ihrer kalifornischen Geschichte, war Salzburg wirklich faszinierend. Es roch nach nassen Steinen und in der Atmosphäre schwangen Träume, Arbeit und Schweiß von vielen Jahrhunderten mit.

Sie hatten sich unter dem Regenschirm ganz gut arrangiert, und obwohl sie diesen Mann wegen seines unhöflichen Briefs an ihre Großmutter nicht mochte, war es doch angenehm, jemanden bei sich zu haben, für ungefähr eine Stunde nicht allein zu sein. Sie wäre gern noch im Regen mit ihm weitergegangen, trotz des nagenden Gefühls, das sei eine Art Verrat an Oma Celia. Aber ihre Großmutter hatte von allen Menschen im Zweifelsfall das Beste angenommen.

Brant konnte man ansehen, dass er diese Stadt liebte. Darby fand, dass er auf eine unauffällige, zurückhaltende Art gut aussah. Wahrscheinlich der Typ, vor dem man sich in Acht nehmen musste, weil man nie wirklich wusste, was er dachte. Sie schaute nach unten und sah keinen Ring an seinem Finger. Das zählte. Wahrscheinlich war er herrisch und fordernd. Dass er trotzig war, wusste sie schon. Bald würde sie zuschlagen und die Antworten bekommen, die sie suchte, aber im Augenblick verblassten ihre Fragen vor dem Regen auf dem Schirm und einem bisschen Gesellschaft. Sie gingen durch steinerne Torbögen, an einer Reihe von Pferden und Wagen und an Malern vorbei, die mit ihren Salzburger Wasserfarben unter dem Dachüberstand der Häuser saßen. Dann kamen sie zu einem zweistöckigen Restaurant mit weißen Tischen und Stühlen auf dem oberen Balkon.

»Bei diesem Wetter müssen wir drin essen«, sagte Brant. »Dies ist das Café Tomaselli, wahrscheinlich das berühmteste Restaurant in Salzburg.«

Im Vorbeigehen sah Darby die Speisekarte, erkannte aber nichts wieder. Ihr Magen erinnerte sie daran, dass sie kein richtiges Frühstück bekommen hatte und dass es ihm gar nicht gut ging.

»Haben Sie gegessen?«

»Ja, bis das mit dem Mann in meinem Zimmer passiert ist.« Der Speisesaal war angenehm und warm und es roch einladend.

»Hoffentlich war das ein Irrtum.« Brant ging zu einem Ecktisch für zwei Personen und bot ihr einen Stuhl an.

»Ja, hoffentlich«, sagte sie und war dankbar, dass er höflich war.

»Guten Morgen.« Die Kellnerin gab ihnen Speisekarten und sagte etwas in schnellem Deutsch.

»Möchten Sie Kaffee und Frühstück?«, fragte Brant.

Plötzlich fragte sich Darby, ob dies das Treffen werden sollte, das ausgefallen war. Sie hatte sich ein formelles Gespräch vorgenommen, bei dem sie fragte und Antworten von ihm forderte. Aber jetzt war sie nur hungrig und nicht bereit, ihren Fremdenführer zu verhören.

Sie suchte auf der Speisekarte und fand nur ein Angebot, das sie kannte. »Ich möchte Schinken mit Ei. Und heiße Schokolade wäre sehr schön. Haben sie die?«

Brant fragte die Kellnerin; sie nickte lächelnd. Sie redeten kurz miteinander und dann lächelte die junge Kellnerin Brant direkt an, drehte sich im Weggehen noch einmal um und schaute ihn an.

»Was haben Sie zu ihr gesagt?«

»Nichts. Sie sagte etwas von Ihnen und einem Rendezvous am Morgen und ich habe ihr gesagt, dass es ums Geschäft geht.«

»Ach so, ich verstehe.« Darby kicherte.

»Was?«

»Nichts. Ich habe mich nur gewundert, wie sie Sie angelächelt hat, und damit ist es klar.«

»Da habe ich wohl etwas nicht mitgekriegt.«

»Und Sie sagen, ich wäre eine leichtgläubige Reisende? Mir scheint, Sie sind ein bisschen naiv.«

»Ich bin doch nicht naiv.«

»Sie hat mit Ihnen geflirtet. Haben Sie das nicht gemerkt?«

»Nein.«

»Da kommt sie.«

Die Kellnerin stellte zwei Tassen mit heißer Schokolade auf den Tisch. Als sie zurücktrat, fiel ein Stapel Servietten vor Brant auf den Boden.

Er hob sie für sie auf und die Frau lächelte strahlend. »Danke.«

»Und das so früh am Morgen«, sagte Darby, als das Mädchen mit gerötetem Gesicht wegging.

»Was reden Sie da? Sie hat …«

»Genau. Wie kann man so leichtgläubig sein!«

»Man musste ihr helfen.«

»Leichtgläubig.«

»Also gut. Wir sind quitt. Können wir jetzt Waffenstillstand schließen?«

Darby schüttelte seine ausgestreckte Hand und setzte sich dann wieder bequem hin. Der Raum war hell und gemütlich. Sie betrachtete Brant. Er sah so gut aus, dass man verstand, dass eine Kellnerin sofort Kontakt suchte, aber aus seinem perfekt gelegten Kragen, den glatten faltenfreien Hosen, der guten Rasur und dem gepflegten dunklen Haar, das nur an einer Stelle ein wenig durcheinander war, wo sie mit dem Regenschirm fast seinen Kopf verletzt hätte, schloss Darby auch, dass er ein übergenauer Perfektionist sein müsse. Wahrscheinlich waren seine Schränke zu Hause genauso tadellos in Ordnung, wie er wirkte.

Aber wie konnte sie jemanden so nach dem Aussehen beurteilen? Sie selbst musste schauderhaft aussehen! Als sie das Hotel verließen, war ihr Haar noch feucht und nicht richtig gelegt gewesen; jetzt fühlte es sich von der Nässe platt und strähnig an. Ihre Augen waren wahrscheinlich rot, weil sie so wenig geschlafen hatte. Was würde Brant heute aus ihrem Aussehen schließen?

Darby wusste, sie sollte sich mehr Gedanken darüber machen, dass Brant Collins vor ihr saß – der Mann, den sie verhören, unter Druck setzen, zum Antworten zwingen wollte. Aber hier war es warm, das Essen würde gleich kommen und zwei breite, flache Tassen mit heißem Kakao standen auf dem Tisch. Jetzt kam es ihr ein wenig albern vor, dass sie sich wegen des Fremden in ihrem Zimmer so aufgeregt hatte. Die Angst, in diesem fremden Land zu sein, hatte sie dazu verleitet. Aber jetzt hatte sie Abstand und konnte die Sache objektiver betrachten.

Darby sah zu, wie Brant den ersten Schluck von dem dampfenden Kakao nahm. »So etwas habe ich seit Jahren nicht getrunken«, sagte er und wischte sich einen Tropfen Schlagsahne von der Oberlippe. »In Österreich trinkt man Kaffee.«

»Sie sprechen perfekt Englisch.«

»Natürlich. Ich bin in den Vereinigten Staaten geboren und habe die doppelte Staatsbürgerschaft. Mit meiner Mutter war ich im Sommer immer in Österreich, das war meine zweite Heimat. Jetzt ist es meine richtige Heimat.«

»Sie sind Amerikaner?«

»Ja. Ich bin in Portland in Oregon geboren. Mein Vater war Amerikaner, meine Mutter Österreicherin. Sie einigten sich darauf, in den Vereinigten Staaten zu wohnen, nur nicht über den Sommer.«

»Portland ist eine wunderschöne Stadt. Ich war da vor ein paar Monaten auf einer Fotografenkonferenz.«

»Mein Vater wohnt noch da. Wir würden uns gern öfter sehen, aber es geht nicht.«

Darby dachte an ihren eigenen Vater, den Mann ohne Gesicht. In den wenigen Erinnerungen, die sie an ihn hatte, sah sie nie sein Gesicht.

»Wann haben Sie sich in Europa niedergelassen?«

»Ich habe zwei Jahre hier in Salzburg an der Universität studiert und dann beschlossen hier zu bleiben.«

»Und Ihre Mutter – ist die noch in Portland bei Ihrem Vater?«

»Sie ist gestorben.« Brant trank schnell einen Schluck Kakao.

»Das tut mir Leid.«

Er schaute sie an und Darby sah für einen winzigen Moment ihr Spiegelbild in seinen Augen.

»Schinken mit Ei für Sie.« Die Kellnerin stand vor ihnen. Sie lehnten sich zurück und sie stellte die dampfenden Teller vor sie hin. Die Eier brutzelten noch auf einer Schicht Schinken auf den heißen Tellern.

»Danke,« sagten sie gleichzeitig.

»Guten Appetit,« sagte die Kellnerin und sah nur Brant an.

Die Eier waren nicht ganz gar, aber als Darby sie auf dem heißen Teller bewegte, stockten sie schnell. Während sie aßen, suchte sie nach Worten für eine weitere Unterhaltung. Man könnte vom Wetter reden oder fragen, was es in der Umgebung zu sehen gab. Brant spielte offensichtlich gern den Fremdenführer. Dann fiel Darby ein, wie sie Oma Celia zuletzt gesehen hatte: mit geschlossenen Augen und reglosen Händen in ihrem Sarg. Sicher, Oma verurteilte niemanden voreilig, aber konnte sie es einfach ignorieren, dass dieser Mann, mit dem sie sich so freundschaftlich unterhielt, derselbe war, der ihre Großmutter beschuldigt hatte, eine Betrügerin zu sein? Das war ein schwerer Vorwurf. Und hier saß sie mit ihm, sie redeten und aßen Schinken und Ei miteinander. Den letzten Rest konnte Darby nicht mehr essen.

»Wir wollten eigentlich von meiner Großmutter sprechen.«

Brants Gesichtsausdruck änderte sich, so als würde ihm allzu plötzlich bewusst, wozu sie hergekommen waren und dass sie eine unsichtbare Grenze überschritten hatten. Er zerknüllte seine Serviette in der Hand.

»Stimmt. Wir sind vom Thema abgewichen.« Er schaute auf die Uhr. »Der Zauber eines Salzburger Morgens ...«

»Wir können einen neuen Termin machen.«

Brant schien zu überlegen. »Nein, jetzt ist eine gute Zeit. Darf ich nur schnell mein Handy abhören?« Er griff in die schwarze Aktentasche unter dem Tisch. Mit gerunzelter Stirn stand er auf. »Meine Sekretärin hat dreimal angerufen. Bitte entschuldigen Sie mich einen Augenblick.«

»Natürlich.« Darby sah ihm nach, als er hinausging. Wenigstens war Brant nicht der Typ, der im Restaurant mit dem Handy telefoniert – so etwas ärgerte sie immer. Sie trank den letzten Schluck aus ihrer Tasse, in dem sich die Schokolade gesammelt hatte, dann schaute sie zum Eingang hin und wünschte, sie hätte einen neuen Termin vereinbart. Darby erinnerte sich nur schwach an die Fragen, die sie vorbereitet hatte, und hatte ganz plötzlich Lust, wieder unter der Daunendecke in ihrem Hotel zu verschwinden. Die gemütliche Atmosphäre des Restaurants passte nicht zu einem Treffen, wie sie es sich vorstellte. Vielleicht würde sie ihn am nächsten Tag in seinem Büro treffen.

Brant kam einen Augenblick später zurück und setzte sich wieder.

»Stimmt etwas nicht? Wenn Sie weg müssen, möchte ich lieber ...«

»Nein. In meinem Büro wartet jemand auf mich, aber – na ja, ich möchte diese Person lieber nicht treffen. Wie war das mit Ihrer Großmutter?« Er rieb sich das Kinn und wartete.

Darby merkte, dass sie ihre Gedanken sammeln musste, und zwar schnell.

Brant lehnte sich zurück. »Das waren schon seltsame Komplikationen mit unserem Termin. Aber kommen wir wieder zur Sache: Ich nehme an, Sie sind hier, weil Ihre Großmutter immer noch behauptet, sie sei Celia Müller.«

Die Art, wie er sagte »immer noch behauptet«, ärgerte sie.

»Meine Großmutter *ist* Celia Müller – oder vielmehr, sie war es.«

»War es?«

»Sie ist letzten Monat gestorben.«

Einen kurzen Augenblick veränderte sich Brants Gesichtsausdruck. Sein Unterkiefer entspannte sich, während er auf seinen Teller starrte. Beide schwiegen eine Zeit lang.

»Ich verstehe nicht, warum Sie nicht glauben, dass meine Großmutter Celia Müller ist, und warum sie überhaupt an Sie geschrieben hat.«

»Sie hat nicht an mich persönlich geschrieben. Sie hat an die Gesellschaft für Holocaust-Überlebende geschrieben, für die ich arbeite. Unser Büro in Salzburg ist nicht groß. Ich arbeite sogar für zwei verschiedene Gesellschaften von meinem Büro aus. Ihre Großmutter hat uns im letzten Sommer geschrieben. Ich habe den Brief zu unserem Treffen mitgebracht.«

»Tatsächlich?«

»Ich dokumentiere alle unsere Korrespondenz, ob wir den Anspruch anerkennen oder nicht.« Er griff in die schwarze Tasche und zog einen Briefumschlag heraus, warf einen Blick darauf und gab ihn dann Darby.

Der Brief war formell und sachlich und zu ihrer Freude auf Englisch:

Mein Name ist Celia Rachel Lange-Müller. Mein Vater und mein Bruder, Simon und Werner Lange, und meine Tante Milda Lange-Bergmann, sind von den Nazis abgeholt und alle ins KZ Dachau und/oder später in die KZs Mauthausen und Mauthausen-Gusen gebracht worden und dort umgekommen. Ich allein bin aus Österreich entkommen. Ich schreibe wegen eines Familienbesitzes, der während der Besatzungszeit verloren gegangen ist. Es handelt sich um zwei Münzen und eine unbezahlbare Smaragdbrosche. Ich erhoffe mir, dass Sie mir möglicherweise sagen können, wie ich diese Gegenstände finden kann oder was ich bei der Suche danach als Nächstes tun muss. Ich vermute, dass die Nazis meiner Familie diese Gegenstände gestohlen haben, nachdem ich aus dem Land geflohen war.

Bitte nehmen Sie per Telefon, Fax, Brief oder E-Mail Kontakt mit mir auf, wenn Sie weitere Informationen brauchen oder mir sagen können, wie ich weiter vorgehen soll.

Ich danke Ihnen für Ihre Bemühungen und freue mich auf Ihre Antwort.

Mit freundlichen Grüßen
Celia Müller

»Freue mich auf Ihre Antwort«, las Darby zweimal. »Das ist doch ein ganz sachlicher Brief. Ihre Antwort war ziemlich grob.«

»Tut mir Leid. Ich kann mich nicht erinnern.«

»Ich habe den Brief mitgebracht.« Darby öffnete das Bündel

und gab Brant den Brief. Er las ihn und gab ihn dann stirnrunzelnd zurück. »Ich nehme an, wenn das ein Brief an meine Großmutter wäre, fände ich ihn auch grob. Aber betrachten Sie die Sache einmal von unserer Seite. Meine Organisation hilft Überlebenden aus dem Dritten Reich. Wenn Sie diese Leute kennen und ihre Gesichter sehen würden – man kann nur ahnen, was diese Leute Schreckliches durchgemacht haben. Es ist ein Wunder, dass überhaupt jemand das überlebt hat. Aber dann nach der Befreiung, anstatt dass man ihnen Zeit und Freiheit gegeben hätte, ihr Leben wieder aufzubauen, hat man ihnen wieder eine Ohrfeige versetzt. Sie konnten ihre Häuser, Grundstücke und Vermögen nicht wiederbekommen. Ein Bankkonto in der Schweiz zum Beispiel oder eine Lebensversicherung – die Ansprüche der Leute darauf wurden abgewiesen, weil sie keine Sterbeurkunde von ihren Angehörigen hatten und nicht beweisen konnten, dass sie tot sind. Wie wollen Sie beweisen, dass ein Verwandter in einem bestimmten KZ gestorben oder nicht gestorben ist? Manchmal bekommen wir Berichte, dass sie abgeholt worden sind, aber sind sie da angekommen? Und sind sie wirklich da gestorben? Das macht unsere Arbeit so schwierig. Also versuchen wir und andere Gruppen diesen Leuten zu helfen, aber erst seit zehn oder zwanzig Jahren. Diese Leute sind immer wieder grausam behandelt worden und sind jetzt am Ende ihres Lebens. Gruppen wie wir versuchen ihnen und ihren Familien Hoffnung zu geben – oder wenigstens einen gewissen Abschluss, bevor sie sterben. Wenn nun jemand versucht, aus diesem Leid Nutzen zu ziehen, dann macht das wütend. So ist es mir mit Ihrer Großmutter gegangen.«

»Ich verstehe schon, dass betrügerische Forderungen Sie wütend machen.«

»Und leider gibt es viele davon.«

»Aber ich verstehe nicht, warum Sie glauben, meine Großmutter sei nicht Celia Müller.«

»Ich prüfe jede Anfrage. Und ich kenne Hallstatt ganz gut. Celia Müller ist in Hallstatt geboren.«

Darby dachte zurück an die Beerdigung und an Maisies Versicherung, Celia sei in Hallstatt geboren und nicht in Wien, wie es in ihren Papieren stand.

»Meine Mutter hatte ein Sommerhaus in Gosau, das liegt von Hallstatt aus gleich über den Berg. Ich habe im Hallstätter See tauchen gelernt. So groß ist der Ort nicht. Ich prüfe alle Anfragen nach wie die, die Ihre Großmutter geschickt hat. Und die Dokumente waren sehr eindeutig, nicht wie andere, mit denen ich zu tun hatte. Ich hatte die Geburtsurkunde und fand die Daten über ihren Tod in dem Lager, in das man sie gebracht hatte. Gut, ich kenne Sie nicht, Frau Evans. Anscheinend glauben Sie Ihrer Großmutter wirklich. Aber Sie müssen meine Situation verstehen. Ich kann nicht leicht jemandem glauben, wenn die Fakten eindeutig etwas anderes belegen.«

»Sie wollen also sagen, ich sei vielleicht auch eine Betrügerin?«

»Das habe ich nicht gesagt. Aber ich weiß wirklich nicht, was ich davon halten soll. Eines weiß ich genau: Celia Müller ist 1941 gestorben. Sie ist in Hallstatt geboren und im Konzentrationslager Mauthausen umgekommen.«

»Mauthausen? Sie wissen, dass Celia Müller in Mauthausen umgekommen ist? Meine Großmutter hat mir erzählt, dass Familienmitglieder von uns da gestorben sind, wie es in dem Brief steht. Das war doch ein Lager hier in Österreich, oder?«

»Ja, bei Linz. Mauthausen war das größte Lager in Österreich und hat die vielen kleineren Lager hier mit gesteuert.«

»Vielleicht ist eine andere Lange in den Berichten erwähnt und nicht Celia. Oder eine Verwandte mit demselben Vornamen?«

»Nein. Da bin ich sicher.«

»Das kann nicht sein. Ich weiß doch, wer meine Großmutter war. Ich weiß, dass sie viele Jahre in Hallstatt gewohnt hat; ihr Vater arbeitete als Archäologe bei den Kelten-Ausgrabungen. Sie traf einen Mann namens Gunther Müller und heiratete ihn.«

Brant hob plötzlich den Kopf und starrte sie an.

»Sie ist Ende 1939 aus Österreich geflohen.«

»Nein«, sagte Brant bestimmt. »Celia Müller ist 1941 in Mauthausen gestorben. Ich sage nicht, Ihre Großmutter sei ein schlechter Mensch gewesen. Vielleicht hat sie wirklich geglaubt, sie wäre Celia Müller. Der Krieg hat oft merkwürdige und schreckliche Einflüsse auf den Geist der Leute gehabt. Damals hat man sich nicht an Psychologen gewandt, wie das heute fast jeder Zweite tut. Ich weiß nicht, wie es Ihrer Großmutter ergangen ist, aber ich weiß genau, dass Celia Müller vor langer Zeit gestorben ist.«

Darby schüttelte den Kopf. Brant dachte, Oma Celia sei verrückt oder seelisch krank gewesen? Aber andererseits, wenn sie die Berichte schwarz auf weiß vor sich hätte und hätte ihre Großmutter nicht persönlich gekannt, würde sie das vielleicht auch anders sehen. »Kann ich diese Berichte sehen?«

»Meine Berichte sind vertraulich. Aber Sie können es in Hallstatt oder in Mauthausen versuchen. Viele Lager informieren vor Ort und haben Listen von Opfern.«

Darby fragte sich, wie sie diesen Menschen überzeugen konnte und ob das überhaupt nötig war. Sie hatte die Antworten, die sie brauchte, und verstand den Brief an ihre Großmutter – für sie brauchte er Oma Celia nicht zu glauben. Aber sie wollte es und sie wollte, dass er ihr glaubte.

»Jetzt haben Sie diese lange Reise gemacht und erfahren so etwas von mir.«

»Nein, so ist es gar nicht. Ich habe meine Großmutter gekannt. Ich weiß, woran sie geglaubt hat und wie ihr Charakter war. Sie war keine Lügnerin.«

»Dann wollen Sie also das Anliegen Ihrer Großmutter weiter verfolgen, den Erbbesitz der Langes zu finden?«

»Was wissen Sie über den Erbbesitz?«

»Nichts.« Brant aß ein Stück Schinken. »Ihre Großmutter hat davon geschrieben. Ich weiß, dass er ein Grund war, warum Ihre Großmutter Ansprüche erhoben hat, die sie nicht hat.«

»Für mich ist der Erbbesitz der Langes das Unwichtigste. Ich bin nicht hergekommen, um reich zu werden oder um etwas zu finden, was es vielleicht gar nicht gibt. Meine Großmutter hat auf dem Sterbebett Wünsche geäußert …« Darby fragte sich, ob sie von Tatjana sprechen sollte. Brant schien ganz sicher zu sein, aber sie würde es riskieren für den Fall, dass er wüsste, wie man an Informationen herankommen konnte. »Meine Großmutter hatte eine Freundin. Sie hieß Tatjana Hoffmann. Eigentlich versuche ich herauszufinden, wie es ihr gegangen ist – das war eine der letzten Bitten meiner Großmutter. Oma bat mich, Tatjana ihren Namen wiederzugeben.«

Brant zog die Augenbrauen zusammen und lehnte sich über den Tisch nach vorn. »Was soll das heißen?«

Sie wünschte, sie hätte es nicht gesagt, denn es klang wirklich seltsam. Auch sie selbst verstand es nicht. »Es macht nichts. Ich weiß es auch noch nicht genau. Sie waren der Erste, den ich aufgesucht habe, weil Sie ihr den Brief geschickt haben. Aber ich habe nicht Kontakt zu Ihnen aufgenommen, damit Sie den Erbbesitz der Langes suchen.«

»Tatjana Hoffmann? Ihre Großmutter hat Sie hierher geschickt, um nach dieser anderen Frau zu suchen, aber sie war auch am Erbbesitz der Langes interessiert?«

»Und Sie finden das verdächtig.«

»Ich finde fast alles verdächtig. Leider bin ich bei dieser Arbeit misstrauisch geworden.«

»Schade.« Darby schaute seine Hände auf dem Tisch an. »Ich verstehe Sie nicht. Gerade durch Ihre Arbeit wissen Sie doch, wie viele Gerüchte, Irrtümer und Verwechslungen es im Krieg gegeben hat. Warum ist es so völlig ausgeschlossen, dass meine Großmutter Celia Müller sein könnte? Leute sind umgebracht worden und man dachte, sie wären geflohen, und andere sind wirklich entkommen und man hat sie für tot gehalten. Das habe ich auch von Anne Frank gehört: Nachbarn und Freunde dachten, Franks wären schon vor Jahren vor den Nazis geflohen, aber sie versteckten sich die ganze Zeit auf dem Dachboden. Wie können Sie so sicher wissen, dass so etwas nicht meiner Großmutter passiert ist?«

»Ich kenne die Geschichte von Anne Frank gut und noch Hunderte von ähnlichen, die genauso tragisch sind. Aber ich habe Dokumente, die beweisen, dass Celia Müller im Konzentrationslager Mauthausen umgekommen ist. Ich weiß, dass Sie das nicht leicht akzeptieren können. Das verstehe ich auch. Aber wenn Sie Beweise brauchen ...« Brant stützte den Kopf in die Hand, als ob er über etwas nachdächte. »Fahren Sie nach Hallstatt und schauen Sie auf dem Friedhof nach. Fahren Sie nach Mauthausen und sehen Sie die Krematorien. Dann haben Sie die Antwort.«

»Sie sind wohl überzeugt, Sie wüssten eine Menge über Celia Müller«, murmelte Darby mehr zu sich selbst als zu ihm.

»Das ist meine Arbeit, mein Beruf.« Er zerknüllte die Serviette zu einer noch kleineren Kugel. »Ich habe mich über Celia Müller informiert, als der Brief von Ihrer Großmutter kam.« Er machte eine lange Pause und Darby sah ihm an, wie seine Gedanken arbeiteten. »Diese Freundin, die Ihre Großmutter hatte. Tatjana Hoffmann, haben Sie gesagt? Haben Sie schon einmal daran gedacht, dass Ihre Großmutter vielleicht Tatjana war?«

Sie starrte Brant an. Der Gedanke hätte sie wütend machen sollen. Aber was Brant da aussprach, das war die Angst, die sie jede Nacht loszuwerden versuchte, seit sie Tatjanas Papiere im Tresor gefunden hatte – und die Einwanderungspapiere ihrer Großmutter in die Vereinigten Staaten waren nicht da.

Könnte Oma Celia in Wirklichkeit Tatjana Hoffmann sein?

11 Elftes Kapitel

Wie kommen Sie auf die absurde Idee, meine Großmutter könnte Tatjana Hoffmann sein?«

»Aus mehreren Gründen. Es ist doch merkwürdig, dass Ihre Großmutter erst nach dem Erbbesitz der Langes gesucht und dann die Suche abgebrochen hat, ehe sie starb, und stattdessen Sie gebeten hat, Tatjana ihren Namen wiederzugeben. Vielleicht hat Ihre Großmutter damit sich selbst gemeint.«

»Meine Großmutter war Celia Lange-Müller.«

»Bestimmt nicht, Darby. Wenn Sie noch Beweise brauchen, fahren Sie nach Hallstatt. Gehen Sie auf den Friedhof und sehen Sie, ob Sie das nicht überzeugt.«

»Was meinen Sie damit?«

»Fahren Sie hin und sehen Sie selbst.«

Darby wollte aufbrechen. »Ich denke, das ist alles, was ich wissen wollte. Wenn Sie Zeit haben, können Sie vielleicht in Ihren exakten Papieren Tatjana Hoffmanns Namen suchen und sehen, ob da auch Informationen über sie drin sind.«

»Das werde ich machen …«

Ein Mann blieb vor ihrem Tisch stehen.

»Richard.« Brants Stimme klang nicht erfreut, diesen Mann zu sehen. Richard hob eine Augenbraue. »Guten Morgen.«

»Sprich Englisch, Richard.«

»Ist hier eine Engländerin bei uns?«

»Nein, eine Amerikanerin. Ich habe Frau Halder gesagt, dass ich eine Besprechung habe und dich später treffen werde.«

Richard spielte den Beleidigten. »So empfängst du mich? Es

ist gar nicht so leicht, dich zu treffen, und das hier sieht nicht gerade wie Arbeit aus. Eher wie Vergnügen.« Er lächelte Darby zu, dann sprach er Brant an, ohne den Blick von ihr abzuwenden. »Niemand stellt mich deiner schönen Freundin vor, ich bekomme nur Vorwürfe zu hören. Ich bin extra nach Salzburg gekommen, um dich zu besuchen, habe stundenlang darauf gewartet, dass dieser Termin vertagt wird – aber jetzt sehe ich, warum er so lange dauert.«

»Was brauchst du?«

»Ich brauche nichts, ich will etwas verschenken. Ich habe zwei Karten für ein Ballett im Landestheater, die wollte ich dir schenken. Du arbeitest zu viel und hast zu wenig Verabredungen. Das ist mein Beitrag dazu, dass du wieder ein Privatleben bekommst. Vielleicht kannst du mit deiner amerikanischen Freundin ... Du hast mich immer noch nicht vorgestellt.«

»Darby Evans, Richard Hauer.«

Sie nahm Richards ausgestreckte Hand. Beide Männer sahen gut aus, aber auf ganz verschiedene Art. Brant verdrehte vielleicht auf den ersten Blick niemandem den Kopf, aber Richard hatte einen raffinierten Charme, der sofort auffiel. Er wirkte selbstsicher, sogar extrem eingebildet. Er erinnerte sie an einen früheren Klassenkameraden, der gern Rhett Butler zitierte und versuchte, sich bei Darby und all ihren Freundinnen zugleich beliebt zu machen.

»Angenehm.« Darby bemerkte, dass Richard ihre Hand länger festhielt als nötig, während er sie mit harten grauen Augen abschätzte.

»Eine Amerikanerin also.« Er stellte noch einen Stuhl an den Tisch. »Ihr beide seid also wie geschaffen für einen gemeinsamen Abend: zwei Amerikaner in Salzburg. Über so etwas schreibt man Schlager. Oder wenn Brant nicht mit Ihnen gehen will, dann vielleicht ich selbst.«

»Ich bin nicht nach Salzburg gekommen, damit Schlager über mich geschrieben werden«, betonte Darby energisch.

Richard tat überrascht und sagte: »Brant, diese Frau ist nicht leicht zu betören. Dein Glück. Ich wünsche dir viel Erfolg.« Er zwinkerte Darby zu.

»Hier sind die Karten.« Er legte sie auf den Tisch. »Ich lasse euch beide jetzt allein. Brant, wir treffen uns später. Und Miss Darby Evans, es war mir ein Vergnügen.«

Brant und Darby schauten Richard nach.

»Sie mögen ihn nicht, oder?«, fragte Darby.

»Ich traue ihm nicht.« Er betrachtete Darby.

»Sie trauen nicht vielen Leuten, nicht wahr, Mr. Collins?«

»Das habe ich leider aus Erfahrung gelernt. Aber für Richard muss ich mich entschuldigen. Er – so einen gibt es nicht noch einmal.« Brant schaute die Karten an. »Wir brauchen da nicht hinzugehen.«

»Natürlich gehen wir nicht.«

Darby bestand darauf, die Rechnung zu bezahlen, denn sie hatte ja die richtige Währung und sie hatte das Treffen zuerst gewünscht. Aber Brant bezahlte das Trinkgeld. Darby fiel auf, dass er das Geld nicht wie zu Hause auf dem Tisch liegen ließ, sondern der Kellnerin selbst gab. Das war gut zu wissen, wenn sie in Zukunft essen ginge.

Der Regen hatte aufgehört, aber immer noch hingen dunkle Wolken tief über der Stadt. Darby wickelte ihre Jacke fest um sich und roch Schnee in der Luft, als sie aus dem Restaurant kamen. Sie drehte sich um, um sich zu verabschieden in der Hoffnung, in dem Labyrinth von Straßen den Rückweg zu finden.

»Ich bringe Sie hin.«

»Das ist nicht nötig.«

»Das ist egal. Ich kann doch nicht zulassen, dass eine Landsmännin sich hier verirrt.«

»Es ist doch gar nicht weit.«

»Bitte erlauben Sie, im Ernst.«

»Wenn Sie unbedingt wollen.«

Wieder gingen sie schweigend. Darby fühlte sich nicht verpflichtet, die Unterhaltung aufrechtzuerhalten. Stattdessen horchte sie auf den Klang ihrer Schritte auf dem Pflaster. Radfahrer auf alten Fahrrädern mit Drahtkörben fuhren klappernd vorbei. Ihr fiel auf, dass das eine sehr beliebte Transportart war. Sie kamen an einem Stand vorbei, wo etwas verkauft wurde, was die Luft mit einem verführerisch warmen, nussartigen Geruch erfüllte.

»Haben Sie schon einmal Maronen probiert?«, fragte Brant und stellte sich ans Ende der Schlange vor dem Verkaufsstand.

»Nein, was ist das?«

»Geröstete Kastanien.«

»Ich kenne ein Weihnachtslied: ›Kastanien auf offenem Feuer‹.« Sie lachte leise, dann kam sie sich albern vor. »Nein, ich habe sie noch nie gegessen.«

»Ein Herbst in Salzburg ist nichts ohne Maronen.« Er wartete in der Schlange und kaufte dann eine Tüte mit den runden dunklen Nussfrüchten. Er bot Darby eine an und zeigte ihr, wie man sie öffnet.

Die fleischige Konsistenz erinnerte Darby an die Eicheln, die sie als Kind mit den Nachbarskindern gesammelt und zerstampft hatte. Sie zögerte, bevor sie hineinbiss, denn sie dachte daran, wie sie die Herausforderung angenommen hatte, eine Eichel zu probieren und die bittere Frucht sofort ausgespuckt hatte; ihre Freunde hatten sie ausgelacht. Dann holte sie Luft und steckte das weißliche Fleisch in den Mund, entschlossen es nicht auszuspucken, ganz gleich wie es schmeckte. Zu ihrer Überraschung war die warme Frucht nicht bitter; ihr zarter Geschmack erinnerte sie irgendwie an Herbstwälder. »Wunderbar.«

»Mein Lieblingsessen in dieser Jahreszeit.«

Im Gehen aßen sie gemeinsam die Kastanien, bis sie beim Cozy-Hotel ankamen. Darby bemerkte nun, wie amerikanisiert dieses wirkte im Vergleich zu anderen Hotels, an denen sie vorbeigekommen waren.

Vor der Tür blieb sie stehen. »Hier ist es. Ihre Landsmännin hat sich nicht verirrt.«

»Sehr gut. Ich will nicht noch mehr auf dem Gewissen haben.«

Er lächelte freundlich, aber Darby wunderte sich über seine Worte. Fast hätte sie gefragt, was ihn störte – etwa böse Briefe an alte Leute? Aber sie hielt den Mund.

»Ich weiß jemanden, der Ihnen vielleicht helfen kann. Ein Professor an der Universität, nicht weit von hier. Er könnte Ihnen behilflich sein, wenn Sie noch mehr Informationen brauchen.«

»Das wäre großartig.« Darby kramte Papier und Stift aus ihrer Handtasche und gab sie Brant.

»Er heißt Professor Peter Voss. Dies ist seine Telefonnummer.« Brant reichte ihr das Papier. »Und ich suche nach dieser Tatjana Hoffmann.«

»Plötzlich so hilfsbereit?« Darby grinste.

Brant betrachtete sie nachdenklich. »Ich hoffe wirklich, dass Sie finden, was Sie suchen, und dass die Wahrheit nicht zu weh tut.«

Darby schüttelte den Kopf. Er verstand sie nicht und konnte ihr nicht glauben. Wenn ihre Rollen vertauscht wären, was würde sie dann glauben? Was glaubte sie jetzt?

»Am besten lassen wir das ruhen, damit wir nicht wieder streiten.«

Brant lächelte. »Gute Idee.«

Darby streckte die Hand aus. »Auf Wiedersehen, Mr. Collins.«

»Können wir das Sie nicht weglassen?«

»Natürlich. Mach's gut, Brant.«

»Mach's gut, Darby.« Er hielt die Tür offen, während sie hineinging. An der Treppe schaute Darby zurück. Er winkte, dann war er nicht mehr zu sehen. Sie sah ihm einen Augenblick nach, schaute dann auf die Telefonnummer und lief schnell nach oben. Brant konnte nicht Recht haben. Hoffentlich.

Als Brant endlich ins Büro zurückkam, hatte Frau Halder einen ganzen Stapel Nachrichten für ihn. Er war langsam zurückgegangen, durch Seitenstraßen und am Fluss entlang, bevor er in seinem Büro im ersten Stock ankam.

»Sie haben Ihren Freund verpasst«, sagte Frau Halder, als Brant kam.

»Welchen Freund?« Brant nahm seine Papiere. »Meinen Sie Richard?«

»Ja. Er hat gewartet und gewartet. Er ist so ein netter junger Mann.«

Beim Durchblättern der Nachrichten warf Brant einen Blick auf seine Sekretärin. »Wir haben uns doch getroffen.«

»Wirklich? Da bin ich froh.« Sie lächelte. »Wissen Sie, er sieht Sie wie einen Bruder. Sie beide sollten mehr zusammen machen.«

»Hat er das gesagt?«

»O ja. Wir haben uns eine ganze Weile unterhalten. Er macht sich Sorgen um Sie, genau wie ich. Wir finden, Sie müssten weniger arbeiten und mehr tun, was Spaß macht.« Frau Halder schaute ihn an wie eine Glucke ihr Küken.

»Wann ist Richard gekommen?«, fragte Brant.

»Gleich nachdem Sie weggegangen waren. Ich habe ihm gesagt, dass Sie einen Termin haben, da hat er sich hingesetzt und eine Weile mit mir geredet. Dann bekam er Hunger und ging frühstücken und hat mir sogar ein Hefestückchen mitgebracht. So ein netter junger Mann.«

Brant wunderte sich, warum Richard gekommen, dann weggegangen und wiedergekommen war. Frau Halder war eine gutherzige Frau, wenn auch nicht immer besonders scharfsichtig. Zu Brant war sie immer rücksichtsvoll und um ihn mütterlich besorgt. Auf dem Weg ins Büro hatte er vorgehabt sicherzustellen, dass Frau Halder Richard nie mehr verriete, wo er sich mit anderen traf. Aber als er vor ihr stand, merkte er, dass sie keine Ahnung hatte, dass sie das getan hatte. Er seufzte und blätterte den Postkorb durch.

»Danke, dass Sie die ganze Zeit aufgepasst haben, während ich weg war«, sagte Brant.

»Ich gehe jetzt zum Mittagessen, wenn es Ihnen recht ist. Wenn es trocken bleibt, treffe ich meine Enkelkinder im Park.«

»Sagen Sie den Jungen, sie sollen mich anrufen, dann spielen wir wieder Fußball.«

»Sie haben geübt, was Sie ihnen beigebracht haben. Ich sage ihnen, dass Sie wieder spielen möchten.« Frau Halder ging ins Hinterzimmer und kam mit einem Picknickkorb wieder.

Brant sah, wie sie wegging. Das musste ein gutes Gefühl sein, mit Kindern zu Mittag zu essen. Sich nicht bei jedem, mit dem man zu tun hatte, nach den Motiven zu fragen. Wie befreiend, einfach zu leben. Eine hübsche Frau zu treffen und wirklich etwas Romantisches dabei zu denken, anstatt zu forschen, wer sie war.

Er schloss die Bürotür und dachte über Darby nach. Er fand sie interessant, intelligent, schön – besonders wenn sie sich trotzig aufführte. Fast musste er lachen, wenn er an ihren Gesichtsausdruck dachte, als sie sich weigerte, den Regenschirm des Gegners zu benutzen. Sie war so eigensinnig gewesen, dass sie nicht einmal den Regentropfen abwischte, der ihre Stirn getroffen hatte. Aber sie konnte ihn auch zum Lachen bringen – und Brant lachte nicht mehr oft. Es war ein gutes Gefühl bei Darby Evans zu sein, vielleicht, weil sie ihn an die Vereinigten Staaten erinnerte – seine zweite Heimat. Vor ein paar Jahren, vielleicht sogar noch vor einem halben Jahr, hätte Brant ihr vielleicht den Hof gemacht. Aber jetzt fühlte er sich eingerostet und wusste nicht, was er sagen und wie er sich verhalten sollte. Und er kämpfte immer noch gegen die Motive jedes Menschen an, mit dem er zu tun hatte – besonders eines Menschen, der behauptete Celia Müllers Enkelin zu sein.

Brant legte die Nachrichten auf den Schreibtisch. Er würde den Nachmittag und den Abend brauchen, um alles aufzuarbeiten, aber zuerst schrieb er sich den Namen Tatjana Hoffmann auf. Er hatte versprochen, das zu prüfen. Brant wusste absolut zweifelsfrei, dass Celia Lange-Müller vor langer Zeit im Konzentrationslager Mauthausen umgekommen war. Gunther hatte nicht umsonst sechzig Jahre lang um seine Frau getrauert.

Brant fragte sich, wie Darby die Wahrheit über ihre Großmutter aufnehmen würde. Es hatte ihn verletzt, den Betrug der Aldrichs zu entdecken, aber der Betrug einer geliebten Person musste noch schlimmer sein. Er konnte sich nicht vorstellen, welchen Schmerz er Darby würde zufügen müssen.

Darby schloss die Tür, drehte den Schlüssel um und lehnte den Kopf an die Wand. Sie schloss die Augen, aber dann schaute sie sich im Zimmer um – es war ja ein Fremder hier gewesen. Überall schienen seine Fingerabdrücke zu sein.

Sie dachte daran, ein anderes Zimmer zu nehmen, aber würde ihr das helfen? Darby kontrollierte ihr gesamtes Gepäck. Ihre Hände fühlten sich schmutzig an, nachdem sie den Koffer angefasst hatte. Jemand hatte ihren schwarzen Koffer aufgehoben und geöffnet. Wie lange hatte er hineingeschaut? Welche Kleider hatte er angefasst? Sie ordnete ihre Kleider und Toilettenartikel und fing langsam an, das Zimmer und ihren Besitz wieder als ihres zu betrachten. Der Mann musste sich geirrt haben; es gab einfach keine andere Erklärung.

Die weißen Vorhänge bauschten sich leicht vor dem Fenster, das sie angekippt hatte, und bei dem bewölkten Himmel herrschte hier drinnen ein Dämmerlicht, das ihre Müdigkeit noch verstärkte. Darby spürte sie im ganzen Körper und wünschte sich für ein oder zwei Jahre zusammengerollt unter der Daunendecke bleiben zu können, bis sie wieder Kraft gewann. Dort in ihrem Daunenversteck würde sie nicht die Gegenwart eines Fremden spüren und nicht die Worte hören, die sie seit ihrem Treffen mit Brant verfolgten: *Könnte Oma Celia in Wirklichkeit Tatjana Hoffmann sein?*

Sie erlaubte sich nicht den Luxus, in den Schlaf zu flüchten, sondern zwang sich zu überlegen, wie sie weiter vorgehen wollte. Viel zu aufgeregt über all diese offenen Fragen würde sie doch nicht einschlafen können. Sie ordnete ihre Informationen auf dem Schreibtisch zu übersichtlichen Stapeln: einem mit Briefen, einem anderen mit Information über den Familienbesitz der Langes, einem dritten mit Fotos und verschiedenen Papieren. Ihre erste Kontaktperson Brant hatte sie auf drei neue Möglichkeiten hingewiesen: Professor Voss, Hallstatt und Mauthausen. Darby suchte Hallstatt auf ihrer Karte von Österreich und markierte die Autobahnstrecke, dann auch den weiteren Weg bis in die Nähe von Linz in Oberösterreich bei der tschechischen Grenze. In ein paar Tagen wollte sie einen Wagen mieten und dahin fahren, aber vorher noch versuchen Professor Peter Voss zu treffen.

Beim Erstellen der Liste und ihrer Pläne fiel ihr Blick auf den österreichischen Pass. Die vergilbten Seiten weckten Zweifel in ihr. Darin stand der Name *Tatjana Hoffmann*. Geburtsort Wien, Österreich: Auch Oma Celias Dokumente gaben diesen Geburtsort an, aber Maisie bestand darauf, dass alle Familienmitglieder in dem kleinen Ort Hallstatt geboren waren. Gegenüber Brant hatte Darby ihre Großmutter verteidigt, aber jetzt wurden ihre leisen Zweifel zur Angst. Sie stellte sich vor, wie Tatjana Hoffmann und Celia Müller enge Freundinnen gewesen waren, als Tatjana aus Österreich flüchtete. Sie kam nach Amerika, änderte ihren Namen zu Celia Müller, weil sie wusste, dass ihre Freundin in ein KZ gebracht worden war, und zog zu Onkel Marc und Tante Helen, die bis dahin weder sie noch die echte Celia gesehen hatten. Onkel Marc war Oma Celias Bruder und Darbys Großonkel, aber nur wenige Jahre älter als Celia. Er hatte sich in den Vereinigten Staaten niedergelassen, als sie noch Kinder waren; die beiden hatten sich jahrelang geschrieben, sich aber bis zu Celias Einwanderung nie gesehen. Vielleicht hatte Brant Recht und ihre Großmutter hatte wirklich sich selbst gemeint, als sie sagte, Tatjana Hoffmann brauchte ihren Namen. Vielleicht konnte Darbys Oma die Wahrheit nicht selbst zugeben und wollte, dass Darby sie herausfand. Vielleicht hatte Celia deshalb in dem Brief geschrieben, dass Darbys Leben sich ändern würde, wenn sie die Wahrheit entdeckte.

Je mehr Darby darüber nachdachte, umso wahrscheinlicher kam ihr diese Möglichkeit vor. War es nicht allgemein bekannt, dass eine kleine Lüge Folgen für ein ganzes Leben haben konnte? Konnte das bei Oma Celia so gewesen sein – oder war es Oma Tatjana?

Darby fielen zig kleine Ereignisse mit der Frau ein, die sie als Oma Celia kannte: Heftpflaster, Unterricht im Gärtnern, Fahrradrennen, Marshmallow-Rösten und Gutenachtgeschichten. Sie schüttelte den Kopf. Auch wenn ihre Großmutter nicht Celia Müller, sondern Tatjana Hoffmann hieß, war sie doch die Frau, die Darby geliebt hatte, und Darby hatte sie auch geliebt.

Sie legte den Pass auf einen der Stapel und nahm ein Bild von ihrer Großmutter aus dem Stapel mit den Fotos. Es war aufgenommen worden, als Maureen die Zwillinge bekommen hatte. Darby betrachtete das Gesicht, das sie so gut kannte. Diese Frau war der ehrlichste, freundlichste, aufrichtigste Mensch, dem sie je begegnet war. Unmöglich konnte sie eine Betrügerin sein. Das würde alles zerschlagen, woran Darby glaubte.

»Ich glaube ihr. Ich glaube, dass sie Celia Rachel Lange-Müller war, dass sie den Brief mit ihrem eigenen Namen unterschrieben hat. Sie hat nicht einfach mit ›Oma‹ unterschrieben. Das würde sie doch machen, wenn sie nicht wirklich Celia wäre.«

Wenn ihre Großmutter Tatjana wäre, würde Darby sich damit auseinander setzen, wenn es eindeutig bewiesen wäre. Aber ganz gleich, welchen Namen ihre Großmutter getragen hatte, Darby wusste, was für ein Mensch sie gewesen war.

12 Zwölftes Kapitel

An diesem Abend lockten Salzburgs Straßen Darby aus ihrem Hotel. Sie hatte Mittagsschlaf gehalten und dann kurz Professor Peter Voss angerufen. Er war bereit, sie am nächsten Tag in seinem Zimmer in der Universität zu treffen.

Auf ihrem Gang durch die Straßen der Innenstadt war Darby ebenso hungrig wie neugierig. Die Hauptstraßen waren voll von Taxis, Bussen und Autos, während sie wieder mitten in die Altstadt ging. Hier fuhren nur wenige Autos zwischen den Fußgängern und Radfahrern mit ihren Körben vorne oder hinten an den Fahrrädern. Darby sah, dass es Einheimische wie Touristen nach draußen zog, solange die dunklen Wolken über ihren Köpfen den Regen zurückhielten. Obwohl die meisten Geschäfte geschlossen waren, waren überall Menschen. Sie gingen ohne Eile: ältere Paare, eine Gruppe Jugendlicher, Menschen aller Rassen und Altersstufen. Die Cafés mit Sitzplätzen im Freien waren überfüllt mit lebhaften Gästen, die lachten, rauchten und Gerichte aßen, bei denen Darby das Wasser im Mund zusammenlief. Sie kam an einem Straßenmusikanten vorbei, der unter einem steinernen Torbogen Saxophon spielte, und an einem Maler, der mit Kreide ein schönes Gemälde auf den Bürgersteig malte. Sie ging durch krumme gepflasterte Straßen, die auf verschiedene Plätze führten, und fand die *Getreidegasse,* die berühmte Einkaufsstraße, von der Brant ihr erzählt hatte. Da stand sie vor einem der hohen Gebäude mit gerader Front: Mozarts Geburtshaus. Sie griff nach ihrem Fotoapparat – ihrer Nikon, die sie ständig begleitete und gewöhnlich um ihren Hals hing. Die »alte Niki« hatte alle Reisen mitgemacht, die Darby unternommen hatte, seit sie sie von ihrer Mutter und Oma Celia zum Schulabschluss geschenkt bekommen hatte. Sie hatte sich eine neue Ausrüstung gekauft, aber ihre Niki hatte sie immer noch am liebsten. Aber auf dieser Reise war ihre Niki bisher sicher in der braunen Tasche geblieben, gut versteckt in ihrem Zimmer. Zum ersten Mal, seit sie erwachsen war, hatte sie sie nicht zur Verfügung. So genoss Darby einfach, was sie auf ihrem Spaziergang sah, ohne ihre Augen ständig mit der Kamera zu verdecken.

Darby ging weiter durch die enge Straße und betrachtete die Schaufenster mit Parfüm, Schuhen und Spezialitäten. Die Häuser waren hoch und zwischen den Kreuzungen dicht aneinander gebaut. Vor sich sah sie das Ende der Straße: Hinter einem Kirchturm erhob sich der nackte Fels. Darby war sicher, wenn sie hier ein paar hundert Jahre früher spazieren gegangen wäre, hätte alles genauso ausgesehen – aber dann sah sie die goldfarbigen Bögen von McDonald. Der Hunger trieb sie zu dem malerischen Gebäude; als sie die Tür öffnete, fand sie sich plötzlich in einem amerikanischen Schnellrestaurant wieder. Es machte Spaß, für ein Essen dreiundsechzig Schilling zu bezahlen, aber Darby hatte doch ein etwas schlechtes Gewissen, dass sie einen Big Mac kaufte und kein österreichisches Essen probierte.

Als Darby zurück zu ihrem Hotel ging, war die Straße immer noch voll von späten Spaziergängern. Kaum hatte sie sich hingelegt, schlief sie einen langen, tiefen, traumlosen Schlaf ohne Störung.

Das Morgenlicht schien über die Häuser und durch die Jalousien, die Darby vergessen hatte zuzuziehen. Sie wachte erfrischt auf, aber gespannt auf den Tag, der vor ihr lag: Heute würde sie wieder jemanden treffen, der ihre Geschichte höchstwahrscheinlich nicht glauben würde. Aber an diesem Samstag stieg die Sonne über die Berge und schien auf eine frisch gewaschene Stadt; sie hoffte, dass das Gutes bedeutete.

Vor dem Weggehen zog sie einen cremefarbenen Wollpullover an. Kaum aus dem Hotel heraus entdeckte sie, dass Salzburg auch an Wochenenden früh erwachte. Eine Familie in traditioneller österreichischer Tracht fuhr auf quietschenden Fahrrädern vorbei, als sie durch die feuchten Straßen ging. Der tiefblaue Himmel wurde heller, als die Sonne hinter der Bergfestung aufstieg. Mit dem Sonnenaufgang kamen Lichteffekte, die ihren Fotografenblick faszinierten. Darby sah Szenen, die sich als Bildmotive anboten: Eine Frau brachte ein Bündel in ein Hotel, das nach warmen Brötchen roch; ein Mann saß auf einer Bank, der Rauch seiner Zigarette stieg in die Morgenluft auf. Aber ihre Niki war wieder im Hotelzimmer geblieben.

Weiter erforschte sie Salzburgs Straßen; die morgendliche Kälte brannte auf ihren Wangen und ab und zu rieb sie sich die Hände. Darby kam um eine Ecke und war überzeugt, in eine andere Zeit zurückversetzt worden zu sein: Auf einem schmalen Platz hinter dem steinernen Torbogen eines Hauses lag vor ihr ein offener Markt. Menschen mit Körben und Taschen warteten in Schlangen vor den Verkaufsständen, wo Baguettes und Brötchen, Fleisch und Käse, Kunsthandwerk und frische Salzbrezeln aus großen Behältern verkauft wurden. Das einzige Zeichen, dass sie sich im einundzwanzigsten Jahrhundert befand, war außer ein paar modern gekleideten Leuten ein Getränkeverkäufer, der Coca-Cola anbot: Amerika kommt nach Österreich.

Zum Frühstück ging sie nicht zurück ins Hotel, sondern stellte sich in einer Schlange an und kaufte an einem Stand ein rundes, noch warmes Brötchen. Sie verließ den Stand mit einem Gefühl von Stolz: Wie ein echter Bürger der Stadt hatte sie mit *Grüß Gott* gegrüßt, das Essen gekauft und sich mit *Danke* und *Auf Wiedersehen* verabschiedet.

Sie schaute auf ihre Uhr und folgte dann den Wegweisern

zur Universität. Fast hätte sie ein Lied gepfiffen, aber sie unterbrach sich mit einem Lächeln. Von Mozarts Geige flogen Tauben auf und flatterten in den heiteren Himmel, als sie vorbeiging.

Alle Lichter waren aus, als Darby die Tür des Universitätsgebäudes aufstieß. Sie versuchte leise in die erste Etage hinaufzugehen, aber die Schritte ihrer Stiefel hallten laut auf dem Steinfußboden. Sie studierte die Zimmernummern; das ganze Gebäude schien verlassen. Sie ging um eine Ecke und sah eine offene Tür, aus der ein Lichtschein fiel. Darby zögerte. War sie darauf gefasst, schon wieder eine Abfuhr zu bekommen? Wenn Brant ihr nicht glaubte, warum dann dieser Mann?

Sie ging langsamer und hörte das Geräusch von Stuhlrollen auf dem Steinfußboden.

»Ist das Darby Evans?« Ein Kopf erschien in der Türöffnung.

»Ja.«

»Oh, entschuldigen Sie vielmals, ich habe vergessen das Licht für Sie anzuschalten. Wir sind die Einzigen hier. Kommen Sie herein.«

Professor Peter Voss kam ihr mit ausgestreckter Hand entgegen. Er war jünger, als sie erwartet hatte: ein Mann Anfang fünfzig, er sah gut aus und lächelte oft. In seiner Gegenwart fühlte sich Darby gleich wohl – ganz anders als bei manchen Professoren, die sie vom College her kannte und die sich in einem angemaßten Gefühl von Macht zu sonnen schienen.

»Willkommen. Ich freue mich Sie kennen zu lernen. Dies ist mein bescheidenes, nicht sehr wohl geordnetes Arbeitszimmer.«

Auf den ersten Blick sah es aus wie jedes Arbeitszimmer eines Geschichtsprofessors an allen Universitäten: Papierstapel rund um den Schreibtisch, ein Sofa und Bücherregale an zwei Wänden. Aber ein paar Kleinigkeiten machten es bemerkenswert, ja einzigartig: Auf einer Ecke des Schreibtischs stand eine seltsame Skulptur, die aussah wie nach oben ausgestreckte Hände, an einem schwarzen Brett hing ein buntes Fingerfarbenbild und an der einzigen freien Wand eine eingerahmte vergilbte Zeitung mit der Überschrift: *Deutschland gibt auf.* Darby kam näher und sah, dass es eine amerikanische Zeitung war, die das Kriegsende bekannt machte. Der Professor kicherte, als sie hinter der Tür eine Kiste mit Spielzeug und eine kleine Staffelei bemerkte.

»Die gehören meiner Tochter, das schwöre ich. Sarah kommt gern in die Universität, wenn meine Frau am Wochenende arbeiten muss. Aber ich muss zugeben, dass ich manchmal mit dem Slinky spiele – das ist eine tolle Erfindung. Bitte laufen Sie mir nicht aus dem Büro und denken, ich wäre ein verrückter Professor.«

Darby lachte. »Ich habe auch gern mit einem Slinky gespielt.«

»Dann vertragen wir uns bestimmt gut. Hier, setzen Sie sich.« Er lächelte einladend, aber seine Augen sahen sie neugierig an. Eines fiel Darby an Professor Voss sofort auf: Er gehörte zu den Menschen, die alles faszinierend finden, weil sie aus allem etwas lernen können. Wie Darby nach Fotomotiven suchte, so suchte dieser Mann Wissen.

Der Professor zeigte auf einen Plastikstuhl. Sie setzte sich und sah, wie das Fenster die Festung auf dem Mönchsberg einrahmte.

»Eine herrliche Aussicht haben Sie.«

»O ja. Der Slinky einerseits und diese wunderbare Aussicht andererseits sollten mich eigentlich zu großen Leistungen inspirieren – sollte man denken.« Professor Voss kicherte und um seine Augen wurden Lachfalten sichtbar.

»Manchmal lenken schöne Dinge auch ab, anstatt zu inspirieren.«

Jetzt grinste er. »Ja, wir werden uns sehr gut verstehen. Erzählen Sie mir erst etwas von sich, ehe wir anfangen.«

»Da gibt es nicht viel zu erzählen.«

»Na, kommen Sie schon. Seien Sie nicht so bescheiden.«

Darby lachte. »Ich bin gar nicht so bescheiden. Mal sehen ...

Ich bin Fotografin und wohne in Kalifornien. Ich habe weder Hund noch Katze noch Kinder – nicht dass ich Kinder wie Hund und Katze betrachtete.«

»Ach, manchmal kann man das schon«, sagte der Professor mit dem Lächeln, das ihm so leicht fiel. Er setzte sich auf den Stuhl an seinem Schreibtisch. »Weiter.«

»Ich bin ein ziemlich normaler Mensch – nichts Außergewöhnliches. Keine Pulitzer-Preise für Fotografie, aber ich mache Bilder in einem Studio, das ich mitbesitze.«

»Das klingt interessant.«

»Ist es manchmal auch. Viel lieber mache ich Arbeiten draußen, die es manchmal gibt. Dann mache ich Ausflüge mit Gruppen: Wandervereinen, Bergsteigern usw., um sie bei ihren Aktivitäten zu fotografieren. Aber auf dem Gebiet fange ich erst an. Jetzt erzählen Sie mir von sich.«

»Das ist lange nicht so aufregend, muss ich sagen. Ich bin meistens drinnen. Ich gebe mehrere Geschichtskurse hier an der Universität und manchmal halte ich Vorträge auf Kongressen im Ausland. Ich bin verheiratet und habe eine achtjährige Tochter, meine Reisen sind also auch nicht mehr so spannend wie früher. Wenn ich weg bin, habe ich Heimweh.« Professor Voss rieb sich das Kinn. »Am Telefon haben Sie gesagt, Ihre Großmutter stammte aus Österreich und Sie suchten Informationen über sie.«

Darby holte tief Luft. *Also los.* »Eigentlich suche ich hauptsächlich Informationen über die beste Freundin meiner Großmutter.«

»Wenn Sie Personen suchen, könnte Brant Ihnen die Namen und Telefonnummern von mehreren Organisationen geben oder Ihnen vielleicht selbst weiterhelfen. Warum hat er Sie zu mir geschickt?«

»Brant sucht auch nach Informationen über diese Freundin, Tatjana Hoffmann, aber ...« Darby zögerte. »Aber Brant hilft mir nicht in der Sache mit meiner Großmutter, weil er nicht glaubt, dass sie die Person ist, für die sie sich ausgibt.«

»Wie meinen Sie das?«

Darby richtete ihre Augen auf den Schreibtisch vor sich. »Brant glaubt, meine Großmutter hätte versucht, sich für jemand anderen auszugeben, um Anspruch auf einen Familienbesitz zu erheben.«

»Wirklich?« Darby sah einen plötzlichen Verdacht in den Augen des Professors aufglimmen. »Und wie hängt das mit Ihrer Suche nach ... sagten Sie, nach der besten Freundin Ihrer Großmutter zusammen?« Der Professor nahm einen Stift und einen Schreibblock aus einem Schreibtischfach. »Sagen Sie mir auch mal die Namen.«

»Meine Großmutter, Celia Lange-Müller, hat an Brant geschrieben, ehe sie starb, und um Informationen über ihren Familienbesitz gebeten. Er hat wieder geschrieben und behauptet, sie sei eine Betrügerin – den Brief habe ich, wenn Sie ihn sehen wollen.«

»Vielleicht. Reden Sie erst einmal weiter.«

»Ich fange am Anfang an.«

»Das ist immer am besten.« Sein offener Gesichtsausdruck ermutigte sie weiter zu berichten.

»Meine Großmutter hat erst in den letzten paar Jahren angefangen nach ihrem Familienbesitz zu suchen, als sie sah, dass die Schweizer Banken zugänglich wurden und Kunstwerke an die ursprünglichen Besitzer zurückgegeben wurden. Anfangs habe ich nie geglaubt, dass der Familienbesitz wirklich existiert; ich kam erst ins Zweifeln, als ich sah, wie entschlossen meine Großmutter war. Aber ich wohnte mehrere Stunden entfernt und war mit meiner Fotografie beschäftigt; darum habe ich ihr nie dabei geholfen oder irgendwelche Fakten darüber gefunden. Ich weiß, dass das faule Ausreden sind, besonders als sie erfuhr, dass sie Krebs hatte und ... ach, ich komme vom Thema ab.«

»Das ist doch gut.«

»Bei meiner Großmutter wurde Krebs festgestellt und er war schon so weit fortgeschritten, dass man ihr nicht helfen konnte. Lange sah es aus, als wäre sie gar nicht krank, sie hatte noch so viel Energie. In dieser Zeit schrieb sie an viele Organisationen, um Informationen zu bekommen. Letzten Sommer hat sie an Brant geschrieben und da hat er geantwortet.«

»Warum hat Brant ihr nicht geglaubt?«

»Er sagt, er hat nachgeforscht und Berichte über den Tod der wirklichen Celia Lange-Müller im Konzentrationslager Mauthausen gefunden.«

»Aber Sie glauben ihm nicht.«

»Ich glaube den Berichten nicht.«

»Und jetzt suchen Sie nach dem Besitz und der besten Freundin?«

»Ich suche nach der besten Freundin. Verwirrend, ich weiß. Ich habe Brant nur angerufen wegen seines Briefs an meine Großmutter. Ich habe gehofft, er könnte mir einen Rat geben, wie ich Tatjana, die beste Freundin, finden kann. Ich bin jetzt nicht so an dem Familienbesitz interessiert wie meine Großmutter. Vielleicht kommt das später – aber im Augenblick ist es mir das Wichtigste, Tatjana zu finden.«

»Warum?«

»Bevor meine Großmutter starb, hat sie mich gebeten, Tatjana ihren Namen zu geben.«

»Tatjana ihren Namen zu geben?« Der Professor legte den Stift weg. »Was bedeutet das?«

»Ich weiß es nicht genau, aber das war der letzte Wunsch meiner Großmutter. Sie hat mich nicht gebeten nach dem Besitz zu suchen, nur dass ich Tatjana ihren Namen gebe. Und weil ich nicht weiß, wie ich das machen soll oder was noch dazu gehört, versuche ich zuerst Tatjana oder irgendetwas über sie zu finden. Dann sehe ich weiter.«

»Tatjana ist also der Schlüssel zu allem anderen.«

»Wenn ich ihre Spur finde, kann ich mir vielleicht denken, was meine Großmutter wollte. Aber ich habe schon überlegt, ob Tatjana vielleicht in Wirklichkeit in den Vereinigten Staaten ist.«

»Warum meinen Sie das?«

Darby öffnete ihre schwarze Tasche und nahm ihre Schnellhefter heraus. Einen legte sie auf den Schreibtisch. »Ich weiß nicht, ob ich Ihnen das zeigen will, denn eigentlich spricht es gegen meine Großmutter. Wenn Sie das gesehen haben, ist mein einziges echtes Argument, dass ich ihr vertraue. Sie war eine Frau von Wort und glaubte fest an Gott, die Wahrheit und persönliche Integrität.«

Der Professor antwortete nicht, sondern öffnete den Schnellhefter und blätterte die Papiere durch. »Das sind Einwanderungspapiere der Vereinigten Staaten und ein österreichischer Pass von 1939. Wo haben Sie die Sachen her?«

»Ich habe sie im Tresor meiner Großmutter gefunden.«

»Haben Sie auch Einwanderungspapiere und einen Pass von Ihrer Großmutter gefunden?«

»Nein.«

»Diese sind von Tatjana Hoffmann.«

»Ja, ich weiß.«

»Aber Sie glauben nicht, dass Ihre Großmutter Tatjana Hoffmann war?«

»Nein.«

»Warum nicht?«

»Weil ich ihr glaube. Sie hat mir erzählt, wer sie war. Ihr letzter Brief an mich war mit ihrem vollen Namen unterschrieben. Ich weiß, es klingt unglaublich, aber es muss eine andere Erklärung geben. Warum sollte Celia mich bitten, Tatjana ihren Namen zu geben, wenn sie selbst Tatjana wäre?«

»Haben Sie Brant diese Papiere gezeigt?«

»Nein, sie hätten ihn nur in seiner Meinung bestärkt. Und er wollte überhaupt nichts von der Möglichkeit hören, dass Celia Müller noch gelebt hat – da war er eisern.«

Professor Voss klopfte mit seinem Stift auf das Papier. »Es ist natürlich, dass Brant so reagiert. Er hat mit vielen Betrugsversuchen zu tun. Wir sind schon seit vielen Jahren Freunde, obwohl wir uns nur ein paar Mal im Jahr sehen. Aber erst vor ungefähr einem Monat hat man entdeckt, dass Klienten, für die er viel Zeit investiert hatte, Betrüger waren. Brant hat ihre Geschichte geglaubt und seinen Ruf aufs Spiel gesetzt, um den Anspruch durchzusetzen. Dann ist das Ganze geplatzt. Ich habe seitdem noch nicht mit Brant gesprochen, aber ich bin sicher, es war ein schwerer Schlag. Brant ist ein Ehrenmann und geht ganz in seiner Arbeit auf. Nehmen Sie sein Misstrauen also nicht persönlich. Wenn man einmal hereingefallen ist, ist man vorsichtig.«

»Dann verstehe ich seine Haltung besser, aber ...«

»Aber das hilft Ihnen nicht weiter.« Der Professor nickte.

»Das klingt egoistisch, ich weiß.«

»Es ist nur natürlich. Aber vielleicht kann ich helfen.«

»Sie wollen immer noch helfen, obwohl ich Ihnen das gesagt habe?«

»Wenn sie Tatjana Hoffmann war und nicht Celia Müller, werden wir das herausfinden. Ich kann dabei nichts verlieren. Ein Rätsel der Geschichte interessiert mich immer und dieses ist faszinierend.«

Darby lächelte und seufzte zugleich. »Danke.«

»Erzählen Sie mir zuerst, was Sie von Ihrer Familie wissen. Dann wollen wir versuchen, alles zu rekonstruieren.«

Professor Voss schrieb, während sie sprach, und betrachtete von Zeit zu Zeit Papiere, die sie ihm reichte. Er malte einen Kreis um die eine Notiz, strich dann eine andere durch. Nach einer Stunde seufzte er und schaute sich das Durcheinander von Notizen auf verschiedenen Blättern an.

»Jetzt wollen wir uns ansehen, was wir wissen.« Er drehte die Blätter zu ihr. Das Geschriebene ergab erst Sinn, als er sprach und auf Zeichnungen und Verbindungslinien zeigte. »Hier sind Gunther und Celia; sie sind verheiratet und Celia erwartet ein Kind. Celia und Tatjana sind Freundinnen. Wissen Sie, ob Tatjana verheiratet war?«

»Ich weiß nichts von ihr außer ihrem Namen und dass sie die Freundin meiner Großmutter war.«

»Dann bleibt Tatjana allein hier.« Er zeigte mit dem Stift auf die Stelle.

»Die meisten aus der Familie Ihrer Großmutter wurden in Lager gebracht?«

»Ihre Mutter ist gestorben, als sie noch klein war, und ein Bruder ist nach Amerika ausgewandert, bevor meine Großmutter geboren wurde. Ihr Vater, ihre Tante und ihr jüngerer Bruder sind ins Konzentrationslager gebracht worden.«

Der Professor zeichnete noch einen Kreis und verband ihn durch eine gestrichelte Linie mit Celia. »Warum hat der ausgewanderte Onkel nicht versucht den Familienbesitz zu finden?«

»Ich weiß es nicht. Mein Onkel Marc hat nie darüber gesprochen, wenn ich da war. Wenn ich ihn an den Feiertagen sehe, will ich ihn fragen.«

»Wenn Ihr Großonkel weggezogen ist, bevor Ihre Großmutter geboren war, kann er uns nicht helfen zu beweisen, wer sie ist.«

»Stimmt.«

»Wann hat er Österreich verlassen?«

»Das weiß ich auch nicht. Er muss da noch sehr jung gewesen sein, denn er wirkt nicht viel älter, als meine Großmutter war. Ich weiß noch nicht einmal, ob er mit anderen Familienmitgliedern mitgefahren ist oder nicht, aber das war bestimmt zwanzig Jahre vor dem Krieg.«

»Ich nehme an, es war eine jüdische Familie.«

»Die Mutter meiner Großmutter war eine österreichische Jüdin.«

»Das war eine schwierige Zeit für Mischehen.« Der Professor kratzte sich nachdenklich das Kinn. »Sehen Sie, so stelle ich mir das vor: Langes haben diesen kostbaren Besitz.« Er hob das Blatt über die Münzen auf. »Zwei keltische Münzen aus Hallstatt. Ich frage mich, warum sie nicht im keltischen Museum in Hallstatt aufbewahrt wurden, sondern Privatbesitz der Familie geblieben sind?«

»Ich habe nicht einmal gewusst, dass die Kelten Münzen

hatten, Herr Professor.«

»Mein Fachgebiet ist das auch nicht. Aber Lange – das kommt mir bekannt vor. Ich will da mal nachforschen.« Er schrieb etwas auf sein Blatt und hob die anderen Papiere auf. »Dann das andere Erbstück: eine Brosche. Moment mal, was ist das? Die Brosche war ein Geschenk von Sissi?«

»Von wem?«

»Kaiserin Elisabeth, genannt Sissi, ist wahrscheinlich die bekannteste österreichische Kaiserin und überhaupt die bekannteste Österreicherin in der Geschichte. Bestimmt haben Sie in den Schaufenstern Bilder von ihr gesehen.«

»Ich glaube, ich habe wirklich irgendein Konfekt mit einer Prinzessin oder Königin darauf gesehen.«

»Das war wahrscheinlich Sissi. Sie war eine außergewöhnliche Frau und ist mit Recht auch über hundert Jahre nach ihrem Tod noch so berühmt. Es hat mehrere Filme und Theaterstücke über sie gegeben. Vielleicht so ähnlich ... mit wem könnte ich sie mal vergleichen? Meist vergleicht man Sissi und Prinzessin Diana von Wales, denn beide waren sehr schön, lebten gesund und sportlich und waren starke und resolute Frauen, wenn sie sich auch gegen die königlichen Traditionen wehrten und sich nicht anpassten, und beide sind durch ein Unglück umgekommen. Es ist fast unglaublich zu denken, dieses Erbstück könnte von ihr gewesen sein. Aber wissen Sie, ich glaube, ich habe so eine Geschichte gerüchtweise gehört – darum kommt mir der Name Lange wohl so bekannt vor.«

»Wie ist Elisabeth gestorben?«

»Sie wurde 1898 an einem See in der Schweiz von einem jungen Anarchisten erstochen, obwohl er eigentlich vorhatte, einen anderen Würdenträger zu ermorden.«

»Ich weiß nicht mehr viel von dem, was meine Großmutter mir erzählt hat. Sie hat gesagt, eine große Königin hätte sie ihrem Großvater geschenkt, weil er ihr nach einem Reitunfall geholfen hatte.«

»Ja, ich will Ihnen dieses Dokument übersetzen. Es ist 1887

von Herbert Lange geschrieben worden und muss seitdem in der Familie weitergereicht worden sein. Herbert besuchte Bad Ischl und schreibt, er habe auf einem Spaziergang gesehen, wie Kaiserin Sissi vom Pferd fiel. Er half ihr auf und fing das Pferd für sie ein. Er schreibt, sie bat ihn zu versprechen, dass er niemandem von dem Sturz erzählen würde.«

Mit dem Dokument in der Hand stand Professor Voss auf. »Das leuchtet ein, denn Sissi war eine begeisterte Reiterin, auch als sie schon älter war. Sie war eine ausgezeichnete Sportlerin in einer Zeit, in der Frauen so etwas nur selten taten. Hier steht, Sissi hätte Herbert gebeten niemandem zu sagen, dass sie gestürzt war, weil Kaiser Franz Joseph nicht wollte, dass sie ritt, wenn sie öfter stürzte. Ein paar Monate später lud Sissi Herbert und seine Frau in die Kaiservilla in Bad Ischl ein; dort schenkte sie ihnen ihre eigene Smaragdbrosche, weil er ihr Geheimnis nicht verraten und ihr so ritterlich geholfen hatte. Herbert und seine Frau erzählten es niemandem, bis Sissi elf Jahre später ermordet worden war.«

Der Professor pfiff bewundernd. »Wissen Sie, ich bin sicher, dass ich diese Geschichte schon gehört habe. Ich habe angenommen, es sei nur eine Legende. Wenn ich mich richtig erinnere, erklärte Herbert Lange nach Sissis Tod die Herkunft des Schmuckes, aber die meisten Leute glaubten nicht, dass es der echte war. Man nimmt an, und dieses Papier bestätigt das, was ich gehört habe, dass Kaiser Franz Joseph selbst eine schriftliche Bestätigung abgab, dass die Brosche seiner Frau gehört hatte. Er bestätigte, was erzählt wurde: dass die Brosche der Familie, offensichtlich der Familie Lange, geschenkt worden war. Er schrieb diese Bestätigung, als Herbert Lange nach Sissis Tod die Geschichte erzählte. Aber ein Exemplar vom Brief des Kaisers sehe ich hier nicht.«

»Ich habe keins gefunden.«

»Dann könnte es sein, dass die ganze Geschichte mitsamt dem Brief von Franz Joseph nur eine Legende ist, vielleicht sogar die Existenz der Brosche.«

»Meine Großmutter hat gesagt, als sie klein war, hätte sie sie gesehen.«

»Interessant. Und warum sollte Ihre Großmutter nach der Brosche suchen, wenn sie nicht glaubte, dass sie existiert? Doch, ich glaube, das könnte alles wahr sein. Dieser Bericht ist 1887 geschrieben und 1900 nach Sissis Tod ergänzt worden. Er scheint richtig zu sein. Und ich bin sicher, ich habe dieselbe Geschichte schon gehört, aber ich muss noch einmal nachforschen, wo.«

Darby seufzte und rieb sich die Augen. »Wir finden mehr Kaninchenspuren als Fakten.«

»Kaninchenspuren?«

»Neue Fragen.«

»Ja. Aber, Darby, Sie sehen noch gar nicht, wie wichtig diese Geschichte ist. Sie ist zwar nur hundert Jahre alt und das ist in der europäischen Geschichte ziemlich jung. Wir wissen nicht, ob die Legende wirklich mit Ihrer Familie zu tun hat und ob die Brosche tatsächlich ein Geschenk von Kaiserin Sissi war. Wenn es stimmt, ist dieses Stück von unschätzbarem Wert. Alles, was mit Sissi in Verbindung gebracht wird, ist viel wert, aber Schmuck aus ihrer Sammlung ganz besonders und erst recht, wenn sie ihn verschenkt hat. Auch wenn es nur ein Gerücht wäre, würden die Nazis oder jeder, der reich werden will, sofort auf so etwas anspringen. Und vor sechzig Jahren wusste man wahrscheinlich viel mehr darüber. Durch den Krieg sind vielleicht alle Informationen verloren gegangen – auch was Ihre Familie wusste. Aber das ist erstaunlich. Vielleicht sind Sie die rechtmäßige Erbin. Oder es könnte Ihr Onkel sein. Auf jeden Fall rate ich Ihnen, diese Information nicht zu verbreiten. Auch heute noch könnte sie eine Medienhysterie oder eine allgemeine Schatzsuche auslösen oder, noch schlimmer, Sie in Gefahr bringen. Wenn man diese Münzen und besonders die Brosche heute fände, wären sie wahrscheinlich unbezahlbar. Möglicherweise ist Ihre Familie dafür in den Tod geschickt worden und man weiß ja, dass es in jeder Generation gierige Menschen gibt.«

Über die Vorsichtsmaßregeln ihrer Mutter hinaus – etwa »sei vorsichtig auf Bahnhöfen« – hatte Darby nicht an Gefahren gedacht. Für sie war das Ganze eine längst vergangene Geschichte gewesen und sie hatte sich darauf konzentriert, Tatjana zu finden, nicht den Erbbesitz der Langes. Es erschreckte Darby auch, dass eine Geschichte mit einer österreichischen Kaiserin, uralten Münzen und einer geheimnisvollen Brosche tatsächlich wahr sein konnte. Wenn Oma Celia ihr die Geschichte erzählte, hatte Darby immer an den richtigen Stellen »oh« und »ah« gesagt, aber mehr nicht.

»Jetzt finden wir Stücke vom Puzzle. Nun zurück zu Ihrer Großmutter.«

»Das ist die Schwachstelle.«

»Vielleicht, aber vielleicht gibt es auch andere Möglichkeiten. Wenn Brant das erforscht hat, dann wissen wir, dass es höchstwahrscheinlich wirklich eine Celia Lange-Müller gegeben hat. Wenn ein Nazi sich für den Besitz der Langes interessierte, wäre es für ihn sehr zweckmäßig zu wissen, dass Celias Vater eine Jüdin geheiratet hatte. Nach dem Anschluss galten die deutschen Gesetze auch in Österreich. Rassisch gemischte Ehen waren verboten. Jetzt war seine Frau zwar tot, aber die Kinder waren doch Halbjuden. Wenn jemand den Besitz der Langes haben wollte, bot sich hier eine ideale Möglichkeit. Vielleicht haben sie darum Celias Vater verhaftet. Vielleicht haben Celia und ihr Mann, Gunther Müller, erkannt, dass Celia um ihrer Sicherheit willen das Land verlassen musste. Und hier – ja, das könnte die Lösung sein.« Professor Voss schaute von den Papieren auf und lächelte. »Vielleicht hat Celia die Papiere ihrer Freundin benutzt und das Land als Tatjana Hoffmann verlassen.«

Darby starrte den Professor an und sagte langsam: »So könnte es sein. Das würde erklären, warum sie Tatjanas Papiere hatte, als sie in die Vereinigten Staaten kam. Aber es erklärt noch nicht die Verwirrung mit den Geburtsorten. In allen Papieren meiner Großmutter steht doch, sie wäre in Wien geboren.«

»Das ist zu erwarten.«

»Warum?«

»Wenn Tatjana in Wien geboren ist und Ihre Großmutter mit diesen Papieren in die Vereinigten Staaten gekommen ist, dann könnte sie ihren Namen ändern, aber nicht ihren Geburtsort, oder?«

»Wahrscheinlich nicht. Also hat sie sich bei allem Papierkram immer an das Dokument gehalten.«

»Dann müssen wir auch das noch bedenken: Die einzelnen Staaten haben in der Zeit nur sehr zögernd Immigranten aufgenommen. Viele, viele Menschen haben versucht, vor den Nazis aus Deutschland und Österreich zu fliehen und es wurden immer mehr, als die Nazis den größten Teil Europas eroberten. Es war ziemlich schwierig für eine junge schwangere Frau, in Amerika aufgenommen zu werden. Erst recht, wenn sie zugäbe, dass die Papiere, die sie hatte, nicht ihr gehörten und dass sie Halbjüdin war. Wenn Celia gesagt hätte: ›Bitte nehmen Sie mich in Ihrem Land auf, aber ich bin nicht die, die die Papiere ausweisen‹, wäre sie höchstwahrscheinlich abgewiesen worden.«

»Also hat sie den falschen Namen Tatjana behalten, bis sie offiziell aufgenommen war. Dann, sobald sie in den Vereinigten Staaten war, nahm sie wieder den alten Namen Celia Lange-Müller an, aber ...«

»Ihren Geburtsort konnte sie nicht ändern«, sagten beide zugleich.

»Aber wenn Tatjana hier geblieben ist, hätte sie dann nicht ihre Papiere gebraucht?«

»Ja, das hätte sie, aber wenn sie keine Jüdin war, war das nicht so schlimm. Tatjana konnte neue Papiere beantragen und sagen, ihre alten wären verloren gegangen oder gestohlen worden. Und wir wissen, dass sie keine Jüdin war, denn sonst würde es in ihren Papieren stehen.« Der Professor nahm den abgenutzten Pass und sah ihn noch einmal durch.

Darby setzte sich aufrecht. »Wenn Tatjana noch lebt, können wir die Wahrheit erfahren.«

»Und das ist eine Möglichkeit. Da müssen wir als Nächstes suchen.«

»Oma hat gesagt, Tatjana brauchte ihren Namen – vielleicht hat sie gemeint, man müsste ihr diese Papiere zurückgeben. Oma hat gesagt, ich würde die nötige Information im Tresor finden, und da habe ich diese Sachen gefunden.«

»Das kommt mir ein bisschen unwahrscheinlich vor, aber Ihre Großmutter lag ja im Sterben. Es könnte sein, dass Sie Tatjana finden sollten, wenn sie in der langen Zeit den Kontakt verloren hatten. Die Papiere zurückzugeben kann die Art gewesen sein, wie Celia ihr für ihre Rettung danken wollte. Das könnte ihr Wunsch gewesen sein.«

»Ja, das würde zu Oma passen. Sie wollte Tatjana danken und ihr zeigen, was ihr Geschenk möglich gemacht hat: eine neue Generation von Menschen.«

In Gedanken versunken legte Professor Voss die Fingerspitzen zusammen. »Ein Leben für eine neue Generation. Sehr erstaunlich.«

»Wie können wir Tatjana finden? Telefonbücher durchsuchen? Wenn sie geheiratet hat, hat sie einen anderen Nachnamen.«

»Da gibt es mehrere Möglichkeiten. Wenn Tatjana Jüdin gewesen wäre, hätten wir beim Jüdischen Weltkongress suchen können – er hat beim Auffinden von Personen und Zusammenführen von Familien Enormes geleistet. Aber es gibt noch andere Organisationen, zum Beispiel das Internationale Rote Kreuz. Da gibt es Listen von Vertriebenen und Flüchtlingen.«

»Und wir wissen, wo Tatjana geboren ist, und können in Wien nach Belegen suchen, vielleicht einer Heirats- oder Sterbeurkunde.«

»Anscheinend ist es jetzt klar, was wir tun müssen.« Der Professor warf einen Blick auf die Uhr auf seinem Schreibtisch. »Der Vormittag ist schon vorbei und meine Frau und Tochter kommen bald von einem Verwandtenbesuch zurück.«

»Ich habe gar nicht gemerkt, dass ich Sie so lange aufgehalten habe. Entschuldigen Sie vielmals.« Darby stand auf.

»Sie brauchen sich nicht zu entschuldigen. Diese Geschichte fasziniert mich.«

Darby fing an die Papiere in die richtigen Hefter zu ordnen. Sie steckte einen in die Tasche und sah das Bündel darin.

»Ach, die Briefe.«

»Wie bitte?«

Darby nahm die vergilbten, in Folie eingepackten Umschläge heraus: Kostbarkeiten, die sie nicht lesen konnte. »Die waren bei den Sachen meiner Großmutter und einer davon ist an Tatjana adressiert. Sie sind auf Deutsch geschrieben und ich habe noch keine Zeit gehabt, jemanden zu finden, der sie lesen kann. Vielleicht stehen darin Informationen, die uns helfen Tatjana zu finden.«

Sie behielt sie einen Augenblick in der Hand. Sie gehörten zum Herzen ihrer Großmutter – ein Teil davon, von dem Darby nichts wusste. Langsam reichte sie sie dem Professor. Er nahm sie ehrfürchtig in Empfang.

»Wenn es Ihnen nichts ausmacht, könnten Sie sie mitnehmen und lesen?«

»Das würden Sie mir erlauben?«

»Ja.«

»Vielen Dank. Ich werde besonders gut aufpassen.« Diese Briefe weiterzugeben war ein Vertrauensbeweis. Darby wusste, dass Peter Voss das verstand.

»Ich werde die Briefe kopieren und übersetzen. Das würde auch meine Frau interessieren. Macht es Ihnen etwas aus, wenn wir sie gemeinsam lesen?«

»Überhaupt nicht. Ich kann jede Hilfe gebrauchen, die mir angeboten wird.« Darby hängte ihre Handtasche über die Schulter. Der Professor schüttelte ihr die Hand.

»Wir treffen uns also wieder. Passt Ihnen Montagabend?«

»Montagabend ist sehr gut.«

»Vielleicht können Sie zum Abendessen kommen. Ich werde

mit meiner Frau darüber sprechen und Sie dann in Ihrem Hotel anrufen. Die Nummer habe ich.«

»Wunderbar – ich möchte sie sehr gern kennen lernen und auch die Tochter, die so schöne Bilder malt.«

Darby warf noch einen zärtlichen Blick auf die Briefe. Sie setzte ihr volles Vertrauen auf diesen Mann. Obwohl sie ihn eben erst kennen gelernt hatte, wusste sie, dass er sie verstand und die Wahrheit erfahren wollte. Endlich war jemand auf ihrer Seite.

In dieser Nacht konnte sie nicht schlafen. Die Briefe wurden gelesen, vielleicht sogar jetzt in diesem Augenblick. Darby suchte die Fernsehprogramme durch, um Ablenkung zu finden. Sie fand einen Film mit Brad Pitt, *Legends of the Fall*, aber es war so seltsam diese Amerikaner, auch den ruppigen Pitt, Deutsch sprechen zu hören, dass das Drama komisch wirkte.

Die Folge der Schlaflosigkeit am Abend war, dass sie am nächsten Morgen verschlief. Schnell lief sie die Steinstufen hinunter, sicher, dass das Frühstück schon vorbei war. Als sie die letzten Stufen hinuntersprang, hörte sie, wie am Empfang ihr Name genannt wurde. Ein Mann und eine Frau standen da und redeten mit der Empfangsdame.

»Professor Voss?«, fragte Darby.

Das Paar drehte sich zu ihr um und sie sah, wie besorgt sie aussahen.

»Fast wären wir noch gestern Abend gekommen, aber es war schon spät.« Der Professor ging einen Schritt auf sie zu. »Wir haben die Briefe übersetzt.«

»Stimmt was nicht?«

13 Dreizehntes Kapitel

Wir wollen woanders hingehen«, sagte Professor Voss und deutete mit dem Kopf auf die Empfangsdame, die sie ständig beobachtete.

»Wir könnten in den Aufenthaltsraum gehen, oder wohin sonst?«

»Der Aufenthaltsraum ist gut.«

Darby ging in den kleinen, abgeschlossenen Saal voran. Sie setzte sich auf das karierte Sofa und Peter Voss und seine Frau setzten sich ihr gegenüber.

»Hallo.« Darby reichte der Frau die Hand. »Ich bin Darby Evans und ich nehme an, Sie sind Frau Voss?«

»Verzeihung – ich bin unhöflich«, sagte Professor Voss.

»Wenn Peter über etwas nachdenkt, hat er keine Manieren mehr.« Die Frau war jünger als der Professor, nicht viel älter als Darby, mit schönem, dunklem Teint und dunklem Haar. Sie lächelte warmherzig, dann fiel ihr anscheinend ein, warum sie gekommen waren. »Ich freue mich sehr, Sie kennen zu lernen, Miss Evans.«

»Und ich freue mich, Sie zu sehen, aber bitte nennen Sie mich Darby.«

»Ich bin Katrin.«

Darby beobachtete Professor Voss; seine Hände bewegten sich ruhelos, als ob er mit einem unsichtbaren Slinky spielte. »Ich bin beunruhigt. Was haben Sie gefunden? Ist es etwas sehr Schlimmes? Muss ich mich darauf vorbereiten?«

»Es ist gut, dass Sie sitzen, wie man so sagt.« Peter Voss sah seine Frau und dann Darby an.

»Geht es um meine Großmutter? War meine Großmutter in Wirklichkeit Tatjana Hoffmann?«

»Nein, ich glaube Ihrer Großmutter.«

Darby fühlte sich sehr erleichtert.

Der Professor legte einen Aktendeckel mit Papieren zwischen ihnen auf den Kaffeetisch. »Die Briefe haben uns beiden bestätigt, dass Ihre Großmutter Celia Müller war. Ich habe sie schriftlich übersetzt, damit Sie es selbst sehen können. Ich gebe sie Ihnen in der Reihenfolge, wie wir sie gelesen haben.«

»Sag es ihr.« Katrin stieß ihn an.

»Nein, lass sie erst lesen.« Professor Voss gab Darby einen Umschlag und ein Blatt Papier. Der Umschlag war der Brief an Tatjana Hoffmann. Das Blatt war die Übersetzung. Verwirrt schaute Darby die beiden an, dann las sie:

22. November 1939
Meine liebste Tatjana,
ich schreibe, ohne zu wissen wohin, und hoffe, meine Worte und mein Herz erreichen dich. Ich weiß, dass viele andere diesen Brief vor dir lesen werden, aber am Ende wird er hoffentlich zu dir kommen, meine liebste Freundin. Ich bete mit jedem Atemzug für dich. Du hast mir so viel gegeben, aber ich hoffe, es war nicht zu viel. Das Baby strampelt heftig, besonders nachts, und hat oft Schluckauf. Wenn dieses Kind nicht unterwegs wäre, wollte ich nicht mehr leben. Ich habe Angst um euch alle. Man kann doch nicht von seiner besten Freundin und von seinem Mann getrennt leben!

Ich verdanke dir mein Leben und das Leben meines Kindes. Tief innen glaube ich, dass wir alle wieder zusammenkommen werden.

Hier in New York ist ein sehr schöner Park und ich stelle mir vor, dass wir hier sind, den Kinderwagen schieben und von dem träumen, was das Leben uns bieten kann. Ich hoffe, wir werden zusammen alt, lesen Bücher und erzählen uns Geschichten wie früher. Ich bete darum, dass Gott es uns erlaubt.

Ich grüße dich von ganzem Herzen,
C. Rachel

Darby legte das Blatt weg, ohne zu sprechen. Sie dachte an ihre Großmutter als junge Frau, wie sie litt und doch an der Hoffnung festhielt, die sie nicht glücklich machen konnte. Denn Darby wusste, wie es weitergegangen war: Oma hatte ihren Mann und ihre beste Freundin nie wiedergesehen. Auch ihr Kind konnte sie ihnen nicht zeigen.

»Sie haben mir erlaubt Katrin die Geschichte mitzuteilen«, sagte Professor Voss, »und wir haben bis tief in die Nacht übersetzt und Hypothesen aufgestellt.«

»Und was halten Sie davon?«, fragte Darby und versuchte sich auf die Fakten in dem Brief zu konzentrieren, die die Suche nach Tatjana erleichtern könnten.

»Wir haben Verschiedenes in diesem Brief entdeckt.« Peter Voss beugte sich eifrig nach vorn. »Dieser Satz hier: ‚Du hast mir so viel gegeben, aber ich hoffe, es war nicht zu viel.' Das weist auf das hin, was wir gedacht haben: dass Tatjana vielleicht ihren Pass weggegeben hat, damit Celia fliehen konnte, aber Celia hat Angst, ihre Freundin könnte dadurch Schwierigkeiten bekommen. Sehen Sie: ‚Ich hoffe, es war nicht zu viel.'«

»Danach besteht also Hoffnung, dass wir Tatjana finden können.«

»Lesen Sie den nächsten, dann sprechen wir darüber.« Professor Voss rutschte auf seinem Stuhl hin und her.

Katrin legte die Hand auf seinen Arm. »Sollen wir gleich den letzten nehmen? Darin ist die eigentliche Information.«

»Nein, sie soll sie so lesen wie wir. Diesen hat Ihre Großmutter an ihren Mann, Gunther Müller, geschrieben.«

Darby nahm das Blatt.

3. April 1940
Mein Gunther,
jetzt warte ich schon seit vielen Monaten, aber du bist nicht gekommen. Wir haben eine Tochter. Ich habe sie Carole Marlene Müller genannt.

Ich versuche die Hoffnung nicht aufzugeben, mich nicht unter-

kriegen zu lassen. Ich habe lange Zeit fest geglaubt, aber jetzt wankt mein Glaube. Du bist nicht gekommen. Ich habe so lange gewartet. Ich sehe dich auf der Straße und rufe, aber dann bist du es nicht. Ich weiß, dass du irgendwo auf dieser Welt lebst und atmest – oder nicht, und dein Geist versucht es mir zu sagen? Habe ich nicht gut genug zugehört?

Wohin soll ich diesen Brief schicken? Wer ist noch da? Was ist aus unserem Haus in Salzburg und dem Haus meiner Familie in Hallstatt geworden? Ich werde diesen Brief wohl hundertmal schreiben, aber ich weiß schon, dass ich ihn nie abschicken werde. Er ist nur für dich bestimmt. Aber anderen will ich Briefe schicken und suchen, bis ich weiß, wo du bist. Ich will alle Adressen ausprobieren, die ich noch weiß, denn ich muss dich unbedingt finden. Ich glaube, ohne deine Liebe halte ich dieses Leben nicht aus. Ich will es gar nicht versuchen.

Wir brauchen dich, Gunther. Carole und ich brauchen dich. Komm zu uns, bitte, mein Liebster.

Mein Herz gehört dir für immer,
Celia

Darby starrte auf den Brief und las ihn dann noch einmal. Das war Oma Celia – getrennt von ihrer engsten Freundin und ihrem Mann und in einem fremden, unbekannten Land; sie schrieb Briefe in der Hoffnung, Antworten und einen Bezug zu ihrem früheren Leben zu finden. Die junge Frau, die diese Briefe geschrieben hatte, war schon gestorben, bevor Darby geboren wurde. Darby hatte sie nie kennen lernen können.

Sie schaute in zwei besorgte Gesichter. Tränen sammelten sich um ihre Augen; der Professor stand auf und ging ans Fenster. Katrin legte ihr die Hand aufs Knie.

»Das ist wie ein Brief von einer Fremden. Ich hatte keine Ahnung, was sie gefühlt und wie weh es ihr getan hat.«

»Das wissen Kinder nie«, sagte Katrin sanft. »Ich wusste erst, wie sehr meine Eltern mich lieben, als wir selbst eine Tochter hatten.«

Darby nickte und sah den letzten Brief an. Sie sah die Beklemmung in Katrins Augen und hätte ihn am liebsten gar nicht gelesen. Sie war überrascht zu sehen, dass der Brief nicht von Oma Celia, sondern *an* sie geschrieben war:

6. Januar 1942
Celia, es ist ein Wunder, dass ich diesen Brief abschicken kann. Ich habe furchtbare Nachrichten: Tatjana ist tot. Sie ist in einem Arbeitslager bei Linz gestorben. Es tut mir wirklich sehr Leid, dir sagen zu müssen, dass Gunther auch umgekommen ist. Er ist nicht rechtzeitig über die Grenze zum Sudetenland gekommen, aber ich weiß nicht alles genau. Ich bin sehr traurig, dass ich dir das schreiben muss. Aber bitte, du darfst keine Briefe mehr schicken. Andere haben gesagt, dass du ihnen auch geschrieben hast. Weißt du nicht, dass wir von allen Seiten überwacht werden? Ein Brief aus Amerika wird natürlich gelesen. Ich bin schon zweimal verhört worden und man hat mir nur geglaubt, weil ich mit einem Nazi-Offizier befreundet bin.

Ich verstehe deinen Wunsch, Tatjana und Gunther zu finden, aber wenn du so unüberlegt handelst, bringst du uns in Gefahr. Bitte schreib mir nicht wieder, außer wenn dieser Krieg eines Tages aufhört. Ich habe für meine Sicherheit gesorgt. Vielleicht heirate ich sogar meinen Nazi-Freund. Ich weiß, dass du das abscheulich findest, aber du bist hier herausgekommen und ich muss selbst für mich sorgen. Wenn ich neue Nachrichten über Gunther höre, will ich versuchen, dir Genaueres zu schreiben. Glaub mir, ich bin sehr traurig über diese furchtbaren Nachrichten.

I.

»Wer hat den geschrieben?«, fragte Darby.

»Das wissen wir nicht. Er war nicht unterschrieben und auf dem Umschlag stand auch kein Name, nur dieses ›I‹.«

Darby legte den Brief in den Schoß. »Tatjana ist tot.«

»Ja.« Professor Voss kam zurück und setzte sich ihr wieder gegenüber.

Darby wurde übel. »Dann ist ja wohl Schluss mit der Suche.«

»Von Tatjana selbst bekommen wir keine Antworten, aber in einer Weise doch«, sagte Katrin und versuchte zuversichtlich zu erscheinen.

»Wie meinst du das?«

»Diese Briefe geben uns gute Informationen. Wir können nach Tatjanas Familie suchen und nach Dokumenten über ihren Tod schauen. Was weißt du über Gunther und seine Familie?«

»Sehr wenig. Ich habe fast nie Fakten über meinen Großvater gehört. Meine Mutter hatte nach ihm geforscht, als sie noch jung war. Sie hoffte, dass er den Krieg doch irgendwie überlebt hätte, und wahrscheinlich hat Oma Celia sogar heimlich auf Erfolg gehofft. Es war für beide schwer, dass sie nichts fanden. Ich weiß nur seinen Namen und dass sie sich in einem Sommer in Hallstatt kennen gelernt und sich gleich verliebt haben. Ich glaube, er war Waise oder ein Adoptivkind. Einmal hat meine Großmutter mir erzählt, dass ihre Tante nicht mit ihm zufrieden war, weil er keine Familiengeschichte hatte.«

Professor Voss kreuzte die Arme. »Das gibt uns nicht viel Information. Auf welchem Weg hat Ihre Mutter nach ihrem Vater geforscht?«

»Das weiß ich nicht genau, aber ich kann es erfahren. Ich muss wohl bald eine Liste machen, um keine Fragen an meine Mutter zu vergessen.«

»Wird Ihre Mutter sie beantworten?«

»Hoffentlich.«

»Katrin hat noch eine Sache bemerkt, die wir sehr interessant finden.« Professor Voss zeigte auf einen Satz im letzten Brief. »Die Schreiberin dieses Briefes sagt, Tatjana sei in einem Arbeitslager umgekommen. Brant hat Ihnen gesagt, Celia sei im Konzentrationslager Mauthausen gestorben. Dieses Lager liegt bei Linz. Im Krieg hat man der Öffentlichkeit erzählt, die

Leute würden in Arbeitslager gebracht, aber das waren oft Vernichtungslager. Wenn wir wissen, dass Celia Müller nach Amerika geflohen ist, aber Tatjana Hoffmann ist in einem Arbeitslager gestorben, dann ...«

»Dann ist Tatjana unter dem Namen Celia Müller gestorben.« Darby sagte es, aber es dauerte einen Augenblick, bis sie es ganz verstand. Konnte das sein? »In dem Brief steht, Tatjana sei in einem Lager bei Linz umgekommen. Das muss es sein! Das hat meine Großmutter gemeint. Sie wusste aus diesem Brief, dass Tatjana gestorben war, und vielleicht wusste sie auch, dass man Tatjana für sie hielt. Das hat sie also gemeint, als sie sagte, man müsse Tatjana ihren Namen wiedergeben.«

»Ja, sicher«, sagte Professor Voss und setzte sich wieder neben seine Frau. »Entweder hat Tatjana Celia die Papiere gegeben und ist dann, weil sie ohne sie nicht nachweisen konnte, wer sie war, als Celia festgenommen worden, oder sie haben die Papiere getauscht.«

»Das leuchtet vollkommen ein.« Darby schaute nach oben, ihre Augen wanderten auf der getäfelten Decke entlang. Sie fühlte sich erleichtert: Endlich wusste sie, was die rätselhaften Worte ihrer Großmutter bedeuteten. Aber zugleich war Darby traurig um eine Frau, die nicht nur ihre Großmutter gerettet, sondern auch ihr eigenes Leben erst möglich gemacht hatte. Aber da war immer noch die Frage: Wie konnte sie Tatjana ihren Namen wiedergeben, wenn sie tot war?

»Vielen Dank, dass Sie so schnell gekommen sind«, sagte Darby.

»Wir wussten ja, dass Sie es wissen wollten. Ich bin neugierig, wer den letzten Brief geschrieben hat.«

Darby hob das Blatt auf. »Ja, es wäre gut zu wissen, wer das war. Offenbar eine Frau.«

»Ihre Großmutter hat nie jemanden aus Österreich wiedergesehen?«

»Nicht dass ich wüsste. Da will ich meinen Onkel Marc fragen.« Darby schaute auf die drei Briefe. »Schade, dass nicht mehr richtige Informationen in den Briefen sind. Namen, Orte, was genau passiert ist.«

»Sie müssen verstehen, Ihre Großmutter wusste, dass jedes Wort gelesen wurde und möglicherweise jemanden in Lebensgefahr bringen konnte. Sie konnte nur sehr wenig Fakten weitergeben.«

»Es gibt noch viele ungelöste Fragen, aber jetzt wissen wir doch schon viel mehr.« Darby überflog in Gedanken die neuen Fakten.

»Wir wollen auch selbst ein bisschen nachforschen, nicht, Katrin? Vielleicht können wir etwas über den Familienbesitz der Langes erfahren – natürlich nur, wenn Sie wollen.«

»Ja, wir möchten sehr gern helfen«, sagte Katrin. »Ich kann im Internet suchen und Peter die Universitätsbibliothek durchsehen. Bleibst du in Salzburg?«

»Eigentlich wollte ich morgen früh nach Hallstatt fahren. Kann ich da Geburtsurkunden und Ähnliches einsehen?«

»Vielleicht beim Standesamt in Hallstatt«, sagte Peter. »Ich weiß nicht, ob sie da Informationen herausgeben dürfen, weil Sie Amerikanerin sind und bisher nichts über Ihre Großmutter beweisen können. Und dann ist da die Sprachschwierigkeit. Ich muss morgen unterrichten und eine Konferenz vorbereiten, aber ...«

»Professor Voss ...«

»Bitte sagen Sie doch Peter.«

»Also Peter. Ich kann da selbst hinfahren. Ich habe ein Buch mitgebracht, einen praktischen deutschen Sprachführer, den ich sowieso ausprobieren muss. Ihr habt schon so viel getan und ich weiß doch, dass ihr beide selbst genug Arbeit habt. Ich danke euch allen beiden. Ich fühle mich jetzt schon viel stärker, einfach weil ich weiß, dass ihr beide mir glaubt.«

»Ja, wir sind auf deiner Seite«, sagte Katrin. »Ich habe das Gefühl, wir sind schon Freunde.«

Darby sah ihre strahlenden braunen Augen und ihr schüchternes Lächeln und wusste, dass sie wirklich eine Freundin hatte, die nicht viele tausend Kilometer entfernt war, sondern gleich hier neben ihr saß.

»Ruf uns an, wenn du Hilfe brauchst, egal welcher Art.« Sie schüttelten sich die Hände.

»Vielen Dank euch beiden.«

Darby drückte die Briefe und Übersetzungen an sich und sah zu, wie das Paar das Hotel verließ. Die Antworten waren nicht mehr fern, das spürte sie. Morgen früh würde sie nach Hallstatt fahren, dann zum Konzentrationslager Mauthausen. Warteten die Antworten nur darauf, dass sie sie fand?

14 Vierzehntes Kapitel

Wie ein Band schlängelte sich die Autobahn sanft zwischen Bergen mit scharfzackigen Gipfeln durch, die direkt aus der Talsohle aufstiegen. Darby hatte noch nie eine so schöne Landschaft gesehen. Sie erinnerte sie an den Nordwesten von Montana; eine enge Freundin war nach der Schule dorthin gezogen. Zu Tristies Hochzeit war Darby nach Columbia Falls geflogen und es war ihr schwer gefallen an den traditionellen Hochzeitspartys und Vorführungen teilzunehmen, die alle im Haus stattfanden, während die grünen welligen Täler unter den spitzen Berggipfeln des Glacier-Nationalparks sie nach draußen lockten. Die Seenlandschaft des österreichischen Salzkammergutes sah ähnlich aus, aber so, als ob das eine Flathead Valley sich vervielfacht und in alle Richtungen zu vielen Bergen und Tälern ausgeweitet hätte, an deren Rändern schöne alte europäische Dörfer aufstiegen. Was sie da sah, erschien unwirklich, wie eine lebendig gewordene Märchenwelt. Die Bergketten lagen in unregelmäßigen Formen auf dem grünen Teppich wie riesige Schläfer.

Der Mietwagen fuhr auf einen Hügel hinauf und ein weit ausgebreiteter See wurde sichtbar; vor dem tiefblauen Wasser zeichnete sich ein hoher Kirchturm ab. Schnell fuhr Darby an den Straßenrand und sprang aus dem Wagen. Vielleicht war es ja nur eine Hollywood-Kulisse und kein österreichisches Dorf an einem See, in dem sich Himmel, Wolken und Berge spiegelten. Ihre Kamera lag griffbereit im Wagen, aber auch dieses Mal nahm Darby sie nicht mit. Stattdessen stand sie in der Kälte, ihr Atem bildete weiße Wölkchen und sie nahm ein Bild nach dem anderen in Herz und Seele auf. Kahle Bäume mit nur noch wenigen Herbstblättern säumten das kristallklare Wasser vor dem Hintergrund der hoch aufragenden zerklüfteten Berge mit schneebedeckten Gipfeln. Die Hänge leuchteten in rotbraunen und gelben Farben. Darby sah, dass sie diese Bilder nie auf einem zweidimensionalen Foto würde festhalten können. Gewöhnlich wäre das eine Herausforderung gewesen; sie hätte den besten Standort, den richtigen Filter gesucht, um die Wirkung optimal einzufangen. Aber wie schon bisher auf dieser Reise genoss sie diesen Augenblick für sich allein und hatte kein Bedürfnis, ihn festzuhalten und anderen mitzuteilen. Oma Celia hatte Recht gehabt. Darby hatte sich wirklich hinter dem Objektiv versteckt, das sie so einstellen konnte, wie sie ihre Welt formen wollte. Nur im letzten Monat gelang es ihr nicht mehr, ihr Leben wie ein übersichtliches, ordentlich gerahmtes Bild zu gestalten. Alle Vorstellungen, an die sie sich gehalten hatte, waren plötzlich zerschlagen.

Als sie so vor diesem See in Österreich stand und nichts mehr ihren Blick verstellte, war es fast, als könnte Darby Gott sehen ohne Angst vor einer Welt, die nicht sie sich geschaffen hatte. In der Oberschule hatte sie geglaubt, was gerade »in« war. So änderte sie ihre Einstellung im ersten Jahr und aus der Christin wurde eine Atheistin. Aber draußen in der unberührten Bergwelt hatte sie wieder an Gott glauben können. Die Wunder und die unglaublich stimmige Planung der Natur, in der sich alle Bestandteile ineinander fügen, zeigten ihr, dass da ein Größerer an der Arbeit ist. Darby wusste, so wie Wind und Regen auch in einer Million Jahren keine Statue von da Vinci schaffen können, so kann auch das komplizierte Zusammenspiel der belebten und unbelebten Natur nicht durch Zufall zustande kommen. Was sie nun hier vor sich sah, war wie ein Dom unter freiem Himmel, in dem Gott der Schöpfer wohnte. Aber hatte das alles der Gott ihrer Kindheit geschaffen? War derselbe Gott, der dieses Land entworfen hatte, das sie liebte, für sie persönlich erreichbar?

Ein leichter Wind bewegte ihr Haar. Noch vor ein paar Tagen war Darby dieses Land völlig fremd gewesen; jetzt war es ihr Land. Sie gehörte hierher, das fühlte sie sofort. Hier zwischen Salzburg und den Seen, Bergen und Dörfern des Salzkammerguts hatte Darby eine Heimat gefunden.

Die Fahrt von Salzburg nach Hallstatt dauerte nicht viel länger als eine Stunde, aber hinter jeder Biegung erschien wieder ein See mit einem anderen Märchendorf. An der Ausfahrt von Bad Ischl schaute sie nach vorn und sah eine Stadt an einem kristallklaren Fluss vor dem Hintergrund einer weiteren Bergkette mit schneebedeckten Gipfeln. Dem Wort »Bad« entnahm sie, dass dies ein Kurort war. In dieser Stadt stand die berühmte Sommerresidenz von Kaiser Franz Joseph und Kaiserin Elisabeth. Darby beschloss, noch einmal wiederzukommen und dann den Ort zu besichtigen, an dem vielleicht Herbert Lange der Kaiserin Sissi nach ihrem Reitunfall geholfen hatte. Die Kaiservilla, wo Herbert die Smaragdbrosche angeblich in Empfang genommen hatte, war derselbe Palast, in dem Franz Joseph 1914 Serbien den Krieg erklärt hatte – der Anfang des ersten Weltkrieges. All das faszinierte Darby, aber heute wollte sie nach Hallstatt fahren.

Sie fuhr durch Au und fragte sich, wie man so einen Namen wohl ausspräche. Laut vor sich hinredend probierte sie verschiedene Varianten aus, bis sie mit dem Wagen um eine Biegung fuhr und von oben auf einen weiteren See schaute, der vor ihr lag. Im stillen Wasser des Hallstätter Sees spiegelten sich die hohen Berggipfel, die ihn umgeben. In einer scharfen Kurve ging es in einer Richtung nach Hallstatt, in der anderen nach Gosau. Sie fuhr nach links in Richtung Hallstatt und dachte daran, dass Brant ihr erzählt hatte, dass er den Sommer immer in Gosau und am Hallstätter See verbracht hatte.

Darby sah einen Kirchturm am Seeufer, dann verschwand er,

als die Straße um den Berghang und in einen langen Tunnel führte. Als der Wagen aus dem Tunnel kam, zeigte ein Wegweiser Hallstatt an, aber der Ort sah anders aus als nach ihrem ersten Eindruck vor der Tunneleinfahrt. Als Darby langsamer fuhr und zurückschaute, sah sie den kleinen Ort zwischen dem Berg, durch den sie gefahren war, und dem See liegen, der sich zu einer anderen Bergkette hinzog.

Sie wendete und legte auf dem Berghang eine Pause ein. Hallstatt erschien ihr noch viel unwirklicher als alles, was sie heute gesehen hatte. Kleine Rauchwolken stiegen von den Häuserzeilen und einzelnen Gebäuden auf, zwischen denen dichte herbstliche Bäume und Sträucher standen. Nur ein paar Zentimeter über dem schwarzen Wasser wogte ein leichter Nebel, aber sonst war alles kristallklar. Vom Seeufer wies ein spitzer Kirchturm zum Himmel und höher auf dem Berg stand noch ein Kirchturm mit runder Haube. Hallstatt war ein bescheidenes Dorf aus dem Märchen, man konnte es ganz leicht verfehlen, aber es hatte eine uralte Geschichte. Oma Celia hatte Darby erzählt, dass dieser winzige Ort, der sich seit Jahrhunderten an den Berghang schmiegte, zur Zeit der Kelten ein berühmtes Handelszentrum gewesen war.

Darby öffnete die Tür, stieg aus und stützte den Ellbogen auf das Wagendach. Sie schaute lange und fand jede Einzelheit, wie ihre Großmutter sie ihr als Kind beschrieben hatte. Weiter oben sah sie eine Grubenbahn, die zu dem Salzbergwerk fuhr, in dem Celias Bruder gearbeitet hatte. Jetzt brachte die Grubenbahn Touristen auf direktem Weg dreihundert Meter hoch zum ältesten Salzbergwerk der Welt, in dem auch nach viertausendfünfhundert Jahren noch Salz gefördert wurde.

Sie war angekommen. Hier war der Ursprung der Gutenachtgeschichten: der Ort, der für sie den Wäldern glich, in denen Schneewittchen und Hänsel und Gretel lebten. Darby war in die Welt der Fantasie eingetreten und fand sie so faszinierend, wie sie es sich nur vorstellen konnte.

Endlich stieg Darby wieder in den Wagen, um einen Parkplatz zu suchen. Die Straße, die zu dem hohen Kirchturm und ins Ortszentrum führte, war durch ein Tor versperrt. Sie musste mehrfach wenden, bevor sie einen Platz fand, parkte dann schließlich, griff sich ihre braune Lederjacke und stieg aus.

Die Seestraße war eine gepflasterte Straße, die am Seeufer entlangführte. Darby folgte ihr mit einem Gefühl, als wäre der Boden fast heilig – nicht nur, weil dieses winzige Dorf so zauberhaft schön war, sondern weil dies der Ort war, wo Oma Celias Geschichten entstanden waren. Auf diesen selben Fußwegen war ihre Großmutter gegangen. Im Sommer war sie in diesem See geschwommen und darauf gerudert, zu allen Jahreszeiten war sie auf die umliegenden Berge gestiegen, im Winter auf den südlichen Bergen Ski gelaufen; hier hatte sie Hoffnungen und Träume entwickelt und sich in ihren zukünftigen Mann verliebt.

Darby schloss ihre Jacke und steckte die Hände in die Taschen. Hier am tiefen See schien die Luft kälter zu sein als in Salzburg. Ein Mann, der seinen Hund ausführte, nickte im Vorbeigehen. Ein Schwarm schwarzer Wasservögel tauchte nah am Ufer. Sie schaute den Berghang hinauf und erinnerte sich, dass ihre Großmutter ihr von Häusern erzählt hatte, die in verschiedenen Höhen an dem steilen Hang gebaut waren. Irgendwo zwischen den Bäumen versteckt gab es Verbindungswege, auf denen Oma Celia früher mit ihren Freunden Verstecken gespielt hatte.

Darby ging an einem Restaurant und mehreren hölzernen Bootsstegen vorbei und kam ins Zentrum des Dorfes. Sie staunte über diesen Ort, der schon so unglaublich viele Generationen erlebt hatte. Darby hatte die Kelten immer mit Irland in Verbindung gebracht. Sie war überrascht gewesen, in ihrem Reiseführer zu lesen, dass es in ganz Europa Kelten gegeben hatte, und ebenso überrascht, dass dieses winzige Dorf in der Geschichte eine große Rolle gespielt hatte. Eine ganze Epoche der Menschheitsgeschichte in der Eisenzeit war nach ihm benannt. Ein Flügel des Britischen Museums war der Hallstattzeit gewidmet. Die Kelten waren die Ersten, die hier kostbares Salz gefunden und eine Siedlung angelegt hatten, aber sie waren bei weitem nicht die Letzten. Salz, das Gold einer vergangenen Zeit, fanden später auch die römischen Eroberer.

Darby hatte in ihrem Reiseführer gelesen, Hallstatt sei im Sommer, wenn es warm ist, von Massen von Touristen überlaufen. Heute war sie dankbar, dass die Straßen leer waren.

Sie stützte den Ellbogen auf ein kaltes Geländer und sah zu, wie das weiße Fährschiff langsam über den See fuhr. Das musste die Fähre sein, die die Bahnreisenden vom Bahnhof auf der anderen Seite abholte. Darby betrachtete die weiße *Stefanie* und ihr schäumendes Kielwasser und fragte sich, wie oft ihre Großmutter wohl dasselbe getan hatte.

»In einem Sommer hat dein Großvater die Fähre gefahren«, hatte Oma ihr erzählt; es war eines der wenigen Male, dass sie von ihm sprach. »Er wollte Archäologe werden wie mein Vater und wollte in diesem Sommer in Hallstatt arbeiten, um das Studium bezahlen zu können und um die Ausgrabungen im Dorf zu sehen. Ich glaube, er hoffte auch meinen Vater zu treffen – und das hat er natürlich.« Ihre Großmutter hatte gelächelt wie ein Schulmädchen.

Hin und zurück, immer hin und zurück über den See – so hatten sie sich kennen gelernt. Ihre Großmutter musste bei diesen Fahrten die ideale Gesellschafterin gewesen sein.

»Mein Vater wusste, dass wir uns nicht in Schwierigkeiten bringen konnten, wenn ich mit Gunther auf der Fähre fuhr. Aber er wusste nicht, dass wir uns dadurch in sehr kurzer Zeit gut kennen lernen konnten. Wir konnten nichts tun außer reden. Aber wenn die letzte Fähre die Leute mitnahm, fanden wir immer ein bisschen Zeit für uns allein.«

Darby betrachtete den See in der Heimat ihrer Vorfahren. Aber dann sagte sie sich, dass sie nicht nur hierher gekommen war, um Großmutters Heimatort zu sehen. Sie suchte nach Antworten. Sie nahm sich Zeit auf der kalten Uferstraße und stellte sich vor, Oma Celia nähme sie an der Hand und zeigte ihr, was es zu sehen gab. Dann kam Darby zu ihrer Aufgabe zurück. Sie folgte der schmalen Straße, die sie vom See wegführte mitten in eine Gruppe von Wohnhäusern und Läden mit schlichten Fassaden, dann durch eine düstere Gasse zwischen hohen Gebäuden in die Dorfmitte. Pastellfarbene Häuser, rosa, gelb und blau, säumten einen gepflasterten Platz mit einer großen Kreuzigungsgruppe in der Mitte. Rote und rosa Geranien blühten üppig vor den Fenstern und an mehreren Fassaden kletterten trotz des einbrechenden Winters noch grüne Weinreben. Über und hinter den Häusern donnerte ein Wasserfall ins Tal und entschwand dem Blick.

An der Ecke entdeckte Darby das Schild *Gasthaus Gerringer*. Sie öffnete die Tür des einfachen verputzten Gebäudes und kam in einen rustikalen Raum, der sie mit einem warmen, prasselnden Kaminfeuer begrüßte. In dem gepflegten Frühstücksraum standen frische Blumen auf jedem Tisch und sie sah eine lange Holztheke, hinter der an der Wand Schlüssel hingen. Darby hatte das Gefühl, in ein Privathaus eingedrungen zu sein ohne zu klopfen, obwohl sie ein Zimmer bestellt hatte. Sie klingelte mit der Glocke auf der Theke und hörte Schritte von oben. Einen Augenblick später erschien eine Frau vor ihr auf der Treppe.

»Hallo! Sie sind sicher Miss Evans – die Amerikanerin.« Diese Frau Ende dreißig mit einem überschäumenden Temperament überraschte Darby. Begeistert schüttelte sie der Besucherin die Hand.

»Wunderbar, dass Sie gekommen sind. Ich heiße Sophie Gerringer – bitte nennen Sie mich Sophie. Sie sind bisher der einzige Gast heute. Möchten Sie Ihr Zimmer sehen?«

»Mein Wagen mit dem Gepäck steht noch am Ende der Straße. Ich wusste nicht, wie man durch das Tor kommt.«

»Das hätte ich Ihnen am Telefon sagen sollen. Man braucht eine Gästekarte, die gebe ich Ihnen. Dann können Sie ein paar Häuser weiter parken.«

»Gut. Und Sie wohnen hier auch?«

»Ja. Meine Mutter, meine Großmutter und ich wohnen im ersten Stock und die Gästezimmer sind oben. Natürlich bekommen Sie Ihr Frühstück hier. Bitte lassen Sie sich Ihr Zimmer zeigen, damit ich weiß, ob es Ihnen recht ist.«

»Bestimmt ist es gut.«

»Kommen Sie mit«, sagte Sophie lächelnd, »dann zeige ich es Ihnen.«

Darby ging neben der Frau die breite Holztreppe hinauf. Als sie in einen Flur kamen, sah sie in einer Ecke mehrere Angelruten und in einer anderen Skier stehen. Auf dem ganzen Weg nach oben redete Sophie in gutem Englisch über das Wetter.

»Da sind wir. Das ist Ihr Zimmer.«

Darby trat nicht gleich ein. Es war genau so, wie sie es sich vorgestellt hatte. Der Eichenfußboden knarrte unter ihren Schritten, als sie hineinging. Rot und weiß karierte Vorhänge hingen vor der Tür und den Fenstern, die auf den See hinausgingen. Das Bett war alt, weich und einladend mit einem bauschigen Kopfkissen und einer Daunendecke, die nach österreichischer Art am Fußende quer gefaltet war. Das handgeschnitzte Kopfteil passte zu einem antiken Frisiertisch und einem Schrank, die in den Ecken standen. Sophie zog die Vorhänge zurück und öffnete die Glastür. Der Balkon lag über einer Gartenanlage und bot eine herrliche Aussicht auf den See und den Berg auf der anderen Seite.

»Das ist ideal. Wirklich ideal.« Darby trat auf den Balkon.

Sophie sagte leise: »Kommen Sie herunter, wenn Sie fertig sind, dann gebe ich Ihnen den Schlüssel und die Parkkarte.«

»Danke.« Darby horchte, wie Sophies Schritte sich entfernten. Sie war wieder allein mit den Geschichten aus der Vergangenheit, die eng mit den Antworten zusammenhingen, die sie suchte.

»Siehst du, Oma, ich bin wirklich hier«, flüsterte sie und schaute auf den schwarzen See. Aber gab es hier, wo die Vergangenheit so lebendig war, die Antworten, die sie brauchte?

15 Fünfzehntes Kapitel

Als das Sonnenlicht über dem Bergkamm erschien, wurde es wärmer. Darby parkte den Wagen nahe beim Gasthaus, aber dann wollte sie doch zu gern gleich die Gegend erforschen und lud ihr Gepäck nicht aus. Sie fand schnell heraus, dass Montag in Hallstatt der freie Tag war. Viele Büros, Läden und Restaurants waren an diesem Tag geschlossen. Aber das hatte Zeit bis morgen. Darby wollte die Straßen und Häuser sehen. Sie fragte sich, in welchem Haus ihre Großmutter aufgewachsen war. Warum hatte sie sich die Einzelheiten nicht besser gemerkt, solange es möglich war?

Sie nahm an, dass Brant gemeint hatte, sie sollte ein Grab finden, als er sie hierher geschickt hatte: ein Grab mit demselben Namen wie das ihrer Großmutter in Kalifornien. Darby hatte schon gesehen, dass die meisten Friedhöfe neben den Kirchen lagen; also ging sie auf die Kirchtürme zu. Die Kirche am See mitten im Dorf mit dem höchsten Turm war evangelisch und hatte keinen Friedhof. Sie fand eine Straße, die den Berg hinaufführte, und hoffte auf diesem Weg die andere Kirche zu finden, die sie über dem Dorf sehen konnte.

Jetzt waren mehr Menschen unterwegs, die Hunde ausführten oder Körbe trugen. Darby entdeckte eine Treppe, die von der Straße wegführte, und fing an zwischen kleinen Häuschen mit winzigen, kunstreich angelegten Gärten die steilen Stufen hinaufzusteigen, bis ihr die Beine wehtaten. Plötzlich wunderte sie sich, warum hier ein Grab für Tatjana oder für Celia sein sollte. Wenn Tatjana in Mauthausen umgekommen war, würde ihr Körper nicht hier begraben sein. Darby dachte an die stille, leblose Gestalt ihrer Großmutter. Oma Celias Geist war nicht mehr da gewesen, aber dieser Körper war doch ein Teil ihrer Großmutter gewesen und es war nicht leicht ihn loszulassen, nicht leicht ihn in die Erde zu senken. Aber für die Nazis war ein Körper nichts von Wert, nur Müll, der entsorgt werden musste.

Weiter ging sie die verschlungenen Serpentinenwege hinauf, bis sie die katholische Kirche mit dem offenen Tor zum Friedhof erreichte. Grabkreuze wie die hier in Europa hatte sie noch nie gesehen: Sie waren aus Holz oder aus schwarzem Schmiedeeisen, trugen ein kleines spitzes Dach und standen auf einem hohen Sockel, der die Platte mit dem Namen trug. Zu Hause wuchs Gras auf dem Friedhofsgelände; hier bot Kies den Zugang zu den betonumrandeten Gräbern. Innerhalb der rechteckigen Umgrenzung war dunkle, üppig mit bunten Blumen bepflanzte Erde. Darby ging langsam hin und her und las die Namen und Daten. Von einer begrenzenden Betonmauer aus schaute sie hinaus auf den weit ausgespannten Himmel über dem See. Tief unten lagen der Markt und der Parkplatz.

Welches könnte von ihrer Großmutter sein?, überlegte Darby. Nur wenige Gräber waren älter als zehn oder fünfzehn Jahre. Vielleicht war sie im falschen Teil des Friedhofs. Er lag in zwei Ebenen am Berghang. Im oberen Teil hörte Darby ein Geräusch hinter sich und sah, dass sie nicht allein war. Unter einer kleinen Überdachung neben einem zylindrischen Gebäude saß eine Frau, wenige Schritte von den Gräbern entfernt. Darby ging vorbei, aber die Frau blickte nicht auf. War das eine Ladenkasse auf dem Tisch neben ihr?

»Verzeihung, sprechen Sie Englisch?«, fragte Darby.

»Nein.« Die Frau zuckte die Achseln.

»Hm, what – was ist – dies?« Darby wusste nicht, ob sie da französische oder deutsche Sprachbrocken benutzt hatte. Sie zeigte auf das Gebäude.

»Zwanzig Schilling.«

Die Frau zuckte wieder die Achseln. Darby kramte in ihrer Tasche nach Münzen und bekam eine Broschüre. Als sie auf die Tür zuging und das Foto auf dem Heftchen sah, zögerte sie. Auf der schweren zweiflügeligen Tür waren Bilder von Totenschädeln mit gekreuzten Knochen darunter angeordnet. Beim Öffnen erkannte sie die Buchstaben Alpha und Omega über der Tür. Darby schaute vorsichtig hinein und fuhr überrascht zurück. Hunderte von leeren Augenhöhlen starrten sie an. Die schwere Tür schloss sie in einen fensterlosen Raum ein. Wenn sie Schatten aus dem Weg gehen wollte, dann war dies kein Platz für sie. Das Licht in dem feuchtkalten Raum warf Schatten auf die Wände und besonders in die Augenhöhlen und offenen Kiefer von vielen hundert Menschenschädeln. An drei Wänden standen lange Holztische voll mit Schädeln; darunter lagen ordentlich gestapelt die Reste der Skelette.

Darby stand dicht vor dem Ausgang und las die Erklärung. Sie erinnerte sich, dass ihre Großmutter von einem Beinhaus erzählt hatte, aber sie hatte vergessen, dass es in Hallstatt war. Von diesem Ort hatte sie oft schlecht geträumt, aber die Wirklichkeit hier erschreckte sie noch mehr als damals die Fantasie des neunjährigen Kindes. Dies war ein Ort der Toten.

Die Broschüre erklärte, dass die Ortsbewohner nach jeweils zehn oder zwölf Jahren ungestörter Ruhe auf dem winzigen Friedhof exhumiert wurden. Dann wurden die Überreste in der Sonne gebleicht, bemalt und für alle Zukunft in dem weißen *Karner*, dem Beinhaus, gelagert.

Darby ging einen Schritt vorwärts, um die Malereien auf den Schädeln zu sehen. Name und Daten jeder Person waren auf ihre Stirn gemalt, dazu Weinreben, Blumen und anderer Schmuck. Bei manchen kam sogar eine Schlange aus einer Augenhöhle.

Eine schmale Pforte hielt sie im gebührenden Abstand, aber Darby lehnte sich weit darüber, um eine kunstreiche Malerei von Blumen und Reben zu betrachten. Die leeren Augen und gezackten Zähne schienen sie anzustarren. Das war wirklich ein Mensch gewesen wie sie selbst. Er hatte geatmet, gedacht, von der Zukunft geträumt. Jetzt war dieser Mensch ein leerer Schädel und starrte ins Nichts.

Darby fühlte eine Mischung aus Ehrfurcht und Angst für diese Menschen, deren einst lebendige Körper vor den Augen aller Menschen, die es sehen wollten, langsam zu Staub zerfielen.

Draußen lachte jemand. Die Tür ging auf, frische Luft und Licht strömten herein und eine lebhaft deutsch sprechende Familie rief schon und zeigte auf Dinge, bevor sie überhaupt im Raum war. Gleich war die Kamera draußen und das Blitzlicht wurde aufgeladen. Darby ging hinaus, erleichtert, die leeren, starren Augenhöhlen los zu sein, als die Tür sich hinter ihr schloss.

Sie entfernte sich von der Frau an der Kasse und den Touristen, die das Spektakel genossen. Mit knirschenden Schritten ging sie über den Kies um den ganzen oberen Friedhof herum. Den Namen Celia Müller fand sie nicht. Aber warum sonst könnte Brant sie zum Friedhof geschickt haben?

Eine hölzerne Treppe führte noch über das letzte Haus des Dorfes hinaus. Darby zog den Plan heraus und fand, dass die Treppe in vielen Serpentinen zum Wasserfall und weiter nach oben zum Eingang des Salzbergwerks führte. Auf halber Höhe der Treppe sah sie eine hölzerne Bank. Die Aussicht verschlug ihr den Atem. Das Dorf, die Kirchen und der Friedhof lagen unter ihr und sie konnte viele Kilometer weit über den See bis zu mehreren Berggipfeln sehen, ein anderes Dorf im Süden und eine kleine Burg auf dem anderen Seeufer erkennen. Darby setzte sich auf die Bank und nahm die Aussicht in sich auf. Bisher hatte Hallstatt ihr kein neues Wissen gebracht, aber sie spürte eine Veränderung in sich, eine Ahnung von tieferem Frieden, wie sie ihn lange Zeit nicht erlebt hatte. Früher war ihr Leben von neuen Horizonten, von Forscherdrang, von der Zukunft bestimmt gewesen. Irgendwie war es allmählich immer mehr von Arbeit verbraucht worden. Aber bei bestimmten Menschen hatte sie eine feinfühlige Freundlichkeit erlebt, die auch durch viel Arbeit nicht verloren ging: bei Oma Celia zum Beispiel. Und plötzlich wusste Darby, dass es dies war, was sie sich am meisten wünschte. Sie wollte nicht mehr ein Leben nach ihren Vorstellungen, sondern das Leben selbst.

Sie sah zu, wie Holzrauch aus den Schornsteinen aufstieg und Nebelwölkchen sich von dem stillen Wasser abhoben wie Geister des frühen Morgens, die den Mittag begrüßen. Vielleicht war hier nichts über Tatjana zu erfahren. Vielleicht war sie in Wirklichkeit hierher gekommen, um etwas von dem zu finden, was ihre Großmutter gehabt hatte. Musste es nicht hier in ihr entstanden und gewachsen sein? Aber wie konnte Darby es aufbewahren und diese Gefühle mitnehmen?

Erst jetzt wurde ihr bewusst, dass sie schon seit einer Weile ein Geräusch hörte: eine rhythmische Bewegung, das Schaben eines Rechens auf einem Betonfußweg. Es lenkte ihren Blick auf einen alten Mann, der in seinem winzigen Hof am Fuß der Treppe, an der sie saß, Blätter zusammenrechte. Er sah sie da oben nicht. Sein Rücken war krumm vom hohen Alter, aber er kämpfte zäh gegen das nasse Herbstlaub, das letzte Nacht gefallen war.

Nach seinem verbrauchten Aussehen schätzte Darby ihn älter, als ihre Großmutter gewesen war. Was hatte er erlebt? Plötzlich sah sie in jedem Menschen über siebzig eine Geschichte. *Was haben Sie im Krieg getan? Waren Sie Opfer oder Täter oder Zuschauer? Haben Sie jemanden gerettet? Haben Sie jemanden umgebracht? Was können Sie erzählen?*

Wie schade, dass sie nicht fragen konnte. Aber wie konnte man einen Fremden einfach anreden und aus heiterem Himmel solche Fragen stellen? Höchstwahrscheinlich konnte der alte Mann auch gar kein Englisch. Mit seinem weißen Haarschopf, den vom Alter gezeichneten Händen, den nach unten auf seine Arbeit gerichteten Augen erschien er ihr geheimnisvoll. Er hatte eine Geschichte. In zehn, allerhöchstens fünfzehn Jahren würde er nicht mehr da sein und seine Geschichte verloren. In dieser Zeit, vielleicht noch schneller, würde es die Geschichten all dieser Leute nicht mehr geben. Jemand anders würde die Blätter zusammenrechen.

Unter ihr fing der verschlafene Ort langsam an aufzuwachen. Das Geräusch einer Kettensäge unterbrach die Stille. Kein anderes Geräusch erinnerte Darby so sehr an den Herbst wie dieses schrille Heulen und Knattern: Frühling – das waren Rasenmäher; Herbst – Kettensägen.

Schließlich stand sie auf und klopfte ihren Hosenboden ab. Die kalte Luft stach ihr ins Gesicht. Sie war zu einem bestimmten Zweck hergekommen, nicht nur, um einen undefinierbaren Frieden zu finden. Vielleicht bekam sie hier keine Antworten, aber versuchen musste sie es wenigstens.

Darby ging zurück in die Ortsmitte und fand das »i«, das Informationszentrum bedeutete.

»Guten Morgen«, sagte sie auf Deutsch zu der Frau hinter dem Tresen. Dann weiter auf Englisch: »Ich brauche ein paar Informationen. Sprechen Sie Englisch?«

»Ja. Was kann ich für Sie tun?« Die kleine, füllige Frau betrachtete Darby durch ihre Brille. »Haben Sie schon einen Ortsplan?«

»Ja, ich habe in Salzburg einen besorgt.«

»Es gibt viele Sehenswürdigkeiten im Ort und in der Umgebung. Was möchten Sie erfahren?«

»Meine Großmutter hat als Kind und als junges Mädchen hier gewohnt. Ich würde gern Dokumente darüber finden. Geburts- oder Sterbeurkunden? Gibt es hier eine Verwaltungsstelle?«

»Ja. Da gehen Sie am besten zum Bürgermeisteramt. Das ist hier.« Sie zeigte mit ihrem dicklichen, gepflegten Finger auf die Karte. »Gleich gegenüber.«

»Das ist heute geschlossen, oder?«

»Ja. Morgen macht es auf.«

»Haben Sie irgendwelche Informationen über Hallstatt im Zweiten Weltkrieg oder davor?«

»Hm. Nein, die habe ich nicht. Vielleicht hilft Ihnen das Bürgermeisteramt weiter oder das Museum.«

»Wie ist das mit dem Friedhof? Gibt es keinen für Protestanten, nur für Katholiken?«

»Hallstatt hat nur einen Friedhof für alle. Die untere Ebene, wo man hereinkommt, ist der katholische Teil; der obere Teil ist evangelisch.«

»Und wenn jemand Jude war oder jüdische Vorfahren hatte? Vielleicht war sie aber auch evangelisch.«

»Das weiß ich nicht. Vielleicht wurden sie woanders begraben oder im evangelischen Teil. Ich organisiere Ausflüge, von Geschichte weiß ich nicht viel.«

»Gut«, sagte Darby. Wenigstens wusste sie jetzt, dass es keinen anderen Friedhof gab, den sie nicht gefunden hatte.

»In Hallstatt werden im Oktober noch viele Veranstaltungen angeboten. Ich kann Ihnen ein Hotel buchen oder eine Bootsfahrt. Sie können auch das Salzbergwerk besichtigen.«

»Vielen Dank. Wenn ich noch etwas möchte, komme ich wieder. – Danke«, sagte sie nochmals auf Deutsch.

Sie ging zurück zum Gasthaus Gerringer, um ihr Gepäck auszuladen und sich einzurichten.

Einen Moment lang hörte sie wieder das Schaben des Rechens, das sie beim Abstieg vom Berg begleitet hatte. Es erinnerte sie an ihre Aufgabe. Manche Geschichten würden verloren gehen, wenn man sie nicht rechtzeitig festhielte.

Darby trug ihr Gepäck in den dunklen Speisesaal. Die Wände waren anheimelnd mit Zedernholz verkleidet und über dem Kamin hingen Geweihe. Aus einem Flur kam Sophie Gerringer um die Ecke.

»Gefällt Ihnen unser Dorf? Sie sind zum ersten Mal hier, ja?« Sophie lächelte und trat hinter den Empfangstresen. Darby gefiel das funkelnde Blau in den Augen der Frau. Ihr dunkles Haar war zu einer voluminösen Frisur gelegt, die ihr feinhäutiges Gesicht umrahmte.

»Ja, es ist das erste Mal für mich, aber meine Familie stammt von hier.«

»Ihre Familie ist aus Hallstatt?« Sophie Gerringer schaute sie überrascht an. »Dies ist also wie eine Art Wallfahrt für Sie, um mehr über sie zu erfahren?«

»Ja«, sagte Darby nachdenklich, »so kann man es sehen.«

»Ich wohne erst seit drei Jahren hier. Meine Großmutter wohnt schon in Hallstatt, seit sie ein Kind war. Vielleicht kennt sie Ihre Familie.«

»Und Ihre Großmutter wohnt jetzt noch hier?«

»Ja.«

»Könnte ich sie nach meiner Familie fragen?«

»Oh.« Sophie unterbrach sich. »Ich weiß nicht. Sie ist meine Großmutter, aber Ausländer hat sie nicht gern, besonders Amerikaner nicht. Wissen Sie, hier war nach dem Krieg die amerikanische Besatzung. Vielleicht könnte meine Mutter für sie einspringen?«

»Mit Ihrer Mutter würde ich auch gern sprechen. Wissen Sie, warum Ihre Großmutter keine Amerikaner mag?«

»Das sagt sie uns nicht. Ich frage auch nicht. Aber im Sommer, wenn hier viele Touristen sind, bringen wir sie in die Stadt. Sie ist nicht nett zu amerikanischen und britischen Touristen.«

»Meine Großmutter ist mit achtzig Jahren gestorben, letzten Monat erst.«

»Meine Großmutter ist vierundachtzig. Ja, bestimmt hat sie Ihre Großmutter und ihre Familie gekannt.«

Darby hörte Schritte aus einem Zimmer am Ende des Flures. Eine Frau kam heraus, aber sie war nicht so alt, dass sie die Großmutter sein könnte.

»Dies ist meine Mutter«, sagte Sophie und stellte Darby vor. Die Frau lächelte wie ihre Tochter. Sie trug eine österreichische Schürze und ihr Haar war zu einem ordentlichen Knoten frisiert. »Darbys Großmutter hat gleichzeitig mit Oma in Hallstatt gewohnt.«

»Wirklich?«, fragte die Frau interessiert.

»Sie würde gern mit ihr sprechen.«

Das Lächeln verschwand. Darbys Herz schlug heftig, während die beiden miteinander Deutsch sprachen. Diese Frau würde Oma Celia kennen, vielleicht sogar Tatjana und Gunther.

»Wissen Sie, wie es im Krieg in Hallstatt war?«, fragte Sophie nach dem Wortschwall.

»Nein, überhaupt nicht.«

»Die Hallstätter waren zu ungefähr 90 Prozent Nazis. Wissen Sie, das war eine politische Partei, sie hat die Wirtschaft hier in Schwung gebracht. Die Leute bekamen Arbeit. Das ist für die Leute in so einem kleinen Dorf das Wichtigste; sie müssen ja ihre Familie ernähren. Sie wussten nichts von Auschwitz und den anderen Lagern. Sie hatten nach einer schwierigen Zeit wieder Arbeit; also wurden sie Nazis. Auch mein Großvater war ein Nazi – meine Mutter ist nicht sicher, ob wir Ihnen das sagen sollten.«

»Meine Großmutter war Halbjüdin.«

Beide Frauen starrten sie mit großen Augen an.

»Verwandte von meiner Großmutter sind in den Lagern umgekommen, aber sie ist nach Amerika geflohen.«

Den beiden Österreicherinnen war die Vergangenheit ihrer Familie anscheinend peinlich. Aber Darby merkte, wie ihre eigenen Vorurteile plötzlich verschwanden, denn wie in einem Spiegel sah sie ihr eigenes Verhalten: Was sie im demokratischen Amerika an der Politik interessierte, das war das Wirtschaftswachstum in ihrem Land. Was in Washington passierte, war ihr gleichgültig, außer wenn es um Steuern, Mittelstandsinteressen oder die Wirtschaft von Land, Staat und Stadt ging. »Ich verstehe das, dass jemand aus wirtschaftlichen Gründen in eine Partei eintritt. Und ich würde trotzdem noch gern mit Ihrer Großmutter sprechen, wenn das ginge. Vielleicht weiß sie etwas von der Freundin meiner Großmutter; die suche ich nämlich.«

Wieder berieten Mutter und Tochter auf Deutsch.

»Ich werde sie fragen, aber wenn sie Ja sagt, muss ich übersetzen. Sie wollte kein Englisch lernen. Aber vergessen Sie nicht, dass ich Ihnen vorher gesagt habe, dass sie Fremde nicht mag.«

Sophie und ihre Mutter gingen hinaus und Darby horchte auf jedes Knarren des Holzfußbodens in der Erwartung, dass sie von irgendwo am Ende des Flures zurückkämen. Nach fünfzehn Minuten hörte sie Schritte und das Öffnen einer Tür. Wenn sie nun behauptete Celias Enkelin zu sein, würde die alte Dame dann ähnlich reagieren wie Brant? Würde sie auch glauben, Celia sei im Krieg umgekommen? Wenn ja, würde sie Darby wahrscheinlich nicht glauben und auch nichts erzählen.

»Sie will mit Ihnen sprechen«, sagte Sophie, als sie zurückkamen, »aber nicht gern. Wollen Sie wirklich zu ihr?«

»Ja.«

Darby folgte Sophie durch den Flur. Diese alte Frau konnte doch nicht so schlimm sein? Sobald sie in das Zimmer kam, wusste sie es. Großmutter Gerringer saß mit grimmig gefurchter Stirn in einem Sessel am Fenster. Darby fragte sich, ob wohl jemals ein Lächeln diesen verbitterten Ausdruck gemildert hatte. Die alte Frau schaute sie kritisch an; ein »Hmmp« machte allzu klar, dass sie ihre Verachtung bestätigt fand. »Ja, die Amerikanerin ist so, wie ich dachte«, schien es zu sagen. Zum ersten Mal in ihrem Leben spürte Darby ein wenig davon, wie sich eine Minderheit vor einem Rassisten fühlt. Aber es ging nicht um ihre Rasse – nur um ihr Heimatland.

»Guten Morgen«, sagte Darby leise auf Deutsch wie ein Schulmädchen, das zum Direktor gerufen wird. »Danke, dass Sie mit mir sprechen wollen.«

Sophie übersetzte das Gespräch.

»Meine Familie stammt aus Hallstatt. Familie Lange?«

»Hmmp«, machte die Frau wieder und schüttelte den Kopf.

»Haben Sie die gekannt?«

Sophie übersetzte Großmutters Antwort: »Sie sagt Ja, sie hat sie gekannt, aber jetzt sind sie alle weg. Sie meint, sie hatten jüdische Vorfahren.«

»Ja. Hat sie auch eine junge Frau gekannt, die Tatjana Hoffmann hieß?«

»Ja«, sagte Sophie.

»Könnten Sie mir von ihnen erzählen?«

Die Frau brach in einen Schwall von unfreundlichen Worten aus.

»Sie fragt sich, warum sie Ihnen überhaupt etwas sagt.« Sophie sah Darby entschuldigend an.

Darby schluckte und sprach weiter: »Bevor meine Großmutter starb, hat sie mich gebeten, die Geschichte der Familie in Erfahrung zu bringen.«

Frau Gerringer reagierte ärgerlich. Sophie redete schnell auf sie ein und versuchte sie zu beruhigen. »Sie wird nicht gern nach der Vergangenheit gefragt. Sie sagt, alle wollen wissen, was nach dem Krieg mit ihren Familien passiert ist. Das ist schon zu lange her.«

»Sagen Sie ihr, dass ich als Amerikanerin aufgewachsen bin, aber jetzt möchte ich mehr darüber lernen, Österreicherin zu sein.«

»Sie sagt, Sie sind trotzdem Amerikanerin und keine Österreicherin.«

»Ich bin Amerikanerin und Österreicherin und noch einiges andere.«

Die alte Frau redete nur Sophie an und drehte sich dann weg.

»Es tut mir Leid. Sie will nicht mehr mit Ihnen sprechen.« Sophie schüttelte den Kopf. »Bitte warten Sie draußen auf mich, dann will ich allein mit ihr reden.«

Darby bedankte sich bei der Großmutter und ging. Sie schlenderte den Flur entlang, der die Zimmer mit einer privaten Küche und einem Wohnzimmer verband, und kam schließlich in den Garten hinter dem Haus. Auf dem Weg klebten nasse Blätter. Sie fand eine Bank in der Sonne. Es kam ihr sehr lange vor, bis Sophie sie fand.

»Sie schläft jetzt. Ich muss mich noch einmal für sie entschuldigen. Meine Großmutter ist ein sehr guter Mensch, aber die Vergangenheit tut ihr nicht gut. Sie wollte nicht mehr mit Ihnen sprechen, aber mir hat sie noch etwas gesagt. Vater Lange, Ihr Urgroßvater, hat hier nach Ruinen gegraben.«

»Ja, er war Archäologe.«

»Und dann die Tochter, Celia, Ihre Großmutter, die war fast gleich alt wie meine Großmutter, nur ein bisschen jünger. Sie sind hier und dann in Bad Goisern zur Schule gegangen; hier gibt es die Klassen eins bis acht, dann muss man in die größere Schule in Bad Goisern oder Bad Ischl. Unsere Großmütter waren nicht befreundet, aber sie sagt, Ihre Großmutter war jünger und hatte schon seit vielen Jahren eine Freundin.«

»Tatjana Hoffmann.«

»Ja, das war sie. Oma sagt, Celia hat einen jungen Österreicher geheiratet, keinen Juden. Sie sagt, die beiden haben geheiratet und sind weggezogen – sie meint, nach Salzburg oder nach Wien. Auch die Freundin ist weggezogen, um in Salzburg am Mozarteum Geige spielen zu lernen.«

»Tatjana war Geigerin?«

»Meine Großmutter sagt das.«

»Und ihre Familie?«

»Weggezogen, vor dem Krieg schon. Sie sagt, die ganze Familie war beim Anschluss schon weg – als Hitler nach Österreich gekommen ist.«

»Und weiß sie, was mit Tatjana Hoffmann und ihrer Familie passiert ist?«

»Alle weg, sagt sie. Tatjana hatte nur noch ihre Mutter, ihr Vater ist lange vorher im Salzbergwerk umgekommen. Das hat sie mir alles erzählt.«

»Schade, dass sie mit mir nicht sprechen will, aber ich will sie nicht aufregen. Vielen Dank für Ihre Hilfe, Sophie.«

»Ich hoffe, Sie finden, was Sie suchen«, sagte Sophie ernst.

Darby sah die Frau an; sie schien ihr Problem zu verstehen. »Ich hoffe es auch.«

Am nächsten Morgen beobachtete Darby eine Gestalt, die in einem schwarzen Boot über den Hallstätter See fuhr. Mit dem sanften Kielwasser hinter sich sah sie fast aus wie der Kopf des Ungeheuers von Loch Ness. Fasziniert lehnte sich Darby an das Balkongeländer. Es schien, als ob dieser selbe Mann schon seit tausend Jahren sein Boot sanft über das Wasser triebe und das Netz auswürfe, um etwas zum Frühstücken zu fangen.

Auch Darby hatte Lust auf ein Frühstück und auf dem Weg die Holztreppe hinunter meinte sie, in diesem Dorf könnte sie den Rest ihres Lebens verbringen. Aber erst musste sie die Fragen beantworten, die ihr sonst keine ernsthaften Zukunftspläne erlaubten.

Sie brachte ein dickes Taschenbuch mit, *Hitlers Österreich*, das sie zu Hause gekauft hatte, aber sie hatte die Folie noch nicht geöffnet. Sophie brachte Kaffee und einen Gutenmorgengruß, während Darby das Buch und einen Teller mit Essen abstellte. Gerade wollte sie in ein warmes Brötchen beißen, als eine Stimme sie unterbrach. Großmutter Gerringer saß in einer dunklen Ecke. Sie sprach Deutsch, aber es war eindeutig unfreundlich.

»Es tut mir Leid, ich kann kein Deutsch. No sprechen Deutsch.«

Die Frau sprach leise weiter und schüttelte verächtlich den Kopf.

Sophie kam wieder herein und brachte einen Teller mit Tomatenscheiben; sie hätte ihn fast fallen lassen, als sie Oma Gerringer hörte. Sie drehte sich schnell um und sagte auf Deutsch etwas zu ihr. Aber die alte Frau ließ sich nicht beruhigen.

»Was sagt sie?«, fragte Darby Sophie.

»Verzeihen Sie. Ich bringe sie in ihr Zimmer.«

»Nein, ich möchte wissen, was sie sagt.« Darby stand auf, ging in die dunkle Ecke und setzte sich Oma Gerringer gegenüber. »Sagen Sie es mir.«

»Nein, es ist beleidigend.«

»Ich will es wissen, Sophie.«

»Sie ist alt und meint nicht, was sie sagt.« Sophie stellte den Teller ab und lief zum Tisch.

»Es klingt, als ob sie es ernst meint. Bitte.«

Sophie setzte sich an den Tisch und legte ihre Hand auf die der Großmutter. Sie sprach zu der alten Frau und die antwortete lebhaft und schnell. Sophie zögerte; Darby wartete. »Sie sagt, Sie sind wie alle Amerikaner.«

»Warum?«

»Sie sagt, Amerikaner sind eingebildet. Sie kommen in ein fremdes Land und fordern Antworten, wenn sie gar nicht verstehen, wonach sie fragen. Sie sagt: ‚Was würden Sie machen?'«

»Was würde ich machen?«

»Ja.« Sophie übersetzte, was die alte Frau sagte. »Sie sagt, man lebt hier zu Hause, wo es nur wenige Juden gibt. Einer ist der Nachbar, man kennt ihn schon sein ganzes Leben. Wir sagen, wir sind Nazis, um Arbeit zu haben und Österreich besser zu machen, dann schreibt jemand und fragt, ob es Juden im Dorf gibt. Wir antworten ja, ein paar, aber es ist ein guter Bekannter aus Linz, der da schreibt, und wir denken uns nichts dabei. Später kommt noch ein Brief, da steht, alle Juden müssen nach Linz kommen. Mein Mann weiß, was da passiert, und der jüdische Nachbar ist sein Freund. Er will helfen, aber ich nicht. Wir müssen unsere eigene Familie schützen. Für die eigene Familie ist man zuerst verantwortlich. Man gefährdet nicht nur sein eigenes Leben; es geht um die Kinder. Es geht um die alten Großeltern, die bei uns wohnen. Soll man sie in Gefahr bringen, soll man sie umbringen lassen, um einen Nachbarn zu retten?«

An der Art, wie Sophie auf die Worte ihrer Großmutter reagierte, erkannte Darby, dass sie das noch nie gehört hatte.

»Sie sagt, wir können das alle nicht verstehen. Wir hören heute nur die Geschichten aus Büchern. Aber sie hat das erlebt. Sie wusste von einer Freundin in Linz, die jüdische Kinder versteckte. Ihre alten Großeltern sind mit einem Knüppel totgeschlagen worden. Der Rest der Familie ist verschleppt worden und nie zurückgekommen. Sie sagt, es gab keine Möglichkeit. Es war Selbstmord.«

Die alte Frau sprach weiter. »Sie fragt, was Sie denn machen würden. Was machen Sie jetzt? Glauben Sie an etwas und richten sich nicht danach? Sehen Sie Unrecht bei Ihrer Regierung und sagen nichts? Sie sagt, dann sind Sie auch schuldig. So schuldig wie wir, die still gehalten und nichts getan haben. Verurteilen Sie mich nicht. Ich habe Ihre Familie nicht umgebracht. In der Zeit waren sie schon weg. Sie konnte nicht einmal ihrem Nachbarn helfen, als sie ihn abgeholt haben. Sie musste wegschauen oder ihre Familie dem Tod ausliefern. Hätten Sie etwas anderes getan?«

Vor Frau Gerringers zornigem Blick schaute Darby weg. Sie brauchte eine Antwort, aber sie wusste keine. Die Augen der alten Frau waren schmal geworden, aber sie sah den Ausdruck darin. Ihr Leben lang hatte Darby eine feste Vorstellung davon gehabt, was ein Nazi war oder gewesen war. Oft hatte sie in den Abendnachrichten Versammlungen von Skinheads mit ihren Hassparolen gesehen. Oma Celias Verwandte waren von den bösen Nazis ermordet worden. Darby wollte weder Sympathie noch Verständnis noch neue Gedanken für irgendetwas aufbringen, was nicht zu ihrer Vorstellung passte. Die SS und die Gestapo waren böse Menschen voll Hass. Wie die Deutschen und manche Österreicher versuchten, sich selbst zu retten anstatt Unschuldigen zu helfen, das war erbärmlich. Nicht wahr?

»Sie hat Recht. Ich bin wirklich eine eingebildete Amerikanerin. Ich habe es bisher nicht verstanden.« Darby blieb stehen, schaute Frau Gerringer an und lief dann zur Treppe, während Sophie der alten Frau mit sanfter Stimme übersetzte, was sie gesagt hatte.

Darby rannte in ihr Zimmer und schloss die Tür hinter sich zu. Sie wollte das alles nicht wissen, wollte kein Mitleid und Verständnis für Menschen haben, die den Naziterror zugelassen hatten. Großmutter Gerringer hatte sie etwas sehr Unerwartetes gelehrt. Blitzartig wurde ihr auch klar, dass es in diesem schönen Land wahrscheinlich viele Nazi-Sympathisanten und sogar frühere aktive Nazis gab, die noch ungestört hier lebten. Natürlich, wie konnte sie so naiv sein und das nicht wissen? Viele würden es ungern sehen, wenn das vergangene Böse wieder sichtbar wurde – auch und gerade, wenn es um die Wahrheit ging. Und Darby war mit ihrem Buch mit einem Hakenkreuz darauf angekommen und hatte diese Leute damit praktisch verurteilt.

Mein ganzes Leben lang habe ich Menschen so beurteilt und es nicht einmal gewusst bis jetzt. Aber sind wir heute wirklich anders?

Die Worte der alten Frau machten ihr Angst. Darby hatte Meinungen und Überzeugungen, aber es stimmte, sie tat nur, was für ihr eigenes Leben vorteilhaft war. Und tat sie irgendetwas, um einem anderen Menschen zu helfen? Sie hatte kaum an ihrem Vertrauen zu Oma Celia festhalten können, als ihr der Gedanke kam, die alte Dame könnte jemand anders gewesen sein.

Darby warf sich ins Bett und versteckte den Kopf unter dem Kissen. Sie sollte doch die Vergangenheit klären, nicht in ihrem eigenen Leben stochern. Hier waren die Schatten stärker, sogar noch stärker als die, die um das Totenbett ihrer Großmutter gelauert und hämisch gelacht hatten. Und sie würden erst zufrieden sein, wenn sie Darby ganz mit sich genommen hätten.

16 Sechzehntes Kapitel

Brant stützte den Kopf in die Hände. Er rieb sich die Augen, schaute zur Tür und wünschte, er könnte aus diesem Büro weggehen und nie, nie mehr wiederkommen. Warum belastete ihn seine Arbeit in letzter Zeit so sehr? Er hatte schon hundert Abschriften von Gesprächen mit Überlebenden gelesen. Aber jetzt überfielen sie ihn wie Dämonen und raubten ihm alle Kraft. Er musste noch mehrere Berichte für die digitalisierte Bibliothek für Holocaust-Überlebende fertig stellen. Aber nach dem Tag heute überlegte er, die Berichte aus seinem Arbeitspensum zu streichen. Sie kosteten ihn zu viel Kraft und er hatte genug andere Arbeit zu tun. Die Videos hatte er nie gern gesehen, obwohl er damit etwas Wesentliches für die Nachwelt erhalten wollte. Aber jetzt war es schon schwer genug, die Worte der Überlebenden aufmerksam zu hören. Er fühlte sich sehr, sehr alt, als ob er zu viel von den Schrecknissen dieser Welt wüsste.

Vielleicht war es auch wegen Gunther. Weil Gunther nicht mehr gesund war, konnte Brant nicht einfach mit jedem Problem und jeder theologischen Frage zu seinem Berater kommen. So einfach war es nicht mehr.

Brant versuchte, sich auf den Bildschirm zu konzentrieren. Der Mann, der da zu sehen war, lächelte fast entschuldigend. Brant löste die Pausentaste, entschlossen sich nicht zu sehr vereinnahmen zu lassen.

David Weismann sprach und schaute Brant dabei genau in die Augen:

»Mein Bruder Henri und ich wurden aus Buchenwald befreit. Wir waren die einzigen Überlebenden aus einer Familie mit acht Kindern. Als wir noch sehr dünn waren und nicht einmal einen Zentner wogen, beschlossen wir, aus dem Flüchtlingslager in unsere Heimat zu reisen. Als wir in Polen auf einem Bahnhof auf unseren Zug warteten, kamen zwei polnische Offiziere auf uns zu. Sie fingen an, uns auszufragen: ›Wer seid ihr? Zeigt uns eure Papiere.‹ Überrascht zeigten wir ihnen unsere Ausweise. Mein Bruder war jünger als ich, aber er hatte mehr Mut – den hatte ich schon lange verloren. Er sagte: ›Wir sind Polen und haben die Lager überlebt. Wir wollen nach Hause.‹ Das änderte ihre Haltung gegen uns nicht. Sie befahlen uns mitzukommen. Mein Bruder sagte: ›Dann verpassen wir den Zug.‹ Das war den Offizieren gleich. Wir waren so naiv zu glauben, wir brauchten keine Angst zu haben, denn Hitler und seine bösen Gefolgsleute waren ja vernichtet. Wir hatten nur Angst den Zug zu verpassen. Aber wir glaubten, die Welt sei jetzt besser und man würde sich um uns kümmern, nachdem wir so viel durchgemacht hatten.

Die Offiziere führten uns in eine einsame Gegend und durch dunkle verlassene Straßen. Mit unseren Koffern und den Spenden vom Roten Kreuz wurden wir schnell müde, denn wir waren noch sehr schwach. Mein Bruder fragte, wie lange es dauern würde. ›Der Zug‹, sagte er. ›Es dauert nicht lange‹, antwortete einer.

Wir kamen um eine Ecke, da war eine Sackgasse. Ich hörte, wie ein Gewehrhahn gespannt wurde. Wir drehten uns um und schauten in die kalten Augen der Offiziere; sie hatten denselben Ausdruck, den ich so oft in den Lagern gesehen hatte. Beide zielten mit ihren Gewehren auf uns. Einer schlug meinen Bruder an die Schläfe und der Schlag warf ihn auf die Erde. ›Ihr dummen Juden. Warum konntet ihr nicht in den Lagern sterben? Jetzt müssen wir euch umbringen und das sollten doch die Deutschen machen. Ich habe diese Arbeit satt.‹

Mein Bruder und ich waren wie gelähmt. Nach allem, was

wir erlebt hatten, wie konnten wir das nicht merken? Ich konnte mich nicht bewegen, ich konnte nicht weinen oder weglaufen oder um Hilfe schreien. Es war nicht zu fassen, dass wir die schlimmsten Bedingungen und die größte Bosheit von Menschen überlebt hatten und jetzt auf dieser einsamen Gasse sterben sollten.

›Bitte, bitte, warum wollt ihr uns das antun?‹, fragte mein Bruder. Dann sah ich, dass Blut über sein Gesicht lief. ›Wir sind Polen wie ihr und haben so viel gelitten und ihr auch, das wissen wir. Die Nazis waren Feinde für uns alle, nicht wir gegenseitig. Seht mein Blut – es ist so rot wie eures.‹

Sie drängten uns gegen die Wand, aber mein Bruder hörte nicht auf zu betteln. Ich glaube, er wollte, dass sie etwas Menschliches in sich spürten, damit sie uns als Menschen wahrnahmen. Ich konnte nicht sprechen, ich akzeptierte einfach, dass ich praktisch tot war. Ich hatte den Widerstand aufgegeben. Der SS und der Gestapo war ich entkommen, aber mein eigenes Volk würde mich umbringen. Aber irgendwie machten die Bitten meines Bruders die Soldaten unsicher. Er erzählte, dass er mein jüngerer Bruder war und wie wir uns gegenseitig geholfen hatten, den Krieg zu überleben. Vielleicht waren diese Offiziere Brüder, denn das schien die größte Wirkung zu haben. Ich weiß, dass Henri das spürte, denn er sprach weiter von uns beiden. Er legte den Arm um mich und bat: ›Mein Bruder ist der einzige Mensch, den ich noch habe. Wir wollen nach Hause, dahin, wo wir aufgewachsen sind.‹

Am Ende schauten sich die Offiziere an. ›Das sind noch Kinder. Es ist Zeitverschwendung‹, sagte einer. Sie nahmen die Gewehre weg. Ehe sie uns allein im Dunkeln ließen, drehte sich der eine um und sagte: ›Geht lieber dahin, wo ihr herkommt. Es gibt viele wie uns und wir lassen Leute wie euch nicht am Leben. Ihr seid die Ersten von vielen.‹

Mein Bruder hatte uns gerettet. Aber der Schlag an den Kopf hatte ihn härter getroffen, als ich dachte. Wir waren so schwach, dass wir nur mit großen Schwierigkeiten wieder zum

Bahnhof kamen und unsere Sachen liegen ließen. Der Zug war weg, aber wir fuhren heimlich mit einem anderen. In der Nacht war es sehr kalt und Henri und ich wärmten uns gegenseitig. Aber am Morgen war Henri tot.

So sind wir nach Hause gekommen.«

Brant schaltete das Video ab. Seufzend lehnte er sich in seinem Stuhl zurück und sah, dass sich schon Dämmerung im Raum verbreitete. Er hatte stundenlang die Geschichten angehört, ohne die Zeit oder seine Umgebung wahrzunehmen.

Es klopfte kurz an die Tür. »Herein«, sagte er und räusperte sich. Seine Stimme klang unnatürlich laut in dem Raum.

»Mr. Collins, ich mache jetzt Feierabend.« Die Sekretärin schaute herein. »Soll ich Ihnen etwas zu essen bestellen?«

»Nein, ich habe keinen Hunger.«

»Bestimmt nicht? Sie haben auch nicht zu Mittag gegessen.« Frau Halder sah besorgt aus.

»Bestimmt nicht, aber trotzdem vielen Dank. Einen schönen Abend noch.«

»Ihnen auch«, rief Frau Halder im Hinausgehen.

Brant knurrte der Magen und er merkte, dass er doch hungrig war. Aber wenn er an Essen dachte, wurde ihm übel. Er stellte sich vor, wie es sein würde, wenn man wirklich am Verhungern war. Die Menschen, die er heute hatte sprechen sehen, kannten dieses Gefühl. Sie kannten richtige Kälte, Überleben und Tod.

Brant hörte, wie Frau Halder vor seiner geschlossenen Tür lachte. Jemand klopfte zweimal und die Tür ging auf, bevor er antwortete.

»Aha, da ist er ja. Arbeitet lange wie gewöhnlich.« Richard rief über die Schulter: »Ich komme nach, Frau Halder.« Er kam in Brants Büro und schloss die Tür.

»Was führt dich wieder nach Salzburg?«, fragte Brant, ärgerlich über die Unterbrechung.

»Ich soll etwas für Oma erledigen. Und was machst du?« Richard ging um den Schreibtisch herum und betrachtete das erstarrte Bild von David Weismann auf dem Bildschirm. »Ein Überlebender wahrscheinlich.«

»Stimmt.«

»Was diese Leute uns alles erzählen können.« Richard schüttelte den Kopf und setzte sich auf die Schreibtischecke.

Brant antwortete nicht. Er ärgerte sich über Richards oberflächliche Einstellung.

»Ich finde langsam heraus, wie wichtig es ist zu erfahren, was früher war. Oma Ingrid hat mir eine ganze Menge erzählt – was die Frau mitgemacht hat. Es erklärt ein bisschen, warum sie so ist, wie sie jetzt ist, meinst du nicht?«

»Wie meinst du das?«

»Ich habe sie immer als kalt und mürrisch erlebt. Meine Eltern hassen sie und wenn ich nicht meine Eltern hasste, wäre ich darin vielleicht mit ihnen einig. Aber in den letzten paar Jahren, seit ich keinen Kontakt mehr mit ihnen habe und Ingrid besser kenne, habe ich gemerkt, dass sie gar nicht so schlecht ist. Diese Frau ist durch die Hölle gegangen. Von den Nazis missbraucht, und dann hat sie getan, was eben nötig war, um zu überleben und ein ordentliches Zuhause für sich und ihre Söhne aufzubauen, und dann werden sie erwachsen und sind keine Spur dankbar. Sie tut mir Leid, die Alte.«

Brant dachte an Ingrid. Sie hatte es nicht so schwer gehabt, wie Richard sagte. Die Nazis hatten mit Partys, schönen Kleidern und Schmuck gut für sie gesorgt – bis die Alliierten sie hinauswarfen und Ingrid eine neue Geschichte erfinden musste. Bestimmt hatte sie nichts annähernd Ähnliches erlebt wie David Weismann.

»Es war gut, dass Ingrid Gunther gefunden hat«, sagte Brant und schloss die Dateien in seinem Computer.

»Ich weiß nicht. Es war nicht gerade eine Liebesheirat.«

»Na ja, immerhin war sie sicher und versorgt. Sie hat nie Mangel an etwas gehabt.«

»Aber stell dir vor, wenn dein eigener Mann dich nicht liebt. Ich habe Fotos von Ingrid gesehen, sie hat wirklich gut ausgesehen. Ich frage mich, warum Gunther sie nie geliebt hat … Was hat er noch alles erlebt?«

Richard saß entspannt auf seinem Stuhl und tat, als wäre dies eine belanglose Unterhaltung, aber bei Brant schrillten Alarmglocken.

»Du hast Gunther nie nach der Vergangenheit gefragt?«, fragte er.

»Eigentlich nicht. Ich weiß, dass Ingrid nicht seine erste Frau war und dass er im Untergrund aktiv war. Aber viel mehr weiß ich nicht. Du hast ihn doch bestimmt gefragt. Du hast immer so gern diese alten Geschichten gehört und ich dachte, sie wären langweilig. Bis jetzt. Ich werde zu alt, um nur herumzuspielen und fange an, ein bisschen weiter zu sehen.«

Brant überlegte, wie weit das wohl stimmte. Richard kein Playboy mehr? Richard an Geschichte interessiert? Und besonders an der Geschichte von Gunther und seiner ersten Frau? »Ich will nicht unhöflich sein, aber ich muss noch mehrere Stunden arbeiten. Wolltest du etwas Bestimmtes?«

»Nein, nichts Bestimmtes. Nur mal reinschauen und sehen, was du so machst – ich wusste, dass du lange arbeitest wie immer. Wir könnten ja was essen gehen. Du könntest diese schöne Amerikanerin dazu einladen.« Richard setzte sein charmantestes Lächeln auf.

»Ich sehe schon, Mädchen interessieren dich nicht mehr. Nur noch Geschichte.«

Richard lachte. »Nein, ich will dir nur nicht deine Pläne verderben.«

»Ich habe nichts mit ihr vor. Seit du sie kennen gelernt hast, habe ich sie nicht mehr gesehen.« Brant dachte, Darby würde nun wohl die Wahrheit über ihre Großmutter wissen: dass sie nicht Celia Lange-Müller sein konnte. Sie würde den Beweis auf dem Friedhof gefunden haben. Er fragte sich, wie sie die Tatsache wohl aufgenommen hatte und ob er sie jemals wiedersehen würde.

»Was? Ich dachte, du hast etwas Tolles zu erzählen, nachdem ich dir die Karten gegeben habe. Das sah wie eine vielversprechende Beziehung aus.«

»Völlig daneben. Die Karten habe ich Frau Halder gegeben.«

»Brant, Brant, du musst noch eine Menge lernen. Du hast eine fantastische Gelegenheit verpasst! Du hast seitdem gar nicht mehr mit ihr gesprochen?«

»Ich weiß nicht einmal, ob sie noch in Salzburg ist. Ich glaube, sie wollte nach Hallstatt fahren.«

»So ein Pech. Ich muss dich mal mit ein paar Frauen bekannt machen, die dich nicht so leicht gehen lassen. Du brauchst soziale Kontakte. Wie heißt es in diesem alten amerikanischen Film? ›Nur mit Arbeit, ohne Spiel, taugt der Johnny – oder der Brant – gar nicht viel.‹ Komm, mach mal eine Pause, gönn dir ein bisschen Leben. Lass uns essen gehen. Frau Halder sagt, du hast den ganzen Tag nichts gegessen.«

Brant wollte Nein sagen.

»Ich bestehe darauf.« Richard nahm Brants Jacke von der Garderobe und gab sie ihm. Brant war hungrig, aber auf der Hut. Richard spielte gern den guten Kumpel, aber Brant nahm es ihm nicht ab.

»Du machst das fantastisch, Darby«, sagte Professor Peter Voss am Telefon.

»Ich habe nicht den Eindruck.« Sie schloss die Tür der Telefonzelle hinter sich. Nach ihrer Begegnung mit Frau Gerringer am Morgen war Darby den größten Teil des Tages in ihrem Zimmer geblieben; am Abend war sie schließlich doch herausgekommen, um den Professor von der Telefonzelle aus anzurufen. In ihrem Zimmer in dem alten Haus gab es kein Telefon, aber in der Seestraße hatte sie eins gefunden. Nachdem die Sonne hinter den Alpen untergegangen war, wurde es kalt und nur noch Einheimische und ein paar Autos belebten die Straße.

»Nach dem, was Frau Gerringer gesagt hat, überlege ich, ob

meine Großeltern nicht nach ihrer Hochzeit nach Salzburg gezogen sind, damit mein Großvater da die Universität besuchen konnte. Gibt es da das Fach Archäologie?«

»Die Universität war um diese Zeit gar nicht in Betrieb. Sie war eine Zeit lang geschlossen.«

»Im Krieg?«

»Genau genommen hundertfünfzig Jahre.«

»Was?«

»Ja, es ist erstaunlich. Sie hat eine interessante Geschichte von 1617 an, aber dann hat sie sich kurz nach 1800 aufgelöst bis 1964. Dein Großvater kann also nicht da studiert haben.«

»Dann ist das eine Sackgasse.«

»Ich will nachprüfen, ob eine Tatjana Hoffmann am Mozarteum eingeschrieben war.«

»Ja, das hatte ich vergessen. Gut, dass du aufpasst.«

»Ich finde, du hast das großartig gemacht. Es überrascht mich, dass die alte Frau vor dir so viel zugegeben hat. Die meisten Leute sind sehr schweigsam, sogar bei ihren eigenen Verwandten. Viele jüngere Leute wären überrascht über die Nazi-Vergangenheit in ihrer Familie. Nach dem Krieg hat man den Kindern nicht oft erzählt, was damals war.«

»Seit die Großmutter mich beschimpft hat, dass ich Amerikanerin und dumm bin, habe ich mit niemandem von Gerringers mehr gesprochen. Wahrscheinlich hätte sie gar nichts gesagt, wenn ich sie nicht durch das Buch mit dem Hakenkreuz beleidigt hätte.«

»Deine Aufgabe ist nicht einfach. Du musst bedenken, die Leute, mit denen du sprechen willst, kennen noch die Zeit, als von Amerika hier noch nicht so viel zu merken war.«

»Was meinst du damit?«

»Ein Kollege von mir hat viel über die Amerikanisierung in Europa nach dem Zweiten Weltkrieg geforscht, besonders in Österreich. Du kannst dir nicht vorstellen, wie sehr der Zweite Weltkrieg Veränderungen in der europäischen Kultur vorangetrieben hat – viel davon ist auf den Einfluss von Coca-Cola, Rock 'n' Roll und Hollywood zurückzuführen. Du hast ja gemerkt, dass Englisch dabei ist, im größten Teil Europas zu *der* Verständigungssprache zu werden. Aber vor den Kriegen, besonders vor dem Ersten Weltkrieg, war Europa die führende Macht in der Welt. Und Österreich-Ungarn war eins der größten Reiche in Europa. Die alten Leute sind also noch mit dem Nationalstolz ihrer Eltern auf ihren mächtigen Staat erzogen worden. Die jungen Leute heute leben sehr ähnlich wie Amerikaner. Aber nur die Alten können dir bei der Suche helfen. Von denen können nur wenige deine Sprache und kaum einer wird dir trauen.«

»Das merke ich jetzt.«

»Die ältere Generation hat das Gefühl, dass die Amerikaner ihre Traditionen angreifen und zerstören – nicht mehr mit Truppen, sondern mit ihrer Musik und Zivilisation. Und das ist wahr. Stell dir vor, deine Kinder und Enkel leben in einer fremden Zivilisation, während du an der alten Lebensweise hängst.«

»Ein bisschen verstehe ich das. In Kalifornien protestieren die Leute gegen Schulen, die die Flagge der Vereinigten Staaten und zugleich die mexikanische hissen. Andere beschweren sich über die ausländischen Autos auf den Autobahnen und dass so viele Asiaten und spanisch sprechende Leute einwandern, dass in manchen Landkreisen mehr Spanisch als Englisch gesprochen wird.«

»Stell dir vor, du machst das Radio an und 80 bis 90 Prozent der Popmusik sind deutsche Lieder, auf Deutsch gesungen. Und die meisten Kino- und Fernsehfilme sind in Deutschland produziert und nur synchronisiert. Und zwei Drittel der Computer-Software ist nicht englisch, sondern deutsch.«

»Jetzt wird es mir klarer. Aber wie soll ich mich verhalten?«

»Sei sensibel. Respektiere ihre Ansichten.«

Darby dachte daran, wie sie am Frühstückstisch das Buch über Nazis gelesen hatte. Das war nicht gerade respektvoll gegenüber den Gefühlen der Österreicher.

»Manches ist für Amerikaner schwer zu verstehen. Österreich ist ein altes Land. Euer Amerika ist ein neues Land. Unsere Geschichte ist voll von Krieg und Eroberungen. In der Zeit meiner Eltern ist dieses Land annektiert und von widersprüchlichen Ideologien zerrissen worden, dann wieder von den Alliierten eingenommen. Das waren Sowjets, Briten und Amerikaner, sie haben es sich aufgeteilt, und dann haben wir die Freiheit wiederbekommen. Amerika ist entdeckt und besiedelt worden, es war nie von einer fremden Macht besetzt. Wenn man nicht gerade amerikanischer Ureinwohner ist, kann man das kaum verstehen.«

»Das habe ich alles gar nicht gewusst«, sagte Darby bedauernd.

»Du lernst schnell. Kommst du bald wieder nach Salzburg?«

»Es dauert noch ein paar Tage, vielleicht sogar eine Woche, obwohl ich nicht mehr viel Zeit habe. Ich muss noch so viel nachprüfen – ich kämpfe gegen die Zeit an.«

»Die Rätsel verschwinden nicht einfach, wenn es nicht gerade Menschen sind. Und dann – ja, dann ist es ein Kampf gegen die Zeit. Was hast du als Nächstes vor?«

»Vielleicht fahre ich nach Linz und eventuell zum Konzentrationslager Mauthausen. Es könnte nicht schaden, da die Unterlagen zu prüfen, wenn ich hier in Hallstatt fertig bin.«

»Hast du daran gedacht, dass ich in ein paar Tagen zu einem Kongress nach Dublin fahre?«

»Nein. Wie lange bist du weg?«

»Bis zum 17. November.«

»Am sechzehnten fliege ich zurück in die Staaten. Oder ich muss länger bleiben.«

»Das ist schade. Aber wenn du nach Hause fliegst, höre ich nicht auf zu suchen. Hast du E-Mail?«

»Ja, im Geschäft. Ich rufe dann an oder schreibe euch.«

»Katrin fährt mit zu diesem Kongress. Es tut mir Leid, aber dann bist du eine Weile auf dich allein gestellt.«

»Und ich habe gerade angefangen mich an euch beide zu gewöhnen.«

»Ich weiß. Was ich dir sagen wollte: Wenn du die Antworten bekommen willst, die du brauchst, denke wie eine Österreicherin, nicht wie eine Amerikanerin. Du musst herausfinden, wie wir sind und was wir durchgemacht haben. Der Krieg hat unser Land gespalten. Das Böse war übermächtig, nicht für kurze Zeit, sondern scheinbar für immer. Das hat uns verletzt und bleibende Narben hinterlassen.«

Darby schwieg; sie spürte, wie schwer wiegend diese Worte waren. »Ich glaube, das ist genau das, was meine Großmutter wollte.«

Ihr Gepäck stand an der Tür. Darby stand auf dem Balkon und verabschiedete sich vom Hallstätter See. Im Weggehen entdeckte sie etwas Weißes auf dem dunklen Wasser: Ein großer Schwan schwamm mit gebogenem Hals am Ufer entlang; sein reines weißes Gefieder leuchtete im Morgenlicht. Sie hoffte, das sei ein Zeichen von oben, das ihr sagen sollte, alles würde geklärt werden. Es war gut gewesen, zum Bürgermeisteramt zu gehen; dort hatte sie den Beweis gefunden, dass Celia Lange wirklich in Hallstatt geboren war. In der Kirche gab es noch Unterlagen über andere Familienmitglieder, die da begraben oder jetzt im Beinhaus untergebracht waren. Aber das war für sie nicht von Interesse. Sie musste weiter, das nächste Teil des Puzzles suchen. Sie hatte Hoffnung, denn obwohl das Puzzle mit jeder neuen Entdeckung größer wurde, hatte sie doch schon mehrere Teile davon gefunden.

Darby schleppte ihr Gepäck die Treppe hinunter und klingelte am Empfang, um sich abzumelden. Sophie kam eilig mit strahlendem Lächeln auf sie zu.

»Ich freue mich sehr, Sie zu sehen. Meine Großmutter hat mir heute noch etwas für Sie gesagt.«

»Ach, wirklich?«

»Ja, gestern war sie den ganzen Tag sehr nachdenklich und heute früh hat sie gefragt, ob Sie noch da sind. Ich habe ja gesagt und da hat sie mir ein paar Sachen erzählt.«

»Was denn?« Darby war nicht sicher, ob sie noch mehr von der alten Frau hören wollte.

»Meine Großmutter hat Ihre Großmutter nach dem Anschluss noch einmal gesehen, als die anderen Juden aus dem Dorf schon weg waren. Ihre Großmutter und Tatjana Hoffmann sind nach Hallstatt gekommen. Meine Großmutter weiß nicht, warum sie gekommen ist, denn ihre Familie war weg und in ihrem Haus wohnten andere Leute. Meine Großmutter war schon verheiratet und hatte ein Kind; sie hat nicht mit Celia gesprochen. Sie sind nur eine Nacht in Hallstatt geblieben und mit dem Zug gekommen. Aber dann hat eine junge Frau sie mit dem Auto abgeholt und sie sind mit ihr weggefahren.«

»Hat Ihre Großmutter die Frau gekannt?«

»Nein. Das war das letzte Mal, dass sie Ihre Großmutter gesehen hat, aber sie hat gehört, die ganze Familie sei nach Mauthausen gebracht worden und nicht wiedergekommen.«

»Jetzt habe ich noch mehr Fragen als vorher, aber sagen Sie ihr, ich danke ihr ganz herzlich.«

»Noch eins. Sie sagt, da gibt es einen Mann, der könnte mehr wissen, aber sie weiß nicht, ob er noch lebt.«

»Wer ist das?«

»Als Junge hat er hier in Hallstatt gewohnt. Er ist zu den Nazis gegangen und war Aufseher in Mauthausen.«

Schnell nahm Darby Stift und Papier aus der Handtasche.

»Meine Großmutter meint, dieser Mann weiß vielleicht etwas von Langes, die dort umgekommen sind.«

»Ein Mann, der Celia und Tatjana gekannt hat und Aufseher in Mauthausen war.«

»Er heißt Bruno Weiler.«

Darby fuhr vom Dorf aus um den See nach Süden. Hatte ihre Großmutter damals vor so langer Zeit den gleichen Weg genommen? Dann bog sie in Richtung Linz in Oberösterreich ab; da musste Celia in die andere Richtung gefahren sein, weiter in die Alpen und durch Tirol in die Schweiz. Aber als sie mit Tatjana an ihrer Seite aus der Heimat flüchtete, hatte Celia das Dorf ihrer Kindheit noch kurz besucht. Vielleicht wollte sie sich vom Ort ihrer Unbeschwertheit und ihrer ersten Liebe verabschieden.

Darby sah die Mädchen vor sich, wie sie das verschlafene Dorf verließen mit ängstlichen Blicken rückwärtsgewandt, ob jemand sie verfolgte. In jeder Felsspalte, hinter jeder Ecke lauerte das Dröhnen der Nazistiefel. Würden sie lebend herauskommen? Würden sie sich wiedersehen? Ahnten sie, dass dies ihr letztes Zusammensein war?

Und wer war die andere Frau? Vielleicht dieselbe, die Oma Celia geschrieben hatte, dass Tatjana und Gunther tot waren. Darby fragte sich auch, warum Gunther auf einem anderen Weg geflüchtet war: durch das Sudetenland, heute die Tschechische Republik. Ein völlig anderer Weg.

Den ganzen Vormittag fuhr Darby auf gewundenen Straßen zwischen Bergen und durch versteckte Dörfer an Seeufern. Das kleine, an einem See gelegene Dorf Ebensee war eine Außenstelle von Mauthausen gewesen. Dann Traunkirchen. Gunskirchen. Traunsee. Diese Namen hatte Darby von ihrer Großmutter gehört und versuchte sich nun an die Geschichten zu erinnern.

Am frühen Nachmittag kam sie auf die Autobahn; sie rechnete mit Massen von Autos, die schneller als 100 Meilen pro Stunde fuhren. Aber die Wagen hier schienen eine vernünftige Geschwindigkeit einzuhalten. Sie war nie sicher, wie schnell sie eigentlich auf diesem Weg zur Industriestadt Linz vorankam, weil der Tachometer Kilometer statt Meilen pro Stunde anzeigte. Sophie Gerringer hatte ihr geholfen, ein Zimmer in Linz zu finden und ihr kurz von der Geschichte dieser zweitgrößten Stadt Österreichs erzählt. Hitler war in Linz aufgewachsen – das hatte sie überrascht. Sie hatte nicht gewusst, dass der deutsche »Führer« ein gebürtiger Österreicher war. Aber im Gegensatz zu Mozart konnte das Land durch Hitler nicht berühmt werden. Wenn er den Krieg gewonnen hätte, gäbe es vielleicht Adolf-Konfekt und ähnliche Spezialitäten. Als Hitler mit seiner deutschen Sturmabteilung wieder in seine Heimatstadt kam, hatte er schon große Visionen für Linz: Es sollte ein neues Kleinod an der Donau werden. Er hätte sich hier zur Ruhe setzen wollen, wenn man seine Aktivitäten nicht gewaltsam unterbunden hätte.

Darby folgte den Wegweisern zum Hotel und fuhr auf den Parkplatz. Es war ein ländliches Hotel an einem grünen Hang gelegen mit Aussicht auf die berühmte blaue Donau.

Nur wenige Kilometer den gewundenen Fluss abwärts lag das Konzentrationslager Mauthausen mit seinen Außenstellen Gusen I, II und III. Wie ein plötzlicher Schlag traf Darby die Erkenntnis, wohin sie unterwegs war: In ihrer sorgfältig aufgestellten Liste nach Hinweisen und Anhaltspunkten stand auch Mauthausen. Nicht irgendein Konzentrationslager, sondern das, in dem ihren Verwandten und höchstwahrscheinlich auch Tatjana das Leben geraubt worden war. Die achte Station in ihrem Plan war einmal schlimmer als die Hölle gewesen, und das für ihre Blutsverwandten.

KZ Mauthausen. Da wurde Menschen die Zukunft genommen. Morgen würde Darby da sein.

17 Siebzehntes Kapitel

Brant fuhr auf. Seine Brust und sein Rücken waren mit Schweiß bedeckt und das Betttuch unter ihm war feucht und zerwühlt. Immer noch klangen ihm die Schreie aus dem Alptraum in den Ohren. Er sah die Bilder, die ihn im Schlaf gequält hatten: schwarze Gestalten, die gewaltsam Kinder und Säuglinge festhielten. Über das Gemetzel erhob sich eine eintönige Stimme:

»Mein Baby hatte dunkles Haar und leuchtende grüne Augen. Wenn er mich anschaute, lächelte oder lachte er. Wenn ich ihn abends in den Schlaf wiegte und ihm den Rücken streichelte, streichelte er mich auch und schmiegte sich dicht an mich, bis er einschlief. Ein Soldat hat mir mein Baby aus den Armen gerissen. Sie haben ihn in die Luft geworfen und ihn als Tontaube benutzt. Ich wollte sterben, um nicht wahnsinnig zu werden. Aber zu allem Unglück bin ich am Leben geblieben. Nach dem Krieg habe ich wieder geheiratet und noch zwei Kinder bekommen. Aber den Schrei meines ersten Kindes höre ich immer noch.«

Brant versuchte die Geschichte von sich abzuschütteln. Aber dies war kein Alptraum aus seiner eigenen Gedankenwelt; dies war eine wahre Geschichte. Eine von vielen, die er vom Tonband gehört hatte. Diese Geschichten hatten Brant schon immer verfolgt, aber in letzter Zeit fraßen sie ihn immer mehr auf. Es sah aus, als würden die Leiden anderer ihn für die Zukunft zum Krüppel machen. Niemand konnte das verstehen, der es nicht überlebt hatte. Aber zu denen gehörte Brant auch nicht, denn er hatte es nicht erlebt – nur ihre Geschichten gehört.

Wie sehr wünschte Brant, er könnte mit Gunther sprechen. Wie schön wäre es, wenn sich daran nichts geändert hätte. Sonst, wenn es ihm schlecht gegangen war, hatte der alte Mann Worte gefunden, die Brant weiterhalfen und ihm wieder den Wert des Lebens, des Lebendigseins zeigten. Er versuchte sich an diese Worte zu erinnern, aber Gunthers Stimme kam ihm nicht ins Gedächtnis. Nur die Schreie von Kindern konnte er hören.

Brant warf die Bettdecken ab und setzte sich auf den Fußboden mit dem kalten metallenen Seitenteil des Bettes im Rücken. Das Zimmer war bedrückend still – leer wie sein Leben. Plötzlich meinte er, das keinen Tag mehr aushalten zu können.

Er kniete sich vor sein Bett wie früher, als er noch klein war. »Gott, hilf mir.«

In diesem Augenblick kam die Erinnerung an Gunthers Worte zurück: »Alle fragen, wie Gott so etwas Schreckliches zulassen konnte.« In jedem Wort hatte man Gunthers lebhaftes Engagement gespürt. Und jetzt hörte Brant wieder zu. »Warum geben die Menschen Gott die Schuld? Ich möchte wissen, wie der *Mensch* so etwas Schreckliches zulassen konnte. Gott hat dem Menschen die Herrschaft über die Erde gegeben. Wenn wir es einfach nicht schaffen, füreinander verantwortlich zu sein und das Böse nicht immer wachsen und sich vermehren zu lassen.«

»Aber Gunther, ich höre ihre Stimmen«, hatte Brant gesagt. »Ich träume von ihnen.«

»Ich habe gekämpft wie du jetzt.«

»Entschuldige, Gunther. Natürlich. Meine Mutter ist an einer Krankheit gestorben, nicht durch Menschen. Ich sollte mich nicht beklagen, wenn ich höre, wie andere gelitten haben. Ich sollte lernen, mein eigenes Leben zu schätzen und mich nicht bei dir zu beschweren.«

»Dich greift es an, weil du wirklich mitfühlst. Du hörst nicht nur zu, du erlebst die Verletzungen von anderen. Das ist etwas Gutes, aber für dich ist es schwerer. Es ist leichter, sich anderen zu verschließen. Aber bleibe offen, Brant, auch wenn dein Herz blutet.«

»Und wo ist Gott in all dem – wenn man ihm nicht die Schuld geben kann? Du sagst, er handelt im persönlichen Leben. Wo war er da?«

Da hatte Gunther ihn freundlich angeschaut: »Und du meinst zugleich: Wo ist er jetzt?«

»Ja.«

»Ich weiß nicht alles. Aber manches weiß ich aus meinem eigenen Leben. Ich weiß, dass Gott manchmal still ist, aber immer da. Er hört uns schreien, aber er lässt zu, was Menschen tun. Er lässt den Menschen seinen Weg selbst bestimmen.«

»Und dann gewinnt das Böse?«

»Nur das Böse, das der Mensch will. Das gilt für heute wie für früher. Aber im persönlichen Leben und für die Menschheit allgemein lässt Gott Entscheidungen der Menschen zu. Er will keine Marionetten. Er will Menschen mit freiem Willen. Vielleicht ist er darum so still, damit man sieht, was Menschen erreichen, wenn er sich nicht einmischt. Ich weiß es nicht. Aber weil Gott eben Menschen entscheiden lässt, werden Unschuldige zu Opfern. Ich glaube nicht, dass Gott das will, aber er heilt wirklich alles und bestraft alles Unrecht.«

»Ich zweifle an allem. Ich weiß nicht einmal, ob ich glaube, dass es Gott gibt.«

»Ich muss an Gott glauben, denn ich habe Böses erlebt, aber auch Liebe. Ich habe das Böse in mir selbst kennen gelernt und durch das, was andere mir angetan haben. Dieses Böse ist lebendig, es atmet, es zerstört. Aber ich habe auch das Gegenteil erlebt. Ich habe mit einer unvorstellbaren Liebe gelebt, die allem standhielt und habe in der Asche Wahrheit und Hoffnung gefunden. Das Gute ist oft schwerer zu finden. Das Böse ist einfach. Liebe ist schwierig. Aber das eine führt zum Tod und das andere zum Leben.«

»Wie hast du das alles überlebt?«

»Mit meinem Glauben an Christus. Ich sehe Dinge, die nicht in unserem natürlichen Blickfeld liegen. Ich höre Dinge, auf die nur wenige bereit sind zu achten. Ich fühle Dinge, von denen die meisten sagen würden, es gäbe sie nicht.«

»So einen Glauben könnte ich nie haben.«

»Glaubst du?«

»Ich denke ja, aber meine Zweifel sind genauso groß. Manchmal ist es zu viel für mich. Wie soll ich leben mit der Erinnerung an diese Berichte? Wie können diese Leute leben?«

»Ich verstehe nicht, wie ein Telefon funktioniert.«

»Was? Was redest du da?«

»Ich verstehe nicht, wie ein Telefon funktioniert. Vor ein paar Tagen, als ich telefonierte, habe ich das Telefon einmal gründlich angeschaut. Ich habe von einem riesigen Kabel unter dem Meer gehört und von Satelliten, die Töne übertragen, aber trotzdem kann ich mir nicht vorstellen, wie meine Stimme, wenn ich spreche, in so kurzer Zeit um die halbe Welt geleitet werden kann. Aber ich benutze das Telefon trotzdem. Ich verstehe weder das Telefon noch den Computer oder tausend andere Sachen, die Menschen gemacht haben. So ist es nur verständlich, dass ich nicht alles verstehe, was Gott angeht. Aber ich kann doch nicht aufhören an Gott zu glauben, weil ich so wenig weiß.«

Gunther hatte Brant eine Hand auf die Schulter gelegt. »Eines muss ich dir unbedingt sagen. Du bist für mich wie ein Sohn und ich bitte dich darum: Du musst leben, Brant. Lebe, weil du es kannst. Lebe, weil andere es nicht können. Und bei all dem lebe für Gott.«

Die Worte verklangen und Brant war wieder allein mit seiner Erinnerung. Er wünschte sich diese Zeiten mit seinem väterlichen Freund zurück, als sie sich zum Kaffee getroffen und stundenlang gesessen und geredet hatten. »Wer hilft mir jetzt, Gunther?«

Plötzlich – wie eine Antwort auf seine Frage – schoss ihm ein

Gedanke durch den Kopf: Komm zu mir, denn ich weiß Antworten auf alle diese Fragen.

Brant kam sich vor wie Jakob in der Bibel, der mit Gott kämpfte. Aber jetzt war er am Ende. So wie er war, konnte er nicht mehr leben, darum verließ er sich auf den, den er nicht verstand.

Als Brant den Kopf neigte, hörte er immer noch die Stimmen. Aber in ihm wuchs eine neue Kraft, die ihn antrieb zu leben, zu lieben, zu atmen.

Ein strahlender Sonnenaufgang grüßte Darby. In grünen Berghängen, in Baumgruppen mit ihren vielfarbigen Herbstblättern, in der windstillen Wärme spürte sie das Leben. Und jetzt fuhr sie zum Konzentrationslager.

Wenn sie es bestimmen könnte, wäre dies ein düsterer, hässlicher Tag, immer würde eine dunkle Gewitterwolke über dem Land südlich von Linz hängen. Die Sonne würde diese Erde nicht mehr erwärmen; keine Geranie würde mehr im Blumenkasten blühen. Aber der Plan der Natur, der jahreszeitliche Wechsel von Sterben und Aufblühen nahm keine Rücksicht auf ihre Wünsche und Ziele.

Darby folgte den Wegweisern, fuhr von der Autobahn ab, weiter durch kleine Städte und an einem McDonald's-Restaurant und einer Tankstelle vorbei. Eine breite, saubere Brücke führte über die Donau und erinnerte Darby daran, wie ihre Großmutter den Text zur »blauen Donau« gesungen hatte, Österreichs inoffizieller Nationalhymne.

Als Darby zu dem Ort Mauthausen einbog, der am Hang lag, lief ihr ein leichter Schauer über den Rücken. Der Wegweiser zum Dorf führte den Namen des Konzentrationslagers.

Ein Wegweiser zeigte die Richtung zum KZ Mauthausen. Die Straße führte in Serpentinen bergauf an Häusern vorbei, durch eine schöne, von Bäumen gesäumte Biegung und immer höher durch offenes Feld. Es war ein idealer Weg für einen Sonntagsausflug, bis sie den Gipfel erreichte. Da stand es. Eine ummauerte Festung erstreckte sich über den ganzen Horizont. Wachttürme mit spitzen Dächern, eine gerade Außenmauer aus Beton und ein roter Schornstein, der sich vor dem strahlend blauen Himmel abzeichnete.

Sie rangierte das Auto zwischen die weißen Linien eines Parkplatzes. Ein paar andere Wagen standen auf dem gepflasterten Platz zusammen mit einem Reisebus, auf dem Werbetexte für die anderen Reiseziele zu lesen waren – Donau-Reisen. Darby schüttelte den Kopf über die Ironie: Ein Zwischenziel für kamerafreudige Touristen war ein Konzentrationslager.

Die Arme noch auf dem Lenkrad, lehnte Darby sich nach vorn und ließ ihre Augen über die ganze Länge der massiven, mit fünf Stacheldrahtreihen gesicherten Betonmauer wandern.

Es ist groß. So groß, wie man erwarten sollte, aber größer, als ich es mir vorgestellt habe. Tatjana, bist du hier? Meine Verwandten, wartet ihr?

Es war Zeit hineinzugehen.

Darby nahm ihre Fotoausrüstung mit, nicht um Fotos zu machen, eher zur Begleitung. Am eisernen Eingangstor blieb sie stehen. Über ihr ragte der Bau hoch auf, vor ihr lag ein ummauerter Hof. Sie fühlte sich klein im Schatten der massiven Steinmauern.

Jetzt gab es keine Wegweiser mehr, nur Pfeile ohne Beschriftung.

Ich fühle mich einsam, dachte Darby, aber im Geist hörte sie die Schreie derer, die nicht allein gewesen waren, nur davon träumten, etwas irgendwann zu sein.

Mitten im Innenhof, umgeben von den stacheldrahtbewehrten Mauern, blieb sie stehen. Ihr Leben lang hatte sie nicht zugegeben, dass dieser Platz ein Teil ihrer Familiengeschichte war. Weder in ihrem Leben noch in ihrem Denken hatte er vorkommen dürfen. Jetzt war sie hier. Ein plötzlicher Impuls drängte sie wegzulaufen, weit, weit weg.

»Als ob ein Teil von mir auch gestorben wäre«, flüsterte sie den Schatten zu, die sie aus allen Ritzen und Spalten zu beobachten schienen. »Vielleicht finde ich darum keine Liebe und keinen Frieden. Ein Teil von mir ist auch hier umgekommen; ist es das? Nicht Körper oder Seele, aber ein Teil meiner Vergangenheit, Familiengeschichte.«

Darby blieb noch einen Augenblick stehen. Sie hörte Stimmen vom Parkplatz und ein Paar kam in den stillen Hof. Sie fassten sich an den Händen und studierten einen Reiseführer; sie waren hergekommen, um zu lernen und sich zu erinnern. War das nicht der Sinn dieses Ortes: Menschen zu helfen, nie zu vergessen? Die Unterbrechung ließ sie wieder ihre eigentliche Aufgabe sehen.

Ich habe hier etwas zu tun, ermahnte sie sich selbst. *Ich will Information, Fakten, Antworten bekommen. Ich suche Tatjana, vielleicht auch meine Familie. Ich will nur Tatsachen erfahren, sonst nichts.*

Darby ging auf das Ende des Hofes zu, wo eine breite Betontreppe nach oben führte. Daneben war eine Tafel in Deutsch und Englisch angebracht. Sie stand da und las, während das Paar vorbeiging:

Zur Erinnerung an die Soldaten der Zweiten Division der US Army, die Mauthausen, Gusen, Ebensee und andere Lager im benachbarten Oberösterreich im Mai 1945 befreiten. Ihre Taten werden nie vergessen werden.

Sie stieg die Treppe hinauf und blieb oben stehen. Links von ihr standen Denkmäler bis zu etwas, was wie eine tiefe Schlucht aussah, einem plötzlichen Abbruch, als ob der Berghang abgetragen worden wäre. Darby nahm an, das müsse der Granitsteinbruch mit der »Todestreppe« sein. Sie fragte sich, ob jemand von ihrer Familie auf dieser Treppe umgekommen war. War er unter der Last von Steinplatten gestolpert, als Nazis mit Knüppeln auf ihn einschlugen? War Celias Vater, Bruder oder ihre Tante so gestorben? Jeder, der nicht für die Politik der Nazis war, konnte dahin geschickt worden sein. Was hatten solche Menschen für Gesichter? Sie wusste es nicht und war auch jetzt noch nicht sicher, ob sie es überhaupt erfahren wollte.

Darby verließ die Denkmäler und den Steinbruch und ging durch eine andere Reihe von Torbögen mit Gebäuden dahinter. Ein Mann in einem Holzhäuschen verkaufte Karten, Eintrittskarten für ein Konzentrationslager. Sie verstand, dass man hier bezahlen musste, denn der Ort musste ja in Stand gehalten und finanziert werden. Trotzdem schauderte sie: Sie bezahlte, um zu sehen, wo ihre Verwandten ermordet worden waren.

Darby gab dem Mann das Geld und fragte nach einem Besichtigungsbuch oder einer -karte.

»Buchhandlung«, antwortete er einfach. Sie hätte gern um weitere Auskunft gebeten, wenn sie nur Deutsch könnte.

Darby kam in den Hauptteil des Lagers, der den ganzen Gipfel des Hügels einnahm. Neben dem Gebäude entdeckte sie einen Wegweiser zur Buchhandlung. Sie trat in den kleinen Raum und sah, dass schon mehrere Leute da waren und Bücher und Videos anschauten. Auch sie sah nach, was es gab, suchte etwas aus, in der Hoffnung mehr zu erfahren und kaufte einen Führer. Auf dem Weg hinaus in die Sonne hielt sie die Tür für eine alte Frau im Rollstuhl offen. Einen Augenblick schauten sie sich an. War das Trauer, was sie da sah?

»*Merci*«, sagte die Frau im Vorbeifahren. Eine Französin.

Was hast du erlebt?, dachte Darby und sah zu, wie die kleine, zarte Frau sich in dem kleinen Laden umschaute. Darby wünschte, Oma Celia könnte mit ihr hier sein oder irgendjemand, den sie anfassen und mit dem sie dieses Erlebnis teilen könnte.

Mit dem Führer in der Hand versuchte Darby sich wieder auf die Fakten zu konzentrieren. Erst wollte sie einen groben Überblick über das Lager gewinnen und dann nach der nötigen Information suchen.

Sie schaute auf die Karte und dann auf die Gebäude und die Mauern. Der Stacheldraht auf der Granitmauer zog sich auf drei Seiten um das Lager. Noch ein Stacheldrahtzaun, der einmal elektrisch geladen war, sicherte die Rückseite. Hinter ihr lag das Eingangstor, vor ihr die Hauptstraße des Lagers mit dem Appellplatz – da stand sie jetzt. Links von der Straße standen Unterkünfte oder »Blocks«. Diese Häuser waren einmal die ersten von mehreren Reihen von Blocks gewesen, in denen Gefangene untergebracht waren. Erhöhte Fundamente zeigten an, wo die Häuser gestanden hatten, die jetzt fehlten. Vorn waren eine Küche, ein Waschhaus, ein Lazarett und ein Bordell gewesen: alles, was die Nazis brauchten. Dahinter hatten Insassen aus ganz Europa gehaust: politische Gefangene, Roma, Verbrecher und »Asoziale« – am weitesten von der Straße entfernt hatte der jüdische Block gelegen. Darby ging die ganze Reihe entlang bis zum letzten Fundament. Ein Grabstein mit dem Davidstern stand in der Mitte und oben darauf einzelne Steine. Darby hob einen Stein vom Boden auf und legte ihn zu den anderen auf den Grabstein. Sie stand still in dem Bewusstsein, wie bedrückend dieser Augenblick war, dann ging sie wieder zurück zum Appellplatz.

An einer Granitwand beim Eingang zur Buchhandlung fielen ihr mehrere Tafeln auf. Sie trug den Namen »Klagemauer«. Darby merkte die Ironie in dem Namen: die berühmte »Klagemauer« in Jerusalem, die neben dem einzig verbliebenen Rest von Salomos Tempel gebaut war, war ein Ort des Gebets für Juden. Diese Klagemauer stand für Tränen und Tod in langen Stunden der Folter.

Darby atmete langsam ein. Was fühlte sie? War dies überhaupt Wirklichkeit? Sie ging weiter, in Gebäude hinein und wieder heraus, sah Fotos an und las den Führer. Minutenlang vergaß sie, wo sie war, wie in einer Bibliothek oder einem Museum. Dann hörte sie wieder die betäubende Stille des Todeslagers wie einen Schrei, der anklagte: »Hier hat man mich ermordet, genau wo du mit deinem Buch stehst. Sie haben uns alle ermordet und hier war die Welt zu Ende.«

Darby kam auf einen Rasenplatz; hier waren die Granitmauern niedriger. Der gepflegte Rasen war mit Steinkreuzen und mit Grabsteinen übersät, die den Davidstern trugen. Es gab keine persönlichen Angaben zu den einzelnen Leichen, denn der ganze Platz war ein Massengrab. Lag hier Tatjanas Körper zusammen mit denen von Darbys Verwandten? Oder war er in dem Aschehaufen hinter dem Lager, einfach auf den Abhang geschüttet, wo jetzt Gras und Blumen und Bäume wuchsen?

Eine Tante, die Oma Celia auf dem Schoß gehabt hatte, ihr Papa, der ihr die Tränen abgewischt hatte – irgendwo hier waren sie gestorben. Menschen, reale Menschen: Lehrer, Verliebte, Holzfäller, Reisende, Fotografen.

Warum hatte Darby nie an sie gedacht? In der Schule hatte ihre Klasse Stammbäume aufgestellt und aus der Familiengeschichte berichtet. Mehrere von ihren Freundinnen waren fasziniert von dieser Geschichte und studierten sie intensiv. Sie tat, was verlangt wurde, lernte die notwendigsten historischen Daten, aber das war alles. Geschichte war nur Geschichte, nichts, was sie anging. Fotografieren konnte man nicht die Vergangenheit, nur die Gegenwart.

Zu ihren schlimmsten Schulerlebnissen gehörte es, dass ihr Lehrer erfuhr, dass Verwandte von ihr im Holocaust umgekommen waren. Er war fasziniert und sie sollte für ihr Abschlusszeugnis eine Familienstudie anfertigen. »Du bist ein Kind von Holocaust-Überlebenden und -Opfern. In welchen Lagern waren sie? Waren es Juden?«

Ihre jüdische Abstammung war ihr noch nie peinlich gewesen, aber dann fragte eine Freundin überrascht: »Du bist Jüdin?«

»Ein bisschen, und ein bisschen Österreicherin und Dänin und Cherokee und noch anderes mehr.«

Rassenspannungen oder Vorurteile hatte Darby in ihrer kleinen Stadt bis dahin kaum bemerkt. Sie hatte sie nie richtig verstanden und als sie das Opfer war, wurde sie erst recht verwirrt.

»Ich bin jedenfalls froh, dass ich nichts Jüdisches in mir habe«, sagte das Mädchen.

»Seit wann bin ich Jüdin?«

Aber das war nur eine kurze Episode unter Hunderten von Ereignissen in der Oberschule und im College. Darby verdrängte sie und hoffte, ihre Klassenkameraden täten es auch. Sie hatte viele Freunde und war in der Schulpolitik, im französischen Klub und beim Jahrbuch aktiv – als Fotografin natürlich. Aber jetzt, als sie hier stand, wo ihre eigenen Verwandten umgekommen waren, stellte sie sich doch Fragen und wollte Antworten haben. War es einfach die Beschäftigung mit sich selbst oder zum Teil auch eine Reaktion darauf, dass ihre engere Familie konsequent über die Vergangenheit geschwiegen hatte? Oder war Darby selbst irgendwie unzugänglich dafür gewesen? Hatte sie geahnt, dass das, was sie jetzt tat, für ein solches Interesse notwendig war?

Sie wünschte, sie könnte die Zeit zurückdrehen und den zehntausend Menschen in jedem Massengrab helfen. Sie könnte ihnen sagen: »Bleibt am Leben, bleibt am Leben. In sechzig Jahren sind Mauthausen und alle anderen Lager nur noch Museen. Dann gehen hier Reisegruppen durch und zeigen auf eure Gräber, wenn ihr nicht am Leben bleibt.« Und das ist dann wirklich passiert.

Darby ging durch das ganze Lager und kam dann ins Museum. In dem langen, schmalen Gebäude wurden zwei Ausstellungen gezeigt. Sie setzte sich zu mehreren anderen und schaute den Film über Mauthausen an, der jede Stunde in verschiedenen Räumen in mehreren Sprachen lief. Die Bilder und Informationen machten sie ganz benommen und sie fragte sich, ob wohl eines dieser Augenpaare, die aus tiefen Höhlen von der schwarz-weißen Leinwand starrten, sie als Nachkommen erkennen würde. Würden sie auf sie zeigen und sagen: »Das ist meine Urenkelin. Sie will uns retten, aber sie kommt ein paar Jahrzehnte zu spät«?

Als der Film über »Österreicher in den Nazi-Konzentrationslagern Auschwitz, Buchenwald, Dachau, Ravensbrück und im Getto von Theresienstadt« anlief, ging Darby aus dem dunklen

Vorführraum hinaus. Dann kam die Dokumentation über »Das Konzentrationslager Mauthausen und seine Nebenstellen«.

Ganz plötzlich fing Darby an nicht mehr über die Opfer nachzudenken, sondern über die Männer in den SS- und Gestapo-Uniformen. Deutsche, Österreicher, Bauern, Bankierssöhne, Dichter und Holzfäller: Menschen genau wie ihre Opfer und doch vollkommen anders. Darby schaute gespannt auf die Bilder. Eiskalte Augen schauten zurück.

Wo seid ihr jetzt? Brennt ihr in irgendeiner Hölle? Habt ihr euch selbst einmal gesehen vor eurem Tod? Oder lebt ihr noch, hasst noch, oder versteckt ihr euch? Vielleicht bist du da der alte Mann in Hallstatt, der Blätter zusammenrechte. Aber vielleicht ist er ja auch einer, den du nicht mehr töten konntest.

Mit dem dringenden Wunsch, etwas in ihren Augen zu erkennen – etwas Böses oder Dunkles oder nur die Andeutung eines Schattens –, kam Darby näher heran. Aber die Bilder – mit denen sie immer geglaubt hatte den Augenblick einzufangen – sagten ihr nichts. Es gab da nichts zu sehen. An nichts konnte man SS von Gestapo, Soldaten von Zivilisten unterscheiden. Nichts zeigte mehr oder weniger Schuld oder Hass. Ein Mann winkte ihr, er saß hinten auf einem Lastwagen; ein schelmisches Grinsen lag auf seinem Gesicht. Wenn er lebendig wäre, könnte er jemand sein, der mit ihr flirtete und ein Treffen vorschlug oder mit den Nachbarskindern Fußball spielte. Auf dem Foto saß er hinten auf einem Lastwagen, der voll mit Menschenleichen war.

Zahlen, Statistiken und Karten belegten die Fakten, aber wenn man die Gesichter auf den Bildern sah, konnte man es nicht glauben. Das waren normale Menschen, manche noch sehr jung. Die konnten nicht mit dem Leben dieses Mannes experimentiert oder jene bedauernswerte Frau gefoltert haben. Darby las ein Zitat von dem amerikanischen Oberst Seibel über die Befreiung des Lagers: »Mauthausen war Wirklichkeit ... und ebenso die grausame und unmenschliche Behandlung von Menschen durch Menschen.«

Sie betrachtete jedes Foto und las in ihrem Buch die englische Erklärung. Als sie auf ein Ausstellungsstück stieß, das als »Aufseherkartei« bezeichnet war, blieb sie stehen: Ihr fiel ein, was Sophie Gerringer ihr gesagt hatte. Sie nahm den Zettel aus der Handtasche und suchte in der Kartei.

Da. Darby konnte es nicht glauben: Da stand der Name. Bruno Weiler. Die Informationen über das Wachpersonal waren schwer zu verstehen und sie fand keine englische Übersetzung. Aber den Namen hatte sie gefunden und »Hallstatt, OS«; das musste bedeuten, dass er aus Hallstatt stammte. Mehrere Daten standen auf der Karte, auch 1940 und 1943. Hieß das, dass er in dieser Zeit hier Aufseher gewesen war?

Darby verließ das Museum und überlegte, was sie als Nächstes tun sollte. Sollte sie versuchen herauszufinden, was nach dem Krieg aus diesem Mann geworden war? Bruno Weiler könnte Tatjana gesehen haben, bevor sie starb. Vielleicht hatte er auch ihre Verwandten gesehen. Aber ob er jetzt noch lebte?

Draußen entdeckte Darby eine Treppe, die nach unten führte. Eine Reisegruppe ging hinunter und unterhielt sich leise. Wenn es eine englischsprachige Gruppe wäre, könnte der Führer ihr vielleicht weiterhelfen. Darby stieg ganz hinunter bis in einen unbeleuchteten Raum. Die Gruppe war schon im nächsten Raum, aber sie blieb stehen. Sie brauchte keinen Führer oder Wegweiser, um zu wissen, wo sie war. Die gefliesten Wände waren sauber, aber der Mörtel in den Fugen war vom vielen Scheuern krümelig geworden. Über ihrem Kopf liefen Rohre kreuz und quer unter der Decke entlang; Auslaufhähne hingen herunter, aber durch diese Hähne war niemals Wasser geflossen. Darby bemerkte, wie dick die Türen waren – eine hinter ihr und eine auf der anderen Seite. Sie stand in einer Gaskammer.

Bei diesem Gedanken fing ihr Herz an, heftig zu schlagen. Ihr war, als ob die Türen zugingen. Sie musste sich zwingen, langsam und tief zu atmen. Sie sah Hände in Panik nach der Fliesenwand greifen, Kinder weinen, Männer und Frauen schreien. ihr Verstand befahl ihr wegzulaufen, aber ihre Füße wollten sich nicht bewegen. Darby wollte sich übergeben, aber es kamen nicht einmal Tränen. Endlich konnte sie doch weitergehen. Benommen ging sie auf die Tür an der anderen Seite zu, aber sie geriet in ein Labyrinth von weiteren Gaskammern und dann zu den Krematorien.

Sie starrte in die Öffnungen von zwei schwarzen Öfen. Auf einem langen eisernen Gitterkorb, mit dem man Leichen in die Öfen geschoben hatte, um Fleisch zu Asche zu machen, lag ein Strauß Seidenblumen. Darby stellte sich den automatisierten Ablauf vor: verbrennen, ausleeren, reinigen, vernichten. Ein Mensch hatte einem Jungen liebevoll den Pullover zugeknöpft und das Haar gebürstet – und ein anderer hatte seinen Körper in diesen Ofen geschoben.

Ich habe das Gefühl, ihr seid noch hier.

Die Wände des Krematoriums waren voll mit Gedenktafeln und Fotografien. Vor einer Tafel standen mehrere Spielzeugautos und eine Plastikpuppe auf dem Boden. Darby las die französischen Worte *Enfants morts*: die Tafel einer französischen Gemeinde für ihre Kinder, die in Mauthausen umgekommen waren.

Das Grauen war so unerträglich, dass sie die Gedenktafeln nicht mehr ansehen konnte, aber die Wand mit den Fotografien zog sie an. Lächelnde Gesichter von Männern und Frauen, junge und alte. Es schien, als könnte sie leicht ein Bild von einem SS-Aufseher von oben nehmen und stattdessen hier aufhängen, denn sie waren alle ganz normale Menschen, Männer und Frauen. Aber die einen hatten sich entschieden ihre Brüder zu verstümmeln und die anderen waren verstümmelt worden.

Ich muss mich zusammennehmen. Ich darf nicht vergessen, wozu ich hergekommen bin.

Aber das Gefühl, auf blutigem Boden zu stehen, konnte Darby nicht abschütteln. Und nicht nur Blut aus Körpern. Auch das Blut von Hoffnung, Liebe, Träumen, Zukunftsaussichten:

Lebensblut war hier vergossen worden. Und dieses Blut war auch ihr Blut.

Sie ging noch einmal zu den Wänden mit den Gedenktafeln und las jede Tafel, um vielleicht bekannte Namen zu finden. Und da sah sie sie, auf Englisch geschrieben: *Zur Erinnerung an die Familie Lange. Geliebt in alle Ewigkeit.* Darby berührte die eingravierte Schrift und lief schnell hinaus.

Sie konnte nicht schnell genug fortkommen. Das Echo in dem steinernen Torbogen trieb sie schnell weiter die breite Treppe hinunter in den letzten Hof auf der unteren Ebene, dann durch den Vorhof mit den hohen Mauern und hinaus durch das eiserne Tor. Jetzt atmete sie tiefer, blieb aber nicht stehen. Sie konnte weggehen – etwas sehr Einfaches, aber Tausenden anderen war es verwehrt gewesen.

Nach dem Grauen an diesem Ort wusste Darby, dass sie nie wieder so sein würde wie früher. Und sie wusste auch, dass sie den SS-Aufseher Bruno Weiler, der ihre Familie gekannt und gefangen gehalten hatte, finden musste. Tot oder lebendig.

18 Achtzehntes Kapitel

Mauthausen ließ Darby nicht los. Es verfolgte sie wie eine Wolke, die das Licht verdunkelte und keinen Strahl durchließ. Als sie gegangen war, war sie fest entschlossen gewesen Antworten zu bekommen und Bruno Weiler zu finden. Aber nach mehr als einer Woche Suche in Linz und dann wieder in Salzburg ließ Darbys Entschlossenheit nach. Ihre neue Liebe zu Österreich wurde umso schwächer, je mehr sie sich mit Urkunden, Informationen aus Museen und Nachforschungen in Büchern abgab. Als sie nach Salzburg zurückkam, gab es mehr offene Fragen als bei ihrer Abfahrt. Sie kehrte nicht wieder in das Cozy-Hotel in Salzburg zurück, sondern fand ein ruhiges Zimmer in einer Seitenstraße in der Altstadt. Ihre Heimreise rückte immer näher und sie hatte wenig Erfolg, zum Teil wegen mangelnder Sprachkenntnisse, zum Teil weil sie nicht wusste, wo man die Informationen suchen musste. Wie konnte sie einen Menschen finden, der seit sechzig Jahren nicht mehr gesehen worden war? Ihre größte Hilfe war Professor Voss gewesen, aber der war in Dublin und würde erst nach ihrer Abreise wiederkommen.

Darby überlegte, ob sie länger bleiben sollte. Sie fühlte sich so nahe, aber so nahe an was? Ihr war nicht mehr recht klar, wozu sie hergekommen war. Ihr Ziel war gewesen, Tatjana zu finden oder eine Möglichkeit, ihr Versprechen an Oma Celia zu erfüllen, aber jetzt wollte sie mehr erfahren als das.

Sie wollte wissen, was Celias Verwandte – ihre Verwandten – für Menschen gewesen waren und was sie in Mauthausen genau erlebt hatten. Darby wollte auch wissen, wie es ihrem

Großvater, Gunther Müller, ergangen war. Wo in Österreich war er gestorben? Gab es ein Grab von ihm?

Nachforschungen über das Lager Mauthausen ergaben einige Informationen: Sie erfuhr, dass eine Frau namens Celia Lange-Müller zusammen mit einer Gruppe von anderen Gefangenen am 11. August 1941 durch ein Erschießungskommando getötet worden war. Dann war sie im Krematorium verbrannt worden.

Ein paar Tage vor ihrer Heimreise rief Darby ihre Mutter an, um ihr zu sagen, dass sie noch dableiben wollte. Aber dann zog es sie zurück in ihr altes Leben. Ihre Geschäftspartnerin Clarise hatte angerufen in der Hoffnung, Darby sei vorzeitig zurückgekommen. Ihre Mutter strich auf dem Kalender die Tage bis zu ihrer Ankunft an. Ihre Zeit hier war wohl abgelaufen. Darby tröstete sich damit, dass sie doch eigentlich getan hatte, was ihre Großmutter wollte: Sie war jetzt sicher, dass Tatjana in Mauthausen umgekommen war, dass sie Celias Namen angegeben und ihre Stelle eingenommen hatte. Allerdings hatte sie keinen stichhaltigen Beweis. Und ohne Beweis konnte sie keine Urkunde auf Tatjanas Namen ändern lassen. Aber kam es darauf an? Sie wusste die Wahrheit und Oma Celia und Tatjana auch. Auch der Gott, an den Oma glaubte, wusste sie. Musste man wirklich buchstäblich die Namen ändern? Plötzlich fühlte sich Darby körperlich, geistig und seelisch erschöpft. Zu Hause zu sein erschien ihr noch schöner als damals, als sie in ein Jugendlager gefahren war und dort jeden Tag geweint hatte, bis sie vorzeitig nach Hause durfte.

Mit der Aussicht auf die Heimreise erledigte Darby noch einen Anruf in Salzburg – einen, den sie wochenlang hinausgeschoben hatte.

»Hallo, Darby«, sagte Brant, als er den Hörer abnahm. »Ich habe mich schon gefragt, wie es dir geht.«

Ihr war nicht wohl bei dem Durcheinander von Gefühlen, die aufbrachen, als sie seine Stimme hörte. »Mir geht es gut, und wie ist es mit dir?«

»Sehr gut.« Einen Augenblick sagte er nichts. »Hast du Lust, dich mit mir zu treffen?«

»Nein, aber trotzdem vielen Dank. Ich fliege morgen früh, aber ich möchte dich etwas fragen.«

»Du fliegst nach Hause?«

»Ja. Ich war in Hallstatt, aber was ich da sehen sollte, habe ich nicht gefunden. Sagst du mir jetzt, was es war?«

»Du warst nicht auf dem Friedhof?« Seine Stimme klang überrascht.

»Doch, aber mehr als das hast du mir nicht gesagt.«

»Du hast ihren Grabstein nicht gefunden?«

»Willst du sagen, da wäre ein Grabstein für Celia Müller?«

»Ja.«

»Aber sie ist doch in Mauthausen ermordet worden. Dann gibt es doch keinen Leichnam, den man begraben kann.«

Brant zögerte. »Das weiß ich. Aber ein Grabstein ist da, zur Erinnerung, nehme ich an.«

»Steht das in deinen vertraulichen Akten? Ich habe keinen mit ihrem Namen gefunden.«

»Vielleicht ist ein Fehler in den Akten. Da muss ich mich entschuldigen.«

»Es war trotzdem gut, dass ich da war.«

»Hast du denn etwas erfahren?«

Darby machte eine Pause. »Ja, aber nichts, was beweisen oder widerlegen kann, wer meine Großmutter war. Und jetzt muss ich wieder nach Hause.«

»Ich wünsche dir alles Gute, Darby.«

Sie hörte, dass er es aufrichtig meinte. »Ich wünsche dir auch alles Gute, Brant.«

Als Darby am nächsten Morgen Österreich verließ, fühlte sie sich nicht besser als bei ihrer Ankunft. Das Flugzeug hob vom österreichischen Boden ab und Darby schaute zu, wie die Berge unter ihr vor ihren Augen verschwanden. Niemand war da gewesen, um sich von ihr zu verabschieden, und so flog Darby ab, wie sie angekommen war: allein. Sie sehnte sich nach ihrem Zuhause, nach dem Haus ihrer Großmutter und ihrer eigenen Wohnung in Redding. All diese vertrauten Dinge weckten Heimweh in ihr und den Wunsch, schon da zu sein. Wenn sie erst wieder dort wäre, würde sie sehen, ob man die Schatten begraben konnte.

»Leb wohl, Salzburg«, flüsterte sie. »Ich fliege nach Hause.«

19 Neunzehntes Kapitel

Als Darby amerikanischen Boden betrat, spürte sie die Erleichterung im ganzen Körper. Amerika – die Heimat der Freien und Tapferen. Amerika – die Freiheitsstatue, englisches Fernsehen, Rauchverbot auf den Flughäfen. Hier war Darby keine Ausländerin. Sie musste niemanden fragen: »Sprechen Sie Englisch?« Es war ein gutes, wohltuendes Gefühl zu Hause zu sein, jedenfalls für die ersten paar Stunden.

Ihre Mutter umarmte Darby fest, als sie sich auf dem Flughafen trafen, und ehe sie noch aus dem Stadtgebiet von San Francisco herausfuhren, sagte sie etwa zehnmal: »Ich bin so froh, dass du wieder heil hier bist.« Nicht dass sie sehr schnell gefahren wären. Die Autoschlangen krochen vorwärts wie ein ununterbrochener Zug von Ameisen; der Straßenverkehr war nicht anders geworden, während sie weg war.

Sie fuhren auf der Autobahn 101 nach Norden; alles war wie vorher, außer dass die Weinberge und Bäume jetzt zum Winter hin kahl wurden. Es überraschte Darby, wie leicht das Leben ohne große Veränderung weiterging, obwohl sie selbst sich völlig verändert hatte. Sie hatte gehofft, durch das Heimkommen wieder die Kontrolle über ihr Leben zu gewinnen, aber nun entglitt sie ihr wie Wasser aus den Händen.

Je näher sie Oma Celias Haus kamen, umso mehr fühlte sich Darby sogar hier in ihrer Heimatstadt fremd. Das muss die Erschöpfung sein, der Jetlag, sagte sie sich, und die ungeheure Erleichterung nach diesem anstrengenden Monat. Bestimmt würde sie am nächsten Morgen erholt aufwachen und froh sein,

Österreich und seine Rätsel hinter sich zu lassen. Sie konnte nicht immer und überall als Heimatlose leben. Vielleicht waren manche Geheimnisse zu Recht für immer begraben.

»Ich bin so froh, dass du wieder heil da bist«, sagte ihre Mutter wieder, als sie die Haustür aufschloss.

Darby lächelte müde.

»Ich habe Essen im Römertopf und ein neues Schaumbad für dich und die Heizdecke wird gleich warm sein.«

»Das klingt herrlich. Mama, warum kommst du nicht mit nach Österreich und sorgst dort so für mich?«

Ihre Mama blieb in der Küche stehen. »Du willst wieder nach Österreich?«

»Habe ich das gesagt?« Darby rieb sich die Augen und setzte sich auf einen Barhocker. »Nein, ich fahre nicht wieder hin. Jedenfalls wahrscheinlich nicht.«

»Wie kannst du daran denken? Ich dachte, du bist hingefahren, hast dort deine Arbeit erledigt und bist jetzt wieder zu Hause.«

»Ich habe gar nichts erledigt und bin nur auf noch mehr Unklarheiten gestoßen. Das wüsstest du, wenn du gefragt hättest. Du hast eine Menge Fragen über den Flug gestellt, aber keine einzige darüber, was ich da gefunden habe.«

»Du bist doch müde«, sagte ihre Mutter und drehte sich weg, »da wollte ich dich nicht noch ausfragen. Ich dachte, wenn du etwas wirklich Wichtiges erfahren hättest, würdest du es mir erzählen.«

»Das ist alles wichtig, denke ich. Aber es gibt noch so viel, was ich nicht weiß, und ich habe keine Ahnung, ob ich es je erfahren werde. Bist du nicht neugierig? Es ist doch deine Familie und ihre Geschichte, noch mehr als meine. Deine Eltern lebten beide dort. Und einer ist nie herausgekommen.«

»Das ist mir klar. Warum, meinst du, lasse ich meine Tochter nicht gern dahin reisen?« Heftig zog sie zwei Schüsseln aus dem Schrank und knallte die Tür zu. »Können wir wann anders streiten, Darby?«

Sie sah, wie ihre Mutter in Aktivität flüchtete, Darbys Gepäck an die Flurtür stellte, Löffel und Tablett aus den Schränken holte. »Entschuldige. Wir unterhalten uns später. Was ist im Römertopf?«

Ihre Mutter hob den Deckel. »Fleischeintopf natürlich.«

»Und meine Lieblingsbrötchen?«

»Ja.« Carole lächelte.

»Danke, Mama.« Darby umarmte ihre Mutter von hinten. »Ich bin froh, dass ich wieder heil zu Hause bin.«

»Komm Geschirr spülen, Fräulein«, sagte Carole lachend. Sie griff nach einem Geschirrtuch und warf es ihr zu. »Ich bin auch froh, dass du da bist.«

Darby trug ihr Gepäck über den Flur zu ihrem früheren Schlafzimmer. In Omas Tür blieb sie stehen. Außer ein paar Kartons in einer Ecke sah alles genau so aus wie bei ihrer Abfahrt. Sie ging zum Frisiertisch und berührte die geschnitzte Holzschachtel. Der Deckel auf der Flasche mit der Feuchtigkeitscreme war schief; sie schraubte ihn auf und roch an der weißen Flüssigkeit. Eine andere Flasche war umgedreht, damit auch der letzte Tropfen noch herauskam. »Aus jedem Samenkorn der Verschwendung kann ein Baum von Armut wachsen«, würde Oma sagen; fast hörte sie ihre Stimme im Zimmer. Wenn ihre Großmutter da wäre, hätte sie Darby hereingebeten und in allen Einzelheiten über die Reise befragt. Und wenn Darby noch so müde wäre, sie würde alles erzählen, was sie gefunden hatte und was noch offen stand, und sie hätte jemanden, mit dem sie es auswerten könnte, der interessiert war und es wissen wollte. Aber Oma Celia wartete nicht gespannt darauf, ihren Bericht zu hören, heute nicht und überhaupt nie mehr. Bis jetzt hatte Darby das noch nicht richtig verstanden. Auf der ganzen Reise war Oma ihr immer gegenwärtig gewesen. Jetzt war sie zurückgekommen und fand, dass ihre Großmutter sie für immer verlassen hatte.

Ein früher Telefonanruf von ihrer Geschäftspartnerin riss Darby unsanft in die Gegenwart zurück. Sie war noch im Bett, als ihre Mutter ihr das Telefon brachte.

»Willkommen zu Hause und komm schleunigst her! Wir stecken bis zum Hals in Aufträgen und wir haben noch Verträge für die Weihnachtsvorstellung in der Stadthalle und Hartleys Erntedank-Party. Komm endlich nach Hause, Mädchen – geistig und körperlich.«

»Ich komme im Lauf des Tages.«

»Gott sei Dank, dass du nicht irgendwo auf einem Flughafen festsitzt. Es war so anstrengend. Sonst müssten wir die Erntedank-Party absagen oder irgendetwas anderes und das würden sie uns nie verzeihen und ich habe mir schon solche Sorgen gemacht und ... ach, ich jammere und stöhne dann über alles, wenn du kommst.«

»Tschüss, Clarise«, sagte Darby mit geschlossenen Augen.

»Beeil dich! Wir sind hier in Seenot.«

Die vier Stunden Fahrt zum Nordende des langen San-Francisco-Tales gaben Darby Zeit sich zu erinnern, wer sie gewesen war, bevor sie nach Österreich flog. Ihr Leben in Redding kreiste um das Fotostudio, viel mehr war da nicht. Und jetzt war eine der hektischsten Zeiten im Jahr, sie musste kräftig mit anpacken, obwohl alles um sie her sie an die Reise erinnerte. Der Jetlag hing ihr nach, es gab keinen schöneren Gedanken als den an ein warmes Bett und den Eintopf ihrer Mutter, aber das Geschäft gehörte auch ihr und sie musste ihrer Verpflichtung nachkommen. Sie hatte sich von der Verantwortung frei gemacht, um die Bitte ihrer Großmutter zu erfüllen; jetzt holte der Alltag sie ein.

Darby erreichte auf der Autobahn eine Anhöhe und sah die beiden vertrauten Vulkankegel auf beiden Seiten des Redding-Tales: Mount Shasta am nördlichen Horizont sah aus wie eine Eistüte und auf dem kleineren Mount Lassen im Osten funkelte eine weiße Schneehaube. Als sie in das Viertel einbog, in dem ihre Wohnung lag und das den breiten Sacramento River überblickte, kam es ihr vor, als wären Jahre vergangen, seit sie zuletzt zu Hause war. Dann erschien ihre Wohnung innen so verändert, dass Darby sich fragte, ob es überhaupt die richtige war. Die Möbel sahen bekannt aus, aber die Ausstattung war ganz anders als ihre: ein wuscheliges Schaffell als Teppich, indische Decken und geschnitzte Holzfiguren verzierten das Zimmer. Darby war dankbar gewesen, dass jemand eine Zeit lang bei ihr wohnen und ihre Blumen gießen wollte, solange sie weg war, aber sie hatte nicht erwartet, dass Julie bleiben würde. Ihre Wohnung war ihr Refugium und sie ließ nicht jeden hinein. Aber weil sie allein lebte, glaubte jeder, Darby sei die ideale Adresse für alle Studentinnen, die ein Zimmer brauchten. Julie, Clarises Nichte, wollte das Semester am hiesigen College abschließen, um dann an die Universität zu gehen. Ihre Mitbewohnerin war ausgezogen und eine eigene Wohnung konnte Julie sich nicht leisten. Clarise hatte das Übliche vorgebracht: »Nur für eine Übergangszeit, und dann bist du nicht so allein.«

Beim Hineingehen musste Darby im Flur über einen Schuh und schmutzige Wäsche steigen. Sie öffnete die Tür zum Schlafzimmer, warf einen Blick hinein und stellte erleichtert fest, dass ihre schwarz-weißen Fotos von Ansel Adams noch an der Wand hingen und ihre Flanelldecke über dem Fichtenholzbett mit den vier Pfosten lag. Sie konnte nur schnell ihr Gepäck abstellen und wieder gehen.

Fünf Minuten später parkte sie ihren braunen Jeep auf dem Parkplatz des kleinen Einkaufszentrums. Es schien ihr, als wäre es schon hundert Jahre her, dass sie das letzte Mal vor »Hanrey und Evans' Fotoladen« gestanden hatte, aber sie spürte nicht mehr die Welle der Begeisterung, die sie früher erfasst hatte, wenn sie ihren Namen auf dem Schaufenster sah. Dies war ihre Welt, ihr großer Traum gewesen. Aber nachdem sie ihre Großmutter verloren, Mauthausen gesehen und einen Blick in die Vergangenheit geworfen hatte, kam es ihr plötzlich unwichtig vor. Es könnte eine Weile dauern, bis sie wieder im normalen Leben ankam.

Darby trat in den gemütlichen Ausstellungsraum und blieb stehen. Niemand wartete auf einem der salbeigrünen Stühle oder blätterte in den Sammelmappen. Heute war wohl einer der kundenfreien Arbeitstage, die sie im vorigen Jahr für die Stoßzeiten eingerichtet hatte. Es funktionierte besser, drei Tage in der Woche für Kunden einzuplanen und den Rest als volle Arbeitszeit zur Verfügung zu haben; so konnten sie insgesamt mehr Arbeit bewältigen. In dem stillen Ausstellungsraum holte Darby einmal Luft, dann ging sie nach hinten zu den Arbeitsräumen.

Clarise sprang auf. »O, ich dachte doch, ich hätte die Klingel gehört. Gott sei Dank, dass du da bist. Komm schnell rein, wir brauchen dich doch.«

Zu Darbys Überraschung hatte ihre Partnerin lockiges rotes Haar. Als sie Clarise zuletzt gesehen hatte, war ihr Haar glatt und blond gewesen. Das Rot sah zu Clarises bräunlicher Haut natürlicher aus, aber an die voluminösen Locken würde sie sich erst gewöhnen müssen. Aber Darby hatte kaum Zeit, ihre Partnerin anzuschauen, denn sie fing gleich an, ihr zu berichten und die Aufgaben zu verteilen. Der erwartete Urlaubsansturm war gekommen. Clarise wählte für sich die Erntedank-Party, denn da konnte sie schließlich ihren Mann mitnehmen und sie brauchten ein gemeinsames Vorhaben. Für Darby blieb der Weihnachtsbasar für Kunst und Kunsthandwerk: schmutzige Kinder, Lärm und wahrscheinlich wieder dieselbe trübe Stimmung wie jedes Jahr – denn sie hatte ja wirklich zwei Monate frei gehabt.

Am Erntedankfest tat Darbys Mutter freiwilligen Dienst in einem Obdachlosenheim und servierte Kartoffelbrei mit Soße, während Darby den ganzen Tag arbeitete und nur am Abend eine Freundin besuchte. Wenigstens brauchte sie sich um ihre Mutter keine Sorgen zu machen und kein schlechtes Gewissen zu haben, dass sie den ersten Feiertag ohne Oma Celia nicht zusammen verbrachten.

Ein paar Tage später fand sie sich hinter dem Objektiv und sagte immer wieder: »Sag mal Nikolaus. Du brauchst nicht zu weinen, Schätzchen. Was wünschst du dir zu Weihnachten?«

Gewöhnlich liebte Darby Kinder und Weihnachten und freute sich, perfekte Bilder davon zu bekommen, wie sie auf dem Schoß des Weihnachtsmannes saßen, aber dieses Jahr fühlte sie sich genauso wie die Kinder den Tränen näher. Dieselbe trübe Stimmung hatte sich verbreitet wie der Geist vergangener Weihnachten und steckte alle Kinder an. Der Weihnachtsmann interessierte sich mehr für Darby als für die Kinder und bat sie sogar um ein Treffen in seiner Arbeitspause. Es war das erste Mal seit Monaten, dass Darby um eine Verabredung gebeten wurde – und das von einem Weihnachtsmann, der nach Zigaretten roch.

Tage und Abende verflogen und Darby fühlte sich nicht wohler. Sie war in die Staaten zurückgekommen wie Dorothy im *Zauberer von Oz*, die die Hacken zusammengeschlagen und immer wiederholt hatte: »Zu Hause ist es am schönsten, zu Hause ist es am schönsten.« Aber wie ging die Geschichte weiter? War die kleine Dorothy zufrieden, wieder in Kansas zu sein? Wuchs sie auf, heiratete einen Bauern und wurde in der wogenden Prärie alt? Oder wusste sie noch, dass sie einmal rote Zauberschuhe getragen hatte – Schuhe, die eine Hexe töten konnten und mehr Zauberkraft besaßen als das ganze Land Oz? Konnte sie nach Hause kommen und mit dem Gedanken an Oz weiterleben? Oder würden die Träume von gelben Pflasterstraßen und einer smaragdgrünen Stadt sie wieder dahin zurückrufen?

Darby wusste nicht, wie es Dorothy gegangen war, aber sie merkte, dass das Gefühl, dass ihr etwas fehlte, mit jedem Augenblick wuchs.

Vielleicht hatte sie sich zu sehr verändert, um zu Hause zu bleiben.

»Ich habe lange genug gewartet«, sagte Richard. Er ging auf dem Parkweg hin und her, während Ingrid auf einer Bank saß und die Tauben fütterte. »Wie kannst du dabei nur so ruhig bleiben? Die Frau ist wieder in Amerika. Brant und Darby haben sich gegenseitig nicht informiert, wie du dachtest. Wie können wir jetzt die Erbstücke finden?«

Ingrid streute weiter Brotkrumen. »Ich habe gesagt, ich hoffe, die beiden werden sich erzählen, was sie wissen. Wir wissen einfach nicht, was Brant im Einzelnen weiß und was diese Frau weiß. Aber wir wissen, dass sie Celia Müllers Enkelin ist.«

»Das möchte ich auch gern wissen: Woher weißt du, dass sie Celia Müllers Enkelin ist? Und woher hast du gewusst, dass ich aufpassen sollte, wann sie nach Österreich kommt?«

»Ein paar Dinge behalte ich vorläufig noch für mich. Aber das will ich dir sagen: Ich wusste nicht genau, ob sie kommen würde. Jedenfalls nicht ganz sicher. Aber Reichtum lockt jeden an.«

»Warum ist sie dann wieder in die Staaten geflogen?«

»Das weiß ich nicht. Ich nahm an, Darby Evans und Brant würden die Wahrheit herausfinden, aber er ist viel misstrauischer, als ich dachte. Trotzdem weiß ich, dass wir der Sache schon näher gekommen sind.«

»Wie kannst du das sagen?« Richard hätte die Brotkrumen am liebsten genommen und weggeworfen. »Wir haben nichts in der Hand und ich kann nicht erkennen, wie dieser Plan je zum Ziel führen soll. Wenn wir zu lange warten, findet jemand die kostbaren Stücke und erhebt darauf Anspruch.«

»Ja, aber es gibt keine andere Möglichkeit.«

»Ich kann mir andere Möglichkeiten vorstellen.«

»Geduld, mein Lieber.«

»Meine Schulden warten nicht geduldig. Du kannst vielleicht ein Leben lang warten, ich aber nicht. Und ich tue es auch nicht.« Ein Schwarm Tauben flog erschrocken durcheinander, als Richard mit hoch erhobenem Kopf wegging.

20 Zwanzigstes Kapitel

Darby gewöhnte sich an, in ihrer knapp bemessenen Freizeit über Land zu fahren, an kalten, bewässerten Weiden vorbei, durch das felsige eichenbewachsene Vorgebirge und in die schneebedeckten Berge, die um das lang gestreckte Tal lagen. Aber trotz all dieser Fahrten wusste Darby nicht, was sie so unruhig machte. Die Arbeit, die einmal eine Herausforderung für sie gewesen war, schlug ihr jetzt über dem Kopf zusammen. Aber es war nicht nur die Arbeit. Irgendwie fühlte sie sich nun am falschen Platz und wenn sie nicht herausfand, was sie tun musste, würde bald nur noch eine leere Hülle von ihr übrig sein.

Jeden Abend blieb sie lange im Studio und allmählich fand sie sich in dem Chaos zurecht, das Clarise angerichtet hatte. Darby beschloss, Clarise nie mehr so lange die ganze Verantwortung zu überlassen. Sie konnte glänzend in der Öffentlichkeit auftreten, ihre Werbung und ihre Schnappschüsse waren hervorragend, aber Organisationstalent ersetzte sie durch das strahlende Lächeln, das sie den Kunden schenkte. Das Büro war ein einziges Durcheinander: in Papierstapeln vergrabene Bestellungen, unbeantwortete Anrufe. Darbys gut geölte Maschinerie war schnell eingerostet. In der Dunkelheit des späten Abends saß sie da und blätterte einen Stapel Fotos von der Reddinger Festtagsparade durch. Sie schaute aus dem Fenster und überlegte, wie wohl die Straßen von Salzburg im Weihnachtsschmuck aussahen. Was für ein Bild bot das winzige Hallstatt, wenn Schnee das Dorf und die umgebenden Berge bedeckte? Sie schaute in den Nachthimmel und stellte sich vor, wie unter denselben Sternen irgendwo weit weg Schneeflocken fielen.

An die Arbeit, sagte sie sich. *Du bist jetzt zu Hause. Lass es hinter dir.*

Darby bestellte sich chinesisches Essen und zwang sich wieder weiterzuarbeiten. Aber jedes Bild erinnerte sie an ihre Reise und an die Fragen, auf die sie keine Antwort gefunden hatte. Schließlich gab sie es vorläufig auf und nahm die weiße Packung mit süßsaurem Hühnchen mit an ihren Computer. Als sie in Österreich war, hatte sie sich oft gewünscht, für ihre Nachforschungen das Internet nutzen zu können. Jetzt versuchte sie sich zu erinnern, was sie damals hatte suchen wollen. Als sie vor zwei Jahren ihr Studio eröffneten, hatten sie einen Internetanschluss eingerichtet und sowohl Darby als auch Clarise waren fasziniert gewesen von dieser Computerwelt. Sie hatten mit Brieffreunden und mit anderen Fotografen »gechattet« und nach guter Ausrüstung zu günstigen Preisen gesucht. Clarise hatte »online« sogar einen Mann für Darby gefunden und war sicher gewesen, er sei der ideale Partner für sie wie in dem Film *E-Mail für dich.* Aber er war sechzig Jahre alt gewesen. Mit der Zeit ließ die Begeisterung für das Internet nach.

Darby wählte sich ein und überlegte, vor wie vielen Wochen sie zuletzt ihre E-Mails kontrolliert hatte. Sie überflog die Werbung und die Foto-Infos und war überrascht bei der eingegangenen Post die E-Mail-Adresse ihrer Großmutter »GramC« vorzufinden. Darby zögerte sie anzuklicken. Das Datum des Briefes war kurz nach der Fotoreise mit dem Bergsteigerklub in die Trinity Alps. Den Text auf dem Bildschirm zu sehen war, als ob sie Nachrichten aus dem Jenseits bekäme:

Darby-Mädchen,

heute geht es der alten Oma besser, da habe ich natürlich meine E-Mails überprüft. Kann es nicht abwarten, von deinem Abenteuer in den Bergen zu hören. Ich bin eifersüchtig, ohne böse Gefühle. Du musst mir davon erzählen.

Liebe dich von ganzem Herzen.

GramC

P. S. Muss etwas mit dir bereden. Du weißt doch den Bibelvers, den ich gestickt und in mein Zimmer gehängt habe? Wenn du kommst, reden wir darüber.

Darby schaute nachdenklich auf den Bildschirm. Welcher Bibelvers? Sie erinnerte sich an ein Kreuzstichbild in dem Zimmer, wusste aber nicht, was darauf stand. Höchstwahrscheinlich hatte ihre Großmutter geglaubt, Darby hätte den Brief und den Vers gelesen, als sie sie besuchen kam. Konnte dieser Vers ein Schlüssel zu Omas Geheimnis sein – hätte er ihr auf der Reise weiterhelfen können? Darby hatte auch nicht daran gedacht, die Computerdateien ihrer Großmutter durchzusehen. Oma Celia hatte den Computer zwar erst ein halbes Jahr vor ihrem Tod gekauft, aber sie hatte schon seit mehreren Jahren damit gearbeitet und Kurse mitgemacht. Sicher gab es da Dateien über ihre Nachforschungen nach dem Familienbesitz der Langes.

Darby schaute auf die Uhr und beschloss, ihre Mutter nicht mit einem mitternächtlichen Anruf zu erschrecken. Aber immer wieder versuchte sie sich an die Worte auf dem Stickbild zu erinnern. Darby stützte das Kinn in die Hand und las den Brief noch einmal. Wie seltsam, den Brief von Oma so lebendig vor sich zu haben wie an irgendeinem normalen Tag.

Nach mehreren Minuten ließ sie den Brief ausdrucken und dann versuchte sie, über Suchmaschinen an Informationen zu kommen, die sie in Österreich gebraucht hätte. Auf der Website »Vermisste Personen« konnte man allgemein oder speziell Namen suchen. Darby gab verschiedene ein: Bruno Weiler, Hoffmann für Tatjanas Familie, Müller für die ihres Großvaters und Lange für die Familie ihrer Großmutter. In der Spalte »Gefunden« erschienen Namen: Kein Bruno Weiler war dabei, aber viele Müllers und Hoffmanns. Kein einziger sah viel versprechend aus. Sie fand Professor Peter Voss in Salzburg; seine Adresse und Telefonnummer waren auf dem Bildschirm angegeben. Darby suchte ihren eigenen Namen; auch bei ihr waren Adresse und Telefonnummer angegeben. Es war ein unheimliches Gefühl, sich selbst auf dem Bildschirm zu finden. Jeder, der wollte, konnte ihre Adresse bekommen.

Darby startete eine umfassende Suchaktion in Büchern, Zeitungen, Zeitschriftenartikeln und anderen Dokumenten. Sie gab Fragen ein, sortierte die Informationen und druckte alles aus, was weiterführen könnte. Der Stapel wuchs und wurde unter verschiedenen Rubriken in einen Ordner sortiert: Personen, Allgemeines, Mauthausen ... Plötzlich erschien eine alte Zeitung aus den 50er-Jahren mit dem Namen Bruno Weiler.

»Jetzt hab ich dich.«

Sie las den Artikel beim Ausdrucken. Es war der Bericht von einer Gerichtsverhandlung in den frühen 50er-Jahren: Fünf Aufseher waren angeklagt wegen Kriegsverbrechen in der Zeit, in der sie in Mauthausen und anderen Lagern gearbeitet hatten. Einer von ihnen war Bruno Weiler. Alle wurden schuldig gesprochen und zu fünf Jahren Haft in einem deutschen Gefängnis verurteilt. Danach mussten sie 1957 entlassen worden sein.

Sie suchte weiter, fand aber nichts mehr über Bruno Weiler, nur eine Website mit dem Titel: »Dringend gesucht«. Da suchten Leute vermisste Familienmitglieder, Freunde oder Kriegskameraden. Es erschreckte Darby, dass so viele Menschen nach anderen suchten, die vermisst oder unbekannt verzogen waren – manche schon im Zweiten Weltkrieg. Sie las eine der Anzeigen: »Wo ist mein Vater?« Sie enthielt Angaben und Aufenthaltsorte eines Soldaten der amerikanischen Armee, der eine Italienerin geheiratet hatte, nach dem Krieg aber verschwunden war und seine Frau und zwei Kinder verlassen hatte. Eines der Kinder hatte diese Anzeige aufgegeben. Sie war über fünfzig Jahre alt und suchte immer noch ihren Vater. Einen Augenblick dachte Darby daran unter »Vermisste Personen« ihren eigenen Vater zu suchen, aber sie wusste, dass sie noch lange nicht bereit war, sich den Gefühlen zu stellen, die damit zusammenhingen.

Stattdessen fügte sie eine eigene Eintragung an den Schluss:

»Suche Bruno Weiler. Ich suche Informationen über einen Mann namens Bruno Weiler. Er war österreichischer Nazi-Gefängnisaufseher im Konzentrationslager Mauthausen. Jede Information ist willkommen.«

Darby schrieb noch Suchanzeigen für die Familien Lange und Hoffmann. Einem Impuls folgend suchte sie Seiten über Münzen und Kaiserin Sissi. Nach einer Stunde Suchen wurde ihr allmählich klar, wie wertvoll ihr Familienbesitz war und warum die Nazis so fieberhaft danach gesucht hatten. Alles, was Sissi gehört hatte, war schon allein aus diesem Grunde kostbar. 1998 hatte ganz Österreich ihren hundertsten Todestag gefeiert. Darby fing an, nach keltischen Münzen zu suchen, die man in Hallstatt gefunden hatte, aber dann wurde sie doch müde. Endlich schaltete sie die virtuelle Welt ab und aß einsam das kalt gewordene chinesische Essen.

Dann ging sie zum Auto, um nach Hause zu fahren. An einer Ampel fiel ihr ein, wie sie in Salzburg mitten in der Stadt eine dunkle Straße gefunden hatte, in die sie vor den Menschenmengen ausweichen konnte. Sie war still und alt und führte zu einem friedlichen, von Häusern umgebenen Platz. Bisher hatte sie nicht mehr an diesen Platz gedacht. Während sie sich zum Schlafen fertig machte, kamen ihr noch mehr Erinnerungen und Fragen. Sogar im Schlaf träumte sie noch von Österreich.

Auch am nächsten Morgen, als Darby ihr Haar fönte, wurde sie ihre Fragen nicht los. Sie dachte an Tatjana, dann an Bruno Weiler, dann an den Erbbesitz der Langes, fragte sich, wie sie gewesen war, was aus ihm geworden war und wo der Schatz war. Als sie später den Wagen auf dem Parkplatz abstellte und zu spät zur Arbeit kam, tauchte noch eine neue Frage auf: Redete sie sich nur ein, dass sie Österreich hinter sich lassen musste? Denn sie spürte in sich nicht ein langsames Verblassen der Erinnerung, sondern eine anregende Hoffnung. Vielleicht brauchte sie das, um diese Endzwanzigerkrise oder was es immer war, was sie beschäftigte, zu überstehen. Ihr Verstand sagte ihr, dass ihre Zukunft in den Vereinigten Staaten lag, hier in diesem Studio.

Clarise kam ihr an der Tür des Studios entgegen.

»O Darby!« Clarise zog sie so schnell herein, dass ihre roten Locken fast weggeblasen wurden. »Ich habe die beste Neuigkeit der Welt! Rate mal, was!«

»Was denn?«

»Nein, rate!«

»Ich weiß nicht ... Du hast das große Los gewonnen, du bist schwanger, du hast ein Rendezvous mit Brad Pitt und Markus erlaubt es dir? Ich weiß ja nicht, aber das hättest du doch am liebsten.«

»Du bist verrückt, Mädchen. Alles falsch, aber sehr gute Ideen. Du wirst richtig begeistert sein!« Clarise hopste auf und ab, als ob sie wirklich das große Los gewonnen hätte. »Das Fotostudio Creative Designs schließt und Scott hat uns das Vorkaufsrecht angeboten für ihre Kundenliste, Ausrüstung und sogar für ihren Laden.«

»Ist das wahr? Warum machen sie zu?«

»Scott geht in den Ruhestand und niemand in der Familie will den Laden weiterführen. Das ist ein tolles Angebot und er sagt, schon seit ich da gearbeitet habe, wollte er mir die erste Chance geben. Das ist die ideale Gelegenheit. Wir könnten das beste Studio nördlich von Sacramento werden. Wir müssen natürlich mehr Leute einstellen, aber ...«

»Mach mal langsam. Ich muss erst Genaueres wissen. Ich brauche Zeit zum Überlegen.«

Clarise unterbrach sich und ließ die Hände fallen. »Findest du das denn nicht toll?«

»Ich weiß noch nicht. Ich glaube schon, aber ich brauche einen Augenblick, um darüber nachzudenken, bevor ich mich fürs Leben festlege.«

»Darby, das ist genau das, wovon wir geträumt haben.«

Ja, dachte sie, *aber ist es das, wovon ich jetzt träume?* »Lass uns erst die Bedingungen erfahren, dann reden wir darüber«, sagte Darby.

»Das mache ich«, sagte Clarise und stürmte aus dem Raum.

Clarise telefonierte den größten Teil des Tages und Darby dachte schon, sie könnte das begeisterte Kreischen ihrer Partnerin nicht noch einmal aushalten. Dann konnte sie wirklich nicht mehr und flüchtete allein ins Kino, was sie noch nie getan hatte. Aber nach einer riesigen Cola, einem Schokoriegel mit Erdnussbutter und fettigem Popcorn, begleitet von einer romantischen Komödie, fühlte sie sich noch schlechter als zuvor. Das Paar auf der Leinwand war in der zweiten Filmhälfte nur noch verliebt und sentimental. Was gibt es Traurigeres als einen allein stehenden Menschen, der allein eine Liebeskomödie anschaut? Das merkte Darby, als sie jemanden traf, den sie kannte: ihren früheren Freund Derek Hunt mit seiner bildschönen Frau.

»Du bist wieder da!«, rief Derek quer durch die Halle, als sie versuchte, sich unbemerkt fortzuschleichen. Er lief hin und umarmte sie. »Erzähl mir von der Reise. Ich konnte es kaum glauben, als ich im Studio anrief und Clarise mir sagte, du wärest in Europa!«

Darby machte sich los und lächelte. Derek hatte sich nicht verändert, nur der Ansatz seines dichten sandfarbenen Haares war vielleicht ein wenig zurückgewichen und seine klaren Züge wirkten reifer. Dereks Frau Rochella kam langsam zu ihnen und lächelte, aber sie schien nicht begeistert, die Exfreundin ihres Mannes zu sehen. Langes, schönes Haar umgab ihr perfekt geformtes Gesicht und Darby fühlte sich sofort schäbig mit Jeans und T-Shirt und den fettigen Händen von der vielen Butter.

»Ich bin schon ein paar Wochen wieder da«, sagte sie und wischte sich das Kinn. »Du hast im Studio angerufen?«

»Ja, wir wollten noch mehr Abzüge von unserem Familienfoto als Weihnachtskarten. Aber erzähl mir alles. Wo bist du gewesen, was hat du da gemacht? War es so, wie du es dir vorgestellt hast?«

»Da gibt es eine Menge zu erzählen. Es ist sehr schön und ungewöhnlich – ihr solltet irgendwann beide hinfahren. Besorgt euch passende Fahrräder und seht euch die Landschaft an.«

»Rochella fährt nicht Fahrrad.« Derek warf seiner Frau einen Blick zu. »Aber trotzdem möchte ich irgendwann dahin.«

»Das lohnt sich ... Oh, ich muss los.« Sie machte eine Geste und hoffte, sie sähe so aus, als wollte sie jemanden treffen.

»Ach ja, natürlich. Hey, lass uns nächste Woche zusammen essen, dann musst du mir erzählen. Ich will auch deine Fotos sehen, denn die hast du ja bestimmt am selben Tag entwickelt, an dem du gekommen bist.«

Darby sagte ihm nicht, dass sie keine Fotos gemacht hatte. Clarise hatte keine Zeit gehabt zu fragen, ihre Mutter hätte sie wahrscheinlich nicht sehen wollen. Bei allen anderen hatte sie einfach das Thema gewechselt.

»Bis später«, sagte Darby. »Tschüss, Rochella.« Sie winkte, lief schnell weg und machte einen Umweg zur Toilette. Da wartete sie eine Weile und ging dann eilig über den Parkplatz, nur um Derek und Rochella doch noch rufen und winken zu sehen. Jetzt wussten sie sicher, dass sie allein war. Nächstes Mal würde sie zu Hause ein Video sehen – wenn sie Julies Freunde am Wochenende loswerden konnte.

Zu Darbys Überraschung tauchte Derek am nächsten Tag im Studio auf.

»Rochella hat mich gebeten, die Abzüge abzuholen. Und wo ich schon hier bin, gehe ich mit dir essen.«

»Ich stecke bis zum Hals in eiligen Aufträgen. Tut mir Leid«, sagte sie und war froh, eine Entschuldigung zu haben. Viel Schlimmeres als ein Mittagessen mit Derek und Rochella konnte es nicht geben. »Halb Redding hat dieses Jahr die Idee gehabt, aufgemöbelte alte Fotos zu Weihnachten zu verschenken. Und alle im letzten Augenblick.«

»Weißt du, diese Idee mit den alten Fotos ist gut und ich brauche noch ein paar Geschenke. Vielleicht ...«

»Vergiss es, Derek. Deine Eltern mögen doch immer gern die Delikatessenpakete von *Hickory Farm*.«

»Stimmt. Willst du wirklich nicht eine Kleinigkeit essen – nur wir beide? Komm doch mit.«

In diesem Augenblick hörte Darby Clarise hinten im Laden telefonieren. »Ja, und wir können sogar das Studio kaufen«, sagte sie mit einem Begeisterungsschrei, damit es besser wirkte.

»Ich komme.«

In dem düsteren italienischen Restaurant saßen sie sich auf roten Samtpolstern gegenüber. Einen Augenblick lang sprach keiner von ihnen. Darby rutschte unbehaglich hin und her und fragte sich, warum sie mitgekommen war, während Derek ihr direkt ins Gesicht schaute. Vom Ende des letzten Schuljahres an waren sie drei Jahre lang befreundet gewesen.

Auch danach hatten sie den Kontakt gehalten und beide gesagt, nach dem College würden sie wahrscheinlich wieder zusammenkommen. Sie wollten im letzten Studienjahr frei sein für Kontakte und Unternehmungen und um sich zu amüsieren, bevor sie ins »wirkliche« Leben eintraten. Dann war Rochella aufgetaucht. Derek war wie gebannt gewesen von dem Gedanken, dass eine schöne Frau von gesellschaftlichem Rang sich für ihn interessierte. Er kam aus einer kleinen Stadt; sie machte Ferien in der Karibik. Danach war die Freundschaft von Darby und Derek schnell auseinander gegangen, aber Darby hatte gespürt, wie sehr sie ihn liebte. Sie brauchte lange, um den Gedanken aufzugeben, dass sie wieder zusammenkommen würden.

Auf Dereks Hochzeit hatte sie Clarise kennen gelernt, die

Freundin einer Freundin von Rochella. Da war die Idee mit dem Studio entstanden. Clarises Familie wohnte in Redding und weil sie mehr finanziellen Rückhalt hatte, hatten sie das Unternehmen dort angesiedelt. Ein Jahr später, als Derek aus Berufsgründen nach Redding gezogen war, hatte er Darby besucht. Aber außer den Familienfotos, auf denen anscheinend jedes Jahr ein Kind mehr zu sehen war, hatte sie kaum mit Derek oder Rochella zu tun. Jetzt saß sie ihm gegenüber und überlegte, was sie sagen sollte.

»Es tut mir richtig gut, dich zu sehen«, sagte Derek.

»Ich freue mich auch.«

»Dorothy ist also aus Oz zurückgekommen.«

Darby war verblüfft. »Das denke ich seit Wochen. Wie kommt es, dass du noch weißt, wie gern ich die gelben Pflasterstraßen mochte?«

»Ich weiß noch alles.«

»Und du warst doch die Vogelscheuche, nicht?«

»Hör mal, ich war die Löwen, Tiger und Bären. Weißt du noch?« Er hob eine Augenbraue und grinste; dieses Lächeln hatte sie einmal unwiderstehlich gefunden.

»Ich kann mich nicht erinnern.« Sie hob die Hände und lächelte wider Willen. »Aber wie war das, wenn die Vogelscheuche meine Hilfe beim Lernen brauchte?«

»Jetzt wird es zu gemein für mich.« Sein Lachen gab ihr ein angenehmes warmes Gefühl und machte ihr zugleich bewusst, wie sehr sie gute Freundschaften vermisste. Alle ihre engen Freunde waren verheiratet oder mit ihrer Karriere beschäftigt und sogar Oma Celia, die immer bereit war zuzuhören, hatte sie verlassen. Darby hätte gern jemanden gehabt, mit dem sie reden, lachen und sich necken konnte. Das hatte sie mit Derek gekonnt. Sie hatten die Köpfe zusammengesteckt und über Ideen, Gedanken und Träume diskutiert. Auch als sie »nur noch« gute Bekannte waren, hatten sie leidenschaftlich versucht, die Welt zu erobern – sie mit Fotografieren und Derek mit seinen Träumen von Reisen ins Unbekannte. Jetzt arbeitete er an seiner Karriere bei einer Firma, die ihn nicht besonders interessierte.

Darby lehnte sich an das Polster. Sie hatte sich seit der Studienzeit verändert und er auch. Die Leidenschaft der früheren Zeit brauchte Darby nicht mehr. Sie wünschte sich nur jemanden, der beim Fernsehen dicht neben ihr saß. Sie sehnte sich nach Fußkämpfen in wuscheligen Socken und nach warmen, selbstvergessenen Küssen. Wenn sie so weitermachte, würde sie das nie erleben.

Plötzlich sah sie im Geist Brant Collins vor sich. Wünschte er sich auch Gemeinschaft und Liebe? Was tat er wohl gerade? Sie schaute auf die Uhr und rechnete die Zeit um. Entweder war er noch im Büro und arbeitete oder er war zu Hause, vielleicht mit einer Österreicherin, sah fern oder verstrickte sich in Fußkämpfe.

»Musst du irgendwohin?« Derek betrachtete sie mit einem Ausdruck, den sie einmal geliebt hatte, den Kopf auf die Seite gelegt, eine Augenbraue fragend hochgezogen. »Das Essen ist noch nicht einmal da.«

»Nein, ich wollte nur wissen, wie spät es ist. Wenn ich lange vom Geschäft wegbleibe, kriegt Clarise einen Herzanfall.«

»Dann fang lieber an zu erzählen. Ich will nämlich alles über deine Reise wissen.«

Jemand will wirklich zuhören? Nicht aus Eigennutz oder weil er mein Leben planen will, sondern weil er es wirklich wissen will?

Darby öffnete den Mund und die Worte kamen wie von selbst: ihre Ankunft ganz allein in Österreich, der alte Mann mit dem Rechen – alles. Das Essen kam und sie aßen zwischen Erzählen und Diskutieren.

Als sie von Mauthausen und den austauschbaren Gesichtern der SS und ihren Opfern erzählte, beugte sich Derek mit gespannter Aufmerksamkeit nach vorn. Sie sprachen darüber, was einen Menschen zum Hass treibt und einen anderen dazu, Mitgefühl zu haben.

»Vor meiner Reise hätte ich das nie gedacht, aber jetzt glaube ich, jeder Mensch auf der Welt hat die Fähigkeit, unvorstellbar zu hassen oder unvorstellbar zu lieben.«

»Willst du damit sagen, wir alle könnten tun, was die Nazis getan haben?«

»Ich glaube, ja. Da haben böse Kräfte gewirkt, die stärker waren als Hitler, und diese Kräfte bleiben. Wenn wir uns mit Hass, eigennützigen Plänen, Stolz und Verachtung von anderen abgeben, können wir seelisch Schaden nehmen, ohne es richtig zu merken, bis wir genauso handeln. Ich glaube, es hat Einzelne gegeben, die ernsthaft krank waren und dem Reiz des Bösen in sich verfielen, aber ich glaube auch, die meisten waren ganz normale Leute – Männer und Frauen –, die aus vielen Gründen, sei es aus Angst oder Selbsterhaltungstrieb, mit hineingezogen wurden. Sie haben Dinge getan oder dabei geholfen oder sie geschehen lassen, an die sie normalerweise nie gedacht hätten.«

»Ein wirklich erschreckender Gedanke. Wir sind alle zum Bösen fähig?«

»Wir sind alle zu ganz schrecklichen Dingen fähig; das kann man heute noch sehen. Aber ich glaube, wir sind vielleicht auch dazu fähig, aus Liebe große Taten zu tun. Entscheidend ist, was wir zum Zentrum unseres Lebens machen.«

Derek drehte die letzten Nudeln um seine Gabel. »Du meinst also, die Dinge, mit denen wir uns abgeben oder experimentieren, Gedanken oder Gefühle, Gutes oder Schlechtes, führen höchstwahrscheinlich zu entsprechendem Handeln mit entsprechenden Folgen?«

»Oma Celia würde sagen, man erntet, was man sät. Aber sprichst du jetzt immer noch vom Menschen im Allgemeinen oder meinst du es persönlich?«

»Wenn du einmal heiratest, Darby, heirate deinen besten Freund.«

»Was? Wie kommst du jetzt darauf?« Sie lachte, aber dann sah sie den Schmerz in seinen Augen. Er berührte ihre Fingerspitzen.

»Ich liebe Rochella, aber ich vermisse meine beste Freundin.

Rochella ist äußerlich bildschön, ein Ausstellungsstück. Aber wir lachen nicht miteinander wie wir beide früher. Wir setzen uns nicht einfach ins Auto und gehen Ski laufen oder Fahrrad fahren. Wir machen eigentlich gar nicht viel. Wenn du heiratest, musst du sicher sein, dass es dein bester Freund ist. Das warst du für mich und ich habe dich losgelassen.«

Erschrocken zog Darby ihre Hand zurück. »Derek, das kann nicht dein Ernst sein.«

»Doch. Ich vermisse dich wirklich.«

Noch vor einem Jahr hätte ihr Herz bei seiner Berührung heftig geklopft. »Mach Rochella zu deiner besten Freundin.«

»Wir haben nichts gemeinsam.«

Darby schaute das Gesicht an, von dem sie gedacht hatte, sie würde es immer vermissen und begehren. Aber sie wusste jetzt, dass er nicht zu ihr gehörte. Vielleicht gab es da irgendwo etwas oder jemanden für sie, aber Derek war es nicht. Das erkannte Darby in dem Augenblick klar und fast lächelte sie vor Erleichterung. »Mal sehen, ihr habt drei gemeinsame Kinder, ein Eheversprechen und wie viele gemeinsame Jahre? Ihr seid in einem Beziehungstief. Derek, du musst sie lieb haben, auch wenn deine Gefühle für sie nicht mehr so leidenschaftlich sind oder ganz abkühlen.« Sie machte eine Pause und dachte an Oma Celia, ihren Mann Gunther und Tatjana. »Liebe ist ein Geschenk. Man kann sie verlieren, wenn man sie nicht achtet und am Leben erhält.«

»Ist das deine Erfahrung?« Dereks Gesichtsausdruck wurde grimmig.

»Nein, nur Beobachtung. Es ist schon komisch, dass gerade ich so etwas sage, die ich Pech in der Liebe habe. Aber ich habe meine Großmutter gekannt und gesehen, was sie verloren hat. Ich lerne die Liebe, die Menschen gegeben wird, gut festzuhalten. Ob ihr ein Jahr zusammen habt oder ein ganzes Leben – vergiss nicht, dass Liebe ein Geschenk ist. Ein Geschenk, das man achten und pflegen muss, egal, wie es kommt.«

»So leicht ist es nicht.«

»Und wenn Rochella dir gleich jetzt weggenommen würde? Wenn sie zum Beispiel ermordet oder entführt oder durch Krieg von dir getrennt würde, was würdest du dann für sie empfinden? Du würdest für sie kämpfen. Sie vermissen. Dann würden dir tausend schöne Augenblicke einfallen, die ihr miteinander gehabt habt.«

Derek schwieg. Seine Augen schauten in die Ferne, weilten bei Bildern und Vorstellungen, die sie nicht teilten.

»Du hast Recht.« Derek stützte den Kopf auf die Hände. »Aber das macht es heute nicht leichter.«

»Liebe sie so, als ob morgen dein letzter Tag mit ihr wäre.«

Derek lächelte langsam. »Ich sitze hier und will dich verführen und du bringst mich zu meiner Frau zurück. Wahrscheinlich denkst du, ich bin ein Trottel.«

»Nein, das habe ich früher einmal gedacht.« Darby kicherte.

»Manchmal bist du so frech.« Er seufzte. »Also wann fährst du wieder?«

Darby schaute auf ihre Uhr. »Ich hätte vor einer Dreiviertelstunde wieder da sein müssen.«

»Nein, ich meine wieder nach Österreich.«

»Warum meinst du, ich fahre da wieder hin?«, fragte sie erschrocken.

Er grinste jungenhaft. »Weil ich dich kenne. Und ich kenne diesen Ausdruck in deinen Augen, immer wenn du davon sprichst. Du tust überrascht, als ob du es nicht merkst. Das kann ich nicht glauben. Darby Evans ist verliebt und weiß es selbst nicht.«

»Was redest du da?« Brant tauchte vor ihrem inneren Auge auf. »Ich bin überhaupt nicht verliebt.«

»Erzähl mir das nicht. Ich habe doch gesehen, wie du von der Reise erzählt hast. ›Als ich in Österreich war ...‹ oder ›dieser fantastische Platz in Österreich ...‹ Du hast dein Herz da gelassen. Die Alpen haben dich erobert«, sagte er halb spöttisch, halb anklagend.

»Denkst du das wirklich?«

»Das weiß ich. Ich weiß nicht, ob ich eifersüchtiger auf dich sein soll, weil du wieder dahin zurückkehrst, oder auf die Alpen, dass sie dich bei sich haben. Du bist wirklich eine gute Freundin, trotz meiner schlechten Absichten.«

»Das sind nicht nur die Alpen. Das ist auch Salzburg. Die Altstadt ganz dicht am Mönchsberg und darüber die Festung. Da kannst du schon eifersüchtig sein«, neckte sie.

»Wo sind die Fotos?«

Darby wurde ernst.

»Du hast sie nicht immer bei dir?«, sagte Derek lachend.

»Ich habe gar keine Bilder gemacht.«

»Was? Du hast Niki zu Hause vergessen?«

»Nein.«

Derek beugte sich vor. »Was ist los, Darby? Du nimmst Niki doch immer überallhin mit. Du machst doch alle verrückt mit all den heimlichen Schnappschüssen. Warum hast du keine Bilder von diesem Land gemacht, in das du dich verliebt hast?«

»Ich weiß nicht. Es schien mir einfach nicht das Richtige zu sein.«

»Willst du darüber reden?«

»Da ist nicht viel zu sagen. Meine Großmutter hat mit mir gesprochen, ehe sie starb. Sie hat gesagt, ich dürfte mich nicht mehr hinter der Kamera verstecken und sollte die Welt sehen, wie sie ist. Dann, als ich in Österreich ankam, kam es mir nicht richtig vor, es zu fotografieren. Vielleicht musste ich einmal einfach nur ich sein.«

»Wann fährst du also wieder hin?«

Darby atmete tief ein. Sie biss sich innen in die Wange. »Du denkst also, ich fahre wieder hin?«

»Ich nehme an, bald.«

Am letzten Abend, ehe sie zu Weihnachten zu ihrer Mutter fuhr, schloss Darby die Türen des Studios zu und blieb dann stehen. Sie schaute noch einmal durch die Fenster in den Ausstellungsraum. Ihre gerahmten Bilder an den Wänden waren mit Weihnachtsschmuck behängt: Hochzeiten, Familienfotos, lächelnde Kinder mit leuchtenden Augen. Sie dachte daran, wie sie die Wände gestrichen und die Fotos aufgehängt hatten. Die Eröffnung war großartig gewesen, einer der schönsten Augenblicke in ihrem Leben – damals. Konnte sie das alles aufgeben? Ihre Augen wanderten nach oben in den Abendhimmel. Die Sterne funkelten freundlich: Wenn sie immer wieder nach oben schaute, würde sie den richtigen Weg finden.

21 Einundzwanzigstes Kapitel

Als Darby in die Einfahrt fuhr, sah sie, dass weder Weihnachtslichter auf dem Dachrand des gelb-weißen Hauses standen noch Krippenfiguren auf dem grünen Rasen. Oma Celia hatte die Weihnachtszeit geliebt und für die Tradition gelebt mit Backen, Schmücken, morgens heißem Kakao statt Kaffee und frischen Fichtenzweigen, um dem Haus eine heimatliche Atmosphäre zu geben. Es beunruhigte Darby, dass das kleine gelbe Haus zwei Tage vor Weihnachten noch nicht geschmückt war.

»Ich bin da«, rief sie und stellte ihr Gepäck in den Eingang.

»Darby!« Ihre Mutter lief ihr mit ausgestreckten Armen entgegen.

»Ist alles in Ordnung, Mama?«

»O ja. Ich habe mir nur zu viel vorgenommen, besonders in der Kirche. Vor dem Schmücken habe ich mich ein bisschen gedrückt, aber ich habe angefangen in Omas Zimmer aufzuräumen.« Ihre Mutter sah wirklich so gut aus, wie Darby sie seit Monaten nicht gesehen hatte. »Ich will alle Lebensmittel, die Oma in ihrem Zimmer aufbewahrt hat, ausräumen und zu den Vorräten der Kirche für die Mission bringen.«

»Lebensmittel hat sie aufbewahrt? In ihrem Zimmer?«

»O ja. Oma hat jahrelang in der Garage und in ihrem Zimmer Lebensmittelvorräte gehortet. ›Nur für alle Fälle‹, hat sie immer gesagt.«

»Ich wusste, dass sie Geld versteckt hatte, aber nicht, dass sie auch Lebensmittel hatte.«

»Ich habe auch Briefe gefunden, Zeitungsausschnitte, uralte Weihnachts- und Geburtstagskarten. Ich dachte sogar, die Briefe willst du vielleicht mitnehmen … wenn du wieder hinfährst. Sie sind deutsch.«

Darby starrte ihre Mutter ungläubig an. »Wenn ich wieder hinfahre?«

»Ich habe ein paar Mal intensiv gebetet. Wenn Gott will, dass du wieder hinfährst, helfe ich dir.«

»Ich weiß nicht, was Gott will. Ich weiß ja nicht einmal mehr, was ich will.«

»Du weißt, was Gott will.« Carole legte die Hand auf Darbys Arm. »Er will dich, Darby.«

Vor dem freundlichen Blick ihrer Mutter fühlte Darby sich unwohl. »Du machst wirklich zu viel in der Kirche, Mama«, sagte sie, um die Stimmung aufzuheitern, und ging über den Flur in Oma Celias Zimmer. Sie schaute sich um und sah schließlich das Kreuzstichbild. Es hing bei der Tür, sodass man es leicht lesen konnte, wenn man im Bett saß, aber es kaum bemerkte, wenn man hereinkam oder im Zimmer stand. Darby blieb plötzlich stehen und las die Worte:

Niemand hat größere Liebe als die, dass er sein Leben lässt für seine Freunde. Johannes 15, 13

Ihre Mutter stand in der Tür. »Was ist los?«

»Oma dachte, ich wüsste das, bevor ich nach Österreich geflogen bin.«

»Wüsste was?«

»Oma wollte, dass ich vor der Reise diesen Vers lese. Ich habe vermutet, Oma Celia sei mit Tatjanas Papieren aus Österreich geflohen. Und ich glaube, Tatjana hat sich als Oma Celia ausgegeben und ist so gestorben. Sie ist an Oma Celias Stelle gestorben. So muss es sein.«

Ihre Mutter drehte sich um und starrte auf das Bild an der Wand. »Warte hier einen Moment.«

Darby hatte sich gewundert, dass Oma ihr so viele undeutliche Spuren hinterlassen hatte, anstatt ihr einfach mehr Fakten zu sagen. Aber Oma hatte gedacht, sie wüsste, dass Tatjana wirklich unter dem Namen Celia Müller in Mauthausen umgekommen war, weil dieser Vers da hing. Ohne vage Vermutungen hätte Darby sich schon früher auf die Suche nach den Fakten machen können.

»Dieses wollte ich dir zu Weihnachten schenken«, sagte ihre Mutter, als sie wieder ins Zimmer kam. »Ich glaube, ich gebe es dir besser jetzt.«

Darby wandte sich von dem gestickten Bibelvers ab und sah ihre Mutter mit einem Päckchen, das in Geschenkpapier eingewickelt war. »Was ist das?«

»Mach es auf.«

Darby setzte sich auf den Bettrand ihrer Großmutter, wickelte das grüne und goldene Papier sorgfältig ab und fand eine flache Schachtel. Daraus nahm sie eine abgenutzte ledergebundene Bibel. Das Leder war einmal weiß gewesen, aber mit der Zeit war vom häufigen Gebrauch der Goldschnitt abgefallen und der Einband mattgrau geworden. Sie strich mit der Hand darüber und hob sie an die Nase, um den Duft der Vergangenheit einzuatmen. »Omas alte Bibel. Die hatte ich vergessen.«

»Beim Putzen hier drin habe ich sie in ihrem Nachttisch gefunden.« Carole setzte sich neben sie. »Oma hat mehrere Bibeln gehabt, aber ich weiß noch, wie ich mir als Kind die deutschen Wörter angeguckt und überlegt habe, was sie bedeuten. Aber schau mal rein.«

»O, Mama«, flüsterte Darby. Da stand in verblasster Schrift *Celia Rachel Lange-Müller* und darunter *Tatjana Elise Hoffmann.*

»Ja. Celia hat sie von Tatjana geschenkt bekommen«, sagte ihre Mutter. »Tatjana hat Celia sogar noch mehr gegeben als ihr Leben. Ich vermute, sie hat ihr vielleicht auch ihren Glauben gegeben.«

Immer noch musste Darby die Bibel anschauen. So viele Jahre hatte Tatjana das Leben der Familie mit geprägt und niemand hatte es gewusst außer Oma Celia. War auch der starke Glaube ihrer Großmutter aus dem Opfer dieses jungen Mädchens erwachsen?

»Du musst wieder hin, nicht wahr?« Ihre Mutter legte ihre

Hand auf Darbys. »Wenn du fliegst, sollst du wissen, dass ich dich unterstütze, so gut ich kann. Diese Sache ist größer als wir, Darby. Da arbeitet Gott immer noch nach so langer Zeit.«

Darby hatte das Gefühl, nach einem sehr langen Schlaf langsam aufzuwachen. Ihre Augen konnten nur undeutliche Bilder sehen und kaum Licht und Schatten unterscheiden und sie hatte den starken Drang, wieder ins Dunkle zurückzukehren. Aber sie war bereit, aufzuwachen und sich endlich den Dingen zu stellen, vor denen sie sich so lange versteckt hatte.

An diesem Abend redete Darby stundenlang mit ihrer Mutter, während sie das Haus schmückten, »so dass Oma stolz wäre«, heißen Kakao tranken und wie jedes Jahr den Film *Der Grinch, der Weihnachten stahl* sahen. Seit sie denken konnte, hatte sie die Anwesenheit ihrer Mutter nicht so genossen. Endlich war jemand da, dem sie alles sagen konnte, was sie dachte. Aber ein Teil von ihr, der Teil, der anfing aufzuwachen, wartete noch – als ob sie an einem Abgrund stünde und auf die beste Zeit zum Springen wartete.

Brant fuhr auf den frisch geräumten Straßen nördlich von Salzburg in die kleine Stadt Oberndorf. Er war nicht der Einzige, der an Heiligabend diese Reise unternahm, aber von den vielen Pilgern, die die Straßen verstopften und Parkplätze suchten, kannte er niemanden. Da waren Nummernschilder aus vielen europäischen Ländern zu sehen und er war sicher, auf seinem Gang durch die vereisten Straßen noch vielen anderen Nationalitäten zu begegnen. Als er ausstieg, wusste er, es würde ein langer und kalter Abend werden – aber das wollte er. Er brauchte Zeit zum Nachdenken, Zeit, die frostige Luft zu atmen, Zeit, wieder an Weihnachten zu glauben.

Brant parkte am Stadtrand und ging zu Fuß zurück zum Fluss. Es war sehr still, nur das Knirschen seiner Stiefel auf dem festgefahrenen Schnee war zu hören. Auf dem Weg über die Salzachbrücke blieb er stehen und schaute in das Wasser des vertrauten Flusses. Vielleicht würde er nächstes Mal ein Holzschiffchen von der Brücke in Salzburg werfen und dann erst flussabwärts nach Oberndorf fahren. Das würde Frau Halders Enkelkindern mehr Spaß machen als das Fußballtraining, von dem er blaue Flecken auf den Schienbeinen bekam.

Er ging über den Fluss, hörte am Bahnhof ein Pfeifen und sah eine leuchtend rote Lokomotive einfahren und halten. Zweifellos war auch dieser Zug übervoll mit Leuten, die alle wie Brant eines suchten: eine stille Nacht.

Brant war noch nie da gewesen, wo das beliebteste Weihnachtslied der Welt entstanden war. »Stille Nacht« hatte er zuerst zu Hause in Amerika singen hören. Jeden Abend im Dezember hatte seine Mutter es gesungen, wenn sie ihn zu Hause in Portland zu Bett brachte. Erst sang sie es auf Deutsch, dann auf Englisch. Er wusste noch, wie er sie jeden Abend gebeten hatte, die Geschichte des Liedes zu erzählen.

An diesem Heiligen Abend war er an dem Ort, wo es angefangen hatte. Das Schlaflied mit seiner Botschaft vom himmlischen Frieden würde heute in allen Teilen der Welt in mehr als zweihundert Sprachen gesungen werden. Von Sängern in Amerika, die Weihnachtslieder sangen, von den Orgeln der Dome in Europa, in strohgedeckten Hütten in Südamerika und in Konzerten bei Kerzenlicht in Australien würde man es hören. Brant ging den Menschengruppen nach, die immer größer wurden, bis er vor der Stille-Nacht-Gedächtniskapelle ankam, wo einmal die Sankt-Nikolaus-Kirche gestanden hatte. Leise, erwartungsvoll bewegten sich die Menschengruppen durcheinander. Wenn sie ganz still stünden, könnten sie vielleicht den Lehrer Franz Xaver Gruber und den Priester Josef Mohr darüber diskutieren hören, was man tun könne, wenn kurz vor Heiligabend die Kirchenorgel den Dienst versagte. Vielleicht hörten sie dann auch, wie das Schlagen einer Gitarre das gemeinsame Lied »Stille Nacht« einleitete so wie an dem ersten Abend 1818.

Brant beobachtete die Leute. Manche schlossen die Augen und wendeten den Kopf nach oben gegen den klaren, dunklen Himmel. Die kleine weiße Kapelle fasste nur einen Bruchteil der Menge, die draußen stand. In einem höher gelegenen Teil der Stadt wurde in der Kirche, in der die ursprünglichen Altäre und die Kanzel standen, in der Mitternachtsmesse die Szene nachgespielt, wie das Lied zum ersten Mal gesungen wurde. Aber Brant wollte an dem Ort sein, wo es angefangen hatte.

Auch er wendete die Augen von der einfachen Kapelle zum Himmel, der aussah wie schwarzer, mit Diamanten übersäter Samt. Er stellte sich die himmlischen Heerscharen vor – jenseits dessen, was er mit seinem natürlichen Auge sehen konnte.

Gott, du weißt ja, dass ich nicht gut beten kann. Ich sage dir einfach alles und hoffe, du verstehst mich. Er fand ein paar Sternbilder und die lange Bahn der Milchstraße. Er hatte das Gefühl, dass Gott dort war, aber auch hier, und seine leisen Worte kamen von Herzen: *Ich will dir für tausend Dinge danken, aber besonders, dass du mir zeigst, wie ich leben kann, weil du mir Leben gegeben hast. Danke, dass Gunther zu meinem Leben gehört – ich weiß nicht, was ich ohne ihn gemacht hätte. Und danke für neue Chancen, auch beim dritten und vierten Mal. Du weißt, was Richard im Augenblick macht, warum er jetzt regelmäßig nach Salzburg kommt und mich besuchen will. Du kennst seine Motive. Zeig mir also, was ich machen soll.*

Ich denke auch immer wieder an Darby Evans. Ich weiß nicht, wo sie jetzt ist und was sie erlebt, aber hoffentlich geht es ihr gut und sie kann dich finden, so wie ich.

Und ich darf auch nicht alle die vergessen, die die Hölle auf Erden durchgemacht haben. Gib ihnen heute Nacht deinen Frieden.

Ich weiß nicht, ob ich so richtig bete, jedenfalls amen.

Von der anderen Straßenseite hörte Brant leises Singen. Zart fielen die Stimmen um ihn herum ein; in mehreren Sprachen sangen sie das Lied, das sie alle verband.

Brant sang mit den anderen, erst auf Deutsch, dann auf Englisch:

»Schlaf in himmlischer Ruh, schlaf in himmlischer Ruh.«

Mit fröhlichem Lärm und stürmischen Umarmungen kamen Maureen, John und die fünfjährigen Zwillinge an. Kein Kummer konnte lange anhalten, denn die Zwillinge beschäftigten alle. Es schien, als wäre ein ganzes Jahr vergangen, seit Darby sie gesehen hatte, aber Omas Begräbnis war erst ein paar Monate her.

»Tante Darby, hoffentlich kriege ich eine Baby-Born-Puppe zu Weihnachten«, sagte Kallie, während sie Geschenke aus dem Auto ins Haus trugen. »Meinst du, ich kriege eine?«

»Das weiß ich doch nicht.«

»Ich hoffe, ich hoffe, Tante Darby.« Kallie blieb stehen und betrachtete die Geschenke, die kaum unter den Baum passten. »Ich will unbedingt, unbedingt eine Baby-Born-Puppe, die ihre Windel nass macht.«

»Kallie«, schalt Maureen, die mit einer Ladung Geschenke vom Auto kam. »Nerv deine Tante nicht. Komm, hilf Papa eure Koffer reinbringen.«

Darby hielt die Kinder im Vorbeigehen an und flüsterte: »Vielleicht dürft ihr heute Nacht nach dem Nachtgottesdienst schon ein Geschenk aufmachen.«

Zwei Paar Augen wurden groß wie Silbermünzen. Bis zum Wagen kicherten und flüsterten sie miteinander.

Das Licht im Innenraum war dämmrig, als sie schweigend hereinkamen. Darby sehnte sich plötzlich nach Oma Celias Hand, die immer irgendwann im Gottesdienst nach ihrer gegriffen hatte. Mit dem leisen Lied: »Wer ist dies Kind?« wurden die Kerzen eine nach der anderen angezündet. Maria ging durch den Mittelgang und das Christuskind wurde in die kleine Krippe auf der Bühne gelegt.

Wer warst du wirklich, du kleines Kind?, dachte Darby. *Und wer bist du jetzt?*

In diesem Augenblick war es, als ob Tatjana eine Botschaft durch die Zeit direkt an sie geschickt hätte. Sie ging aus von einer alten Bibel, die Darby jetzt in den Händen hielt: *Tatjana stirbt für ihre Freundin. Tatjana gibt ein Vermächtnis des Lebens und einen Glauben, der weitergehen soll.* Tatjana zeigte ihr den Weg zu einem anderen, der gestorben ist – nicht für einen Menschen oder eine Familie, sondern für alle Menschen.

Musik ertönte aus dem Altarraum, während Engel auf der Bühne erschienen; manche wurden von oben herabgelassen, andere kamen aus den Kulissen. Ihre glänzenden Gewänder glitzerten in der Dunkelheit und jemand stimmte den Choral »Herbei, o ihr Gläubigen« an. Die Weisen brachten ihre Geschenke und legten sie vor der Krippe nieder. Dann kamen andere Leute nach vorn: ein Geschäftsmann mit der Brieftasche in der Hand, eine Frau in Hausfrauenkleidung, ein kleines Kind, ein Schulmädchen in engen Hosen und mit mehreren Ohrringen in einem Ohr. Und noch andere Menschen verschiedener Altersstufen, Rassen und Berufe tauchten auf. Alle kamen nach vorn und knieten vor dem Kind.

In diesem Augenblick wusste Darby, dass sie nicht auf das verzichten wollte, was Gott für sie hatte. Sie wollte dazugehören zu dem fein abgestimmten Plan, der so sorgfältig geschaffen worden war wie Erde, Leben, Wind und Regen.

Sie betrachtete das Kind, das in der Krippe schlief. Gott als Mensch. Gott auf der Erde in bescheidenen Verhältnissen. Gott, der einen erniedrigenden Tod stirbt. Wie Tatjanas Opfer.

Als der Pfarrer betete, flüsterte Darby ihren eigenen Wunsch: *Ich brauche den Schöpfer der Dinge, die ich in den Bergen sehe. Und ich will dir mein Leben geben. Verzeih mir, dass ich so viel anderes gesucht habe. Ich weiß nicht genau, was das für die Zukunft bedeutet, aber ich versuche zu glauben. Mir scheint, ich glaube jetzt schon.*

Der Gottesdienst schloss leise mit dem Lied »Stille Nacht«.

22 Zweiundzwanzigstes Kapitel

Darby hoffte beim Durchsehen der Computerdateien noch Antworten zu finden, aber sie fand nur die Spur von Oma Celias Suche nach dem Erbbesitz der Langes. Sie hatte an Holocaust-Organisationen und an österreichische Behörden geschrieben. Darby fand sogar den Brief an Brant Collins auf der Festplatte gespeichert. Eine Überraschung war, dass Oma Celia dafür gesorgt hatte, dass die Gedenktafel für die Familie Lange im Konzentrationslager Mauthausen angebracht wurde. Darby hatte sich gewundert, dass sie auf Englisch geschrieben war. In dem Brief an das Lager stand, sie wünschte sich etwas, das ihre Enkel und Urenkel lesen könnten, um ihre Herkunft nicht zu vergessen.

Oma Celia hätte das ein Wagnis im Glauben genannt: Nach den Feiertagen fuhr Darby wieder nach Redding und erklärte Clarise ihren Wunsch, entweder ihren Anteil am Fotolabor zu verkaufen oder stille Teilhaberin zu werden. Clarise sah überraschenderweise erleichtert aus.

»Zwei Leute von Creative Designs wollten sich am Geschäft beteiligen und ich wusste nicht, wie es mit so vielen Partnern gehen würde.«

»Wirklich? Dann wird es tadellos gehen«, sagte Darby, von einer Last befreit. Mehrere Tage lang hatte sie sich umsonst Sorgen gemacht. »Lass uns etwas Schriftliches aufsetzen.«

Darby wusste, dass es richtig war, ihren früheren Traum zu verkaufen, aber sie hatte keine Vorstellung, wie ihre Zukunft als Fotografin aussehen würde. Derek hatte ihr vorgeschlagen, ihre Studienfreundin Tracey Rivens anzurufen. Tracey hatte sich zur Herausgeberin von *Travel Today* hochgearbeitet, einer anerkannten Reisezeitschrift. Aus einer alten Ausgabe suchte sie die Nummer des Verlages heraus.

Tracey war freundlich wie immer, aber die Geschäftsbedingungen waren klar: »Lies frühere Ausgaben, lerne unsere Fotos kennen und dann schick mir Muster.«

Zwei Tage lang studierte Darby sorgfältig die älteren Ausgaben der *Travel-Today*-Zeitschriften, die sie in einem Schrank im Studio aufbewahrt hatte. Sie notierte Blickwinkel, Belichtungen und das Verhältnis von Motiv und Hintergrund, bis sie genug wusste, um ihre eigenen Bilder durchzusehen. Das meiste, was sie einpackte und Tracey schickte, waren Fotos von den Wander- und Bergtouren.

Als Darby am Silvesterabend im Fernsehen die Feier auf dem Times Square in New York verfolgte, beugte sie sich bis nahe an den Bildschirm, um zu sehen, wie es dort aussah. Hier hatten ihre Großmutter und ihr Großvater sich treffen wollen – aber ihr Großvater war nie gekommen. Jetzt war der Platz voll mit Leuten, die feierten und tanzten, aber einmal vor langer Zeit hatte da eine junge Frau gestanden, in der Menge gesucht und gehofft, den Mann zu finden, den sie liebte. Und später hatte eine andere junge Frau, ihre Mutter, ihren Vater gesucht, den sie kennen lernen wollte.

Darby begrüßte das neue Jahr und fragte sich, was die nächsten zwölf Monate wohl für sie bereithielten. Noch vor einem Jahr hatte sie wie üblich ihre Vorsätze aufgeschrieben: regelmäßig Sport treiben, die hinteren Räume im Studio aufräumen, mehr Werbung machen, ein Haustier anschaffen. Dieses Jahr verkaufte sie ihre Hälfte des Geschäftes, das sie mit Clarise geführt hatte; Hanrey und Evans würde es nicht mehr geben. Unüberblickbar lag die Welt vor ihr, niemand konnte sagen, was geschehen würde.

Sie schaltete den Fernsehapparat mit der feiernden Menschenmenge aus und blieb im Dunkeln sitzen. An einer langen Goldkette trug sie Omas Ring um den Hals. Ihre Finger strichen um den Rand, während sie über die nächste Zukunft nachdachte. Wenn sie erst wieder in Österreich wäre, hoffte sie beweisen zu können, dass Tatjana und nicht Celia Müller in Mauthausen umgekommen war. Sie hoffte, beruflich neu anfangen zu können. Sie hoffte herauszufinden, was mit ihrem Familienbesitz passiert war. Aber dieses Mal wusste Darby, dass ihr Leben nicht in ihrer Hand lag. Es war spannend und zugleich auch erschreckend.

Ohne zu wissen, was sie erwarten sollte, gab Darby Ende Februar am internationalen Flughafen San Francisco ihr Gepäck auf und umarmte ihre Mutter zum Abschied – zum zweiten Mal in einem Jahr. Ihr Besitz lagerte in einem Möbelspeicher in Sebastopol, ihr Traum von einem Fotostudio war verkauft. Darby fand ihr Flugzeug auf der Abflugliste angezeigt und seufzte. »Ich hoffe, das ist jetzt richtig so«, sagte sie laut.

Um 23.30 Uhr amerikanischer Zeit setzte Darbys Flugzeug holpernd in München auf; in Deutschland war es halb zehn Uhr vormittags. Bald würde sie den Anschluss nach Salzburg in Österreich bekommen. Immer wieder hatte sie auf die grünen Wiesen Deutschlands schauen müssen, als das Flugzeug langsamer wurde. Sie gelobte sich selbst*: Egal, was ich finde oder nicht finde, ich möchte meinen Kindern und später ihren Kindern von dieser Reise erzählen. Du hast Recht gehabt, Oma. Jetzt ist es meine Geschichte.*

23 Dreiundzwanzigstes Kapitel

Schneeregen spritzte vom grauen Himmel gegen die Taxischeibe. Als Darby den Fahrer bezahlte und ihr Gepäck zum Hotel »Zur Goldenen Ente« in der Goldgasse mitten in der Altstadt schleppte, legte sich die Kälte um ihre Beine. Sie zog in ihr Zimmer ein und nahm dann gleich ihren Regenschirm, bevor das Bedürfnis, sich auf das Bett fallen zu lassen, größer wurde als ihre Reisebeschwerden.

Der Schnee fing jetzt an sanft zu fallen, aber Handschuhe, Hut und Schal hielten sie warm. Sie stand mitten auf dem Domplatz und sah zu, wie die Schneeflocken von weit oben bis auf die Pflasterstraßen fielen. Ihr Atem gefror in der Luft und sie spürte den guten, vertrauten Geruch der uralten Steine. Die Kirchenglocken begannen zu läuten, das Echo dröhnte von den Mauern um die umbauten Plätze und Straßen. Darby stand wie angewurzelt da, sie schloss die Augen und öffnete sie dann wieder, um zu sehen, ob es auch wirklich wahr war.

Ich bin hier. Ich bin tatsächlich wieder hier.

Salzburg war wie das Wiedersehen mit einem alten Freund.

Mit dem Schaumbad, das ihre Mutter ihr mitgegeben hatte, gönnte sie sich an diesem Abend ein heißes Bad. Dann hüllte sie sich mit geröteter Haut und geschnittenen Fingernägeln in ihren Bademantel und rief Familie Voss an. Irgendwie waren die drei Monate vorbeigegangen und sie hatte den Professor oder Katrin kein einziges Mal angerufen oder angeschrieben.

»Professor Voss, hier ist Darby Evans.«

»Hallo! Wie geht es dir?«

Darby lächelte über die Begeisterung in seiner Stimme. »Mir geht es sehr gut, besonders seit ich in Salzburg bin.«

»Jetzt? Du bist wieder da?«

»Ja.« Darby spürte die Freude durch und durch. Ja, sie war wieder da.

»Wie schön, dass du wiedergekommen bist! Bei all den Rätseln aus der Vergangenheit konntest du nicht wegbleiben?«

»Nein, es ging nicht.« Sie zog den Bademantel fester um sich und streckte sich auf dem Bett aus. »Ich glaube, ich werde ein Stück von mir selbst in diesen Rätseln finden, wenn wir sie lösen können.«

»Du hast Recht. Wir finden immer mehr von uns selbst, wenn wir in die Vergangenheit schauen, besonders in die Familiengeschichte. Und, Darby, du kommst gerade rechtzeitig. Ich will an diesem Wochenende zu einem Kongress an der Universität. Wenn du willst, kannst du mitkommen.«

»Was ist das für ein Kongress und gibt es eine Übersetzung ins Englische?«, fragte sie etwas müde. »Oder musst du den ganzen Tag für mich übersetzen?«, neckte sie.

»Vielleicht muss ich übersetzen, aber es gibt auch ein paar Arbeitsgruppen auf Englisch. Das Seminar heißt ›Die Wahrnehmung des Holocaust im neuen Jahrtausend‹.«

»Das klingt toll und es ehrt mich, dass du mich einlädst. Sag mir wann und wo, dann komme ich. Und wenn ihr Zeit habt, habe ich noch mehr Briefe zum Übersetzen für dich oder Katrin.«

»Gern. Nach dem Kongress müssen wir uns dann treffen und sehen, was für Informationen wir suchen müssen. Hast du etwas Neues?«

»Ja, das habe ich. Erinnerst du dich an Bruno Weiler? In unserem letzten Gespräch, bevor du nach Dublin gefahren bist, habe ich dir von ihm erzählt.«

»Ja, der SS-Aufseher. Ich wollte schon Kontakt mit dir aufnehmen.« Professor Voss' Stimme klang aufgeregt. »Ich habe schon oft vorgehabt, dich anzurufen oder eine E-Mail zu schreiben. Ich habe nämlich Informationen über Bruno Weiler gefunden.«

»Tatsächlich?« Darby griff in die braune Ledertasche neben dem Bett, die sie für diese Reise nach Europa gekauft hatte. Sie nahm den Schnellhefter mit der Aufschrift *B. Weiler* heraus. »Als ich zu Hause war, habe ich einen Bericht über eine Gerichtsverhandlung und eine Haftstrafe nach dem Krieg gefunden.«

»Das ist wichtig. Das war nach dem Krieg? Ich habe gefunden, dass ein Bruno Weiler Ende der fünfziger Jahre an der Universität Wien eingeschrieben war. Er hat da Kurse belegt. Ich möchte wissen, ob das dieselbe Person war.«

»Ich habe gefunden, dass er 1957 entlassen worden ist. Wenn es derselbe ist wie dein Bruno Weiler, haben wir seinen nächsten Aufenthaltsort. Hast du noch mehr gefunden? Hat er einen Abschluss gemacht?«

»Er hat Examenskurse belegt, aber mitten im Semester aufgehört. Mehr konnte ich im Immatrikulationsbüro nicht finden. Aber das war gute Arbeit. Jetzt sind wir wie Sherlock Holmes und sein Assistent – wie hieß er doch gleich?«

Darby lachte. »Ich habe keine Ahnung. Ich war ein Nancy Drew- und Hardy-Boys-Fan.«

»Jetzt muss ich den ganzen Abend daran denken, bis es mir einfällt.« Während sie fertig aufschrieb, was Professor Voss gefunden hatte, hörte Darby ihn seufzen. »Sherlock Holmes und ... ich komme nicht darauf.«

»Wenn ich zu dem Kongress komme, bringe ich die Briefe mit. Bitte grüße Katrin von mir.«

»Ja, Katrin wird sich sehr freuen, dass du wieder da bist. Ich bin sicher, sie möchte etwas mit dir unternehmen, bevor du wieder wegfährst. ›Girls' night out‹ – heißt das nicht so? Wie lange bleibst du hier?«

»Ach, ich kann bleiben, solange ich will – ich bin nicht gebunden.«

»Wunderbar. Vielleicht liegt deine Zukunft in Österreich?«

»Vielleicht.«

»Watson, das ist es!«, rief er plötzlich.

»Wie bitte?« Darby hielt den Hörer weiter vom Ohr weg.

»Dr. Watson. Sherlock Holmes und Dr. Watson. So hieß er.« Professor Voss kicherte, als ob ihm sein Ausbruch peinlich wäre. »Ich gebe schon einen ganz guten ‚zerstreuten Professor' ab, nicht?«

»Ich merke jetzt erst, wie sehr ich dich vermisst habe, Peter. Wir sehen uns am Samstag in der Universität, ja?«

Professor Voss lachte herzlich. »Neun Uhr morgens.«

Der Hörsaal war mit Kongressteilnehmern überfüllt. Während Darby einen Sitzplatz suchte, hörte sie, dass die Menschen um sie herum sich in mehreren Sprachen unterhielten: Französisch, Deutsch und vielleicht auch Jiddisch.

»Darby Evans!«, rief jemand hinter ihr. Noch ehe sie sich umdrehen konnte, spürte sie einen kräftigen Schlag auf die Schulter. Als Darby und Professor Voss sich im Gang begrüßten, drehten sich mehrere Leute nach ihnen um.

»Es ist so schön, dich zu sehen.« Seine grünen Augen leuchteten.

»Und dich auch, Dr. Watson«, sagte Darby lächelnd.

»Entschuldigung, aber ich bin Sherlock und du bist mein Mitarbeiter.«

»Wirklich?« Sie lachten miteinander, als ob sie sich schon seit Jahren kennen würden.

»Ich habe eine Kleinigkeit aus Amerika für dich.« Darby gab ihm eine kleine eingepackte Schachtel.

»Für mich?« Er benahm sich wie ein Kind, als er das Papier aufriss. »Ein neuer Slinky! Gerade zur rechten Zeit. Mein alter ist so verbogen, dass man ihn nicht mehr reparieren kann.«

»Wenn du jetzt wieder neu inspiriert wirst, musst du mir viel helfen.«

»Das mache ich! Hast du gewusst, dass der Slinky 1945 von einem Mann namens Richard James erfunden wurde? Und seine Frau hat den Namen ausgedacht. Seitdem sind schon über 250 Millionen verkauft worden.« Professor Voss öffnete die Schachtel, nahm den Slinky in die Hand und bewegte ihn hin und her. »Man braucht fast dreißig Meter Draht, um ihn herzustellen.«

»Sehr interessant. Niemand außer dir würde die Geschichte des Slinky erforschen.«

»Komm mit, ich habe Plätze weiter vorn. Vergiss nicht, vielleicht muss ich dir alles ins Ohr übersetzen – außer in den englischen Arbeitsgruppen.«

»Ich weiß schon. Ich bin also doch nur der Mitarbeiter.«

Sie nahmen die Plätze ein, die Professor Voss mit seinem Mantel und seiner abgenutzten Aktentasche belegt hatte. Ein älterer Professor kam nach vorne, er sprach nur Deutsch. Die Leute lachten mehrfach; Darby nahm an, das seien die üblichen Scherze, die Redner machen. Derweil versuchte Professor Voss ihr auf Englisch, einen Überblick über die Veranstaltungen des eintägigen Kongresses zu geben. Darby fand, dass sie unbedingt einen Deutschkurs brauchte, und zwar bald. Jeder, der eine Arbeitsgruppe unterrichten würde, stand auf und gab einen Überblick über sein Thema. Dann stand Brant Collins aus der ersten Reihe auf und stellte sich vor das Rednerpult.

Seit sie wieder in Salzburg war, hatte sie fast täglich an Brant gedacht. Auf einem ihrer Spaziergänge durch Salzburg hatte sie sein Büro aufgesucht, nur acht Blocks von ihrem Hotel entfernt. Aber was konnte sie ihm sagen, solange sie keinen stichhaltigen Beweis hatte, wer ihre Großmutter wirklich war? Jetzt stand er hier vor ihr.

Er sprach erst Deutsch und dann Englisch. Plötzlich blickte er in ihre Richtung und sah sie. Einen Augenblick kam er aus dem Konzept, dann sprach er weiter und schaute nicht wieder zu ihr hin. Brant kündigte an, dass er die englischsprachigen Arbeitsgruppen leiten würde.

Darby sprach den Professor an, der verdächtig unbeteiligt

tat. »Peter, hast du gewusst, dass Brant Collins hier ist und dass er die englischen Kurse leitet?«

»Ja, natürlich«, sagte er mit unschuldigem Lächeln.

»Warum lachst du?«

»Ich? Na ja, es würde nichts schaden, wenn ihr beide miteinander redet.«

Darby runzelte die Stirn. »Versuchst du etwa das zu machen, was ich denke?« Sie konnte es nicht fassen, aber sein hinterhältiges Lächeln bestätigte, dass er sie verkuppeln wollte. »Vergiss nicht, dass es ein paar wichtige Fragen gibt, die verbieten, dass wir auch nur gute Bekannte werden. Hast du überhaupt mit ihm gesprochen, während ich weg war?«

»Nein, aber ich meine, wenn du ihm alles sagen könntest, was du mir gesagt hast ...«

»Hast du mich etwa deswegen zu dem Kongress eingeladen?«, flüsterte Darby laut, als die Leute dem nächsten Gruppenleiter applaudierten.

»Natürlich nicht. Es hat sich einfach so ergeben, dass Brant alle englischsprachigen Kurse leitet. Ich dachte, es würde dich sehr interessieren und dir bei der Suche in deiner Vergangenheit helfen.«

»Bei der Suche in der Vergangenheit. Das klingt ja faszinierend, wie wenn Jacques Cousteau auf dem Meeresboden nach verborgenen Schätzen forscht.«

»Wenn du wirklich den Familienbesitz der Langes findest, ist das so sensationell wie das, was der Franzose entdeckt hat.«

»Bis dahin ist noch ein langer Weg.«

Wieder kam Applaus auf und die Leute standen nach und nach auf.

»Wir verteilen uns jetzt in die Arbeitsgruppen bis zum Nachmittagsvortrag. Der Redner hat Bergen-Belsen überlebt«, sagte Professor Voss und stand auf. Er zwinkerte ihr zu und klopfte ihr auf die Schulter. »Hoffentlich gefällt dir deine Arbeitsgruppe.«

Darby saß ziemlich weit hinten im Raum. Er füllte sich schnell, hauptsächlich mit ausländischen Teilnehmern, die alle das Englische beherrschten. Darby nahm sich ein Blatt mit einer übersichtlichen Gliederung des Themas: »Der bleibende Alptraum eines Überlebenden«.

Während Brant hereinkam, war er im Gespräch mit einem jungen Mann, der sich auf den letzten Platz in der ersten Reihe setzte. Darby rutschte auf ihrem Stuhl hin und her und wünschte, sie könnte darunter verschwinden. Ehe er zu reden anfing, hakte Brant ein Mikrofon an sein Hemd und schaltete ein Tonbandgerät ein. Sein Gesicht war braun gebrannt mit einem unauffälligen hellen Streifen von den Augen zu dem dunklen Haar an seinen Ohren. Auch Darbys Gesicht färbte sich so, wenn sie oft Ski laufen ging. Etwas an der Art, wie er sich bewegte, machte sie so nervös, dass sie es körperlich spürte.

Ehe er anfing zu sprechen, richtete er seine dunkelbraunen Augen auf Darby. Er nickte zum Gruß, dann sprach er. Zuerst berichtete er von der bleibenden Wirkung, die der Holocaust auf das Leben von Einzelnen ausübte – dazu gehörte auch das starke Schuldgefühl, das viele Überlebende quälte, weil sie noch lebten, während so viele andere gestorben waren.

In Brants Vortrag erkannte Darby kleine Zeichen wieder, die sie an Oma Celia nie recht wahrgenommen hatte. Ihre Großmutter hatte zwar kein Konzentrationslager überlebt, aber sie war aus Österreich entkommen, was viele von ihren Freunden und Verwandten nicht konnten. Darby erinnerte sich an Omas leichte Anwandlungen von Depression im Lauf der Jahre, besonders an wichtigen Tagen wie ihrem Hochzeitstag. Darby hatte diese Zeiten gekannt und erinnerte sich speziell an bestimmte Sätze, die zu der starken Frau mit dem tiefen Glauben nicht passten: »Habe ich irgendetwas Wichtiges mit meinem Leben getan?« »Ich habe doch nie etwas aushalten müssen.«

Sie hörte Brant von den ständigen, oft verborgenen Kämpfen vieler Überlebender sprechen und fragte sich, wie viel ihre Großmutter für sich behalten hatte. Sie bedauerte, dass sie es nicht früher gewusst hatte; dann hätte Oma Celia nicht den Kampf allein ausfechten müssen.

Als Brant zum nächsten Teil seines Vortrags überging, kämpfte Darby gegen die innere Aufwallung an, die sie jedes Mal spürte, wenn er in ihre Richtung blickte. Sie hatte nicht mehr gewusst, dass er so attraktiv war. Er schien auch nicht mehr so angespannt zu sein, sondern unbefangener vor sich selbst und den Zuhörern. Darby ertappte sich dabei, seine Hände zu betrachten, wie sie sich am Rand des Pultes hielten, oder seine Augen, die über die Menschen im Kursraum hinweg in seine eigenen Erinnerungen an die Geschichten der Überlebenden schauten.

Das Thema wechselte zu den Überlebenden heute. Er betonte, wie wichtig es ist, die Berichte der Überlebenden festzuhalten und ihnen und ihren Familien zu helfen. Darby fielen die Listen von Menschen auf der Website »Dringend gesucht« ein, die immer noch Verwandte und Freunde suchten.

»Sehr viele Überlebende haben jahrelang geschwiegen; sie wollten ihre Erlebnisse auch nicht den engsten Freunden und der eigenen Familie mitteilen. Jetzt im Alter wünschen sich viele einen Abschluss oder wollen berichten, was wirklich passiert ist. Die Geschichte wird oft verfälscht, damit sie in die moderne Vorstellungswelt passt. Meine Organisation versucht die wahre Lebensgeschichte der Holocaust-Opfer und -Überlebenden festzuhalten, damit spätere Generationen die Wirklichkeit nicht verfälschen können.«

Ein paar Leute applaudierten. Brant wartete, offensichtlich befangen, und nickte dann.

»Zum Schluss möchte ich etwas erklären, was ich erst in letzter Zeit erkannt habe: Der Holocaust oder die *Shoah* war etwas so Entsetzliches, wie die Menschheit es bis dahin nie erlebt hat. Wir müssen dafür sorgen, dass nichts Ähnliches wieder passiert. Wir müssen dem Leben seinen Wert geben, indem wir die schützen, die sich selbst nicht schützen können, wir müssen Menschen retten, lehren und lieben, die sonst Täter oder Opfer werden könnten. Aber die meisten von Ihnen hier sind ja Lehrer, Journalisten, Politiker oder Studenten, die einen dieser Berufe später ergreifen wollen. Sie möchte ich auf etwas aufmerksam machen, was ich selbst bis vor kurzem nicht wahrgenommen habe: Achten Sie darauf und nehmen Sie sich Zeit, auch Ihr eigenes Leben zu führen. Die Überlebenden haben das getan, sie sind Staatsmänner, Dichter, Diplomaten, Soldaten, Regisseure oder Gemeindeleiter geworden. Sie haben ihr Leben weitergeführt, geheiratet und Kinder bekommen.«

Brant schaute eine ganze Weile nach unten, als wollte er ein wichtiges Geheimnis weitergeben und wüsste nicht, wie er es sagen sollte. Er schaute erst nur Darby, dann alle Kursteilnehmer an.

»Der berühmte amerikanische Regisseur Steven Spielberg erhielt von der *Hollywood Academy Awards* einen Oscar als bester Regisseur für den Film *Saving Private Ryan.* Als Spielberg den Preis entgegennahm, sagte er Folgendes: ›Es ist ehrenvoll, zurückzuschauen und die Vergangenheit zu achten.‹ Das ist eine denkwürdige Aussage: Es ist ehrenvoll zurückzuschauen. Wir müssen die Vergangenheit achten. Aber zugleich muss ich Ihnen aus eigener Erfahrung sagen: Schauen Sie nicht so intensiv zurück, dass Sie Ihre eigene Gegenwart, Ihre eigene Zukunft verlieren. Denn jedem von uns wird nur ein Leben geschenkt. Lernen Sie aus der Vergangenheit. Heilen Sie die Wunden Ihrer Mitmenschen – überall, in jedem Menschen gibt es Schmerz. Aber leben Sie auch selbst ... Ich danke Ihnen.«

Im Raum war es totenstill, bis eine alte Frau aufstand und anfing zu klatschen. Andere folgten, bis niemand mehr saß. Als Brant noch das Mikrofon abnahm, kamen schon Leute nach vorn, um ihm die Hand zu schütteln und Fragen zu stellen. Sein Blick traf Darbys, bevor sich die Menschenmenge zwischen sie schob. Sie wollte mit ihm sprechen. Sein Vortrag war eindrucksvoll gewesen. Und sie konnte nicht leugnen, dass sie diesen Mann, der ihre Großmutter für eine Betrügerin hielt, anziehend fand. Sein Vortrag war geprägt von tiefer Aufrichtigkeit. Er hatte von Tatsachen berichtet, aber in seinen nachdenklichen braunen Augen sah sie, wie sehr es ihn innerlich bewegte. Er hatte bei den Zuhörern Verständnis gesucht. *Verstehen Sie, was diese Menschen ertragen haben?,* schienen seine Augen zu fragen. *Leben Sie nicht weiter, als hätte es das nicht gegeben.*

Eine lange Menschenschlange wartete auf ein Gespräch mit Brant und Darby wusste nicht recht, was sie sagen sollte. Aber das änderte nichts daran, was er von ihrer Großmutter hielt, und bis jetzt gab es keinen Beweis, der seine Meinung ändern könnte. Darby wusste nicht einmal, was er von *ihr* hielt. Sie verließ den Kursraum und blieb im Flur stehen, um ihre Gedanken zu sammeln, bevor sie zum Mittagessen ging, zu dem sie mit Professor Voss verabredet war.

Mit zwei weiteren Arbeitsgruppen ging der Nachmittag schnell vorüber. Darby hatte Professor Voss erzählt, dass sie sich für freiberufliches Fotografieren für Zeitungen und Zeitschriften interessierte und für die Zukunft auch ans Schreiben dachte, und er hatte ihr zwei Arbeitsgruppen empfohlen: »Der Holocaust in der modernen Presse« und »Die Bilder der Vergangenheit bewahren«, die beide ein internationaler Medienchef leitete. Darby entdeckte, dass es in den Räumen Kopfhörer gab, über die das Deutsche ins Englische übersetzt wurde, sodass Professor Voss in den Arbeitsgruppen nicht für sie zu übersetzen brauchte. Hier bekam sie unbezahlbare Informationen, die neue Begeisterung für die Arbeit in ihr weckten, die sie schon fast aufgegeben hatte. Vielleicht konnte sie doch davon leben und vielleicht würde sie diese Arbeit so lieben wie nie zuvor.

Als Darby von der letzten Arbeitsgruppe kam und zum großen Hörsaal ging, um den Schlussredner zu hören, ging sie um eine Ecke und stieß fast mit Brant zusammen.

»Entschuldigung«, sagte sie; seine Anwesenheit machte sie verlegen.

»Wie geht es dir?«, fragte er.
»Gut, und dir?«
»Gut.«
»Dein Vortrag heute Morgen hat mir wirklich gut gefallen.«
»Danke.«
»Also ...«, sagten beide zugleich und unterbrachen sich dann. Da standen sie im Flur, Leute gingen an ihnen vorbei, und plötzlich lächelten beide.
»Ist dir klar, wie sehr du mich überrascht hast, als ich meine Arbeitsgruppe vorgestellt habe?«, fragte Brant und schüttelte den Kopf. »Fast hätte ich ganz den Faden verloren. Ich dachte, du wärest in den Staaten, und dann sitzt du da neben Peter.«
»Ich war genauso erschrocken, als *du* nach vorn gekommen bist.« Darby musste wider Willen kichern, als sie an seinen Gesichtsausdruck dachte. »Jetzt sind wir quitt, denn du hast mich bei unserer ersten Begegnung zum Weinen gebracht und ich wäre vor Ärger fast geplatzt.«
»Ich führe die Leute nicht immer von der schlechtesten Seite vor.«
»Nein, nur mich.« Darby steckte eine Haarsträhne hinters Ohr; sie merkte, wie dicht sie beieinander standen.
»Das mit dem Weinen war mir wirklich sehr unangenehm.«
»Das war schon richtig so. Ich weine nicht so leicht.«
Brant lächelte und Darby fielen sein glatt rasiertes Kinn und seine weich gezeichneten Lippen auf.
»Du konntest also nicht von Österreich wegbleiben?«
»Irgendwie hat es mich wieder hergezogen«, sagte sie.
»Und ...« Brant zögerte, so als überlegte er, ob er fragen sollte: »Hast du etwas gefunden?«
»Herr Collins?« Eine junge Frau mit einer Hand voll Papiere tippte ihn von hinten an.
Brant drehte sich um und nahm dem zierlichen Mädchen die Papiere ab. Darby war überrascht, dass sie Englisch sprach.
»Kann ich noch irgendetwas für Sie tun?«, fragte das Mädchen und biss sich auf die Lippe.

»Nein, das ist sehr gut so. Danke, Melissa.«

»Gern geschehen.« Als sie den Flur hinunterging, schaute sie zweimal verschämt zurück, aber nur Darby bemerkte es.

»Du wirst ja richtig umschwärmt«, sagte Darby.

»Was?« Brant sah verwirrt aus.

»Immer noch so leichtgläubig.«

Brant schien erst nicht zu verstehen, dann ging ihm ein Licht auf. »Fang nicht wieder damit an. Das ist eine Studentin aus den Staaten.«

»Es wundert mich, dass dich noch keine von diesen österreichischen Damen eingefangen hat«, sagte Darby, sah aber gleich, dass ihre Neckerei ihn sehr persönlich getroffen hatte.

»Wenn die Arbeit mein Leben bestimmt, verliere ich das letzte bisschen Charme. Wie ich heute gesagt habe, habe ich erst vor kurzem gelernt, dass das Leben Wert hat. Und wie ist das mit dem Glashaus? Darby Evans, warum bist du noch nicht verheiratet?«

Sie schluckte. Der Spaß war Ernst geworden und sie mochte es nicht, dass es um sie ging. »Wahrscheinlich so ziemlich aus dem gleichen Grund. ‚Nur mit Arbeit, ohne Spiel' – du weißt schon.« Darby schaute auf die Uhr.

»Aber guck mal, wie spät es ist.« Er grinste, als sie ablenkte.

»Zeit für den Schlussvortrag, es reicht gerade noch.« Brant schüttelte den Kopf. »Wir sehen uns später, Darby.«

»Kennst du mich noch?«, fragte Richard in sein Handy. Er bog von dem erleuchteten Bürgersteig ab in einen dunklen Fußweg nahe am Fluss. Eine Gruppe von Touristen ging vorbei, zähneklappernd in der Kälte, und bog ab, um über den Fluss in die Altstadt zu gehen.

»Was willst du?«, antwortete die Stimme. »Ich dachte, du würdest nie mehr anrufen und nicht wiederkommen. Wir kommen so ganz gut zurecht.«

Richard ballte die Faust. Er musste ruhig bleiben. Er musste diese Sache regeln. »Ich wollte nur wissen, wie es dir und Mama geht.«

»Der Witz ist gut. Ich weiß doch, dass du Geld brauchst, um deine Schulden zu bezahlen. Aber wenn du schon fragst: Deiner Mama und mir ist es in den letzten zwei Jahren noch nie so gut gegangen. Versuche also nicht zu uns zurückzukommen. Daraus wird nichts.«

»Ich habe alles in Ordnung gebracht, Papa«, sagte Richard.

»Das interessiert mich nicht, Richard. Ich habe seit langer Zeit keinen Sohn mehr. Ruf also nicht wieder an.«

»Wann hast du jemals einen Sohn gehabt?«, Richard schlug das Handy immer wieder auf das Geländer. Er fluchte und warf das Handy heftig in Richtung des Flusses; einen Augenblick später hörte er es platschen.

Was sollte er jetzt tun? Sein Vater wäre seine letzte Chance gewesen. Aber wann hatte sein Vater ihm je Liebe gezeigt? Richard war das ganze Jahr über in ein Internat geschickt worden und im Sommer zu Gunther und Ingrid. Er war ein Einzelkind und beide Eltern hatten ihn nicht gewollt. Sie lebten ihr Leben mit reichen Freunden und großzügigen Urlaubsreisen und ein Kind störte nur ihre Pläne und Wünsche.

Er fluchte wieder und schlug mit der Faust auf das Geländer.

»Na, hast du wieder Probleme, Richard?«, fragte eine Stimme hinter ihm.

Richard drehte sich langsam um und stand einem großen älteren Mann gegenüber, der von einer Bank aufstand. Er schaute den Mann direkt an, aber unter seinem unverwandten Blick wurde es Richard übel vor Angst. So früh hatte er nicht mit einem Treffen gerechnet und schon gar nicht mit diesem Mann. Richard hatte ihn schon einmal gesehen, aber nur im Vorbeigehen. Warum brachte er sich in Gefahr, um selbst mit Richard zu sprechen? Das war kein gutes Zeichen.

»Alles ist in Ordnung«, sagte Richard und zwang sich zu einem Lächeln.

»Ich habe dir das Darlehen in gutem Glauben gegeben. Jetzt willst du mir wohl sagen, dass du noch mehr Zeit brauchst – schon wieder.«

»Ich habe Thom von der Erbschaft der Familie Lange erzählt«, fing Richard schnell an. »Hat er es Ihnen gesagt?«

»Das ist wohl deine Fahrkarte ins Glück.«

»Ich weiß, dass das stimmt. Sie können sich nicht vorstellen, wie viel allein die Brosche wert ist. Und die Münzen – vielleicht gibt es so etwas auf der ganzen Welt nicht noch einmal. Dann zahle ich alles zurück und habe noch genug, um Ihnen Geld zu leihen.«

Der Mann ging nicht auf den Scherz ein.

»Die Frau, die mir die Möglichkeit bieten könnte, ist jedenfalls gerade wieder in die Stadt gekommen.«

»Und was willst du machen?«

»Ich habe Pläne und Sie brauchen sich keine Sorgen zu machen, ich bezahle meine Schulden. Bisher habe ich auch immer bezahlt.«

»Diese Erbschaft interessiert mich mehr. Ich möchte auch alles hören, was du von dieser Frau, dieser Darby Evans, weißt.«

Richard runzelte die Stirn. Wie konnte dieser Mann ihren Namen wissen?

»Wird mir dafür etwas erlassen?«

»Halt mich einfach auf dem Laufenden. Nicht über Thom, sondern wende dich direkt an mich. Für alles andere sorge ich.«

24 Vierundzwanzigstes Kapitel

Frank Beck sah aus wie ein beliebiger älterer Mann, den Darby bei einem frühen Frühstück in Dennys Bäckerei oder mit einem kleinen Hund im Park sehen könnte. Er wohnte in Florida, spielte mit seinen Freunden Golf, ging zur Synagoge und fuhr in den Sommermonaten mit einem Wohnmobil in kühlere Gegenden; seine schönste Reise war eine sechswöchige Fahrt nach Alaska gewesen. Er war seit einundfünfzig Jahren verheiratet; seine Frau strickte gern Babyschuhe für neu angekommene Enkel und Urenkel und spielte Karten mit ihren Freundinnen. Besonders genossen die beiden ein Frühstück mit Quark-Hefestücken auf dem Balkon ihrer Eigentumswohnung. Aber Frank wurde viel zu oft von seinem früheren Leben eingeholt, manchmal nachts oder wenn er an einem Fabrikschornstein vorbeifuhr oder wenn er einen Zug auf den Gleisen rumpeln hörte. Dann fühlte Frank sich hungrig, durchgefroren und in panischer Angst, auch wenn er gerade seinen silberfarbenen Cadillac steuerte oder auf seiner Luxusmatratze schwitzte.

Frank Beck sprach Englisch, denn wie Oma Celia hatte er sich geschworen, niemals mehr Deutsch zu sprechen. Zu diesem Kongress in ein deutschsprachiges Land zu kommen, war für ihn sehr schwierig gewesen.

Darby beobachtete Beck, wie er die Zuhörer mit seiner Rede fesselte. Zuerst berichtete er von seinem Leben heute, dann führte er sie in eine dunkle Vergangenheit, die für ihn mit jedem Herzschlag lebendig war: »Es war meine Aufgabe im Krematorium, Leichen zu verbrennen. Das musste ich tun – sonst wäre ich eine von ihnen geworden. Man nimmt die Wirklichkeit sehr bald nicht mehr wahr, den Geruch und die Gesichter, die man nicht sehen will. Aber eines Tages erkannte ich ein Gesicht direkt vor mir. Es war mein Vater. Vor Monaten waren wir getrennt worden und ich hatte versucht zu erfahren, wohin man ihn gebracht hatte. Dann fand ich ihn hier. Ich konnte nicht daran denken. Ich habe meinen Vater im Krematorium verbrannt.« Seine Stimme versagte.

»Manche Menschen verstehen nicht, warum viele Überlebende immer noch Entschädigung oder die Rückgabe von Besitztümern, Erbstücken oder Geld fordern. Aber die Firmen, die von unserer Arbeit profitiert haben, gedeihen nach wie vor. Stellen Sie sich vor, Ihr Vater hat eine Versicherungspolice und bezahlt regelmäßig und von dem Geld wird das Naziregime finanziert, das Ihre Familie und Ihr Leben zerstört. Wenn Sie dann nach dem Krieg versuchen, die Versicherung Ihres Vaters ausgezahlt zu bekommen, werden Sie abgewiesen, obwohl Sie die Police in der Hand haben.« Beck hielt die Faust in die Luft. »Die Police, die die Versicherungsgesellschaft Ihrem Vater gegeben hat, war sechs Jahre lang unter dem Fußboden Ihrer Scheune versteckt; jetzt ist sie in Ihrer Hand. Sie haben den Beweis, aber Sie werden trotzdem abgewiesen. Warum? Weil die Nazis für die Ermordeten keine Totenscheine ausgestellt haben. Versicherungen fordern den Nachweis, dass der Eigentümer tot ist, nicht nur einen Augenzeugen, der das Gesicht seines Vaters gesehen und dann verbrannt hat.«

Er schüttelte den Kopf und senkte die Stimme. »Die Leute sagen oft: ›Das ist doch schon so lange her. Frank, du hast dir ein neues Leben aufgebaut. Lass es hinter dir.‹ Meine Frau, ich selbst und viele andere, wir können es nicht hinter uns lassen. Es ist zu einem Teil von uns geworden. Auch das letzte bisschen Menschenwürde ist uns geraubt worden. Ja, wir haben überlebt, aber ein Teil von uns kann nie wieder hergestellt werden.«

Er schwieg und schaute nach unten auf das Rednerpult. »Trotz allem bin ich an diesem Wochenende nicht hierher gekommen, um diese Dinge in den Vordergrund zu stellen. Ich will alle, die es hören und weitersagen wollen, daran erinnern. Immer wieder sagen wir: Vergesst es nicht! Simon Wiesenthal schreibt in seinem Buch *Gerechtigkeit, nicht Rache*: ›Hass kann überall entstehen; überall kann Idealismus zu Sadismus pervertiert werden. Wenn Hass und Sadismus sich mit der modernen Technologie verbinden, kann die Hölle überall wieder ausbrechen.‹ Ich sage jedem von Ihnen: Erzählt es weiter und vergesst uns nicht.«

Mit diesen einfachen Worten verließ Frank Beck das Podium. Die Zuhörer reagierten mit ernstem Applaus, nicht mit brausendem Jubel, sondern mit würdigem, respektvollem Klatschen. Darby konnte nicht klatschen, sie sah nur zu, wie der Mann die Stufen hinabstieg.

Der Kongress war abgeschlossen und sie ging langsam durch die Menge zum Ausgang. Sie wollte sich von Professor Voss verabschieden, aber er war von einer Menge von Kollegen umlagert. Als sie die Türen der Universität öffnete, traf sie ein kalter Windstoß. Die Wolken am Spätnachmittagshimmel wirbelten durcheinander, als wären sie unentschlossen, ob sie ein Unwetter auslösen oder weiterziehen sollten.

Auf dem Treppenpodest blieb sie mit den Händen am Geländer stehen. Tausend Sätze, Worte und Gefühle aus dem Seminar gingen ihr durch den Kopf, aber was konnte sie mit alldem anfangen? Eines war klar: Sie würde nie wieder sein wie früher. Ihr waren die Augen ein Stückchen weiter geöffnet worden. Man müsste noch so viel wissen und lernen und verstehen, und plötzlich wollte sie auch selbst so viel wissen und es an andere weitergeben. Vielleicht würden ihre Fotos irgendwann dieselbe Wirkung auf andere haben.

Sie schaute auf die grauen und weißen Wolken, die über den Häusern hin und her wogten, und gelobte: *Ich will Geschichten erzählen, weil ich dazu bestimmt bin. Ob mit Fotos oder mit Worten, ich will es weitergeben an Leute wie mich – die Licht in der Dunkelheit suchen.*

Und wie Brant gesagt hatte, wollte sie ihr Leben leben mit all der Fülle, die es bot. *Gott, ich habe so lange ohne dich gelebt und auch jetzt vergesse ich dich noch andauernd. Aber ich weiß, dass ich deine Hilfe brauche. Ich brauche dich ständig.*

Die Tür hinter ihr ging auf und mehrere Leute kamen aus dem Haus. Darby stellte den Riemen ihrer Tasche richtig ein und wartete, dass sie vorbeigingen. Dann ging sie wieder in Richtung Stadtmitte. Sie musste unbedingt ein paar Fotos machen.

»Darby! Warte!«

Sie drehte sich um und sah Brant Collins vom Universitätsgebäude aus auf sich zulaufen. »Professor Voss hat mich gebeten, dich zum Hotel zu bringen. Es tut ihm Leid, dass er nicht selbst da sein konnte.«

»Das schaffe ich doch wohl ohne Hilfe.« Darby wusste, was Professor Voss vorhatte, und es gefiel ihr nicht.

»Ich gehe sowieso diesen Weg«, sagte er und ging nun neben ihr her. Er zeigte auf die senkrechte Felswand über den Kirchtürmen. »Ich wohne auf der anderen Seite vom Mönchsberg, jenseits des Tunnels.«

Darby schaute auf den Berg. Sie war noch nie durch den Tunnel auf die andere Seite gegangen. Die Altstadt war ihr zur zweiten Heimat geworden, aber was noch zu Salzburg gehörte, war ihr ganz unbekannt. »Solange es kein Umweg für dich ist.«

Im Weitergehen erinnerte sich Darby, wie sie sich das erste Mal begegnet und dieselben Straßen entlanggegangen waren.

»Wie fandest du den Kongress?«, fragte Brant.

»Ausgezeichnet, sehr bewegend. Der letzte Redner war unglaublich.«

»Es ist erstaunlich zu erfahren, was Menschen sich gegenseitig antun«, sagte Brant leise.

»Ich kann das nicht verstehen.« Darby warf einen Blick auf Brant. Sie fragte sich, was er wohl alles gesehen und gehört hatte. Kein Wunder, dass er in seiner Arbeit aufgegangen war und vergessen hatte zu leben. »Ich glaube, ich könnte so etwas nicht ständig hören.«

»Ich glaube doch. Du würdest es machen, weil es wichtig ist, ihnen zu helfen. Es ist wichtig, ihre Lebensgeschichte festzuhalten und möglichst zu verstehen, wenn auch nur einen kleinen Teil davon. Sie brauchen wenigstens Verständnis. Merkwürdig, dass wir so lange brauchen, bis wir erkennen.«

»Wie meinst du das?«, fragte Darby.

»Jetzt bin ich schon über dreißig und fange gerade erst an zu erkennen, was das Leben überhaupt soll. Nicht nur die Arbeit oder ich selbst, sondern, sagen wir mal das Ganze.«

Darby überlegte ihre nächsten Worte genau. »Du meinst das richtig große Ganze. Zum Beispiel – Gott?«

Sie sah, wie er zögerte und sich dann einen Stoß gab.

»Ich nehme an, ja. Hier sind wir umgeben von der christlichen Religion, die Einfluss hat auf fast alles in dieser Stadt. Aber unabhängig von Religion und Geschichte selbst zu erkennen, was Gott wirklich bedeutet, Christus sogar, und das dann für sich selbst anzunehmen ... Dir brauche ich das wahrscheinlich nicht zu sagen.«

Darby hätte am liebsten gar nicht zugegeben, dass sie verstand, was er meinte. »Doch, ich weiß genau, was du meinst. Ein bisschen unheimlich, nicht?«

Brant blieb stehen. »Du auch?«

Darby konnte nur nicken. Sie fing gerade an, Gott für sich zu entdecken und konnte es nicht richtig erklären, ohne von Tatjana und Celia und ihrem Einfluss zu sprechen. Dann würden sie und Brant anfangen, über Gott zu reden und am Ende darüber streiten, wer ihre Großmutter war oder nicht war. Aber während sie nachdenklich weitergingen, wunderte Darby sich doch, wie zwei Menschen, zwischen denen es so große Probleme gab, doch an dem gleichen Punkt im Leben standen und sich anscheinend in dieselbe Richtung bewegten.

Sie gingen über den Mozartplatz mit der großen Statue von Wolfgang Amadeus Mozart und dann auf den Fluss zu.

»Ich muss hier entlang«, sagte sie und ging geradeaus weiter.

»Kein Cozy-Hotel?«

Darby sah die hochgezogene Augenbraue und das leichte Grinsen. »Ich wohne ›Zur goldenen Ente‹ in der Goldgasse.«

Brant lächelte. »Ein bisschen österreichischer also.«

»Ich versuche nicht allzu leichtgläubig zu sein«, sagte sie und hob den Kopf ein wenig.

Er lachte leise, während sie an einer Reihe von Läden und Restaurants vorbei auf den Residenzplatz zugingen. Hier bevölkerten mehr Spaziergänger und Schaufensterbummler die Bürgersteige. Sie gingen, bis der Häuserblock den Blick auf die Goldgasse mit dem goldenen Schild freigab, das dort angebracht war. In dieser Straße, die mehr wie ein geheimnisvoller Durchgang wirkte, war es windstill. Ein einzelnes Auto konnte das erste Drittel der Straße gerade noch passieren, dann wurde sie noch enger und nur Fußgänger konnten ganz durchgehen.

»Hier wohne ich«, erklärte Darby, als sie das gelbe Hotel ›Zur Goldenen Ente‹ erreichten. Schmuckgirlanden umkränzten die Tür und die Fenster. Tische standen zusammengeklappt an einer Seite des Hauses, denn auch für die Österreicher, die frische Luft lieben, war es zu kalt, um draußen zu essen.

»Dann bist du also da.« Brant trat von einem Fuß auf den anderen, als ob er etwas sagen wollte. Er schaute auf das fünfstöckige Hotel, das mit den anderen Häusern eine geschlossene Front bildete. »Ich habe überlegt ... Ich dachte, ich wollte dich fragen, obwohl es eigentlich sehr kurzfristig ist.«

Überrascht, den ruhigen, kühlen Brant nervös zu sehen, fragte Darby nach: »Was, dachtest du, wolltest du fragen?«

»Ein älteres Ehepaar in meiner letzten Arbeitsgruppe hat mir Karten für ein Abendessen mit Konzert gegeben.« Seine Augen wanderten über den Boden, das Haus gegenüber, ihre Schulter, aber er sah sie nicht direkt an. Plötzlich meinte sie, es zu wissen. Wollte Brant Collins etwa mit ihr *ausgehen*?

»Wahrscheinlich haben die Leute die Karten gekauft und müssen jetzt doch heute Abend noch weg. Es ist im St.-Peter-Stiftskeller, das ist ein nettes Lokal. Wenn du Mozart magst, interessiert es dich vielleicht. Es ist sehr österreichisch.«

»Ich mag Mozart«, sagte sie und war wieder unsicher über seine Absichten. »Willst du mir die Karten geben oder ...«

»Ach so, natürlich, ich kann dir die Karten geben«, sagte er und stotterte ein bisschen. »Ich habe sie hier in der Tasche.« Er suchte in seinem schwarzen Mantel, nahm die zwei Karten heraus und gab sie ihr.

»Oder wolltest du fragen, ob ich mit dir komme?«, unterbrach sie ihn.

Brant zuckte die Achseln. »Es ist egal. Nimm sie, und viel Spaß.«

Darby lächelte. Es war ganz nett, ihn auch einmal verlegen zu sehen.

»Nimm du doch eine davon und wir gehen beide hin. Wir können uns vor dem Haus treffen oder wir brauchen gar nicht zusammen zu sitzen, wenn die Plätze nicht reserviert sind.«

Brant schien sich zu entspannen. »Sind sie nicht. Aber für mich ist es einfacher, zu Fuß zu gehen als einen Parkplatz zu finden, ich kann hier vorbeikommen und zusammen mit dir gehen ... wenn du willst.«

»Klar«, sagte sie und versuchte gleichgültig zu erscheinen, als ob sie der Gedanke an einen gemeinsamen Abend kalt ließe.

»Um Viertel nach sieben bin ich hier. Es fängt erst um acht an, aber ich möchte gern früh da sein.«

»Also bis dann.« Darbys Gedanken liefen in alle Richtungen: Was sollte sie anziehen, was machte sie da?

Brant ging so schnell weg, dass sie sich fragte, ob er ähnliche Bedenken hatte und ob er auch so aufgeregt war. Sie schaute auf die Uhr und rannte dann nach oben. Worüber sollten sie reden? Wie konnten sie überhaupt zusammen irgendwohin gehen, ohne das Problem anzusprechen, das zwischen ihnen stand?

Darby hörte, wie die Aufzugtüren aufgingen, wartete aber nach dem Klopfen anstandshalber noch fünf Sekunden, ehe sie ihm öffnete.

»Hallo«, sagte sie. Sie fühlte sich unwohl in ihren Kleidern, mit der Frisur und den Schuhen und mit allem, was sie anprobiert und weggelegt und was sie in den letzten zwei Stunden getan hatte. Jetzt fragte sie sich, warum sie den langen schwarzen Rock genommen hatte. Konnte sie in den schwarzen Abendschuhen auch richtig gehen? Die schwarze Bluse mit dem schwarz und dunkelroten Schultertuch war ihr plötzlich zu eng und ihr war heiß im Gesicht. Sie hatte ihr glattes Haar auf heiße Lockenwickler gedreht und gesprüht, bis es sich kaum noch bewegte. Sah es jetzt zu locker aus und passte nicht zu ihr?

»Fertig«, sagte sie und hoffte, er würde nicht merken, wie sie rot wurde.

»Du siehst wirklich toll aus«, sagte Brant lächelnd.

Da erst fiel ihr auf, wie gut er aussah. Auch er war in Schwarz mit einem Stehbundpullover, Jackett und Hose. »Todschick!«, hätte ihre Großmutter gesagt.

»Du auch – siehst toll aus, meine ich.« Darby beeilte sich, ihren Schlüssel und die Handtasche mitzunehmen, bevor ihm der Kleiderhaufen hinter dem Bett auffiel.

In Salzburg war es kalt und der Himmel dunkel, als sie gingen, aber wie gewöhnlich schlief die Stadt noch nicht. Licht fiel auf die Festung über der Stadt und auf Kirchtürme, um Springbrunnen und von Straßenlaternen. Auf dem Mönchsberg leuchteten Schneeflecken, aber sie hatte gehört, dass es in der Stadt selbst seit Wochen keinen Schnee gegeben hatte. Durch Torbögen und über Plätze gingen sie zum St.-Peter-Stiftskeller, der direkt am nackten Felsen des Mönchsberges lag. Sie kamen in einen offenen Hof in der Mitte und Darby bemerkte ein Gitter über sich, das lose Steine vom Gebäude fernhalten sollte. Hoch oben außer Sichtweite wachte Hohensalzburg über die Altstadt. Vertrocknete Weinreben hingen seitlich vom Gitter; im Frühling waren sie wahrscheinlich frisch und grün und es war ein wunderschöner Platz zum Essen unter freiem Himmel für Menschen, die die Liebe suchten. Darby gefiel das dunkle, holzverkleidete Restaurant, aber es war anders, als sie es sich für ein Mozartkonzert mit Abendessen vorgestellt hatte. Sie ging hinter Brant her eine Treppe hinauf und durch einen langen Flur. Sie brachten ihre Mäntel in einen kleinen Raum und traten dann in einen wunderschönen Saal. Darby blieb in der Tür stehen. Dies übertraf ihre Erwartungen. Die barocke Ausstattung mit Kronleuchtern und Parkett und die mit Blumen und Porzellan gedeckten Tische wirkten, als wäre man ins achtzehnte Jahrhundert zurückversetzt. Die Kellner trugen rote Jacketts mit weißen Rüschenhemden und die Kellnerinnen bewegten sich zwischen den Tischen in weiten Röcken und Schürzen.

Brant stand neben ihr in der Tür. »Der St.-Peter-Stiftskeller wird zum ersten Mal von Alkuin erwähnt, einem Hofschreiber, bei einem Besuch Karls des Großen im neunten Jahrhundert. Man nimmt an, dass er das älteste Lokal in ganz Mitteleuropa ist.« Er reichte ihr den Arm. »Können wir, meine Dame?«

Darby hakte sich ein. »Ja, wir können.«

Die Tische füllten sich schon und sie fanden zwei Plätze an einem runden Tisch dicht vor einer kleinen Bühne. Als Darby sich setzte und zurechtrückte, merkte sie, dass Brant versucht hatte, ihr auf ihren Platz zu helfen.

»Man sieht schon, dass ich länger nicht ausgegangen bin, besonders nicht mit jemandem, der Manieren hat«, sagte Darby entschuldigend, dann lachte sie.

»Sie sprechen Englisch – Sie klingen amerikanisch?«, fragte eine junge Frau neben ihr.

»Ja, und Sie sind auch Amerikanerin?«

»Wir alle auf dieser Seite vom Tisch sind Amerikaner.« Noch drei Frauen in Darbys Alter grüßten. »Ein Ehepaar aus Brasilien gehört auch zu uns.« Der Mann und seine Frau nickten. Die Amerikanerin sprach weiter: » Unser zweites Ehepaar ist aus Ungarn, aber sie sprechen nicht sehr gut Englisch. Und Ihr Freund?«

»Eigentlich ist er nicht mein Freund, ich meine, gar nicht mein Freund ...«, stotterte Darby.

»Ich bin Österreicher *und* Amerikaner«, antwortete Brant. Er lächelte Darby zu, es schien ihm zu gefallen, dass sie sehr rot geworden war. »Sind Sie zusammen hergekommen, meine Damen?«

»O ja. Wir sind vier losgelassene Hausfrauen.«

»Das klingt ja gefährlich. Und wie sind Sie auf Salzburg gekommen?«, fragte Brant.

»Also Lucee und ich haben schon immer von einer Europareise geträumt.« Sie stieß eine Brünette neben sich an, die ein Gemälde an der Decke betrachtete. »Ach ja, ich heiße Cate«, sagte sie und gab ihnen die Hand. »Lorna schwärmt für klassische Musik und spielt Geige und hier ist natürlich das Land von Mozart. Bailey war es egal, wo wir hinfahren, sie kommt überallhin mit. Dann haben wir ein bisschen nachgelesen, Städtenamen aus dem Hut gezogen, Babysitter für die Massen von Kindern gesucht, die wir zusammen haben, und die Männer überredet – und jetzt sind wir hier.«

Lorna, die Musikerin, schaltete sich ein. »Wir waren der Ansicht, wenn sich die Möglichkeit bietet, muss man es manchmal einfach machen.«

»Das finde ich auch«, sagte Brant und schaute Darby an. »Warum hätte ich dich sonst heute Abend eingeladen?«

»Wirklich?«, fragte Darby ironisch. »Du hast mich eigentlich nicht direkt eingeladen – jedenfalls nicht sehr formvollendet.«

»Sind wir hier oder nicht?«, fragte Brant grinsend.

Darby schüttelte mit gespieltem Ärger den Kopf und wendete sich wieder Cate zu. Die Frau hatte helle Haut und grüne Augen; sie betrachtete Brant, dann Darby, und versuchte offensichtlich sich ein Bild von ihrer Beziehung zu machen.

»Das ist also die Reise Ihres Lebens?«, fragte Darby schnell.

»Oder die erste in einer lebenslangen Serie«, sagte Cate, dann beugte sie sich näher zu ihr. »Meine Freundinnen sind manchmal ein bisschen seltsam, aber ich bin froh, dass ich zu ihnen gehöre.«

»Das haben wir gehört«, sagte Bailey ein paar Plätze weiter.

Sie zeigte mit einem langen, gepflegten Finger auf Cate. »Du gehörst zu uns, daran musst du dich gewöhnen.«

Lorna sagte scherzhaft: »Wir brauchen Cate, wenn wir verreisen. Die kann mit jedem ein Gespräch anfangen, ob er Englisch kann oder nicht.«

Daraufhin lachten die vier Frauen, wie es nur gute Freunde können, als ob ein bloßer Blick Scherze und Erlebnisse wachriefe, die nur sie selbst verstehen konnten. Dieser Abend mit einem Mann an der Seite und mit anderen Frauen, die wussten, was Freundschaft ist, tat Darby gut. Und all das vor dieser bezaubernden Kulisse aus der Zeit Mozarts.

Ein Kellner kam, um Bestellungen aufzunehmen, und Bailey sagte laut: »Champagner für den ganzen Tisch. Dies ist ein unvergesslicher Abend.«

»So gute Butter habe ich noch nie gegessen«, sagte Lucee und biss in ihr Brötchen.

»Und das Käsebrot«, fügte Lorna mit strahlendem Lächeln hinzu. »Nur eine eisgekühlte Cola – dafür würden Bailey und ich fünfzig Dollar bezahlen.«

»Ich finde den Schinken so gut – ach, der Schinken in Österreich«, seufzte Cate.

Darby beugte sich zu ihnen hinüber. »In Österreich ist das Frühstück am besten. Ich mag so gern diese Brötchen, die man in allen Hotels und Bäckereien bekommt. Und die Marmeladen.«

Alle fünf Frauen sahen Brants amüsierten Gesichtsausdruck und brachen in Lachen aus.

Dann kam der Champagner und alle prosteten sich zu.

Plötzlich, als wäre das Gläserklingen das Signal, gingen die Türen hinten im Saal auf und die Musiker kamen herein. Alle schauten ihnen zu, wie sie ihre Instrumente nach vorn zu der kleinen Bühne trugen: mehrere Geigen, ein Cello und einen Kontrabass. Sie setzten sich, legten Noten vor sich hin und dann, als könnte sie endlich ausatmen, fing die erste Geige an zu spielen. Einen Augenblick später fielen die anderen Instrumente ein, jedes schwang und hüpfte seine eigene Figur, die sich mit den anderen zu einem vollkommen harmonischen Tanz ergänzte. Vom Eingang her tönte eine volle Stimme.

Ein dunkelhaariger Mann in rotem Mozartfrack stürzte herein, der einen schwarzen Hut mit weißen Federn trug. Er stellte sich sehr aufrecht vorn auf die Bühne, breitete die Arme weit aus und lächelte leicht. Seine Stimme übertönte die Instrumente mit einem italienischen Lied.

Die Amerikanerinnen riefen oft genug für alle »Oh« und Ah«, aber auch Darby spürte die mitreißende Stimmung dieses Abends. Zwischen den Gängen des Abendessens ging das Programm mit Musik und Oper weiter; es gab Zitronencremesuppe mit Hühnchenscheiben, geschmortes Schweinefilet auf Apfelwein-Meerrettich-Sauce mit Kartoffeln und zum Nachtisch »Wespennester«, eine Süßspeise mit dem Profil von Mozart aus Kakao darauf. Darby bemerkte die bunten Fensterscheiben und die Malerei an der getäfelten und geschnitzten Decke. Ein so außergewöhnliches Ambiente hatte sie noch nie erlebt. Brant lächelte ihr zu, als sie ihn ansah. Während der Musik hatten sie ihre Stühle umgestellt und manchmal spürte sie allzu stark seine Anwesenheit so dicht neben sich. Einmal, als er sein Programmheft fallen ließ und sich neben ihr bückte, traf sein warmer Atem sie seitlich am Hals. Für einen Abend wollte sie ihre Meinungsverschiedenheiten vergessen. Es schien, als wüssten beide, ohne ein Wort zu sagen, dass sie sich sehr uneinig waren, wollten es aber für diesen gemeinsamen Abend unbeachtet lassen. Nach dem letzten Gang kamen die Musiker wieder, dazu ein Paar, das singend um die Tische tanzte. Der Mann griff immer wieder nach der Frau und sie entwischte ihm lachend. Sie sangen und jagten sich um die Tische, bis er die Frau schließlich fing und in eine unwiderstehliche Umarmung zog. Als das Lied zu Ende war, tobte der Saal vor Begeisterung. Das Paar lief nach vorn und verbeugte sich, drehte sich dann um und gab den Musikern ein Zeichen, die aufstanden und sich auch verbeugten. Donnernder Applaus erhob sich. Darby taten vom Klatschen die Hände weh, aber sie applaudierte weiter, als das Ensemble den Saal verließ.

Darbys Gesicht war erhitzt, als sie in die kalte Nacht hinaustraten. Sie verabschiedete sich von den vier Amerikanerinnen, die gemütlich und in lustiger Unterhaltung weggingen. Plötzlich war sie allein mit Brant nach einem der denkwürdigsten Abende ihres Lebens. Sie, die das Lied der Berge liebte, war auch in Mozarts Melodien der Liebe begegnet. Ja, noch mehr: Sie wusste, dass Brant verstand, wie sehr dieser Abend sie beeindruckt hatte.

»Gehst du oft zu solchen Veranstaltungen?«, fragte sie, als sie ihren Mantel anzog.

»Ich wohne schon seit Jahren in Salzburg, aber dies ist das erste Mal, dass ich da war.« Sie gingen über den kleinen Platz, wo die Taxis Kunden aufnahmen. Als sie durch einen Torbogen gegangen waren, blieb Darby stehen. »Danke, dass du mich mitgenommen hast. Ich fühle mich wie ein Kind nach dem ersten Ausflug nach Disneyland.«

»Es war mir ein Vergnügen«, sagte er und schaute auf sie herunter. Dann blickte er sich um und zog sie von der Straße weg dicht an sich.

»Das war ein Fahrrad«, konnte er gerade noch sagen, bevor es mit dem bekannten metallenen Klingeln vorbeikam. Darby nahm seine Nähe in sich auf und merkte einen flüchtigen Duft von Rasierwasser. Gerade als sie sich nach dem Vorbeifahren des Fahrrades entfernen wollte, legten Brants Finger sich um ihre.

Ohne ein Wort zu sprechen, gingen sie durch die gepflasterten Straßen. Abwechselnd gaben ihre Hände Signale, strichen über die Handflächen oder die Finger. Ihre Finger griffen ineinander, lösten sich und verschränkten sich wieder. Darby war atemlos und ihr Herz schlug so heftig, dass sie immer wieder die Augen schloss.

Dann blieb er stehen und zog sie an sich. Darbys Rücken berührte die geputzte Wand, ihre Hände fielen an ihre Seite.

Brant ging einen Schritt auf sie zu, in der dunklen Ecke schauten sie sich in die Augen. Er hob eine Hand und berührte ihr Haar, strich dann mit einem Finger über ihre Wange und ihre Lippen.

Er öffnete den Mund, wie um zu sprechen, aber dann beugte er sich vor und küsste sie. Einen Augenblick zögerte er, bevor ihre Lippen sich sanft berührten. Er stützte die Hände neben ihrem Gesicht an die Wand, sein Körper kam näher, bis sie überall seine Nähe spürte und ihn noch näher wünschte. Brant küsste sie zart, dann länger und intensiver. Sie spürte, wie sie nachgab. Da hörte sie in Gedanken eine warnende Stimme.

»Halt«, flüsterte sie, »warte. Sonst – sonst weiß ich nicht, was passiert.«

Brant holte schwach Atem und trat zurück. Er betrachtete Darby zärtlich, dann drehte er sich weg und fuhr sich mit der Hand durchs Haar. Keiner sprach, als er ihre Hand nahm und sie weitergingen.

Diesmal blieb Darby stehen. Sie nahm seine beiden Hände. »Wenn du nur glauben könntest!« Sie sah ihn bittend an. Er musste wenigstens an die Möglichkeit glauben, sonst konnte es nicht weitergehen.

»Doch, ich glaube – ich glaube dir.« Seine Augen wurden traurig.

»Aber meiner Großmutter glaubst du nicht.« Darby schüttelte den Kopf, als er wegschaute.

»Es ist nicht so einfach, wie du es dir vorstellst«, sagte er. »Nächste Woche muss ich vor Gericht aussagen, weil ich jemandem vertraut habe, obwohl ich nicht sicher war. Und wegen deiner Großmutter bin ich jetzt schon sicher. Ich weiß nicht, warum du die Wahrheit nicht akzeptieren kannst.«

»Wahrheit? Ich weiß die Wahrheit. Professor Voss und Katrin glauben sie auch, warum sprichst du also nicht mit ihnen? Ich verstehe nicht, warum du es nicht versuchen willst – für die Möglichkeit offen zu sein. Sonst ist alles, was ich zu erreichen versuche, ein Kampf gegen dich.«

»Ich möchte dir noch so vieles sagen, aber …«

»Brant, vielen Dank. Es war der schönste Abend meines Lebens«, sagte sie, dann flüchtete sie und ließ ihn im Dunkeln stehen.

Brant zählte die Stockwerke und sah in Darbys Zimmer das Licht angehen. Da oben war sie, ganz nah und doch so unerreichbar. Er stand in einem dunklen Ladeneingang gegenüber dem Hotel und lehnte sich gegen den Türpfosten. Darby Evans war ihm wichtig, er könnte sich sogar in sie verlieben. Aber es tat ihm weh zu wissen, dass gerade sie die Frau war, die er nicht bekommen konnte – jedenfalls jetzt nicht. Vielleicht nie.

Er sollte etwas glauben, was er nie glauben konnte. Würde er leben müssen wie Gunther – ohne eine Liebe, die von Dauer ist?

Brant sah einen Schatten am Fenster. Er würde nicht kampflos aufgeben. Er würde herausfinden, wer Darbys Großmutter wirklich war. Wenn sie das erst akzeptierte, hätten sie vielleicht eine Chance. Oder würde sie es übel nehmen, dass die Wahrheit von ihm kam? Erst musste er die Antwort finden. Sie war jetzt so nah, er konnte sie nicht einfach loslassen.

25 Fünfundzwanzigstes Kapitel

Darby wusste, dass ihre Motive ihr nicht recht klar waren, aber nach einer fast schlaflosen Nacht war sie wieder fest entschlossen zu handeln. Es war an der Zeit, die Suche mit voller Kraft zu beginnen. Sie brauchte einen Beweis für die Identität ihrer Großmutter und Darby hoffte, Bruno Weiler würde diesen Beweis liefern. Sie war schon öfter in Sackgassen geraten und diese Spur könnte auch wieder eine sein, aber das wollte Darby herausfinden. Wenn es schief ginge, würde sie etwas Neues versuchen.

Ein Taxi brachte sie zum Bahnhof; dort kaufte Darby eine Fahrkarte nach Hallstatt. Als sie in der weißen Fähre über das dunkle Wasser des Hallstätter Sees fuhr, fiel ihr wieder ein, dass ihr Großvater die Fähre gesteuert hatte – vielleicht sogar dieselbe. Sie betrachtete den Fahrer und versuchte sich vorzustellen, wie ihr Großvater ausgesehen hatte. Sie hatte nie ein Foto von ihm gesehen.

Darby klingelte mit der Glocke auf der Empfangstheke des Gasthauses Gerringer und hörte Schritte im Obergeschoss. Sophie stieß einen Freudenruf aus, als sie Darby sah, kam schnell herein und umarmte sie fest.

»Ich freue mich so, dich wiederzusehen«, sagte Sophie. »Du bist also noch in Österreich.«

»Ich bin nach Kalifornien zurückgeflogen, aber ich musste wiederkommen«, sagte Darby froh, als ob sie alte Freunde wären.

»Ich glaube, dein altes Zimmer ist jetzt wieder frei.« Sophie griff nach einem Buch unter der Theke.

»Ich brauche kein Zimmer«, sagte Darby, unsicher, wie Sophie wohl reagieren würde. »Ich bin gekommen, um noch einmal mit deiner Großmutter zu sprechen.«

»Ich glaube, sie wird mit dir sprechen.« Zu Darbys großer Erleichterung strahlten Sophies Augen. »Sie hat sich sehr verändert, seit du zuletzt hier warst. Meine Mutter und ich glauben, das kommt, weil sie ihre Vergangenheit erzählt hat und weiß, dass wir sie immer noch lieb haben. Bitte entschuldige mich einen Moment, ich komme gleich wieder.«

Ein paar Minuten später stand Darby vor der alten Frau. Sie sah aus wie beim letzten Mal, aber es gab kein verächtliches »Hmmp«, sondern die alte Frau nickte auf Darbys »Grüß Gott« hin.

Darby setzte sich Frau Gerringer gegenüber auf den Stuhl. »Bruno Weiler«, sagte Darby und wartete, ob ihr Gesichtsausdruck sich veränderte, »Sie haben mir seinen Namen gegeben und ich danke Ihnen. Ich habe erfahren, dass Herr Weiler als SS-Aufseher in Mauthausen war, wie Sie gesagt haben. Jetzt möchte ich Sie bitten mir alles zu erzählen, was Sie von ihm wissen.«

Sophie sprach mit ihrer Großmutter und dann wieder mit Darby.

»Sie fragt, was du erfahren hast.«

»Ich habe nicht viele Fakten gefunden.« Darby seufzte und schaute der alten Frau direkt in die Augen. »Was ich brauche, habe ich nicht gefunden. Aber ich lerne viel über meine Großmutter und über mich selbst. Als ich schon einmal hier war, bin ich gekommen, weil meine Großmutter mich darum gebeten hatte. Ich habe Ihnen nicht erzählt, dass die Dokumente meine Großmutter nicht als Celia Müller ausweisen. Da steht, Celia Müller sei in Mauthausen umgekommen. Aber ich weiß, dass Tatjana Hoffmann unter Celias Namen und an ihrer Stelle umgekommen ist. Jetzt bin ich aus eigenem Interesse gekommen. Ich möchte beweisen, was passiert ist, damit die Urkunden geändert werden können und Tatjana die Ehre erfährt, die sie verdient. Wenn möglich möchte ich auch erfahren, was mit dem Besitz meiner Familie passiert ist.«

Eine Weile sagte die alte Frau nichts. Dann übersetzte Sophie für sie: »Sie sagt, du lernst viel, genau wie sie, obwohl sie schon so alt ist. Aber dein Familienbesitz: Viele Leute suchen heute solche Sachen, aber es sind nur Sachen, nichts Lebendiges.«

»Ja. Und wenn man sie nicht wiederbekommt, will Gott es so haben. Aber Tatjana hat ihr Leben hergegeben und darum bin ich am Leben. Ich muss wenigstens versuchen, was ich tun kann. Wenn ich nichts erreiche, weiß ich wenigstens, dass ich es versucht habe.«

»Sie will dir sagen, was sie von Bruno Weiler weiß.«

Darby schien es, als ob sie eben so etwas wie eine Prüfung bestanden hatte. Sie lehnte sich entspannt zurück und dankte der alten Frau.

Sophie hörte ihrer Großmutter zu. »Sie sagt, sie sind alle zusammen zur Schule gegangen. Bruno war jünger. Er war ein lustiger Junge, machte dauernd Witze und lachte. Aber sein Vater war sehr streng. Wenn sein Vater nicht arbeitete, ging Bruno nicht gern nach Hause. Er hat oft bei ihrer Familie zu Abend gegessen. Er und ihr jüngerer Bruder waren Freunde und verstanden sich auch gut mit dem Bruder deiner Großmutter. Meine Großmutter hat jung geheiratet, aber sie hat noch im Dorf gewohnt und es gesehen.« Wieder machte Sophie eine Pause und hörte zu. »Ungefähr als sie heiratete, zog Bruno nach Wien zu seiner Tante. Er blieb in Kontakt mit ihrem Bruder und besuchte ihn manchmal – mit Celias Bruder hat er den Kontakt abgebrochen, er hieß Werner. Ich bin sicher, das war, weil er Halbjude war. In einem Winter kam Bruno mit Schriften von der Hitlerjugend. Er wollte, dass die Jungen im Dorf da eintreten und nach Wien kommen, aber ihr Vater hat es ihrem Bruder nicht erlaubt.«

Während das Gespräch mit Hilfe von Sophie weiterging, schrieb Darby schnell mit. »Sie haben lange nichts gehört. Dann bekam ihr Bruder einen Brief über Brunos Stelle in Mauthausen. Später musste ihr Bruder in den Krieg und fiel gleich in der ersten Woche. Von Bruno hörten sie nichts mehr. Nach dem Krieg hat sie dann gelesen, dass er wegen Verbrechen angeklagt und ins Gefängnis geschickt worden war. Danach weiß sie nichts mehr.«

Darby schaute von ihrem Schreibblock auf. »Ich habe herausgefunden, dass er 1957 aus dem Gefängnis entlassen wurde und dann in Wien zur Universität gegangen ist.«

»Sie sagt, seine Mutter ist nach Wien gezogen, als sein Vater gestorben war. Dort wohnte sie bei ihrer Schwester. Die Mutter hieß Dorthe Schumacher-Weiler und ihre Schwester war Heike Schumacher. Heike war nicht verheiratet.«

»Wann hat sie zum letzten Mal etwas von ihnen gehört?«, fragte Darby.

Die alte Frau zuckte die Achseln und kratzte sich am Kinn, ehe sie antwortete.

»Sie meint, das muss um 1950 oder 1955 gewesen sein. Das ist lange her.«

»Können Sie sich sonst noch an etwas erinnern?« Darby schrieb auf, was sie gehört hatte, und die alte Frau schüttelte den Kopf.

»Sie sagt, das ist alles, was sie von Bruno und seiner Familie weiß.« Frau Gerringer legte eine Hand auf Darbys Arm. »Sie sagt, sie hofft, dass du alles findest, was du suchst.«

Darby nickte, fasste die Hand der alten Frau und legte ihre andere Hand darauf. »Danke. Das hoffe ich auch.«

Ein entferntes Donnergrollen hallte von den Bergen her ins Dorf.

»O, ich höre, heute Abend gibt es ein Gewitter«, sagte Sophie. Sie zog den Vorhang auf und Darby sah, dass es schon anfing zu regnen.

»Vielleicht bleibe ich heute Nacht doch hier«, sagte Darby. Sie hatte eine Tasche mit zusätzlicher Kleidung mitgenommen für den Fall, dass sie etwas entdeckte, dem sie nachgehen musste.

»Dann gebe ich dir dein Zimmer«, sagte Sophie mit strahlendem Lächeln, »und du isst mit unserer Familie zu Abend.«

Das Gebirgsgewitter kam schnell und heftig und Darby war froh, dass sie sich entschlossen hatte zu bleiben. Sie liebte das Furcht erregende Donnerrollen in den Bergen, das von den Gipfeln und Bergkämmen herunterkam und in den Schluchten und Pässen widerhallte. Sophie gab ihr den Schlüssel zu ihrem Zimmer im zweiten Stock mit Blick auf den See, ohne es ihr zu zeigen, denn Darby war ja jetzt keine Kundin mehr, sondern ein Gast der Familie. Zum Abendessen kam sie herunter zu den drei Frauen der Familie Gerringer, die sie an ihre eigene Familie erinnerten. Später nahm sie ein elektrisches Öfchen mit nach oben, denn die Warmwasserheizung unten wurde mit einem Kachelofen beheizt und musste erst heiß genug werden, um die oberen Zimmer zu heizen. Unter ihrer dicken Federdecke schlief Darby ein, während draußen der Wintersturm heulte und heftig an den Fenstern rüttelte.

Aber spät in der Nacht wachte sie von irgendetwas auf. Stille. Darby wickelte sich eine Wolldecke um die Schultern und trat auf den Balkon. Ihre nackten Füße spürten kalten Schnee. Sie stieg in ihre Stiefel, ohne sie zuzuschnüren, und ging wieder hinaus. Nach dem Gewitter schien der Mond durch die vom Sturm aufgewühlten Wolken und der See, die Luft, Schnee und Bäume erschienen im dunklen Blau des Winters.

Darby hatte den Winter nie recht gemocht. Er kam und nahm dem Land alles Leben. Er verkleidete sich in reinstem Weiß, aber er zerstörte alles, was er berührte.

»Es tut mir Leid, ich bin ein Verräter«, flüsterte Darby den steifen, abgebrochenen Stängeln zu, die im letzten Herbst wahrscheinlich leuchtende Blüten getragen hatten. »Aber heute kann ich den Winter nicht hassen.«

Als sie diese blaue, so stille und zauberhafte Welt betrachtete, fragte sie sich, ob der Winter dem Land wirklich das Leben raubte. Vielleicht war der Winter gar nicht das Ende, sondern in Wirklichkeit der Anfang. Das raue Wetter legte alles bloß, was in den Sommermonaten nicht zu sehen war. Es schlug auf alles ein und schien es fast zu zerstören, bis das Wesen aller Dinge sichtbar wurde. Weder Gutes noch Schlechtes konnte sich vor den schneidend kalten Winden und den Gewitterstürmen verstecken. Und nur wenn es durch einen Winter ging, konnte das Leben gezwungen werden, sich auf Knien zu ergeben, um auf eine neue Geburt vorbereitet zu werden.

Darby betrachtete nachdenklich den dunklen Winterhimmel.

Dies ist dein Winter, schien Omas Stimme zu sagen. *Wir alle gehen durch Winterzeiten. Aber der Winter geht vorbei. Und während du heil wirst, wirst du auch stärker, reicher, lebendiger als je zuvor.* Darby stellte sich ihre sanfte Hand vor, wie sie ihr eine Haarsträhne hinters Ohr schob. Der Himmel inspirierte sie und Omas Stimme verklang. Jetzt hörte sie eine andere Stimme, die tiefer aus ihrem Inneren kam, eine Stimme, die sie erst anfing kennen zu lernen: *Dies ist dein Winter, Darby. Nimm ihn für dich als Geschenk, denn ich mache dich wieder lebendig.*

26 Sechsundzwanzigstes Kapitel

Wir haben die Hälfte der Briefe übersetzt«, sagte Professor Voss, während Darbys weiße Atemwolke von der Tür der Telefonzelle in zwei Teile geteilt wurde. Der Morgen war kalt und Bäume und Wege waren mit leuchtendem Neuschnee bedeckt wie mit einer weiß glitzernden Decke.

»Steht etwas Neues darin?«, fragte sie und versuchte ihre behandschuhte Hand durch Reiben seitlich am Telefon zu wärmen.

»Eigentlich nicht. Es sind alles Briefe, die deine Großmutter im Lauf von sechzig Jahren an deinen Großvater geschrieben hat. Sie schreibt, was sie erlebt, wie sehr sie ihn vermisst, wie es ihrer Tochter und später ihren Enkelinnen geht.«

»Warum, meinst du, hat sie sie auf Deutsch geschrieben? Ich habe meine Großmutter nie ein einziges Wort Deutsch reden hören – bis kurz vor ihrem Tod.«

»Ich bin kein Psychologe, aber vielleicht hat es ihr geholfen, die Briefe zu schreiben, weil sie doch versprochen hatte, nie Deutsch zu sprechen. Oder vielleicht hatte sie doch ein bisschen Hoffnung, Gunther eines Tages zu finden und sie ihm geben zu können.«

»Das ist ziemlich traurig«, sagte Darby.

»Ja, aber auch sehr anregend. Sie haben sich sehr geliebt. Du kommst also wieder nach Salzburg?«

»Ich fahre nach Wien«, sagte sie und fing an zu zittern.

»Was ist los?«

»Ich weiß jetzt sicher, dass Bruno Weiler meine Großmutter

und auch Tatjana gekannt hat. Nach dem Krieg haben seine Mutter und seine Tante in Wien gewohnt. Vielleicht finde ich dort einen von ihnen oder jemand anderes aus der Familie Weiler. Ich bin ja schon halb da und da dachte ich, ich könnte auch eure Hauptstadt anschauen, bevor ich wieder nach Salzburg komme.«

»Wahrscheinlich findest du nichts, aber eine Reise nach Wien gehört irgendwann für jeden Reisenden unbedingt dazu. Es gibt auch viele verschiedene Archive in Wien, aber natürlich auf Deutsch. Schade, dass ich nicht hinkommen und helfen kann, aber ich habe die ganze Woche Unterricht.«

»Ich beeile mich und sehe einmal, was ich finden kann.« Darby klapperten die Zähne. »Ich müsste so vielen Spuren nachgehen. Da ist die Suche nach der Brosche und den Münzen. Heute Morgen habe ich im Museum gefragt, ob man in Hallstatt keltische Münzen gefunden hat, aber sie haben Nein gesagt. Dann muss ich wegen Tatjana einen Beweis finden und ich würde auch gern mehr über meine Familie erfahren, besonders über meinen Großvater.«

»Anscheinend ist Bruno Weiler jetzt der Schlüssel zu vielem.«

»Ja.« Darby zitterte am ganzen Körper und wünschte sich noch etwas von dem heißen Früchtetee, den sie zum Frühstück bekommen hatte. »Aber ich friere hier draußen. Ich rufe dich dann von Wien aus an.«

»Katrin ist hier und sagt, du musst zur Bäckerei Demel gehen. Das ist die beste in Wien.«

»Das werde ich machen.«

»Und, Darby«, Professor Voss' sonst fröhliche Stimme klang ernst, »sei vorsichtig.«

Brant hatte in den letzten zwei Tagen nicht viel von seiner Arbeit erledigt, aber zwei Organisationen drängten ihn, seine Aufgaben zu erfüllen. Er bekam die Nachricht, dass er im Fall

Aldrich doch nicht als Zeuge vorgeladen würde; die beiden hatten sich für einen Vergleich entschieden. Einerseits war er erleichtert; andererseits hatte er sich gewünscht, vor dem Mann und der Frau seine Zeugenaussage abzulegen. Aber außer dem Fall Aldrich hatte er noch viel größere Sorgen: Er musste entscheiden, wie er sich gegenüber Darby verhalten sollte. Sollte er ihr einfach alles sagen und sehen, was dann passierte? Dann wusste er es plötzlich: Professor Peter Voss. Darby hatte gesagt, der Professor glaubte ihr. Wenn Brant ihm die Fakten vorlegte, könnte das anders werden – und Peter würde wissen, was weiter zu tun war.

Brant schaute in seinem elektronischen Telefonbuch nach und gab die Nummer ein.

»Peter, hier ist Brant. Ich muss mit dir reden.«

»Ja, ich muss sagen, es wird langsam Zeit.«

Brant schüttelte den Kopf. »Dann glaubst du das alles tatsächlich.«

»Ganz bestimmt. Warum du nicht?«

»Weil es nicht stimmen kann.«

»Warum nicht?«

Gunther. Gunther konnte sich nicht die ganze Zeit über geirrt haben. »Wir müssen darüber reden. Ich komme gleich.«

Darby hatte bisher nur einmal eine Zugfahrt erlebt, und zwar mit einer uralten Eisenbahn in Mount Shasta in Kalifornien, einen fingierten Raubüberfall inbegriffen. Die europäischen Züge waren damit verglichen wie ein moderner Sportwagen im Vergleich zu einem Ford Modell T. Hier waren sie ein zuverlässiges Transportmittel: pünktlich, leistungsfähig und komfortabel. Sie stieg in einen Nichtraucherwagen und fand einen freien Teil mit geschlossenen Abteilen. Noch während sie ihr Gepäck im Netz verstaute, rauschte der Zug aus dem Hallstätter Bahnhof. In Salzburg hatte sie einen Eurail-Pass gekauft, sodass sie innerhalb von vier Monaten eine Woche lang reisen konnte. Wenn sie in Wien nichts fände, könnte Darby einen Zug nehmen und fast jedes Ziel in Europa erreichen. Am nächsten Morgen könnte sie in Paris oder Rom oder Amsterdam sein – ein verlockender Gedanke.

Als der Zug vom Nordrand des Gebirges in die offene Hügellandschaft Oberösterreichs nahe der Donau fuhr, wurden die treibenden Schneeflocken zu Regentropfen. Als sie ein Stück im Donautal entlanggefahren waren, schaute sie von ihrer Reisekarte auf in Richtung Mauthausen. Sie war wieder da, jetzt fuhr sie daran vorbei. Da lag es für immer auf dem Berg mit seinen Gespenstern und dem Aschehaufen.

Die welligen Hügel und Felder wurden von dichtem Wald abgelöst: dem Wienerwald, der sie bis ins Herz der Stadt begleiten würde. Darby griff ihre Tasche und wartete, dass die Türen aufgingen. Schnell ging sie durch den verrauchten Bahnhof zum Ausgang und blieb dann stehen, betrachtete die Häuser und das Menschengedränge und fühlte sich wie Mary Tyler Moore. Sie atmete den Geruch der Stadt ein – ah, Wien! Jahrhundertelang Heimat für Künstler, Musiker, Kultur und Kaffeehäuser! Die Kaiserstadt war eine Brücke zwischen Ost und West, ein Gemisch von Kulturen und Volksgruppen österreichischer und slawischer Abstammung. Diese Stadt hatte Kaiserreiche aufsteigen und fallen sehen, sie war der Mittelpunkt einer vergangenen Epoche und Gastgeberin von Konferenzen im Kalten Krieg gewesen, wo sich sicher auch Spione getroffen und ihre Pläne ausgeheckt hatten.

Wie es sich für jeden anständigen Touristen gehört, hatte Darby im Reiseführer über Wien nachgelesen, aber sie hatte eigene Anmerkungen aus den Erzählungen ihrer Großmutter dazugefügt. Denn Wien hatte auch einmal ein jung verheiratetes Paar auf der Hochzeitsreise willkommen geheißen. Darby erinnerte sich, dass ihre Großmutter gesagt hatte: »Salzburg hat idyllischen Reiz – dein Schatz, der dich mit offenen Armen empfängt. Wien ist wie ein Zauberer, es fängt dich ein mit seiner raffinierten Eleganz, auch wenn du seine Macht fürchtest.«

Darby fühlte sich klein mitten in diesem Zauberer. Aus dem Nachmittagshimmel fielen feine Schneeflocken, als sie auf eine Reihe Taxis zulief, die am Straßenrand parkten. Sie hatte kein Hotelzimmer reserviert, aber es gab keinen Zweifel, wo sie wohnen wollte, trotz der Preise.

»Hotel Sacher, *please*, bitte«, sagte Darby, als der Fahrer eines weißen Mercedes ihre einsame kleine Tasche nahm.

»Ah«, sagte der Mann lächelnd, »das wird Ihnen gefallen.«

Der Mercedes schoss vorwärts, sprang aus der Kolonne und wieder hinein. Darby wollte auf den Stadtplan schauen und aus dem Fenster die Sehenswürdigkeiten betrachten, aber sie nahm nur die Straße vor sich wahr. Von diesem Fahrstil wurde einem übel. Als ein Lieferwagen an ihnen vorbeiraste und sie gleich darauf um zwei andere Wagen kurvten, war Darby klar, dass es richtig gewesen war, bei diesen verrückten Straßen und noch verrückteren Fahrern keinen Wagen zu mieten. Sie kamen an einem lang gestreckten Park vorbei und wieder wünschte Darby, sie könnte sich im Reiseführer und auf dem Stadtplan informieren. In Salzburg lagen die Altstadt und die Sehenswürdigkeiten in derselben Gegend, aber Wien war anders: Seine Schlösser, Parlamentsgebäude, Opernhäuser, Parks und historischen Stätten waren über die ganze riesige Innenstadt verteilt. Die berühmte Ringstraße lief außen um dieses Labyrinth von miteinander verbundenen Einbahnstraßen; auf der anderen Seite bildete die Donau eine natürliche Barriere.

Darby hatte jede Orientierung verloren und dachte, sie führen aus der Stadt hinaus, da sah sie das wuchtige Gebäude der Staatsoper. Das Taxi hielt auf der anderen Straßenseite. Sie stieg aus und schaute an einem hohen Hotelgebäude mit roten Bannern und Flaggen hinauf, die im Wind des späten Nachmittags flatterten: »Hotel Sacher«.

Der Fahrer grüßte, bevor er wegfuhr. Darby stand vor dem Eingang mit dem roten Teppich und betrachtete das Luxushotel. Ihre ausgeblichenen Jeans, die ungeputzten braunen Stiefel und die hüftlange braune Lederjacke passten nicht ganz zu dem feudalen Haus, aber trotzdem ging sie erwartungsvoll hinein.

Die Empfangsdame lächelte und bot ihr ein Einzelzimmer für über zweihundertfünfzig US-Dollar an. Darby unterschrieb mit schlechtem Gewissen, dass sie so viel ausgab. Aber sie brauchte nicht lange, um zu finden, dass die Ausgabe sich lohnte. Sie fand eine Vorhalle mit Fotos von prominenten Gästen: Ernest Hemingway, Prinzessin Caroline von Monaco, John F. Kennedy, Königin Elisabeth II. von England, der Dalai Lama und Thomas Mann, um nur einige zu nennen. Sie lächelte über ein Bild von den Bee Gees, dann entdeckte sie Arnold Schwarzenegger, Österreichs Lieblingsstar. Alle waren Gäste im Hotel Sacher gewesen, wo sie allein nur mit ihrer Sporttasche angekommen war. Das Haus war in den 1870er-Jahren auf dem Gelände des Kärntner Tor-Theaters erbaut worden, wo Beethovens Neunte zum ersten Mal gespielt worden war.

Darby nahm den Aufzug nach oben und trat in ihr Zimmer. Sie fühlte sich wie eine Prinzessin, die in ihr königliches Gemach eintritt: Das Zimmer war königlich ausgestattet mit Kronleuchtern, mintgrünem Teppich und passender Tagesdecke und Vorhängen. Ein reich verzierter weißer Schreibtisch mit Stuhl stand am Fenster und an den Wänden hingen schöne Ölgemälde. Irgendwo in diesem selben Hotel hatten ihre Großeltern ihre ersten Liebesnächte miteinander verbracht. Bei diesem Gedanken erschien ihr ihr Einzelbett sehr einsam. Darby zog die Goldkette heraus und betrachtete den Ring an ihrem Ende. Sie strich mit dem Finger um den Rand. »Du bist schon einmal hier gewesen, nicht wahr? Diesmal bist du allein ohne die andere Hälfte. Fast wie ich.«

Darby nahm die Kette ab und beschloss, ein luxuriöses Schaumbad zu nehmen, ehe sie sich auf das Bett warf und die Speisekarte des Zimmerdienstes durchlas. Sie bestellte ein Wiener Schnitzel und Sachertorte zum Nachtisch.

Die Entstehungsgeschichte dieser berühmten Süßspeise sei

schon bekannt gewesen, bevor das Hotel überhaupt gebaut wurde, stand in einer Broschüre: Im Jahr 1832, als Franz Sacher Kochlehrling war, habe Fürst Metternich für seine prominenten Gäste eine besondere Nachspeise verlangt. Das Problem: Der Chefkoch war krank und der sechzehnjährige Franz wurde mit der Aufgabe betraut. Heute verbrauche Sacher jedes Jahr eine Million Eier, 70 Tonnen Zucker, 60 Tonnen Schokolade, 35 Tonnen Aprikosenmarmelade, 25 Tonnen Butter und 30 Tonnen Mehl, um die Torte herzustellen, die in die ganze Welt exportiert werde. Dankbar schlüpfte Darby unter den kühlen Bettbezug, lehnte sich an ihr Kissen und aß ihr Essen. Nach dem letzten Bissen reichhaltiger Schokolade mit der Marmeladenschicht unter der Glasur war sie rundum satt. Sie lehnte sich zurück, suchte ein Fernsehprogramm und sah BBC und CNN, bis sie sich wieder rühren konnte. In dem stillen Zimmer fiel ihr Brant ein. Einerseits wünschte sie sich, er könnte in diesem Moment bei ihr sein; andererseits glaubte sie, es könne nie etwas daraus werden. Wenn sie Brant überhaupt wichtig war, warum ließ er sie dann so leicht los? Warum hielt er so an seinen geschriebenen Dokumenten fest, wenn sie vor ihm stand und ihn bat, ihr Wissen in Betracht zu ziehen? Sie glaubte auch nicht, dass sie etwas gemeinsam hätten außer der Neigung zur Arbeitssucht. Und wenn Darby die Wahrheit herausfände und Brant den Beweis lieferte, könnten sie dann den Streit begraben? Sie glaubte es nicht. Ihr innerer Schmerz war nicht so groß wie ihre Wut. Wie sollte sie jemals einen Mann gern haben, der ihr im Zweifelsfall nicht glaubte, noch dazu in der wichtigsten Sache ihres Lebens?

Aber bevor sie an solche Möglichkeiten denken konnte, brauchte sie den Beweis. Nicht nur für Brant, sondern für ihren ursprünglichen Zweck, Tatjana ihren Namen zu geben.

Darby stand auf und fand im Schreibtisch ein Telefonbuch. Sie breitete die Papiere über Bruno Weiler vor sich aus und suchte in dem Buch. Wie ihre Zukunft aussah oder nicht aussah, konnte sie nur erfahren, wenn sie die Fakten herausfand.

Unter W war gar kein Weiler aufgeführt. Dann suchte sie nach der Tante, Heike Schumacher. Es gab viele Schumachers. Plötzlich setzte Darby sich aufrecht, starrte einen Namen an und verglich ihn mit ihrer Mitschrift. Da stand es: Heike F. Schumacher.

Darby schaute auf die Uhr. Es war schon neun Uhr abends, aber sie wählte die Nummer trotzdem. Es gab Dinge, die nicht warten konnten. Sofort meldete sich eine junge Stimme.

»Hallo«, sagte Darby. »Sprechen Sie Englisch?«

»Ja«, sagte die Frauenstimme.

»Gut. Ich heiße Darby Evans. Ich suche eine Frau Heike Schumacher, die eine Schwester namens Dorthe Schumacher-Weiler gehabt hat. Die Dame müsste sehr alt sein. Bin ich da richtig verbunden?«

»Von Frau Schumachers Schwester weiß ich nichts, aber sie selbst ist sehr alt – nächsten Monat wird sie hundert Jahre. Sie schläft um diese Zeit.«

»Sind Sie ihre Tochter?«, fragte Darby.

»Nein, ich pflege Frau Schumacher.«

Darby zögerte. Sollte sie jetzt fragen oder warten, bis sie direkt mit der alten Frau sprechen konnte? Sie ließ es darauf ankommen. »Eigentlich suche ich Heike Schumachers Neffen. Er heißt Bruno Weiler. Wissen Sie etwas von ihm?«

Die Frau zögerte. »Ich glaube, solche Sachen sollten Sie Frau Schumacher selbst fragen. Vielleicht kann ich ihr Ihren Namen und die Telefonnummer geben und sie ruft Sie wieder an?«

»Könnten Sie sie bitten zurückzurufen? Es ist sehr wichtig.« Darby gab ihr die Daten und die Frau verabschiedete sich so schnell, dass sie nicht sicher war, ob sie den Namen und die Nummer wirklich aufschrieb.

Darby hörte das Freizeichen und legte auf. Vielleicht hatte sie sich gerade die beste Möglichkeit verbaut, Bruno Weiler zu finden.

27 Siebenundzwanzigstes Kapitel

Brant kam bei Peter und Katrin Voss an und wollte ihnen alles erzählen. Sein Freund musste erfahren, warum Darbys Großmutter nicht Celia Müller sein konnte und warum er für sich behalten hatte, was er über den Familienbesitz der Langes wusste. Aber als Katrin ihn hereinbat, wurden ihm gleich die Briefe von Darbys Großmutter vorgelegt.

»Ich bin dabei, noch mehr Briefe zu übersetzen, die Darby aus dem Haus ihrer Großmutter mitgebracht hat«, sagte Professor Voss. Er reichte Brant einen Stapel Papiere. Als Brant am Tisch saß und sie gewissenhaft prüfte, wurde ihm am ganzen Körper kalt. Er schnappte nach Luft, als er ein Blatt sah, auf dem ein Ring abgebildet war.

»Was ist das?«, fragte er; er konnte nur mühsam sprechen.

»Das ist eine Zeichnung von Darbys Ring – oder vielmehr von der Verlobungshälfte, die zum Ehering ihrer Großmutter gehörte.«

Brant starrte auf die Kopie. »Peter, wir müssen Darby finden. *Jetzt.*«

Darby wachte früh auf und duschte. Dann wartete sie, ging hin und her, starrte auf das Telefon und wollte, dass es klingelte. Das Frühstück ließ sie sich wieder aufs Zimmer bringen. Draußen schien die Sonne und es sah fast aus, als wäre es warm. Darby las in ihrem Reiseführer über die Sehenswürdigkeiten von Wien und wählte schließlich am Mittag noch einmal Heike Schumachers Nummer. Niemand nahm ab.

Am Nachmittag fand sie, sie müsse nach draußen gehen, um nicht verrückt zu werden. Sie zog ihre Jeans und einen Wollpullover an und band ihr Haar zu einem Pferdeschwanz zusammen. Sie hatte nur wenig mitgenommen, weil sie ja nur eine Tagesreise nach Hallstatt vorgehabt hatte, und zog jetzt ihre letzte saubere Wäsche und die letzten frischen Socken an. Sie knöpfte ihre Lederjacke zu und fand, dass der Nachmittag trotz des Sonnenscheins kalt war.

Darby entdeckte, dass sechshundert Jahre Regierung des Hauses Habsburg sich überall in der Hauptstadt bemerkbar machten. An der Schönheit der Stadt sah man, was sie einmal gewesen war: das beherrschende politische und kulturelle Zentrum einer vergangenen Epoche. Darby hätte gern alles angeschaut und hatte genug Besichtigungen für eine ganze Woche eingeplant. Aber sie war gerade erst durch den Hof der Hofburg, des alten Kaiserpalastes, gegangen und hatte etwa zwölf Fotos gemacht, als das unbehagliche Gefühl einen Anruf verpasst zu haben, sie veranlasste zum Hotel Sacher zurückzukehren. Das reiche Warenangebot und die prachtvollen Sehenswürdigkeiten würden noch einen Tag warten müssen.

Als sie einen Bus vorbeifahren ließ, bemerkte sie eine graue Limousine, die auf der anderen Straßenseite parkte. Es schien ihr, als hätte sie diesen Wagen schon gesehen, vielleicht sogar mehrmals. Aber überall flitzten Autos herum, auch Dutzende von grauen Limousinen mit getönten Scheiben. Darby ging weiter die Straße hinunter und schaute unauffällig auf das Nummernschild. Es war ein österreichisches Schild, nichts Ungewöhnliches.

Sie ging ein paar Blocks weiter durch Alleen bis zur Ecke Ringstraße. Langsam fuhr eine graue Limousine vorbei, das Nummernschild war dasselbe. Als sie den Wagen ein paar Blocks weiter wieder parken sah, nahm sie impulsiv ihren Fotoapparat und fing an zu fotografieren. Der Wagen fuhr schnell weg.

Plötzlich fiel Darby ein, dass niemand wusste, wo sie war. Sie hatte Professor Voss gesagt, sie würde anrufen, es aber noch nicht getan. Niemand wusste, in welchem Hotel sie wohnte und dass sie bei Heike Schumacher angerufen hatte. Darby beschloss, sofort zum Hotel zu gehen.

Sie atmete auf, als sie einen Block weiter die bunten Flaggen sah, die ihr den Weg in die Sicherheit wiesen. Da trat plötzlich eine Frau mit weißblond gebleichtem Haar vor ihr aus einem Hauseingang.

»Entschuldigung«, sagte Darby und wollte vorbeigehen.

»Sie suchen nach Informationen, nicht wahr?«, sagte die Frau auf Englisch.

Darby drehte sich um. Die Frau stand an das Haus gelehnt, eine Zigarette lose zwischen zwei langen Fingern.

»Meinen Sie mich?«

Darby sah sich um, ob die Frau vielleicht zu jemand anderem gesprochen hatte. Aber es waren nur wenige Fußgänger auf der Straße. Darby wusste nicht, was sie tun sollte. Wer war das? Wo kam sie her?

»Darby Evans, kommen Sie mit oder nicht?« Sie wartete ungeduldig.

Darby versuchte nicht erschrocken auszusehen. »Woher wissen Sie meinen Namen?«

»Vertrauen Sie mir.«

Darby kam ein paar Schritte näher. »Was wollen Sie?«

»Ich will nichts – Sie sind es doch, die Antworten sucht.« Die Frau zeigte die Straße entlang. Da stand die graue Limousine, die hintere Tür war offen. Der Motor lief. Durch die getönte Windschutzscheibe sah sie einen Mann auf dem Fahrersitz.

Darby trat einen Schritt zurück; was würde jetzt passieren? Die Frau ließ ihre Zigarette fallen und zertrat sie auf dem Bürgersteig.

»Wollen Sie einsteigen? Wir zwingen Sie nicht. Wenn Sie Antworten haben wollen, geht es leider nur mit ein bisschen Heimlichtuerei. Aber dann bekommen Sie Ihre Antworten.«

»Woher kennen Sie mich? Warum sind Sie mir durch die Stadt nachgefahren?«

Die Frau zuckte die Achseln. »Wir sind nur als Boten geschickt worden, um Sie dahin zu bringen, wo Sie Antworten bekommen. Sagt Ihnen der Name Tatjana etwas?«

»Was wissen Sie über Tatjana?«

»Ich weiß nichts. Ich weiß nur, wer es weiß. Aber dann müssen Sie mitkommen.«

Darby überlegte, was sie tun sollte; in ihrem Kopf schwirrten tausend Bilder: ihre Großmutter im Sarg, Professor Voss, Brants Gesicht am Abend des Mozartkonzerts, ihre Mutter, als Darby versprach vorsichtig zu sein. Aber ihr Bedürfnis zu wissen, was geschehen war, war stärker als alle bösen Ahnungen. Schnell ging Darby zum Auto, wo die offene Tür sie in den dunklen Innenraum einlud. Die Frau öffnete die Beifahrertür und setzte sich auf den Vordersitz.

Darby beugte sich hinein. »Ich muss jemandem Bescheid sagen, wo ich hinfahre.«

»Steigen Sie ein oder machen Sie, was Sie wollen«, sagte die Frau und sah flüchtig über die Schulter. Der Mann drehte sich gar nicht um. »Sie haben nur diese eine Gelegenheit.«

Darby setzte sich auf den Ledersitz. Sobald sie die Tür geschlossen hatte, schoss die Limousine vorwärts, die Kärntnerstraße entlang. Sie war nur einen Block von ihrem Hotel entfernt gewesen. Als sie an den flatternden Fahnen des Hotels Sacher vorbeifuhren, wusste Darby, dass sie einen schrecklichen Fehler gemacht hatte.

28 Achtundzwanzigstes Kapitel

Peter, hast du von ihr gehört?«, fragte Brant und lief mit dem Telefonhörer in der Hand im Zimmer auf und ab.

»Nein, sie wollte anrufen. Wir haben gar nichts gehört.«

»Wir warten jetzt schon den ganzen Tag darauf. Ich meine wirklich, wir sollten versuchen sie zu finden.« Brant hatte auch an Peters Stimme gehört, dass er sich Sorgen machte. »Sie kann überall sein, aber wir könnten zuerst die Hotels anrufen.«

»Ich glaube, du hast Recht. Wir müssen sie finden. Sie hat kein Auto, also wird sie wahrscheinlich nah am Ring wohnen.«

»Gut, die Hotels am Ring. Du nimmst drei Sterne und ich vier. Dann gehen wir aufwärts, bis wir sie finden. Ich weiß, dass sie nach echt österreichischen Häusern gesucht hat, also keine Cozy-Hotels mehr.«

Professor Voss lachte leise, dann wurde er ernst. »Sie ist eine richtige Dame, Brant.«

»Ich weiß. Ich rufe dich in einer Stunde an.«

Brant legte auf, suchte nach seinem Hotelführer von Wien und hoffte, nicht zum Fremdenverkehrsbüro laufen zu müssen, ehe er anfangen konnte zu telefonieren. Aber er fand das Heftchen ziemlich schnell und fing an, bei verschiedenen Hotels anzurufen. Gestern Abend hatte er schon nach Wien fliegen wollen, um sie zu finden. Brant wusste die Fakten jetzt genau und konnte es trotzdem kaum glauben. Wenn er Gunthers Ring früher gesehen hätte, hätte er Bescheid gewusst.

Brant nahm den Hörer auf. Er musste sie finden. Aber er hatte auch Angst davor. Was würde sie denken, wenn sie entdeckte, dass ihre Großeltern sich am Ende doch noch hätten finden können, wenn nur Brant nicht im Weg gestanden hätte? Würde sie ihm je verzeihen? Konnte er sich selbst je verzeihen?

Niemand sprach, während sie die Stadt hinter sich ließen. Von Kilometer zu Kilometer wuchs Darbys Angst. Sie fuhren nach Süden an Wegweisern nach Graz und Klagenfurt vorbei. Sie wusste, dass sie in ein paar Stunden in Slowenien, Italien oder der Schweiz sein konnten. Diese Leute konnten mit ihr tun, was immer sie wollten, und dann wäre sie spurlos verschwunden. Keine Information der Welt war das wert. Was hatte sie nur gedacht? Darby beschloss, wenn sie langsamer würden, zu versuchen hinauszuspringen. Die Türen waren nicht verschlossen, der Griff neben ihr. Die Fahrt schien schon Stunden zu dauern, aber die Wegweiser zeigten, dass es viel weniger war.

»Wo fahren wir hin?« Darbys Stimme klang laut in ihren Ohren, als sie die Stille durchbrach.

»Wo wir hinmüssen«, antwortete die Frau, ohne zurückzuschauen.

»Ich will zurück. Ich will gar nichts erfahren, ich will nur zurück.«

Der Mann und die Frau sahen sich an, aber keiner sprach. Darby wusste nicht, was sie tun sollte. Die Sonne stand schon tief hinter ihnen, als der Mann die Scheinwerfer anschaltete. Darby wusste, dass der Tag bald der Dunkelheit Platz machen würde.

Nach einer weiteren halben Stunde drehte sich die Frau auf ihrem Sitz um. »Zeit zum Hinlegen.«

»Ich soll mich hinlegen?«

»Das habe ich gesagt.«

»Warum?«

»Sie stellen so viele Fragen. Legen Sie sich hin.« Ihre Stimme war streng. Darby tat, was man ihr sagte, mit dem Kopf zur Tür und der Hand am Griff. Der Wagen fuhr langsam einen Abhang hinunter, aber nicht langsam genug. Sie fuhren noch kilometerweit, stundenlang kam es ihr vor.

Der Motor wurde langsam. Das könnte ihre Chance sein. Aber wo war sie? Von hier aus hatte sie schon eine Zeit lang keine Häuser gesehen, nur dichte Bäume. Wenn sie jetzt sprang ...

Darby zögerte zu lange. Der Wagen hielt nicht ganz an, sondern wurde wieder schneller. Die Dämmerung wurde zur Nacht. In Serpentinen wand sich der Wagen höher hinauf und tiefer in den Wald. Sie war dumm gewesen. Jetzt wusste sie, dass ihre Neugier sie das Leben kosten konnte.

»Sie können sich aufsetzen.« Endlich bremste der Wagen und stand. Die Scheinwerfer beleuchteten ein hohes eisernes Tor zwischen dicken Steinmauern. Das Tor öffnete sich und ließ den Wagen durch. Nicht genug, dass Darby nicht wusste, wo sie war, jetzt war sie auch noch von Eisentoren und dicken Mauern eingeschlossen. Als sie in Kurven durch den Park fuhren, knirschte Kies unter den Reifen. Die dichten Bäume würden viele Verstecke bieten, aber der Schnee auf der Erde war nicht einladend. Nach einer Biegung lichtete sich der Baumbestand und in der Lichtung stand ein großes erleuchtetes Haus.

Sie könnte immer noch weglaufen. Aber würde sie in der Kälte die Nacht überleben? Darby hatte keine Ahnung, in welche Richtung sie gehen müsste. Wenn sie sich nun in den Alpen verirrte? Vielleicht waren sie ja gar nicht mehr in Österreich. Darby war klar, dass sie es darauf ankommen lassen musste, egal, was ihr dann begegnen würde.

Der Mann steuerte den Wagen durch eine kreisförmige Zufahrt mit einem kleinen Springbrunnen in der Mitte. Ein Fußweg führte zu einer beeindruckenden zweiflügeligen Eingangstür. Das zweistöckige Haus mit gerader Front war nicht typisch österreichisch mit Blumen vor den Fenstern. Aufrecht und hoch stand es da und sollte wohl elegant sein. Aber vor dem Nachthimmel waren die Fenster wie Augen, die sie anstarrten, und die Tür ein riesiger Mund, der sie fressen wollte. Darby stieg erst aus dem Wagen, als der Fahrer ihre Tür öffnete. Er lehnte sich an das Auto und zündete eine Zigarette an. Darby folgte der Frau zum Haus.

Niemand begrüßte sie, als sie eintraten. Die Frau schloss die schwere Tür und ging über den Holzfußboden der Eingangshalle. Ihre Schritte hallten im Haus, als sie den Flur entlang und eine breite, geschwungene Treppe hinaufgingen. An einer Tür winkte die Frau Darby hinein, drehte sich um und ging ohne ein Wort. Ihre Schritte auf dem Holzfußboden entfernten sich.

Beim Eintreten erwartete Darby irgendjemanden oder irgendetwas. Aber nur ein Feuer im Kamin prasselte; lange Scheite waren schon verbrannt und neues Holz lag kreuzweise darüber. Eine einzige schwache Lampe stand in der Ecke und an einer Wand standen Regale voll Bücher. Auf den Bänden spiegelte sich Licht von dem Marmorkamin auf der anderen Seite des Zimmers. Darby überlegte, wo sie stehen sollte oder ob sie sich auf den Stuhl in der Ecke oder auf den hinter dem großen hölzernen Schreibtisch setzen sollte. Das Feuer lockte sie an und sie merkte, wie sehr sie innerlich fror.

Bald hörte sie wieder Schritte. Darby wartete mit dem Rücken zum Feuer, einen eisernen Schürhaken in Reichweite. Eine junge Frau, die der Frau aus dem Auto sehr ähnlich sah, kam mit einem silbernen Tablett herein – ihre Schwester vielleicht? Das Mädchen warf einen neugierigen Blick auf Darby und stellte das Tablett mit einer Teekanne, zwei Tassen und Untertassen und feinem Gebäck auf den Schreibtisch.

»Warum bin ich hier?«, fragte Darby das Mädchen.

Das dunkelhaarige, dunkeläugige Mädchen lächelte Darby nur zu und ging dann schnell hinaus. Ihre Schritte entfernten sich.

Darby beäugte das Tablett mit Essen und Getränk misstrauisch. *Wenn sie mir etwas antun wollen, soll ich mich wohl vorher wohl fühlen.*

Ein Gemälde an der Wand fiel ihr auf. Sie hatte es zu Hause schon einmal in einem Buch über impressionistische Malerei gesehen. Sie kam näher und sah, dass es ein Originalgemälde von Edgar Degas war. In wessen Haus hatte man sie gebracht?

Wie zur Antwort näherten sich schwere Schritte. Sie ging wieder neben dem Kamin in Stellung, wo die einzige Waffe war, die sie finden konnte.

Er nahm die ganze Türöffnung ein: ein großer, schwerer Mann, der durch seine bloße Anwesenheit dominierte. Mindestens über siebzig, also eigentlich ein alter Mann; trotzdem spürte Darby augenblicklich Angst. Sie hatte ihn noch nie im Leben gesehen, aber sie wusste, dies war ein Mann voll Energie. Und ihr Leben war in seiner Hand.

»Ich wusste, dass Sie kommen würden.« Er ging auf das Tablett zu. »Frau Darby Evans nimmt die Sache zu wichtig, sie konnte nicht widerstehen.« Er schenkte zwei Tassen Tee ein, ohne sie anzusehen. »Trotz der Gefahr sind Sie mit Fremden in ein Auto gestiegen und niemand wusste, wo Sie sind oder wohin Sie fahren. Heute Nacht könnten Sie verschwinden und nie wieder gefunden werden. Nicht von Ihrer Mutter in Kalifornien. Auch nicht von Brant Collins in Salzburg. Trinken Sie ein bisschen Tee.«

Erschrocken, dass der Mann so viel wusste, platzte Darby heraus: »Was wollen Sie von mir?«

»Ich will nicht viel von Ihnen. Sie haben mich gesucht.« Er drehte sich zu ihr. »Zuerst sagen Sie mir: Wer bin ich?«

Das Feuer beleuchtete seine Züge: schwarze Augen, breites Gesicht, dicke Lippen. Darby wusste es: »Sie sind Bruno Weiler.«

»Ja, so habe ich früher einmal geheißen. Gut. Vielleicht hätten Sie Detektivin werden sollen und nicht Fotografin.« Er ging mit seiner Tasse hinter den Schreibtisch und setzte sich in den breiten Ledersessel.

»Woher wissen Sie so viel über mich?«, fragte Darby, ohne sich von ihrer Stellung am Feuer wegzubewegen. Sie warf einen

Blick zur Tür und sah, dass sie draußen sein könnte, bevor er hinter dem Schreibtisch hervorkäme. Aber was dann? Wer wartete im Flur oder draußen vor dem Haus? Was sollte sie tun und wohin sollte sie gehen?

»Ich mache es mir zur Aufgabe, Leute zu kennen, die meinen früheren Namen ins Internet setzen und Kontakt zu meiner Tante aufnehmen. Es kann gefährlich sein, Namen wieder aufleben zu lassen, die verschwunden sein sollten.« Er lehnte sich nach vorn, stützte die Ellbogen auf den Schreibtisch und bedeutete ihr, sich zu setzen. »Nachdem Sie so viel geforscht haben, sagen Sie mir: Wer hat die Frau getötet, die Sie suchen?«

Darby setzte sich langsam auf einen Stuhl; sie spürte den Blick dieses Mannes, der einmal ein Nazi-Aufseher gewesen war und für seine Verbrechen im Gefängnis gesessen hatte. Sie versuchte, ruhig zu bleiben und sich klarzumachen, was als Nächstes zu tun war. Sie starrte in kalte Augen und räusperte sich. »Wer Tatjana getötet hat?«

»Ja. Das will ich von Ihnen hören. Sie sollen mir sagen, wer Tatjana Hoffmann getötet hat.«

»Ich wei ... die Nazis.«

»Die Nazis? Sie sind doch nicht so scharfsichtig, wie ich dachte.«

»Die Nazis in Mauthausen.« Darby hoffte, das sei die richtige Antwort.

»Aber wer hat sie hingerichtet? Sagen Sie es mir. Wer hat Tatjana Hoffmann getötet? Wer hat sie im Konzentrationslager Mauthausen erschossen? Wer hat das Gewehr gehoben? Wer hat gesehen, wie sie nach oben schaute und schon weg war, bevor jemand abdrückte? Wer hat Tatjana Hoffmann getötet, während Celia Müller nach Amerika flüchtete?«

Bruno Weiler schaute ihr unverwandt in die Augen. Darbys Mund wurde trocken; ihre Hände zitterten. In ihren Augen sammelten sich Tränen.

»Sie«, flüsterte sie.

»Ja, ich.«

Bruno schaute ins Feuer, ein Scheit kippte und fiel in die Flammen der Kohlen. »Ja, ich habe Tatjana Hoffmann ermordet. Und Sie sind ins Haus ihres Mörders gekommen.«

Zum dritten Mal wählte Brant die Nummer von Darbys Hotel und ließ sich mit ihrem Zimmer verbinden. Wieder nahm niemand ab. Er hatte fünfundvierzig Minuten lang telefoniert, bis er herausfand, dass sie im Hotel Sacher wohnte. Aber sie war nicht in ihrem Zimmer. Er stellte sich vor, wie sie sich das luxuriöse Zimmer leistete, in der Stadt einkaufte, ganz allein herumlief und nach einem alten Nazi suchte. Sie war schon weit gereist, aber irgendwie kam Brant schlecht mit dem Gedanken zurecht, dass sie allein in Wien war. Er wollte bei ihr sein.

Er ließ es mehr als zehnmal klingeln, dann warf er den Hörer hin. Wo konnte sie sein?

Brant wählte die Nummer noch einmal.

»Ja, Sie haben einen Gast, Darby Evans. Könnten Sie noch eine Nachricht an sie weiterleiten? Ich muss unbedingt mit ihr sprechen, sobald sie zurückkommt. Egal um welche Zeit.«

Bruno Weiler biss die Zähne zusammen, als er Darby anschaute. Seine dunklen Augen unter herabhängenden Lidern verrieten nichts. »Jetzt, wo Sie es wissen, wollen wir reden.«

Ihre Hände umklammerten den Rand des Schreibtischs und sie hielt die Augen auf das lebende Verbindungsglied gerichtet, das sie so lange gesucht hatte. Bruno Weiler war die Person, die Tatjana zuletzt lebend gesehen hatte. Aber er war auch Tatjanas Mörder. Was sollte sie denken oder fühlen, als sie ihm jetzt gegenübersaß? Sie musste aufhören zu zittern und sich etwas ausdenken, was sie tun oder sagen konnte.

»Sie haben Fragen an mich. Das sehe ich in Ihren Augen.

Lassen Sie mich zuerst reden; dann erzähle ich Ihnen, was sonst niemand weiß. Weder meine Kinder noch meine Exfrauen noch meine Kollegen. Die wenigen, die es überhaupt gewusst haben, sind tot.«

Darby schauderte. »Ich brauche es nicht zu wissen.«

»O doch. Bestimmt haben Sie diese Fragen schon Ihr ganzes Leben lang, wahrscheinlich sind Sie ihnen ausgewichen. Aber irgendwo innerlich wollten Sie es wissen. Stimmts?«

»Vielleicht. Aber mehr noch, als Antworten zu finden, möchte ich, dass ich noch heute Nacht aus diesem Haus herauskomme.«

Herr Weiler faltete die Hände und stützte das Kinn darauf. Er betrachtete sie lange. »Ich habe schon genug Blut an den Händen.«

Hieß das, er würde ihr nichts tun?, fragte sie sich. Vielleicht wollte sie die Geheimnisse dieses Mannes gar nicht wissen. Er könnte ja leicht seine Meinung ändern oder jemand anderen beauftragen, sie am Ausplaudern zu hindern. »Warum wollen Sie mir sagen, was sonst niemand weiß? Wenn Sie es Ihrer eigenen Familie nicht sagen können? Mich kennen Sie ja gar nicht.«

Er stand schwerfällig auf und ging zu einem gläsernen Würfel auf dem Bücherregal. Er nahm ihn und stellte ihn vor Darby auf den Schreibtisch. Darin sah sie eine goldene Medaille. »Das ist mir für Mut und Tapferkeit überreicht worden. In Wirklichkeit bin ich ein Feigling. Ich habe Angst davor, was meine Kinder von mir denken werden. Ich habe Angst, dass sie nichts mehr mit mir zu tun haben wollen.«

»Aber warum ich?«

»Ich bin ein alter Mann geworden. Irgendwie wird im Alter die Vergangenheit wichtiger. Sie verfolgt mich jetzt mehr denn je. Ich sehe alles genauer als damals, als es passierte. Ich weiß jetzt auch mehr, als ich damals wusste. Und Sie sind das einzige lebende Bindeglied zu meiner Vergangenheit. Sie sind die Einzige, der ich es erzählen kann.«

Herr Weiler ging zum Eingang des Zimmers und schloss die

schwere Tür. Das Schloss schnappte mit einem Klicken ein. Er kam zurück zu seinem Sessel und schaute Darby wieder an. Sie war wie angewachsen auf ihrem Stuhl, hypnotisiert von den Tatsachen, die sie erfahren würde.

»Wenige kennen mich als Bruno Weiler. Meine Mutter hat nach dem Krieg ihren Namen behalten, aber sie ist schon vor vielen Jahren gestorben. Nur meine Tante hat noch Verbindung mit mir. Sie ist sehr alt und krank, aber sie weiß, wenn jemand etwas über Bruno Weiler erfahren will, dass es dann gewöhnlich sehr bald Schwierigkeiten gibt. Sie haben Ihren Namen und Ihr Hotel nicht verschwiegen, aber wir hatten Sie schon gefunden. Fast hätten Sie das gleich am ersten Tag entdeckt, als Sie in Salzburg ankamen.«

»Der Mann in meinem Zimmer?«

Herr Weiler nickte.

»Warum haben Sie nach mir gesucht? Ich versuche nur zu beweisen, wer meine Großmutter wirklich war.«

»Stimmt das? Da ist doch noch die Sache mit Ihrem Familienbesitz.«

»Ja, aber das ist nicht mein Hauptanliegen. Natürlich würde ich gern erfahren, was damit passiert ist, aber verlorene Schätze sind nicht mein eigentliches Ziel.«

»Viele andere sehen das anders. Ich weiß schon von Ihnen, seit Sie ein Kind waren. Ohne dass es jemand wusste, habe ich mich die ganzen Jahre über Ihre Großmutter und auch über Ihre Mutter auf dem Laufenden gehalten. Einmal, als ich geschäftlich in San Francisco war, bin ich an Ihrem Haus in Sebastopol vorbeigefahren. Sie und Ihre Schwester hatten ein Zelt im Vorgarten und eine Decke mit Puppen darauf. Das ist schon viele Jahre her.«

»Warum? Warum haben Sie das gemacht?«

»Ich wollte sehen, was Tatjanas Opfer für die Empfänger bewirkt hat.«

»Dann hat Tatjana sich wirklich als meine Großmutter ausgegeben. Ich hatte keinen Beweis.«

»O ja, Tatjana ist als Celia Müller gestorben. Sie hat ihr Leben hergegeben für das Ihrer Großmutter, Ihrer Mutter und für Ihres. Das wurde mir an dem Tag klar, als ich Tatjana sterben sah.«

Fragen lagen ihr auf der Zunge, aber vielleicht war es gefährlich, sie zu stellen. Darby schaute den Mann an, ob die Grausamkeit eines Mörders an ihm zu sehen wäre. Aber sie sah nur Müdigkeit und vielleicht Verletzlichkeit.

Bruno Weiler spürte ihren Konflikt. »Bevor Sie weiter fragen«, sagte er, »will ich erzählen. Ich will Ihnen alles erzählen, wenn Sie es hören wollen.«

Sie legte die Hände auf den Tisch. »Ich will.«

Herr Weiler lehnte sich im Sessel zurück und fing an zu berichten:

»Ich kannte Ihre Großmutter schon, als wir als Kinder in Hallstatt waren. Ihre Familie war nicht reich, aber sie war bekannt in unserem Dorf, besonders wegen der Geschichte von der Brosche und den Münzen. Der Archäologe, der Familienverbindungen zu Kaiser Franz Joseph hatte, war Ihr Urgroßvater. Meine Familie war arm, für meinen Vater schämte ich mich. Heute heißt das eine zerrüttete Familie und Alkoholmissbrauch. Damals war es einfach mein Leben.

Ich weiß noch, wie Tatjana in unser Dorf kam, als wir noch klein waren; die Mädchen waren unzertrennlich. Celias jüngerer Bruder und ich waren immer gute Freunde. Wir ärgerten die älteren Mädchen schrecklich gern. Besonders erinnere ich mich an ein Ereignis, als Celias Bruder und ich ungefähr acht waren. Die Mädchen waren ungefähr elf. Wir hatten schon lange versucht, ihr geheimes Versteck zu finden.«

Darby sah die Freude an der Kindheit in den Augen des alten Mannes, als er die Vergangenheit aufleben ließ. Gespannt beugte sie sich vor, fasziniert von den Worten, die erzählten, was ihre Großmutter erlebt hatte, ehe sie sie kannte.

»Wochenlang waren wir ihren Spuren nachgegangen und hatten versucht, die Mädchen zu verfolgen, und dann fanden wir ihr Versteck tief im Wald im hohlen Stamm eines riesigen umgestürzten Baumes. Ich höre Werner noch aufgeregt sagen, wie gut es war, dass wir es gerade zu diesem Zeitpunkt fanden, denn die Mädchen hatten eine geheime Zeremonie geplant.

›Ich glaube, ein geheimes Ritual oder so was‹, sagte Werner. ›Auf jeden Fall etwas für Mädchen.‹

›Vielleicht wollen sie Blutsschwestern werden‹, sagte ich, als wir in ihrem Versteck herumschlichen. Wir fanden Puppen, ein Teeservice und Trockenblumensträuße.

›Bestimmt nicht. Celia kippt um, wenn sie ihr eigenes Blut sieht. Tatjana würde es bestimmt machen, aber meine Schwester nicht. Aber ich weiß, dass es eine große Sache wird. Wenn wir zugucken wollen, müssen wir ein gutes Versteck finden.‹

›Da oben in den Zweigen‹, schlug ich vor. ›Von unten sehen sie uns bestimmt nicht. Dann können wir sie hören und beobachten.‹

Wir mussten hinaus und um den Baumstamm herumgehen, um in die verflochtenen Zweige zu kommen, die über das Versteck der Mädchen hingen. Wir machten es uns da bequem und warteten, es kam uns ewig vor. Endlich kamen sie. Ich weiß noch, dass ich dachte, mit ihren langen weißen Kleidern und Blumen im Haar erinnerten sie mich an Waldfeen. Aber so etwas zu denken, gehört sich nicht für kleine Jungen. ›Mädchen, iih‹, sagte ich und tat, als ob ich würgen müsste, so dass Werner anfing zu lachen. Wir waren sicher, sie würden uns erwischen, aber sie hörten uns nicht. Sie duckten sich nur in ihr Versteck und setzten sich an einen kleinen Holztisch. Wir hatten eine erstklassige Sicht.

›Heute ist ein ganz besonders wichtiger Tag für uns‹, sagte Tatjana.

›Trotzdem kann ich diese Blutsschwesternsache nicht machen, Tati. Sonst wird mir schlecht.‹ Celia biss sich auf die Unterlippe.

›Ja, ich weiß. Darum habe ich mir etwas Besseres überlegt. Zuerst will ich dich etwas fragen, aber du musst ganz sicher sein, wenn du antwortest.‹

›Gut‹, sagte Celia.

›Willst du für immer und ewig meine Freundin sein?‹ Tatjana machte große Augen.

›O ja, ich will für immer und ewig deine beste Freundin sein‹, sagte Celia mit strahlendem Lächeln.

›Ich wollte nur sicher sein. Jetzt falten wir unsere Hände ineinander.‹

Sie streckten ihre kleinen Hände über den Tisch. In der Mitte trafen sie sich und hakten ihre Fingerchen ineinander.

›Celia Rachel Lange, ich verspreche dir, mein ganzes Leben lang deine beste Freundin zu sein. Das verspreche ich für immer, egal, was passiert, wie alt wir werden und sogar, wenn eine von uns weit wegzieht.‹

›Und ich, Celia Rachel Lange, sage dir, Tatjana Elise Hoffmann: Du bist meine beste Freundin und wirst es immer bleiben. Egal, was passiert oder wie alt wir werden. Und ich verspreche dir für immer, deine Freundin zu sein.‹

›Und ewig.‹

›Und ewig‹, sagten sie zugleich.

›Schade, dass wir nicht passende Ringe oder Amulette bekommen können, aber das muss jetzt reichen.‹ Tatjana hob eine Schachtel auf den Tisch. Sie machte sie auf und nahm ehrfürchtig zwei lange Rosen mit stacheligen Stängeln heraus – gelbe Rosen. ›Das ist jetzt unsere ewige Freundschaftsblume. Immer wenn wir eine gelbe Blume sehen, besonders eine gelbe Rose, denken wir an unser Versprechen, für immer beste Freundinnen zu sein.‹

›Für immer und ...‹

›Ewig‹, sagten sie wieder.

Werner und ich blieben an unserem Platz, solange die Mädchen noch etwas tranken, was Tee sein sollte, und über Mädchensachen kicherten. Als wir schließlich gingen, taten wir angeekelt, aber ich glaube, wir waren beide ein bisschen neidisch auf eine so unschuldige Freundschaft. Und dann habe ich dieses Versprechen mit verschränkten Fingern so deutlich vor mir gesehen, als ich Tatjana in Mauthausen sah.«

Herr Weiler wurde starr, als ob der Name dieses Ortes ihn aus den angenehmen Erinnerungen herausrisse.

»Ich möchte Ihnen sagen, ich bin nicht von einem Augenblick zum anderen von diesem Jungen zum Mörder geworden. Das braucht Zeit. Es geht so langsam, dass man fast nicht merkt, dass man sich selbst verliert. Als junger Mann zog ich aus Hallstatt weg, um mir in der Großstadt ein Leben aufzubauen. Ich kam nach Linz und nach Wien, ich wollte die Welt verändern und mich aus meinen zerrütteten Familienverhältnissen befreien. Ich war voll Bewunderung und Neugier für die moderne Welt und hoffte auf ein neues, mächtigeres Österreich. Zu diesem Österreich wollte ich gehören und trat in die Nazi-Partei mit ihrer Rebellion gegen das Alte und gegen die passive Regierung ein. Die Partei wollte Macht und Stärke und eine große Zukunft für unser geschwächtes Land. Zusammen mit Deutschland würde Österreich in der ganzen Welt Einfluss gewinnen. Wenn dabei ein paar Einzelne unter die Räder kamen, war das eine traurige Folge des Fortschritts. Viele von uns haben das geglaubt.«

Herr Weiler schaute Darby durchdringend an. »Ich habe das geglaubt.« Dann drehte er sich dem Feuer zu und tauchte wieder in die Vergangenheit ein. »Ich habe nicht die Karriere gemacht, die ich erwartet hatte. Am Anfang habe ich nicht gemerkt, dass Gier, Korruption und sogar die alte Klassenhierarchie mehr Raum einnahmen als der Idealismus. Ich wurde SS-Mann in der Hoffnung, schneller befördert zu werden und wurde als Wache ins Konzentrationslager Mauthausen geschickt. Das kränkte mich. Ich wollte eine bessere Stellung und nicht Verbrecher, politische Gefangene und Juden bewachen. Man versprach mir, dass meine Zeit dort nur der Beginn einer Karriere sein sollte; alle, die Offiziere werden wollten, mussten Drecksarbeit machen. Bewähre dich da, dann wirst du befördert. Also wollte ich beweisen, dass ich der Beste, Schlaueste und Tapferste sein konnte. Ich redete mir ein, die Leute in den

Lagern hätten ihre Strafe verdient, und ich war sowieso schon ein sehr zorniger junger Mann. Ich sah diese Leute als Verbrecher, Tiere, die uns die Zukunft stahlen, Parasiten in unserem sozialen System – manche wahrscheinlich unschuldig, aber es war eben grausam, die Menschheit zu verbessern. Es war der Weg zu einer neuen Menschheit und das Überleben der Stärksten. Sie waren nicht wie ich. Sie fühlten und dachten nicht wie ich. Wenn Gefangene sich gierig verhielten, war das nur wieder ein weiterer Beweis: ein Vater, der seinen Sohn für Essen umbrachte, Kannibalismus, das ständige Untergraben der Autorität. Das Gute in ihnen wollte ich nicht sehen. Ich konnte mir nicht erlauben, liebevolles Verhalten und Rücksicht wahrzunehmen.

Von den anderen Aufsehern waren viele sadistische Ungeheuer, gierig nach Blut und Folter. Aber was konnte ich dagegen tun? Ich musste mich doch um meine Karriere und mein eigenes Fortkommen kümmern. Aber bei all dem war ich nicht unschuldig.«

Bruno Weiler blickte noch einmal in Darbys bleiches Gesicht und dann wieder ins Feuer.

»Eines Tages im Frühsommer hörte ich von einem hübschen Mädchen im Gefängnis. Ich hörte ihren Namen: Celia Müller. Aber ich erkannte den Namen nicht, denn ich war schon vor ihrer Heirat aus Hallstatt weggezogen. Ein paar Offiziere sprachen über sie und hofften, man würde sie ins Bordell schicken, obwohl sie Jüdin war. Sie sah nicht jüdisch aus. Sie war auch nicht abgemagert, denn sie war nicht wie die meisten anderen aus einem anderen Lager gekommen. Sie war monatelang in Gefängnissen verhört worden und jetzt war sie hier und sah besser aus als die anderen. Wenn sie nur reden und das Versteck des Besitzes der Familie Lange verraten würde, sagten sie, dann würde man sie vielleicht ins Bordell lassen. Da wusste ich sofort, dass Celia Müller das Mädchen aus meinem Dorf sein muss: Celia Lange.«

Herrn Weilers Stimme versagte. Darby beobachtete ihn

genau, wie er in das knisternde Feuer starrte, fast wie in Trance. Irgendwo weit weg hörte sie das klagende Pfeifen eines Zuges.

»Ich hatte keine Möglichkeit, sie zu sehen, und wollte es auch nicht. Manchmal konnte man im Gefängnis eine Frau schreien hören. Es wurde zur Routine, dass die Frau jedes Mal verhört wurde, wenn ein bestimmter Offizier ins Lager kam. Er kam oft und war frustriert, weil sie nichts verraten wollte. Er hatte gedacht, wenn man sie lange genug verhörte, würde sie das Versteck des Schatzes verraten – das hieße Reichtum oder eine enorme Beförderung für den Finder. Ein Kamerad, der im Gefängnis arbeitete, erzählte mir mehr, wenn er Näheres erfuhr. Er sagte, sogar Hitler wüsste vom Besitz der Langes: es seien keltische Münzen, vielleicht die ältesten in unserer Gegend, und eine Brosche von Kaiserin Sissi. Celias Vater war schon in Mauthausen umgekommen, bevor ich dort hingeschickt wurde. Ich erlaubte mir nicht einmal, um Werner zu trauern, obwohl er als Kind mein Freund gewesen war. Der SS-Offizier war so wütend gewesen, als sie gestorben waren, ohne etwas zu verraten, dass er die Beamten, die sie verhört hatten, in die Gaskammern geschickt hatte. Dann fassten sie Celia.«

»An der Schweizer Grenze«, sagte Darby.

»Ja, genau, das stimmt. Fast wäre sie entwischt, sagte man. Sie waren sicher, dass sie ihnen Auskunft geben würde.«

»Aber sie konnte nicht, weil sie nichts wusste.«

»Richtig.« Bruno Weiler seufzte. »Ich habe sie erst an dem Tag gesehen, als ich den Befehl bekam, sie hinzurichten. Und da wusste ich es. Nicht Celia, sondern Tatjana stand vor mir.«

Während er sprach, fielen unmerkliche Spuren der Zeit und des Bedauerns von ihm ab. Er wirkte nicht mehr stark, sondern verletzlich, schuldbewusst und zugleich mitfühlend.

»Manche Aufseher genossen es, ihren Opfern zusätzliche Leiden zuzufügen. Sie verwundeten sie und kamen dann nah heran, um den Schmerz zu sehen, ehe sie sie erschossen. Ich habe genau auf Tatjanas Herz gezielt. Sie beobachtete den Himmel, als ob sie darauf wartete, dorthin zu kommen. Dann drückte ich ab.«

Ein Holzscheit fiel in die Flammen und in dem stillen Zimmer sprühten Funken. In Bruno Weilers entrücktem Blick sah Darby die Szene vor sich. Sie hatte nur ein kleines Passfoto von Tatjana gesehen, konnte sich die Frau aber genau vorstellen. Eine Kugel befreite sie von ihren Qualen, befreite ihren Geist zum Leben.

»Ich habe also Tatjana getötet, niemand sonst. Und indem ich ihr das Leben nahm, hat sie mir meines gegeben.«

Erschrocken fragte Darby: »Wie meinen Sie das?«

»Ich habe abgedrückt und im selben Augenblick verstanden. Ich wusste, dass Tatjana irgendwie ihr Leben für ihre Freundin hergegeben hatte. In den dunkelsten Nachtstunden hatte ich schon angefangen, meine Überzeugungen zu hinterfragen. Ich führte meine Aufgaben aus, aber ich wurde von Gefühlen verfolgt, denen ich mich bei Tag nicht stellen konnte und wollte. Das hat Tatjana geändert. Jetzt sah ich es so klar, als ob mir ein Schleier vom Gesicht genommen worden wäre. Alles sah ich. Ich sah mich selbst und der Anblick war abscheulich. Das führte zu meinem inneren Bruch mit den Nazis, aber mein Name wird für immer mit ihnen assoziiert werden und meine Hände sind immer noch mit Blut verschmiert – trotz allem, was ich versucht habe.«

Herr Weiler räusperte sich. »Jetzt wissen Sie es. Jetzt habe ich es vor jemandem ausgesprochen. Nicht einmal meine Kinder wissen es.«

»Was ist aus Ihnen geworden? Sind Sie im Lager geblieben?«

»Nur eine Woche später bekam ich die Beförderung, die ich mir so gewünscht hatte. Ich nahm sie an und ging nach Deutschland. Das war mein größter Wunsch gewesen, aber jetzt war es meine große Chance. Ich habe die Partei verraten, der ich Treue geschworen hatte. Sie haben nie erfahren, dass ich es war. Ich wurde sogar als Naziverbrecher verhaftet, obwohl ich für die andere Seite spioniert hatte.«

»Warum haben Sie das in der Gerichtsverhandlung nicht gesagt?«

»Die Nazis waren nicht einfach verschwunden. Ihre Macht war schwer beeinträchtigt, aber nicht zerstört. Und wenn ich preisgegeben hätte, was ich wusste, hätte das andere gefährdet. Ich habe meine Aufgaben wahrgenommen wie ein guter Nazi und dann ist Bruno Weiler verschwunden. Ich ging für zehn Jahre nach Amerika, dann kam ich zurück nach Österreich. Ein paar Freunde, denen ich im Krieg geholfen hatte, halfen mir mit Geld aus. Ich ließ mein Aussehen verändern und fing als eine andere Person ein neues Leben an. Wie Sie sehen, habe ich Erfolg gehabt ... äußerlich.«

Darby nickte mit einem Blick auf das Bild von Degas. »Ja.«

Auch Herr Weiler schaute es an und lächelte ironisch. »Man würde sagen, ich bin ein mächtiger Mann, aber innerlich sind alle Menschen nur Menschen. Und ich selbst muss immer wieder auf Tatjana zurückkommen. Sie hatte noch im Sterben eine Kraft, die ich nie erreicht habe. Man sah sie in ihrem Gesicht. Einmal habe ich so etwas in einem Gottesdienst in Amerika gehört. Es ging um einen Mann, der gesteinigt wurde; Stephanus hieß er, wenn ich mich richtig erinnere. Da heißt es, sein Gesicht sah aus wie das eines Engels. So war Tatjanas Gesicht – als ob sie wirklich ganz frei wäre. Was sie hatte, habe ich nie gefunden. Ich kann das Blut anderer Menschen nie loswerden.«

Darby konnte sehen, wie Bruno Weiler mit sich kämpfte. Sie wusste nicht, was sie ihm gegenüber empfinden sollte: Zorn, Hass, Angst? Aber solche Gefühle hatte sie nicht für diesen Mörder von Tatjana und anderen. »Meine Großmutter würde sagen, das Blut von Jesus nimmt das Blut von unseren Händen und alle unsere Sünden weg. Sein Leben für unser Leben, wie Tatjana, aber auch um alle Menschen zu retten. Wir müssen nur darum bitten.«

»Celia Lange hat das gesagt? Sagen Sie, glauben Sie das?«

»Ich?« Darby spürte, wie sie rot wurde, als es plötzlich um sie ging. Es war eine Sache, ihre Großmutter zu zitieren, aber etwas anderes zu sagen, was sie selbst glaubte. »Also noch vor kurzem hätte ich Nein gesagt, wahrscheinlich noch vor sechs Wochen. Aber jetzt? Doch, ich glaube es. Ich glaube, Gott vergibt uns, wenn wir ihn bitten. Ich glaube, dass Jesus gestorben ist, damit uns vergeben werden kann. Sein Leben für unseres. Es ist sehr seltsam, aber irgendwie hat Tatjana mir das klargemacht.«

»Wie können Sie – oder ich – da sicher sein?«

»Das frage ich mich auch. Ich nehme an, das ist Glaube.«

»Würden Sie mir vergeben?«

»Wie bitte? Sie wollen, dass ich Ihnen vergebe?«

»Tatjana und Celia und die anderen kann ich nicht fragen. Aber wollen Sie es tun?«

»Ich habe Ihnen nichts zu vergeben. Wenn ich könnte, würde ich es tun. Ich glaube, das können Sie nur mit Gott klären.«

Herr Weiler nickte langsam. »Sie machen es mir nicht leicht.«

»Was ich kann, das will ich Ihnen vergeben. Aber ich meine, nur wenn Gott es tut, fühlen Sie sich richtig befreit.«

»Vielleicht werde ich ihn suchen und sehen, ob es geht.«

Darby warf einen Blick auf das Feuer, das nur noch glühte. Der Tee in ihrer Tasse war kalt geworden. Durch das Fenster hinter Herrn Weiler sah sie etwas sich bewegen; das mussten Schneeflocken sein. Sie steckte die Hände in die Jackentaschen und Bruno Weiler ging zum Feuer. Er legte mehrere Scheite auf, nahm dann den Schürhaken und schürte die Glut zu einer winzigen Flamme.

»Jetzt wissen Sie es.« Er stand am Feuer, dicht neben ihr. »Wärmen Sie sich, ich besorge noch Tee.« Bruno Weiler hängte den Schürhaken wieder hin. »Es ist schon spät, aber leider kann ich Ihnen nicht erlauben, über Nacht zu bleiben. Je weniger Sie davon wissen, wer ich jetzt bin, umso besser.«

»Es muss schwierig sein, so ganz neu anzufangen«, sagte Darby und stand von ihrem Stuhl auf. Der Rücken tat ihr weh und ihr ganzer Körper sehnte sich nach dem weichen Bett im Hotel Sacher. Aber das war weit weg. Dann fiel ihr mit Schrecken ein, dass sie noch vor wenigen Stunden nicht gewusst hatte, ob sie das Hotel Sacher je wiedersehen würde – und ihre Mutter, ihre Freunde und Brant Collins.

»Das ist die Welt, in der ich lebe. Jeder hat Geheimnisse. Geld, Macht, Einfluss – überall ist Gutes mit Bösem verbunden. Man muss vorsichtig sein, besonders wenn man in gehobener Stellung ist und eine dunkle Vergangenheit hat wie ich. Und Sie, meine Liebe: Machen Sie nicht dieselben Fehler. Vergessen Sie nicht, dass sich immer noch gefährliche Leute für den Familienbesitz interessieren. Viele sind schon für viel weniger Geld umgebracht worden, als der Besitz wert ist.«

»Ich will vorsichtiger sein, das verspreche ich.« Bruno Weiler ging heißes Wasser holen und kam mit neuem Essen und Tee zurück. Erst als sie anfing zu essen, merkte sie, dass sie Hunger hatte. Draußen wurde ein Automotor angelassen. Auf dem Weg hinaus zeigte ihr Herr Weiler ein Badezimmer an einem Flur. An der Wand hingen Fotos und Darby war erschrocken, auf einem davon war Bruno Weiler in jüngeren Jahren zu sehen, wie er Präsident Reagan die Hand schüttelte. Sie hielt sich nicht lange auf.

»Zeit zu gehen«, sagte Herr Weiler und reichte ihr beide Hände. Fest umschlossen sich ihre Finger und sie sahen sich ernst an. In Darbys Augen stiegen Tränen auf. Sie wusste, dass sie sich nie wieder begegnen konnten.

»Ich werde Ihnen einen Brief zuschicken von einem früheren Nazi, Bruno Weiler. Darin wird stehen, dass Tatjana Hoffmann und nicht Celia Lange-Müller im Konzentrationslager Mauthausen umgekommen ist. Das ist Ihr Beweis, dafür werde ich sorgen. Wenn Sie dann wirklich den Besitz der Langes finden, gehört er Ihnen. Aber trotzdem, seien Sie vorsichtig, Darby Evans. Merken Sie sich, was ich sage; hören Sie mir richtig zu. Ich kenne Leute, die das haben wollen, was rechtmäßig Ihnen gehört. Ich kann nicht für Sie da sein.«

»Vielen Dank. Sie sollen wissen, dass Sie mit Ihrem Geheimnis bei mir sicher sind.«

»Daran habe ich keinen Zweifel.«

Darby ging allein zur Haustür und warf beim Hinausgehen einen Blick zurück auf Bruno Weiler. Er nickte, als sie die Tür schloss. Derselbe Fahrer saß im Wagen und sie setzte sich wieder nach hinten. Die Frau war nicht da. Der Fahrer sprach nur, als sie den Kopf hinlegen musste, und dann wieder, als sie sich aufsetzen konnte. Als sie vor dem Hotel Sacher ankamen, fing es im Osten an heller zu werden. Müde in allen Gliedern stapfte Darby zum Eingang. Als sie zurückschaute, war die graue Limousine schon weg.

29 Neunundzwanzigstes Kapitel

Die Empfangsdame reichte Darby die Botschaften von Brant, der die Nacht über immer wieder angerufen hatte. *Um was kann es da gehen,* fragte sie sich, war aber zu müde, um sich darum zu kümmern. Außerdem war es noch zu früh, um anzurufen. Darby ging in ihr Zimmer und ließ sich aufs Bett fallen, ohne sich auszuziehen. Sie schloss die Augen.

Ein entferntes, aber anhaltendes Geräusch störte sie. Sie wachte auf und hörte jetzt, dass das Telefon neben ihrem Kopf unentwegt klingelte. Der Stundenzeiger auf ihrer Uhr war nur wenig vorgerückt.

»Hallo?«, sagte sie, die Augen immer noch geschlossen.

»Darby, wo bist du gewesen? Ich war ganz krank vor Angst um dich. Hat man dir nichts ausgerichtet? Warum hast du nicht angerufen?«

»Es war noch zu früh.«

»Geht es dir gut?«

»Bis vor ein paar Minuten, ich habe wunderbar geträumt – Brant, bist du das?«, fragte sie und wurde ein bisschen wacher.

»Wo warst du?«

Sie setzte sich im Bett auf und sah, dass um das Rollo herum Tageslicht schien. »Ich musste einer Information nachgehen.«

»Und das hat die ganze Nacht gedauert?«

»Brant, gibt es irgendeinen Grund, warum ich dir sagen muss, wo ich war?«

»Nein, nein, ich war nur so unruhig. Aber wenn du mir nichts erklären willst, auch gut.«

»Warum warst du so unruhig? Und warte mal, wie hast du mich überhaupt gefunden?«

»Das ist eine lange Geschichte. Geht es dir auch wirklich gut?«

»Ja, Brant.«

»Na ja, du hast nicht viel Reiseerfahrung, du könntest etwas Dummes gemacht haben ... Ich habe mir schon alles Mögliche vorgestellt.«

»Ich naiv und unerfahren?« *Wenn er nur wüsste.* »Ich lerne schnell.«

»Schon gut, schon gut. Jetzt, wo ich weiß, dass alles in Ordnung ist, musst du sofort wieder herkommen. Oder kann ich dich abholen?«

»Was ist denn so dringend, dass es sofort sein muss?«

»Ich muss persönlich mit dir sprechen – heute noch. Ich war bei ... Komm einfach wieder nach Salzburg.«

»Gut. Es gibt bestimmt einen Vormittagszug nach Salzburg. Den nehme ich.«

»Ich hole dich ab.«

Darby warf sich wieder auf ihr Kopfkissen. Was konnte so wichtig sein, dass man nicht damit warten konnte? Sie stellte sich Brant vor, wie er aufgeregt in seiner Wohnung hin- und herlief, und musste lächeln. Plötzlich setzte Darby sich wieder auf. Vielleicht war er bei Professor Voss gewesen. Hieß das, dass er glaubte, was sie sagte?

Auf der ganzen Fahrt nach Salzburg dachte Darby darüber nach. Sie fand Brants frühen Anruf amüsant. Der sachliche Brant machte sich Sorgen um sie? Sie konnte ihn vor sich sehen, die Stirn gerunzelt, die Zähne zusammengebissen, wie er in ängstlicher Eile Telefonnummern eintippte. Aus irgendeinem Grund fand Darby das lustig. Vielleicht hatte er neue Informationen? Aber sie wusste jetzt, wie es gewesen war, und bald würde sie den Beweis in Händen halten. Darby wusste noch nicht, wie sie erklären sollte, wo er herkam, aber wenn Brant zu sehr drängte, würde sie die Wahrheit sagen: »Wenn ich es dir verrate, muss ich dich umbringen.« Sie stellte sich Brants Gesichtsausdruck vor und lachte laut.

Eines blieb rätselhaft: der Familienbesitz. Aber Darby war zu müde, um darüber nachzudenken; endlich hatte sie ihr Ziel erreicht. Darby lehnte sich an die Kopfstütze, während der Zug sanft hin- und herschaukelte. Sie hoffte noch etwas schlafen zu können, während draußen die Landschaft Österreichs vorbeiflog und sie Brant entgegenfuhr. Nichts, was er ihr so dringend sagen wollte, würde sie überraschen. Bald würde sie ihm die Tatsachen beweisen.

Richard konnte nicht glauben, was er da hörte. »Können Sie das noch einmal sagen?«, fragte er ins Telefon und zog intensiv an seiner Zigarette.

»Du bist frei von deinen Schulden«, sagte die Stimme. »Und ich will, dass du Darby Evans in Ruhe lässt.«

»Ich verstehe das nicht. Warum wollen Sie einfach alles streichen?« Richard wusste nicht, ob er glücklich oder misstrauisch sein sollte. Das Misstrauen siegte, weil er wusste, dass niemand einfach Schulden erlässt und schon gar nicht dieser Mann.

»Tu einfach, was ich sage.«

Das Telefon klickte und Richard hörte das Freizeichen. Seine Schulden, die ihn seit einem halben Jahr in Angst versetzten, waren erlassen. Es ergab keinen Sinn. Und warum sagte man ihm, er solle Darby Evans in Ruhe lassen? Plötzlich wusste er es: die Erbschaft. Er warf das Telefon aufs Sofa. *Sie muss jetzt in der Nähe sein. Und diesmal lasse ich mich nicht betrügen.*

Die Züge waren pünktlich, kamen aber nie zu früh an. Trotzdem kam Brant eine Stunde vor Darbys Ankunft auf den Bahnhof. Er wartete in der Halle und las die Anzeige der einfahrenden Züge. Dann klingelte sein Handy. Er überlegte, ob er es abschalten sollte, dachte aber, es könnte vielleicht Peter sein.

»Hey, Brant! Hier ist Richard. Was machst du gerade?«

»Ich bin am Bahnhof. Brauchst du etwas?«

»Ich bin nur gerade in der Stadt und dachte, wir könnten uns treffen.«

»Ich bin ausgebucht. Nächstes Mal vielleicht.«

»Hey, ich habe versucht, diese Amerikanerin zu erreichen.«

»Warum?«

»Wo du nichts mit ihr angefangen hast, dachte ich, ich könnte es mal versuchen. Wo wohnt sie?«

Brant wurde es kalt vor Schreck. »Woher weißt du, dass sie wieder in Österreich ist?«

»Du hast es mir gesagt, weißt du das nicht mehr?« Richard lachte. »Für Gedächtnisschwund bist du noch zu jung.«

Brant erinnerte sich nicht, es Richard gesagt zu haben, aber es konnte sein. »Ich bin am Bahnhof und will sie abholen. Sie kommt aus Wien.«

»Wirklich? Ach, ich höre schon an deiner Stimme, ich bin da ein bisschen zu spät gekommen. Ihr zwei tut euch also doch noch zusammen? Mein Geschmack färbt wohl auf dich ab.«

»Ich muss weg, Richard.« Ein Zug fuhr in den Bahnhof ein, aber nicht Darbys.

»Gut, ich treffe dich dann ein anderes Mal.«

Brant schaltete sein Telefon ab und steckte es in die Jacke. Richard suchte Darby? Warum? Wie auch immer, Richard sollte sie besser in Ruhe lassen.

»Salzburg!«, rief der Schaffner über den Lautsprecher. Darby wartete schon mit ihrer Tasche in dem engen Durchgang. Der Zug wurde langsamer und fuhr mit kreischenden Bremsen in den Bahnhof ein. Sie öffnete die Tür von Hand, bevor sie automatisch aufging. Brant wusste etwas und jetzt würde sie endlich erfahren, was.

Darby sah ihn am Zug entlanggehen und die Türen absuchen. Ihre Blicke begegneten sich und sie wurde plötzlich aufgeregt. Sie war sicher, wenn er jetzt die Arme ausbreitete, würde sie für immer hineinfallen. Die Erschöpfung und die Angst der vergangenen Nacht hatten sie bereitgemacht, sich für Brant zu öffnen. Aber seine Hände steckten fest in den Manteltaschen. Er nahm ihr nur die Reisetasche ab und keine Wiedersehensfreude war ihm anzusehen.

»Wir müssen miteinander reden.« Brants Augen drückten Verzweiflung aus. »Allein.«

Sie hatte genug von der Geheimnistuerei. Sie wollte nichts als nur noch ein paar Stunden Schlaf. Sie folgte Brant vom Bahnhof aus in einer Hose, die sie schon zweimal angehabt und in der sie sogar geschlafen hatte, einer Bluse, die unten in ihrer Tasche verknittert worden war, und einer Jacke, die nach ihren Erlebnissen in Bahnhöfen und fremden Autos leicht nach Rauch roch. Brant blieb vor einem dunkelblauen Sportwagen stehen und warf ihre Tasche in den Kofferraum. Seit sie den Bahnhof verlassen hatten, hatte er kein Wort gesagt. Er schloss die Tür auf und drückte sie hinter ihr zu.

»Brant, ich bin ganz durcheinander vor Müdigkeit und habe im Zug viel zu viel Kaffee getrunken. Guck, mir zittern die Hände.« Darby hielt eine Hand hoch. Brant griff nach dem Lenkrad und sah sie nicht an.

»Warum bist du so ernst? Was ist los?« Dann sah sie, dass seine Augenbrauen zu einer Linie zusammengezogen waren, genau wie sie es sich vorgestellt hatte. Sie lachte. »Lass mich raten ... Du hast plötzlich entschieden, dass du nicht ohne mich leben kannst – du bist verrückt nach mir.« Sie beugte sich lachend zu ihm hinüber, bis sie seinen Gesichtsausdruck sah: Augen starr geradeaus, Zähne zusammengebissen, Hände am Lenkrad. »Ich wollte dich zum Lachen bringen.«

Brant fuhr an und fädelte sich in den Verkehr ein.

»Wohin fahren wir?«, fragte sie kläglich und versuchte sich entspannt mit geschlossenen Augen an die Kopfstütze zu lehnen. Als Brant immer noch still blieb, öffnete sie die Augen und sagte energisch: »Halt an oder sprich mit mir oder bring mich zu meinem Hotel. Das hier ist lächerlich.«

Brant fuhr eine scharfe Kurve und rangierte auf einen Parkplatz. Er stellte den Motor ab und schaute sie an. »Ich habe versucht, mir zurechtzulegen, wie ich es sagen kann. Wo wäre der beste Platz dafür? Vielleicht sollten wir in meine Wohnung oder in dein Hotel gehen.«

»Das klingt gut. Jetzt sag es mir.«

Er betrachtete sie, als wollte er sich jede Einzelheit einprägen. Darby fühlte sich unter seinem Blick unwohl und dachte daran, wie sie wohl aussähe nach einer fast schlaflosen Nacht und der frühen Zugfahrt.

»Ich glaube ihr, Darby. Ich glaube Celia.«

Er wartete auf ihre Reaktion, aber Darby war unsicher. Das war die Nachricht, auf die sie heute Morgen auf der Rückfahrt nach Salzburg gehofft hatte. Und meinte er es ernst? »Du glaubst, dass meine Großmutter wirklich Celia Müller war?«

»Ja.«

»Warum? Hast du die Briefe gelesen? Warum glaubst du es jetzt?«

»Wo ist der Ring von deiner Großmutter?«

»Ich habe ihn an.« Darby zog die Goldkette aus der Bluse und der Jacke.

»Darf ich ihn sehen?«

»Natürlich.« Sie öffnete den Verschluss und gab Brant die Kette. Aber was machte er da? Er streifte den Ring ab und gab ihr die Goldkette. Das hatte sie nicht von ihm erwartet.

»Darby, ich weiß nicht, wie ich anfangen soll. Ich habe schon hundertmal darüber nachgedacht.« Er fuhr sich mit der Hand durchs Haar. »Ich habe ihr nicht geglaubt. Wie konnte ich auch? Aber jetzt ...«

»Brant. Ich weiß.«

Er hob einen Finger an ihr Kinn und berührte dann ihre Lippen. Darby wusste, dass sie auf Abstand gehen sollte; zu viel musste noch geklärt werden. Aber sie konnte sich nicht rühren. Seine Hand blieb einen Augenblick an ihrer Wange, dann zog er sie plötzlich weg. Er drehte sich um und umklammerte das Lenkrad mit seinen Händen. Darby fragte sich, was ihn so quälte. Dann setzte er sich entschlossen aufrecht und nahm etwas aus einer Schachtel in seiner Manteltasche. Es war ein Ring. Beide glitten ineinander und die gebogenen Fassungen schlossen sich zu einer zusammen.

Darby erstarrte innerlich. Sie nahm die Ringe, die jetzt einer waren. »Woher hast du die andere Hälfte?«

»Ich habe dir doch von meinem älteren Freund erzählt, der mein Leben verändert hat? Dieser Mann war Gunther Müller.«

»Gunther Müller. Mein Großvater? Mein Großvater hat nach dem Krieg noch gelebt?«

»Darby, dein Großvater lebt *jetzt* noch.«

30 Dreißigstes Kapitel

»Mein Großvater lebt noch? Und du bist ganz sicher?«

»Ja. Er war schwer krank, hat einen Schlaganfall gehabt, und wir haben gedacht, er würde ihn nicht überleben. Als ich seine Sachen durchsah, habe ich den Ring gefunden.«

Darby schüttelte den Kopf, setzte die Füße auf den Sitz und schlang die Arme um die Beine. Sie starrte hinaus auf den Mittagsverkehr und die Einkäufer und bemühte sich aufzunehmen, was Brant sagte. »Wo ist er?«

»Hier in Salzburg.«

»Hier!« Sie hielt die Hand vor den Mund.

»Im letzten Herbst hat er den Schlaganfall gehabt, dann ist er monatelang in einer Reha-Klinik in München gewesen. Dann hat ihn seine Frau gleich nach Weihnachten in ein Pflegeheim in Salzburg gebracht. Seitdem ist er hier. Ich besuche ihn mehrmals in der Woche, aber erst im letzten Monat ist seine Sprache wieder deutlicher geworden.«

»Seine Frau? Er hat wieder geheiratet?«

»Darby, das ist alles meine Schuld. Wenn ich genauer nachgeforscht hätte, als deine Großmutter mir schrieb – aber ich hatte ja keine Ahnung. Sie hätten sich noch begegnen können – deine Großeltern. Aber ich habe gleich so zurückgeschrieben. Gunther habe ich nichts gesagt; so etwas wollte ich ihm ersparen.«

»Nein, Brant«, sagte Darby langsam. »Das ist nicht deine Schuld, sondern seine. Er ist nicht zu ihr gekommen. Sie hat ihr Leben lang getrauert. Er hat wieder geheiratet und weitergelebt, und meine Großmutter hat ihm jedes Jahr Briefe geschrieben.«

»Gunther hat nur geheiratet, um einer gemeinsamen Freundin zu helfen. Celias Verlust hat er nie überwunden, glaub mir. Er hat wirklich gedacht, sie wäre tot. Als er hörte, Celia wäre gefasst worden, war er an der ungarischen Grenze. Er blieb mehrere Monate da und dann kam die Nachricht von Mauthausen, sie sei gestorben. Das hat er natürlich geglaubt. Er gab alles Geld aus, das er hatte, um vielleicht ihre Leiche zu bekommen. Aber er bekam nur diesen halben Ring, und das allein war schon ein Wunder. Mit diesem Ring war er natürlich überzeugt, dass seine Frau und sein Kind tot waren.«

Darby zitterte und Tränen strömten über ihr Gesicht. Natürlich, das leuchtete ein. Aber das Grauen erfasste ihren ganzen Körper. Die beiden hätten zusammen sein können – sie alle hätten zusammen sein können. Alles hätte anders sein können, ihr ganzes Leben. Ihre Mutter hätte den Papa gehabt, den sie sich so gewünscht hatte. Dann plötzlich wurde Darby klar, dass ihre Mutter jetzt den Vater hatte, den sie gesucht hatte. Gunther Müller lebte ja.

Fragen, Vorwürfe, Wahrheit und Lügen schwirrten ihr durch den Kopf. »Ich muss ihn sehen.«

»Wir fahren gleich hin.«

Sofort ließ Brant den Wagen an und fuhr los.

»Warte«, sagte Darby. »Bring mich erst zu meinem Hotel. Wenn ich meinen Großvater zum ersten Mal sehe, muss ich wenigstens sauber sein.« Sie drehte sich zu ihm. »Weiß er – von mir, meiner Mutter und Schwester?«

»Nein. Ich habe ihn noch nicht gesehen, seit ich die Abbildung von dem Ring gefunden habe. Ich wollte es erst dir sagen. Vielleicht hätte ich ihn vorbereiten müssen. Er ist immer noch schwach. Ich weiß nicht, was wir machen sollen.«

»Ich auch nicht. Wir entscheiden dann, wenn wir da sind. Ich muss ihn einfach sehen.« Sie legte den Kopf an das Seitenfenster und sah die Welt vorbeifliegen. Irgendwo in dieser

Stadt lebte und atmete ihr Großvater: das fehlende Stück der Familie, das fehlende Stück in ihrem Leben.

Während Darby duschte, saß Brant auf der Bettkante. Er sah einen Schuh, den sie auf dem Fußboden hatte liegen lassen, und hob ihn auf. Es war der Abendschuh mit dem dicken Absatz, den sie getragen hatte, als sie beim Abendkonzert waren. Die Seite des Bettes, die zum Fenster hin lag, war verknittert. Auf der Seite schlief sie also. Die, die er auch am liebsten hatte. Er schloss die Augen und horchte auf das Plätschern der Dusche.

Brant schüttelte sich. Er musste jetzt an anderes denken und durfte sich nicht zu sehr von Darby Evans gefangen nehmen lassen. Jetzt stand sie unter Schock. Aber wie würde sie die Sache aufnehmen, wenn der Schock vorbei war? Würde sie böse auf ihn sein?

Und Gunther? Er wusste, der alte Mann würde ihn verstehen. Er würde wissen, dass Brant ihn schützen wollte. Aber würde es zu viel für ihn sein, Darby zu begegnen?

Er wünschte, Darby würde sich beeilen, damit sie seinen alten Freund besuchen könnten.

Darby griff nach Brants Arm. »Warte«, flüsterte sie, ehe er die breite Eichentür zur Pflegestation öffnete. Sie drehte sich um, atmete tief ein und schaute zurück auf den Betonfußweg, die kleine Parklandschaft mit Bäumen und Gras und dahinter Brants Wagen auf dem Parkplatz.

Brant legte seine Hand auf ihre. »Bist du so weit?«

Sie atmete ganz tief aus. »Ich glaube, ja.«

Brant öffnete die Tür und Darby ging hinein. Der weiße Fußboden sah kalt und steril aus. Ihre und Brants Schritte hallten in dem langen Flur. Aus verschiedenen Zimmern hörte sie im Vorbeigehen Stöhnen oder Lachen. Sie gingen einen langen

Flur hinunter, dann hielt Brant vor einer geschlossenen Tür an. »Hier ist es.«

»Geh du zuerst.«

Brant öffnete die Tür und Darby versuchte ihm über die Schulter zu blicken. Über dem Bett lag eine blaue Decke, aber darin war niemand. Brant ging als Erster hinein und schaute in das kleine Bad.

»Was bedeutet das?«, fragte Darby mit heftigem Herzklopfen. »Ist alles in Ordnung?«

»Als ich das letzte Mal hier war, fing er an, sich aus seinem Zimmer zu bewegen.« Brant schaute auf die Uhr. »Zum Mittagessen ist es noch zu früh. Ich bin sicher, es geht ihm gut, sonst hätte ich es erfahren.«

Aus dem Nebenzimmer hörten sie Schritte. Eine Raumpflegerin kam und Brant sprach auf Deutsch mit ihr.

»Sie sagt, er ist in der Kapelle.«

Die Frau schaute auf die Uhr an der Wand und sagte noch etwas.

»Der Gottesdienst ist wohl schon vorbei. Wahrscheinlich ist er im Aufenthaltsraum.«

»Hast du nicht gesagt, es geht ihm nicht gut?«

»Es ist besser geworden. Und Gunther ist ein Kämpfer, darauf kannst du dich verlassen.«

Als Darby aus dem Zimmer gehen wollte, fiel ihr etwas auf: Auf einem kleinen Tisch in der Ecke stand ein winziger Rosenstrauch. Er trug gelbe Blüten. Sie berührte ein Blütenblatt, so groß wie ihr Fingernagel.

»Ja, hier muss mein Großvater wohnen«, sagte sie leise.

»Ich wollte damals, dass du die Gedenktafel findest, die dein Großvater in Hallstatt für Celia gemacht hat. Ich hatte sie schon jahrelang nicht gesehen und vergessen, dass die Tafel mit dem Namen zugedeckt ist. Man muss sie aufmachen, wenn man ihren Namen sehen will. Aber darunter wächst ein Rosenstrauch. Er blüht gelb.«

»Die Lieblingsblume meiner Großmutter.«

»Mindestens einmal im Jahr hat Gunther heimlich nachts gelbe Rosen aus seinem eigenen Garten zu ihrem Grab gebracht. Er hat nie ein Jahr ausgelassen.«

»Und die ganze Zeit hat meine Großmutter auf der anderen Seite der Welt gelebt, ihn vermisst und ihre gelben Rosen gepflegt.«

Brant drehte Darby zu sich hin und nahm sie in die Arme. »Bestimmt wird es gut. Irgendwie wird es gut.«

Darby lehnte sich einen Augenblick an seine Brust und machte sich dann langsam los. »Komm, wir suchen ihn.«

Sie gingen aus dem Zimmer und wieder über den Flur und bogen nach rechts. Als sie zum Eingang kamen, hörte Darby über dem Hallen ihrer Schritte eine tiefe, gleichmäßige Stimme sprechen.

»Das ist Gunther«, sagte Brant offenbar überrascht und sie blieben stehen. »Seine Stimme klingt viel besser als noch vor einer Woche.« Darby schaute auf einen Tisch mit Schachfiguren und zwei Männern, die sich gegenübersaßen. Der gerade sprach, saß mit dem Rücken zu ihnen.

»Warte.« Darby griff nach Brants Arm. Sie schaute auf das dichte graumelierte Haar; am Hinterkopf stand eine kleine Strähne steil nach oben. Zärtlich glitten ihre Augen über den Wollpullover auf seinem breiten Rücken. Ihr Großvater. Er sprach noch ein klein wenig undeutlich, aber sie hörte einen amüsierten Unterton in seiner Stimme. »Was sagt er?«

Brant flüsterte dicht an ihrem Ohr: »Er neckt den anderen und gibt ihm dabei gleich Bibelunterricht, das ist typisch für Gunther. Er sagt, wenn wir das Abendmahl nehmen und am Leib und Blut Jesu teilhaben, müssen wir bereit sein die Leiden und Versuchungen zu tragen, die Jesus begegnet sind. Aber Gott hat alles besiegt, also brauchen wir keine Angst zu haben. Eben hat er den Mann gefragt: ‚Hast du teilgenommen? Vielleicht verlierst du deswegen?' Ich kann kaum glauben, dass er schon so gut spricht.«

»Was machen wir jetzt?«, fragte Darby leise. »Vielleicht sollte es ihm ein Arzt sagen. Womöglich bekommt er einen Rückfall. Oder – oder – wenn er nach so langer Zeit gar keine Enkelin will?«

»Er will dich, Darby. Da brauchst du keine Angst zu haben. Ich weiß noch nicht, was wir ihm sagen oder nicht sagen. Wir sprechen ihn einfach an und sehen dann weiter.« Brant fasste ihre Hand zur Beruhigung. »Bist du so weit?«

»Ja.«

»Ich bin in allem bei dir.« Er ging mit ihr vorwärts. »Gunther?«

»Bra-nt.«

Gunther drehte sich langsam um. Er lächelte strahlend und Darby bemerkte seine hellblauen Augen, die vielleicht denen ihrer Mutter glichen, aber sonst sah sie keine eindeutige Ähnlichkeit. Gunther lächelte ihr zu und hob sogar eine Braue beim Blick auf ihre Hände, aber es gab kein Anzeichen dafür, was sie miteinander verband. Sie hätte ihn irgendwo treffen können, ohne je zu erfahren, dass dieser Mann mit ihr verwandt war.

Die beiden Männer sprachen miteinander Deutsch und Darby konnte nur einzelne Worte verstehen, die zeigten, wie überrascht Brant war, dass es Gunther so gut ging. Dann wandte Gunther seine Aufmerksamkeit wieder ihr zu, sagte etwas und streckte die Hand aus.

»Amerikanerin«, hörte Darby in den deutschen Sätzen, die folgten.

»Ach, eine Amerikanerin?«, sagte Gunther interessiert auf Englisch. »Beugen Sie sich zu mir vor.«

Er hielt ihr die Hände entgegen und sie hätte gern gewusst, ob er mit seinen unsicheren Händen merkte, dass sie zitterte. Darby hockte sich hin, schaute zu ihm auf und gab ihm ihre Hände.

»Nehmen Sie sich vor diesem Mann in Acht. Er kann sehr sch-wierig sein.« Er zwinkerte und grinste Brant an. Darby konnte die Tränen nicht zurückhalten.

»Gibt es Probleme, mein Kind?«

Die Worte »mein Kind« lösten eine Welle von Gefühlen in ihr aus. Darby sah den träumerischen Blick ihrer Großmutter vor sich, wenn sie von diesem Mann sprach. Die Liebesbriefe fielen ihr ein, so innig und jung und voll Zukunftshoffnung. Sie sah ihre Mutter, wie sie am Times Square wartete, in der Menge suchte und hoffte, hoffte, sie würde ihn sehen. Und das Gespenst, das in ihrer Familie umgegangen war, saß hier vor ihr – wach und lebendig.

Sie schluchzte und schaute auf den Boden. Sie hörte, wie Gunthers Schachpartner in seinem Rollstuhl wegfuhr, und versuchte mit aller Gewalt, nicht mehr zu weinen, aber die Tränen flossen nur noch stärker. Die Hand, die ihre hielt, griff fester zu und sie spürte eine sanfte Berührung auf dem Rücken. Er redete auf Deutsch mit Brant und wartete auf Antwort.

»Gunther«, sagte Brant sanft, »dies ist Darby Evans. Sie ist deine Enkelin.«

Er nahm die Hände weg und Darby hörte ihn nach Atem ringen. Sie hörte auf zu weinen, aber sie konnte ihn nicht ansehen.

»Ihre Großmutter hieß Celia Müller.«

Heiser sagte Gunther etwas auf Deutsch. Brant fing an, in Gunthers Muttersprache alles zu erklären. Er kniete sich neben sie und sprach nach oben gerichtet, den Arm um sie gelegt. Darby blieb in der Hocke vor ihm und konnte nicht vom Boden aufblicken wie ein Kind, das wartet, ob es heftige Ablehnung oder liebevolle Aufnahme erfährt. Sie hörte Gunther ausatmen, lang und tief, fast als ob es sein letzter Atemzug gewesen wäre.

Als Brant aufhörte zu sprechen, berührte eine Hand ihr Haar. Gunthers zitternde Finger hoben ihr Kinn. Sie schauten sich an, beide mit Tränen in den Augen.

»Mein Enkelkind. Ich habe nie ein Kind gehabt, nie gedacht ...« Gunthers Finger berührten ihre Wange, eine Haarsträhne, ihre Stirn.

»Wann ist sie gestorben?«

»Vor vier Monaten.«

Gunthers Mundwinkel fielen nach unten, seine hellen Augen schauten weg. Er legte die Hand auf den Kopf und schüttelte ihn langsam, als ob er seinen Ohren nicht traute. Noch einmal atmete er lange aus wie zum Sterben und Darby spürte, wie er tief innerlich zitterte.

»Gunther?«, fragte Brant, »ist alles in Ordnung?«

»Nein. Dies ist der schlimmste Tag. Und der schönste.« Seine Hände zitterten heftig und er legte sie fest zusammen.

»Ich glaube, wir sollten dich in dein Zimmer bringen.«

Brant schob den Rollstuhl. Auf dem ganzen Weg hielt Gunther Darbys Hand und schaute oft nach oben, als wollte er sicher sein, dass sie noch da war.

Vor ihnen ging eine Schwester hinein; sie sprach mit Gunther und sah ihn genau an. Gunther war anderer Meinung als sie. Darby wünschte, sie könnte beide verstehen.

»Bist du sicher?«, fragte Brant. »Wenn du Ruhe brauchst, können wir in ein paar Stunden wiederkommen. Ich will nicht, dass du einen Rückfall bekommst.«

»Ihr sollt n-icht weggehen. Ihr sollt hier sein. Sie, Darby, soll hier sein. Mein Enkelkind. Mein ganzes Leben habe ich darauf gew-artet sie zu sehen.«

Brant hob Gunther ins Bett und half dem Älteren vorsichtig die Schuhe auszuziehen. Mit einem Knopfdruck stellte er das Kopfende zur Sitzstellung hoch, dann deckte er Gunthers Beine mit der blauen Decke zu. Gunther streckte die Hand nach ihr aus und Darby zog einen Stuhl ans Bett.

»Ich kann es immer noch nicht verstehen. Wie kann das sein?«

»Tatjana Hoffmann ist in Mauthausen umgekommen. Irgendwie hat sie Omas Stelle eingenommen. Meiner Großmutter ist gesagt worden, du wärest tot, und als du so lange nicht zu eurem Treffpunkt gekommen bist, hat sie es geglaubt.«

»Ich habe geglaubt, sie wäre tot«, sagte Gunther und schüttelte den Kopf. Plötzlich richtete er sich auf. »O, lieber Gott. Das kann nicht sein. Das hat sie nicht!«

»Was ist?«, fragte Brant.

»Ingrid. Ingrid war bei ihnen.«

»Wer ist Ingrid?«, fragte Darby.

»Meine Frau. Ingrid ist mit Ta-tjana und Celia an die Schweizer Grenze gefahren. Sie war da, als die Nazis sie angehalten haben. Ingrid hat alles gewusst.«

Brant setzte sich auf den Stuhl neben Darby. »Ingrid wusste, dass Celia entkommen ist und dass die Nazis Tatjana festgenommen haben? Und sie hat es dir nie gesagt?«

»Nie. Sie hat mir gesagt, Celia sei gefasst worden.«

»Was, hat sie gesagt, wäre mit Tatjana passiert?«, fragte Darby.

»Sie hat gesagt, als die Nazis Celia festgenommen hatten und sie so nah an der Grenze war, hat sie beschlossen auszuwandern.«

»Wann hat sie dir das alles erzählt?«

»An dem Abend, als sie mich bat, sie zu heiraten. Der Krieg war gerade erst vorbei, das Land war ein Cha-os, aufgeteilt an Ameri-kaner, Engländer und Sowjets. Ingrids K-inder waren Nazikinder und man musste sie schützen. Ich war im Widerstand gewesen und auch verwundet – ideale Tar-nung für sie. Ich wollte alles w-issen von der Flucht und der Festnahme. Sie hätte die Wahrheit sagen können. Ich wäre nach Amerika gefahren und hätte Celia gefunden.«

»Aber sie brauchte dich für ihre eigene Sicherheit.« Schnell und zornig stand Brant auf.

»Wisst ihr was?« Darby beugte sich vor: »Omas Briefe. Einer war von einer Frau mit dem Anfangsbuchstaben ›I‹. Der Brief war von 1942, drei Jahre vor Kriegsende. Sie hat Oma Celia von Tatjanas Tod geschrieben und auch, du wärest umgekommen. Die Frau hat Celia gebeten, nicht mehr zu schreiben und in Amerika neu anzufangen. Die Frau hat auch berichtet, sie hätte einen Freund, der Nazi war und den sie vielleicht heiraten wollte.«

Brant und Gunther sahen sich an. »Ingrid«, sagte Brant.

Gunther fing wieder an zu zittern. »Mein Leben lang habe ich versucht, Gutes zu tun. Wie kann das nur passieren? Wie?« Er brach plötzlich in Tränen aus. Er stöhnte und rollte sich auf die Seite. Darby sprang auf und beugte sich über ihn, sie wünschte, sie könnte ihn schützen vor alldem, was er empfand. Aber sie konnte nur warten.

Sein breiter Rücken zitterte immer noch von jahrelang zurückgehaltenem Weinen. Darby schaute Brant an und sah Angst in seinen Augen.

»Es ist gut, Gunther«, sagte Brant und nahm den alten Mann in die Arme. Er redete leise auf Deutsch. Darby konnte selbst ihre Tränen nicht zurückhalten und sah, dass auch Brant sich von Zeit zu Zeit das Gesicht abwischte, während er seinen alten Freund in den Armen hielt. Endlich ließ Gunthers Schluchzen nach und sie dachte schon, er sei eingeschlafen, da streckte er seine breite Hand nach ihrer aus. Er hielt sie fest und streichelte sie zärtlich.

Brant öffnete eine Schublade am Nachttisch und reichte Gunther ein Taschentuch. Der alte Mann wischte sich das Gesicht ab und putzte sich die Nase. Es klang wie ein Trompetenton. Er drehte sich um, lachte leise und setzte sich auf. »Jetzt sehe ich zum ersten M-Mal mein Enkelkind und heule wie ein Idiot. Ent-schuldige, meine Liebe.«

»Ach, du brauchst dich doch nicht zu entschuldigen. Das ist ja, als wäre sie noch einmal gestorben. Und man hat dich betrogen.«

»Ja. Und ich hätte sterben können, ohne dich überhaupt zu sehen. Siehst du, ich sollte dankbar sein.« Er lächelte schwach, aber ehrlich. »Bitte. Erzählst du mir von ihr?«

Darby lächelte ihm zu; diesen Fremden mochte sie gleich. »Sie war eine ganz erstaunliche Person. Konnte früher als irgendjemand sonst in der Familie mit dem Computer umgehen. Sie wurde Amerikanerin, bevor ich geboren war, und hat nie wieder Deutsch gesprochen.«

»Vielleicht muss-te sie das alles hinter sich lassen«, sagte Gunther.

»Äußerlich hat sie das getan, nur bin ich mit Geschichten von den österreichischen Alpen aufgewachsen. Sie hat sich also ein bisschen selbst widersprochen. Sie hat mir nichts von den schwierigen Zeiten gesagt. Meine Mutter hat lange darunter gelitten, dass sie ihren Vater nicht kannte – dich. Darum haben sie schon nicht mehr von dir gesprochen, bevor ich geboren wurde. Aber ich weiß, dass sie dich nicht hinter sich gelassen hat. Sie war eine tapfere, selbstständige Frau und konnte aus vollem Herzen lieben.«

»Das sieht Celia ähn-lich. Allerdings ist sie mir nie tapfer oder selbstständig vorgekommen.«

»O doch, das war sie. Sie ist bei einem Marathonlauf für Senioren mitgelaufen und hat zweimal in der Woche freiwillig in einem öffentlichen Kindergarten geholfen. Vielleicht musste sie stark werden, nachdem sie dich verloren hatte. Sie hat auch fest an Gott geglaubt.«

»Dann war es Gott, der uns beide gerettet hat – dass wir ohne einander stark sein konnten.«

»Ja«, flüsterte Darby. Sie schaute in Brants dunkle, mitfühlende Augen. Fast konnte sie den Blick nicht von ihm abwenden, während sie weiter von ihrer Großmutter erzählte: Kindheitserinnerungen, Oma Celias amerikanische Lieblingsfilme, ihr unbeschreiblich köstlicher New Yorker Käsekuchen. Darby redete und Gunther fragte, bis es dunkel wurde im Zimmer. »Oma hat einen Rosengarten hinten in unserem Garten. Ihr Lieblingsstrauch mitten im Garten ...«

»Gelbe Rosen«, ergänzte Gunther. Man sah, dass er weit weg war und unendlich traurig. »Sechzig Jahre lang habe ich solche Blumen auf ihre Gedenkstätte gelegt – und die ganze Zeit hat sie gelebt und geatmet.«

»Einmal nachts, ein paar Tage bevor sie starb, hat Oma mir

erzählt, wie sehr sie dich geliebt hat. Sie sagte, du warst ihr Märchenprinz, und sie hat nie wieder einen anderen Mann geliebt. Sie hat dir Briefe geschrieben, jedes Jahr einen. Ich habe sie hier.«

Darby suchte die lange schwarze Tasche und nahm das Päckchen heraus, das sie von Professor Voss abgeholt hatten, ehe sie zum Pflegeheim kamen. »Wir haben versucht, Informationen darin zu finden. Aber der letzte ist noch ungeöffnet. Sie hat ihn letztes Jahr am 15. September geschrieben. Am 3. Oktober ist sie gestorben.«

Gunther griff nach dem Brief und drückte ihn an die Brust. »Am 3. Oktober. Was habe ich an dem Tag gemacht? Warum habe ich nicht gespürt, dass sie, dass ihr Geist uns verlassen hat? Warum habe ich die ganze lange Zeit nicht gewusst, dass sie lebt?« Gunther streichelte die in schöner Handschrift geschriebenen Worte auf dem Umschlag. »Diese Schrift würde ich über-all erkennen.«

Die Tür zu Gunthers Zimmer ging auf und die Schwester schien überrascht, dass sie noch da waren. Brant sprach mit ihr und Gunther sagte etwas dazu, dann ging Brant mit der Schwester aus dem Zimmer.

»Sie denken, ich bin alt und brauche Ruhe«, sagte Gunther lächelnd. »Aber ich will nicht, dass du schon weggehst.«

»Das regelt Brant. Aber du könntest wirklich Ruhe gebrauchen. Und vielleicht ein bisschen Zeit für dich?« Darby zeigte auf die Briefe auf dem Bettrand.

Brant kam wieder. »Sie haben uns erlaubt noch dazubleiben, vielleicht sogar über Nacht, aber nur wenn Gunther sich ausruhen kann. Sie wollen ihn für die Nacht zurechtmachen und er soll zu Abend essen.«

Gunther runzelte die Stirn und lange scharfe Falten erschienen darauf. »Ich verspreche dir, sie wieder herzubringen. Wir gehen in die Cafeteria.«

Ehe Darby hinausging, warf sie noch einen Blick auf Gunther. Er war schon dabei den Brief von seiner Braut zu öffnen.

31 Einunddreißigstes Kapitel

Während sie in der Cafeteria Tabletts nahmen, unterhielten sie sich oberflächlich. Beide wählten Gulasch mit Klößen. Darby merkte, dass irgendetwas Brant beunruhigte. Sie trugen ihre Tabletts in einen ruhigen Wintergarten. Brant stocherte in seinem Essen und aß fast nichts. Darby verschlang ihres heißhungrig und aß auch noch Brants Brot. Dreimal fragte sie ihn, ob alles in Ordnung sei. Als sie ihre Tabletts weggeräumt hatten, gingen sie zum Ende des Wintergartens. Über ihnen funkelten die Sterne in dem dunklen, wolkenlosen Himmel.

»Ich muss dich fragen, Darby«, sagte Brant mit besorgtem Blick, »kannst du mir je verzeihen?«

»Du musst verstehen, dass es nicht deine Schuld war. Du hast sie nicht angelogen. Du hast versucht, Gunther zu schützen. Ich hätte es auch so gemacht.«

»Ich habe immer versucht, Leuten zu helfen, die unter anderer Leute Bosheit zu leiden hatten. Und meine einzige Möglichkeit dem Menschen zu helfen, den ich am liebsten habe ... Sie hätten noch ein paar Monate zusammen sein können.«

»In der Ewigkeit sind sie zusammen.«

Brant wendete ihr das Gesicht zu. »Ja, das stimmt. Danke.«

»Nein«, flüsterte Darby, »ich muss dir danken. Du hast mir meinen Großvater gegeben.«

Darby stellte sich auf die Zehen und küsste ihn auf die Wange. Er nahm sie in die Arme und sie lehnte ihr Gesicht an seine Brust und hörte seinen gleichmäßigen Herzschlag.

»Darby, ich glaube, ich fange an, dich für mein Leben zu brauchen.«

»Du brauchst mich auch.«

Er nahm ein wenig Abstand und sah, dass sie lächelte. »Ach, wirklich?«

»Ja. Ich glaube nämlich, ich fange auch an, dich zu brauchen.«

»Du brauchst mich jetzt schon. Du kannst gar nicht ohne mich auskommen.«

»Ach, wirklich?« Innerlich gab sie ihm uneingeschränkt Recht. »Wegen dieses Verzeihens ... darf ich das zurücknehmen, wenn du mich das nächste Mal richtig wütend machst?«

»Meinst du, du wirst mich in Zukunft öfter sehen?«

»Na ja, wir lieben ja denselben Mann, da treffen wir uns bestimmt wieder.«

Sie lachte, als er sie wieder an sich zog.

Jemand räusperte sich und Brant ließ schnell die Arme fallen. Eine Schwester stand verlegen am Eingang des Wintergartens. Brant nahm Darbys Hand und ging mit ihr zu der älteren Frau. Sie sprachen über Gunther und dann lief die Frau eilig weg.

»Wir können wieder zu ihm. Aber wir haben strenge Anweisungen.«

»Wenn wir nur bei ihm sein können.«

Gunther wartete in seinem Zimmer, das nur mit einer schwachen Lampe erleuchtet war. Über dem exakt gefalteten Betttuch und der Decke hatte er die Arme verschränkt. Plötzlich hatte Darby Lust, ihn wegzubringen, weit weg – bis zu Omas Haus in Kalifornien. Er brauchte Ruhe und man sah es an seinen Augen, obwohl er sich offenbar freute, als sie wiederkamen. Trotzdem hoffte sie, dass das möglich sein würde: dass er einmal in dem Haus sein könnte, das seine Frau zu einem Heim gemacht hatte.

»Wir können jetzt nicht mehr reden, sonst schmeißen sie mich raus«, sagte Darby und nahm seine ausgestreckten Hände. »Du musst jetzt schlafen und wenn du aufwachst, bin ich hier.«

»Ich k-ann es immer noch kaum glauben. Mein Enkelkind.«

»Ja. Ich fürchte mich fast davor, ich könnte aufwachen und alles wäre nicht wahr. Aber du musst gesund werden. Du hast eine Tochter – für die wird es eine wunderbare Überraschung. Und du hast noch eine Enkeltochter und zwei lebhafte Urenkelinnen, Zwillinge.«

»Meine Familie. Ich war sicher, sie wäre tot. Ich will mich ausruhen und für s-sie gesund werden.«

»Gut, dann schlaf jetzt. Schlaf.«

»Kommst du?« Gunther klopfte auf die Matratze neben sich und rückte zur Seite. »Mein Kind war noch nie so nah bei mir.«

Darby schaute Brant an, der in einem Sessel in der Ecke saß. Ihre Lippe zuckte und die Nase brannte. »Und ich war noch nie so nah bei meinem Großvater.«

Das Bett knarrte, als sie das Metallgitter herunterließ. Darby dachte daran, dass sie erst vor wenigen Monaten bei ihrer Großmutter geschlafen hatte. Vorsichtig setzte sie sich auf das Bett und streckte sich aus. Sie wusste nicht recht, wohin mit ihren Armen. Sie legte den Kopf auf das Kissen, suchte und fand schließlich eine bequeme Lage. Noch vor kurzem hatte Darby Oma in den Armen gehalten. Jetzt war es ihr Großvater, der sie fest in die Arme nahm, ihr Kopf lag unter seinem Kinn und seine Arme auf ihren. Sie roch Medizin, Alter und einen ganz schwachen würzigen Duft. Er berührte ihr Haar und sagte leise deutsche Worte, die man nicht zu übersetzen brauchte. Tropfen fielen auf das Kissen, aber nicht von ihr. Sein warmer Atem strich über ihr Haar. Sie bewegte sich nicht aus Angst, es könnte doch nicht wahr sein. Sie erinnerte sich nicht an die Arme eines Vaters, an spielerische Umarmungen oder freundliche Klapse. Solche Wünsche waren ihr auch bisher nie bewusst geworden. Darby rückte noch näher heran, bis sie das Herz ihres Großvaters klopfen hörte. Es nahm sie ganz ein, klopfte unentwegt sanft auf ihren Rücken, rhythmisch wie ein Schaukelstuhl. Hier könnte sie immer bleiben.

»Darby, wach auf.« Jemand berührte ihr Haar und ihre Wange. Ihr Mund war trocken, die Augen verklebt, ihre Arme wurden liebevoll festgehalten. Sie schaute nach der Stimme; es war Brant.

»Darby, es ist Morgen.«

Die Arme gehörten ihrem Großvater und sein gleichmäßiger Atem lud sie ein, weiterzuschlafen. Es war kein Traum: Sie hatte einen Großvater. Sie konnte es kaum abwarten, ihre Mutter und Schwester anzurufen. In ein oder zwei Tagen könnten sie hierher fliegen und ihr Leben würde für immer verändert sein.

»Ich muss weg, Darby«, flüsterte Brant.

»Warum? Was ist los?« Sie machte sich vorsichtig los und Brant half ihr aufzustehen.

»Meine Sekretärin hat angerufen. Ich weiß nicht, wie sie mich gefunden haben, denn ich habe mein Handy abgeschaltet, aber eine Schwester hat mich geweckt und gesagt, es wäre dringend. Ich bin bis zum späten Nachmittag unterwegs. Außer wenn du jetzt mitkommen willst.«

»Nein, ich bleibe.«

»Das dachte ich mir.« Brant kam einen Schritt näher und berührte ihr Haar. »Pass gut auf ihn auf.«

»Ja.«

Darby döste noch eine Stunde in Brants Sessel, an das Kissen gelehnt, das er benutzt hatte. Schließlich bewegte sich Gunther und wachte auf. Der Vormittag war voller Aktivität: Sie aßen zusammen, erst Frühstück und später Mittagessen, spielten mehrere Spiele Karten und Darby schob ihn im Rollstuhl durch das Pflegeheim und den Wintergarten. Sie redeten die ganze Zeit, bis Darby Angst bekam, er würde überanstrengt.

Brant war am Nachmittag noch nicht wieder da und Darby hatte das dringende Bedürfnis zu duschen. Die Schwester bestand energisch darauf, dass Gunther einen Mittagsschlaf hielt.

»Ich muss jetzt gehen, aber heute Abend oder morgen früh komme ich wieder«, sagte Darby. Sie hatte ihn erst gestern kennen gelernt, aber es kam ihr vor, als würden sie sich schon immer kennen. »Ich muss unbedingt duschen, sonst willst du mich nicht wieder hier haben.«

»Ich lasse dich r-ein, auch wenn du schlecht riechst.« Er kicherte und hielt sich die Nase zu. »Wenn du zu na-he kommst, mache ich s-o.«

Darby lachte, sie mochte sein Lächeln und sein lustiges Kichern so gern. »Wir müssen jetzt beide arbeiten. Du musst gesund werden. Ich muss diese tolle Neuigkeit meiner Familie berichten und dafür sorgen, dass sie herkommen.«

»Ja. J-a.« Gunther strahlte. »Bring meine Familie her. Aber vorher muss ich dir eine Sache sagen. Ich habe es ver-steckt. Ich habe dein Erbe versteckt. Ich muss dir sa-gen, wo.«

32 Zweiunddreißigstes Kapitel

Darby sah träumerisch aus dem Fenster, während das Taxi durch den Verkehr flitzte. Es schien ihr, als müsste die Welt über Nacht eine andere Farbe bekommen oder vielleicht die Schwerkraft verloren haben, so viel hatte sich in den letzten Tagen für sie verändert. Aber die Leute gingen immer noch auf den Füßen auf denselben Bürgersteigen wie gestern, und immer noch trieben leichte Wolkenfetzen im blauen Himmel.

Sie lehnte den Kopf an die kühle Fensterscheibe und schloss die Augen. Ihre neue Freude mischte sich mit leichter Trauer, wie wenn man Öl mit Wasser mischt: Erst stieg das eine Gefühl an die Oberfläche, dann kam das andere von unten durch. Ihr Großvater lebte! Ihre Mutter hatte einen Vater. Ihre Nichten einen Urgroßvater. Aber Oma Celia, die sich ihr Leben lang nach ihrem verlorenen Geliebten gesehnt hatte, war nur ein paar Monate zu früh gestorben, um ihm zu begegnen. Hinter Omas Lächeln und den Geschichten aus ihrem Leben hatte sich eine Trauer verborgen, die sie nie hatte ablegen können. Und der Gegenstand ihrer Sehnsucht lebte nur eine Flugreise entfernt. Wenn das nun Darby und ihrem Freund passiert wäre – ihr und Brant?

Das Taxi fuhr in die winzige Goldgasse und Darby fühlte sich plötzlich völlig erschöpft. Sie hielt die Augen geschlossen und dachte aus irgendeinem Grund an Maureen. Ihre Schwester lag friedlich zu Hause und schlief, aber auch ihr Leben würde anders werden wie das der ganzen Familie. Darby vermisste ihre Schwester wie seit der Kindheit nicht mehr. Damals waren sie sich näher gewesen und Darby wusste nicht, warum sie es zugelassen hatte, dass jede so sehr mit ihrem eigenen Leben beschäftigt war. Sie nahm sich fest vor, das zu ändern. Sie würde auch Tristie in Montana anrufen – vielleicht einmal hinfliegen und sie besuchen. Ihre Frauenfreundschaften waren wesentlich für ihr Leben. Das wusste sie nicht nur von Tatjana und Oma Celia, es bestätigte sich für sie selbst. In den letzten Jahren hatte sie viel versäumt, aber das sollte nicht so bleiben.

Darbys Kopf blieb ans Fenster gelehnt, das Haar fiel ihr übers Gesicht. Ihre Füße fühlten sich zu schwer zum Bewegen an, als der Wagen hielt, aber ihre Gedanken kreisten weiter um die Entdeckungen der letzten zwei Tage. Sie setzte sich aufrecht, als der Taxifahrer die Tür öffnen wollte, aber er schaute woandershin. Durch das andere Wagenfenster sah sie eine Männerhose, den Gürtel und das Hemd, das darin steckte. Das musste Brant sein. Gleich würde sie sein Gesicht sehen können; jahrzehntelange Kämpfe würden aufhören. Sie würde in seine Arme fallen und nach einem langen Winter den Frühling erleben. Die Last auf ihren Schultern würde leichter werden, sogar ganz verschwinden. Brant. Sie wusste, dass sie diesen Mann liebte, wie Oma Celia Gunther Müller geliebt hatte.

Die Tür gegenüber ging auf.

»Darby Evans.« Das war nicht Brants Gesicht. »Kennen Sie mich noch? Richard Hauer. Wir haben uns einmal im Restaurant getroffen, als Sie mit Brant da waren.« Sie musste einen Augenblick nachdenken, um diesen Mann mit den blutunterlaufenen Augen und den ein paar Tage alten Bartstoppeln als den arroganten Mann zu erkennen, dem sie vor Monaten einmal begegnet war.

»Hm, ich glaube schon. Ja, ich erinnere mich.« Warum schloss dieser Mann die Tür und der Taxifahrer setzte sich wieder auf den Fahrersitz? »Ich steige hier aus.«

»Brant hat mich angerufen und mich gebeten, Sie zu seinem Büro zu begleiten. Er hatte eine Besprechung und konnte nicht weg.« Der Taxifahrer war nicht angefahren. »Fahren Sie los.«

»Warten Sie.« Darby fasste den Türgriff. »Ich muss mehrere Telefongespräche führen und ich muss duschen und mich ausruhen.«

»Brant hat gesagt, es eilt. Ich habe versucht, Sie bei Gunther zu erreichen, aber Sie waren schon weg. Gunther hat mir gesagt, dass Sie hierher wollten. Ehrlich, ein richtiger Schock zu erfahren, dass wir irgendwie verwandt sind, nicht? Mein Stiefgroßvater ist Ihr Großvater.« Er lächelte sie mit einem ungläubigen Blick an. »Es geschehen doch noch Wunder.«

Darby zögerte. Dieser Mann musste mit Brant und Gunther gesprochen haben, sonst wüsste er all das nicht.

»Fahren Sie los!«, rief Richard wieder. Der Fahrer sah sie durch den Rückspiegel fragend an, dann fuhr der Wagen die dunkle Straße entlang. Darby sagte nichts; ihre Gedanken versuchten sich durch das Dickicht von Müdigkeit, Fakten und Verdächtigungen zu kämpfen. Brant mochte Richard nicht, das wusste sie noch. Warum dann ...

Darby beobachtete Richard, wie er ängstlich nach hinten spähte. Seine Hände waren seltsam ineinander verhakt. Plötzlich war ihr klar, dass sie nicht mit ihm zusammen sein sollte. Er sah sie schnell an und sein Blick kündigte Gefahr an.

Richard griff nach ihrer Hand. »Du musst unbedingt mitkommen. Alles geht in Ordnung. Tu nur, um was ich dich bitte.« Darby öffnete den Mund, um zu schreien, aber er drückte warnend ihre Hand. »Meine Großmutter, Ingrid, hat nach dem Krieg die Luger-Waffensammlung von ihrem Freund behalten und später mir vermacht.« Richard drückte ihre Hand an sein Jackett. Sie fühlte etwas ... eine Pistole?

Richard warf wieder einen Blick nach hinten, beugte sich nach vorn, um dem Fahrer Anweisungen zu geben, und lehnte sich dann wieder zurück. Der Wagen hielt, um andere vorbeizulassen. Darby schaute zurück zu ihrem Hotel, in das sie eben noch hatte gehen wollen. Eben noch war sie in Sicherheit gewesen, hatte ihre Mutter und Schwester anrufen, schlafen, Brant und Gunther treffen wollen, und jetzt ...

»Ich bin in einer schwierigen Lage, Darby.« Er brachte sein Gesicht allzu nahe an ihres. »Ich brauche etwas, was ich schon lange suche. Nur du kannst mir helfen. Ich bin sicher, Gunther hat dir gesagt, wo er das Erbe der Familie Lange versteckt hat.«

Darby öffnete den Mund, aber sie konnte nicht sprechen.

»Bitte, Darby. Ich habe nicht viel Zeit.«

Das Taxi fuhr auf den Residenzplatz. Alles sah so normal aus: Leute gingen spazieren, Kutschen warteten auf Fahrgäste, Künstler boten auf der Straße ihre Bilder an. »Was wollen Sie?«

Aber sie wusste es schon. Richard hob eine Augenbraue, er wusste, dass sie verstanden hatte. War das der Grund, warum Ingrid ihren Großvater vor so langer Zeit belogen hatte? Hatte die Gier nach diesem Erbe nicht nur viele das Leben gekostet, sondern auch noch zum Betrug verleitet, als die Nazis schon lange vernichtet waren?

Das Taxi hielt und Richard reichte einen Geldschein nach vorn. Darby merkte, dass sie nur ein paar Blocks von ihrem Hotel entfernt waren, aber Richard packte ihre Hand und zerrte sie hinaus. Panische Angst erfasste Darby. Sollte sie schreien? In einen Laden rennen? Aber Richard hielt sie eisern fest.

Richard hatte seinen Wagen nahe bei dem Restaurant geparkt, wo sie ihn zum ersten Mal an dem Tag gesehen hatte, an dem sie auch Brant kennen gelernt hatte. Je mehr sie nach Auswegen suchte, umso klarer wurde ihr, dass sie gefangen war wie ein Schmetterling in einem Glas.

»Zeig mir nur, wo es ist, dann passiert dir nichts. Das verspreche ich.« Er führte sie zu einen weißen BMW und ließ beim Aufschließen der Tür fast die Schlüssel fallen.

»Nein.« Sie stand wie angewurzelt. Allzu gut erinnerte sie sich an ihren Leichtsinn, impulsiv in den Wagen zu steigen, der sie dann zu Bruno Weiler brachte. Und dies war etwas anderes. In jeder Fernsehsendung lernte man, sich nie und unter keinen Umständen unter Zwang in ein Auto zu setzen. »Ich fahre nirgendwohin mit.«

»Doch. Steig ein.« Er stieß sie zur offenen Tür. Sie versuchte sich loszumachen, aber Richard hielt sie mit hartem Griff. »Ich habe eine Pistole, hier in der Tasche. Komm mit, dann passiert dir nichts. Aber ich kann dich nicht einfach gehen lassen.«

Sie zögerte einen Augenblick zu lange, so dass Richard sie hineinstoßen konnte. »Rutsch durch. Du fährst. Nimm die Schlüssel.«

»Wo soll ich hinfahren?«

»Das weißt du.« Richard schlug seine Tür fest zu.

Darby schaute sich um, ob jemand von den Touristen, Kutschern oder Ladeninhabern ihr helfen könnte. *Das kann nicht wahr sein!*

»Also, wo fahren wir hin?« Er ließ nicht locker.

Darby sagte nichts. Er nahm die Pistole aus der Tasche und legte sie sich auf den Schoß.

Es war wirklich eine uralte Luger-Waffe. Es sah fast lächerlich aus, wie sie, statt in einer Museumsvitrine zu liegen, auf sie gerichtet war.

»Ich sage Ihnen, wo es ist, und Sie lassen mich raus.«

»Du sagst mir, wo es ist, ich hole es und dann lasse ich dich gehen.« Er starrte sie an, während sie sich vorsichtig durch den Straßenverkehr bewegte. Aus dem Augenwinkel konnte sie ihn sehen.

»Es ist in Hallstatt.«

»Hallstatt?« Er dachte einen Moment nach. »Du meinst im Grab?«

Darby nickte.

Er sah überrascht aus. »Warum habe ich daran nicht früher gedacht?«

Als Richard sie ansah, wusste Darby, dass sie dasselbe dachten. »Schade«, sagte sie.

Brant hatte sich eben davon überzeugt, dass er nicht gesehen hatte, wie Darby und Richard zusammen in einem Taxi aus der Goldgasse fuhren – da bog Richards Wagen aus einer Seitenstraße in die Einbahnstraße ein. Darby saß am Steuer. Brant war auf dem Weg zu ihr, wollte ihren Schlaf bewachen, ihre Telefongespräche miterleben. Sein wichtiges Treffen war nichts gewesen – nur wieder eine ärgerliche Unterbrechung. Frau Halder wusste nicht, von wem die dringende Botschaft war, aber sie hatte sie wichtig genommen. Brant hatte manchmal Klienten, die ihn heimlich trafen und sich nicht zu erkennen gaben, aber diesmal war gar niemand in sein Büro gekommen. Er hatte unter einem Baum in einer Seitenstraße des Platzes geparkt, und als er zu Fuß weiterging, hatte er Darby auf der anderen Straßenseite im Taxi gesehen. Er hatte sich gewundert, dass sie die Goldgasse verließ. Dann hatte er Richard neben ihr entdeckt.

Unter heftig widerstrebenden Gefühlen versuchte er sich zu erklären, was er gesehen hatte. Er hätte ihnen folgen sollen, als sie in Richards Wagen vorbeifuhren, aber er wartete zu lange. Das konnte nicht sein!

Plötzlich fiel Brant das »zufällige« Treffen ein, als er Darby zum ersten Mal gesehen hatte: Richard war zufällig ins Restaurant gekommen. Dann war da vor zwei Tagen in Wien etwas gewesen – oder jemand. Darby hatte nicht erklärt, warum sie die ganze Nacht verschwunden war. War alles gelogen? Er kam auf die merkwürdigsten Gedanken: Vielleicht war sie nicht einmal Amerikanerin, sondern Richard und Ingrid hatten sie nur angestellt, um endlich an das Erbe zu kommen, solange Gunther noch nicht gesund war.

Und dann heute Morgen: Er war aus dem Pflegeheim herausgerufen worden. War das die Gelegenheit für Darby, Gunther zu fragen, wo er es versteckt hatte? Außer Brant wusste niemand, dass Gunther die Erbstücke überhaupt versteckt hatte. Nur den Platz hatte Gunther nicht verraten.

Brant schaute zurück zu seinem Wagen und überlegte, was er tun sollte und wie das überhaupt sein konnte. Aber anscheinend lag die Wahrheit offen vor ihm. Und er war wieder betrogen worden.

33 Dreiunddreißigstes Kapitel

Im Tal dämmerte es schon, als Darby und Richard am Nordufer des Hallstätter Sees entlang fuhren. Bald würde es Nacht sein. Beim Fahren bemerkte Darby, wie das letzte rötliche Licht sich im Wasser spiegelte. Dieser Mann versprach, ihr nichts zu tun, wenn sie ihm nur erst den versteckten Schatz zeigte. Konnte sie ihm wirklich glauben? Er hatte sie schon mehrfach angelogen. Sollte dies womöglich das letzte Mal sein, dass sie die Sonne sah? Wieder schaute sie in den Rückspiegel: Niemand war ihnen von der Stadt aus gefolgt. Brant wunderte sich sicher, wo sie war, suchte sie vielleicht auch. Aber er war zu weit hinter ihnen.

Gott, du willst doch bestimmt nicht, dass das hier passiert – nach allem, was war. Du hast doch gewollt, dass ich diese Reise mache.

Hatte Tatjana genau dasselbe gedacht? Welche Zweifel und Ängste hatte sie in den letzten Stunden vor dem Tod erlebt? Darby wollte stark sein, sie biss die Zähne zusammen und hielt den Kopf hoch. Aber innerlich fühlte sie sich schwach, zitterte und fürchtete, jeden Augenblick die Fassung zu verlieren. Immer und immer wieder betete sie um Kraft.

Richard hatte schon seit geraumer Zeit nichts mehr gesagt. Sie stellte sich vor, wie er einen Plan machte, das Erbe zu bekommen – und was dann? Darby brauchte auch einen Plan und ihr fiel nichts anderes ein als die Familie Gerringer in Hallstatt. Wenn sie irgendwie dahin kommen könnte, würde sie es vielleicht schaffen.

»An der nächsten Gabelung rechts«, sagte Richard.

»Das ist doch nicht der Weg nach Hallstatt«, sagte Darby lauter als nötig. Das passte nicht in ihren Plan.

»Ich muss vorher noch etwas erledigen.«

Brant hatte auf Salzburgs Plätzen und Straßen gesucht, Richards Wagen aber nirgends gefunden. Er hatte in Darbys Hotel nachgefragt, ein Dutzend Mal angerufen, war zu Richards Lieblingsplätzen gefahren und hatte sogar nach München zu Ingrid fahren wollen. Stattdessen rief er auf der Rückfahrt nach Salzburg noch einmal an, aber niemand nahm ab. Er war bei Gunther gewesen, aber wieder gegangen, ohne mit ihm zu sprechen. Denn das konnte er dem alten Mann jetzt unmöglich sagen. Aber war Gunther selbst in Gefahr? Die Polizei würde nichts davon glauben – es war alles Spekulation.

Es dämmerte und wurde rasch dunkel. Er fuhr auf einen Parkplatz und bremste scharf. *Denk richtig nach*, sagte er zu sich selbst. Wäre er Richard und Darby nur gleich nachgefahren. Brant nahm das Autotelefon ab und versuchte Richards Handy zu erreichen, bekam aber nur die Ansage, es sei abgeschaltet. Wieder rief er Darbys Hotel an, und es kam ihm vor wie bei ihrer Reise nach Wien. War das wirklich erst ein paar Tage her? In ihrem Zimmer nahm wieder niemand ab. Am Empfang hatte man sie nicht gesehen. Dann rief er Ingrid in München an. Dort wurde abgenommen.

»Frau Müller ist heute in Gosau«, sagte die Haushälterin. »Sie erledigt noch die letzten Arbeiten, ehe sie das Haus schließt.«

Brant legte auf, ohne sich zu verabschieden. Gosau war über eine Stunde weit. Und wenn Darby dort nicht war?

Krampfhaft hielt er das Lenkrad fest. Nur zwei Möglichkeiten fielen ihm ein: Entweder hatte Darby ihn und Gunther betrogen und half Richard und Ingrid oder Darby war in Gefahr.

Das Ganze sah nach Betrug aus. Sein Herz sagte etwas anderes. Aber seine Gefühle hatten ihn schon früher getäuscht.

Brant schwankte hin und her. Darby war zu der Zeit in Salzburg aufgetaucht, als er Verdacht schöpfte, dass Richard und Ingrid etwas planten. In Wien war sie eine ganze Nacht lang verschwunden und hatte nie erklärt, wo sie gewesen war. Als Brant sie am Bahnhof abholte, hatte Richard sie schon gesucht. Und der Ring – das Einzige, was ihn überzeugt hatte. Höchstwahrscheinlich hatte Ingrid ihn vor vielen Jahren an Celias Finger gesehen. Sie könnte ein Duplikat gemacht und es Darby gegeben haben. All das und dass er Darby in Richards Auto gesehen hatte, konnte nur eins bedeuten.

Aber dann fielen ihm andere Dinge ein: Darby so kindlich und ängstlich, als jemand in ihr Zimmer eingedrungen war. Konnte das gespielt sein? Ihr Interesse am Holocaust-Kongress und alles, was am Konzertabend passiert war – wäre sie fähig, das vorzutäuschen? Waren ihr Lachen und ihre Küsse nur Theater gewesen? Und wenn Darby mit Ingrid und Richard unter einer Decke steckte, warum war sie dann nicht gleich zu Gunther gegangen und hatte ihn gefragt, was sie wissen wollten?

Er sah Darby vor sich, wie sie neben Gunther geschlafen hatte, ließ die Fakten Fakten sein und glaubte ihr. Er hatte sie so tief und ruhig und sicher schlafen sehen. Sie hatten sich eben erst kennen gelernt, aber sie waren sich nicht fremd; Großvater und Enkelkind hatten sich endlich gefunden.

»Wenn sie nicht mit drin steckt, ist sie in Gefahr«, sagt er laut. Brant fuhr den Wagen vom Parkplatz und tippte zugleich in sein Telefon. Er wollte seinen alten Freund nicht beunruhigen, aber eines musste er jetzt wissen: Wo war der Familienbesitz versteckt?

Auf dem Wegweiser stand *Gosau*. Darby lenkte den Wagen nach rechts. »Fahren wir zu Ingrids und Gunthers Haus?«

»Mach nur, was ich dir sage.« Seine Stimme verriet, dass er selbst unentschieden war. »Ich brauche ein paar Sachen. Wir können doch nicht mit den Händen graben, oder?«

Darby schwieg, während sie kilometerweit auf der gewundenen Bergstraße durch dichten Wald und dann an einem silbrigen Bach entlangfuhren, der das letzte Licht vom Himmel spiegelte. Im Auto war es warm und gemütlich und roch leicht nach Rasierwasser, aber Darby war übel. Die Straße führte aus dem Wald, ein langes Tal aufwärts und in das kleine Dorf Gosau. Richard lotste sie durch ein Labyrinth von Straßen zu einem Haus am Hang; sie nahm an, dass es das Haus von Ingrid und Gunther war. Ein kleineres Haus daneben musste das sein, in dem Brant als Kind den Sommer verbracht hatte. Sie stellte sich vor, wie er als Junge die Grotten im Wald erforscht und Gunther auf der Veranda des größeren Hauses besucht hatte.

In der Einfahrt zum größeren Haus stand ein schwarzer Wagen. »Was wird meine Großmutter von dir denken?« Richard lächelte leicht und steckte die Pistole wieder in die Tasche seines Jacketts. Darby zögerte und schaute beim Aussteigen um sich. Richard beobachtete jede ihrer Bewegungen, bis sie im Haus waren. Niemand begrüßte sie. Das Haus war leer außer ein paar Möbeln und anderen Sachen, die mit Betttüchern zugedeckt waren. Irgendwoher hörte Darby ein regelmäßiges Wischen oder Schaben; Richard winkte sie zur Treppe. Er ging dicht hinter ihr.

In einem Zimmer am Ende des Flures stand eine Frau mit dem Rücken zu ihnen und fegte den Holzfußboden. An den Wänden standen Bücherregale und in einer Ecke ein kleines Sofa. Mit einem weißen Tuch zugedeckt, wirkte es wie ein Kind, das man zur Strafe in die Ecke gestellt hat. Fenstertüren führten auf den Balkon; tief unten sah man die Lichter des Dorfes durch das Glas wie Leuchtfeuer blinken. Als sie eintraten, drehte die Frau sich schnell um. Sie hielt eine Hand aufs Herz, mit der anderen hielt sie den Besen und schalt Richard mit einem deutschen Wortschwall. Das Alter hatte Ingrids

Schönheit verändert, aber nicht zerstört. Mit einer Art von Grazie oder Stolz hielt sie sich aufrecht. Das Haar hatte sie zum Arbeiten aufgesteckt, aber sie trug schicke beige Hosen und eine saubere weiß-braune Bluse. Für ihr Alter konnte man Ingrid schön nennen und Darby verspürte eine schmerzhafte Eifersucht, dass dies für fünfundfünfzig Jahre Gunthers Frau gewesen war. Aber die Falten in Ingrids Gesicht kamen nicht vom Lachen; sie sah aus, als könnte sie weder lachen noch singen.

»Oma, sprich Englisch. Du wolltest doch immer, dass ich es lerne. Ich möchte dir meine amerikanische Freundin vorstellen.«

Darby und Ingrid betrachteten sich schweigend. Dann sprach Ingrid leise auf Deutsch zu Richard.

»Sie heißt Darby. Darby Evans.«

Ingrid nahm die Hand vor den Mund und ließ den Besen mit lautem Klappern fallen.

»Darby, das ist Ingrid«, sagte Richard leise, »deine Stiefgroßmutter.«

Ingrid ging auf Richard zu und redete zornig auf ihn ein.

»Englisch, nicht vergessen.« Richard schüttelte den Kopf, dann verteidigte er sich ärgerlich gegen Ingrids Worte. »Ich konnte nichts anderes machen. Sonst hätten wir alles verloren. Darby hat mir gesagt, wo es ist. Gunther hat es ihr erzählt.«

»Sie haben mit Gunther gesprochen?«, fragte sie Darby; ihre Stimme klang angestrengt. »Warum hast du sie hergebracht, Richard?«

»Ich brauche noch Sachen für Hallstatt.«

»Hallstatt?«, fragte Ingrid und drehte sich weg. »Ja. Genau da, die ganze Zeit. Und wir dachten, es wäre nur eine Art Wallfahrt zu seiner toten Frau.«

»Das war es«, sagte sie bitter. »Warum bist du gekommen, warum hast du sie hergebracht?«

»Alles kommt in Ordnung. Darby kommt mit mir, um die Münzen und die Brosche zu holen, und dann machen wir etwas ...«

»Und was?«, fragte Ingrid. »Hast du dir das überlegt? Was machen wir mit ihr?«

»Ich weiß nicht.«

Beide schauten sie an. Sie fingen einen heftigen Wortwechsel auf Deutsch an. Darby schaute sich suchend um, ob die Lichter des Dorfes einen Ausweg boten.

»Ich bin im Keller, Sachen holen«, sagte Richard.

»Nein. Nimm sie mit.«

»Vielleicht willst du ihr ja ein paar Dinge sagen.« Richard starrte seine Großmutter lange an und dann Darby. Plötzlich fiel Darby ein, dass sie tausend Fragen und noch mehr Vorwürfe an Ingrid hatte. »Ich bin unten, nicht weit weg.«

»Mach schnell, Richard«, sagte Ingrid und stand hoch aufgerichtet da, als versuchte sie, Fassung zu gewinnen.

Die Frauen hörten zu, wie Richard hinausging, die Treppe hinunter und durch eine Tür. Darby ging zu den Fenstertüren. Sie schaute auf das Balkongeländer und darüber hinaus und fragte sich, ob sie die drei oder vier Meter hinunterspringen und flüchten könnte. Aber würde Ingrid nicht sofort Richard rufen? Sie könnte Ingrid leicht überwältigen, aber sollte sie etwa eine alte Frau schlagen? Außer Brants altem, verlassenem Häuschen war kein Haus in der Nähe.

Darby öffnete die Türen und ging auf den Holzbalkon. Sie warf einen Blick zurück, um zu sehen, was Ingrid tat. Die Ältere saß auf dem Rand des Sofas, den Kopf in Gedanken gesenkt. Der Balkon war hoch, er schien ihr zu hoch. Sie würde sich verletzen und nicht weglaufen können, höchstens sich irgendwo im Dunkeln verstecken. Vielleicht war das ihre einzige Chance.

Ingrid stand jetzt in der Tür und knipste das Außenlicht an. Das Licht schien von oben auf den Kopf der alten Frau und warf tiefe Schatten unter ihre Augen. »Was hat Gunther gesagt?«

Darby lehnte sich rückwärts an das Geländer und sah die Frau an, die das Leben ihres Großvaters und ihrer Großmutter zerstört hatte. »Ich hatte den Brief, in dem Sie Celia geschrieben haben, Gunther und Tatjana wären beide tot.«

Ingrid hob das Kinn und sah Darby kalt an. »Ich habe getan, was ich damals tun musste. Ihre Großmutter war meine Freundin – vor langer Zeit.«

»Ihre Freundin?«

»Ich wusste, dass das eines Tages kommen würde. Ich weiß nicht warum, aber ich wusste es. Und Sie könnten das nie verstehen.«

»Sie haben Recht. Ich könnte das nie verstehen.« Darby wollte Ingrid erzählen, was die Lügen für ihre Großmutter, ihre Mutter und sogar für sie selbst bedeutet hatten. Aber wo sollte sie anfangen? Und wäre es überhaupt wichtig?

»Es war nicht meine Schuld. Es war der Krieg. Sie können mir Vorwürfe machen, aber ohne mich hätte Ihre Großmutter nicht überlebt. Sie war in einer hoffnungslosen Lage. Ich habe sie gerettet, so gut wie Tatjana. Wir alle haben Dinge getan, mit denen wir nicht gerechnet hatten – im Krieg ist das so. Sogar Celia. Sie hat Tatjana verraten.«

»Was?«

»Sie wissen so wenig, aber trotzdem machen Sie mir Vorwürfe.«

»Wie hat Celia Tatjana verraten?« Darbys Herz klopfte heftig. Vor einem Gedanken hatte sie sich immer gefürchtet: ihre Großmutter könnte bei ihrer Flucht Tatjana ausgenutzt, sie verraten haben. Sicher, sie wusste, dass ihre Großmutter das nie tun würde, aber in so einer unberechenbaren Zeit? Darby ging in eine dunkle Balkonecke. »Meine Großmutter war keine Verräterin.«

»Sie hat es vor mir zugegeben.«

»Erzählen Sie.«

»Tatjana und Celia haben als Jugendliche eine Art Freundschaftsgelübde abgelegt. Als die Nazis Celias Vater gefangen nahmen, wurde Celia gesagt, es sei Tatjana gewesen, die sein Versteck verraten hatte. Celia hat das geglaubt. Ich habe es auch geglaubt. Ich habe mich in Salzburg mit beiden angefreundet. Tatjana las immer die Bibel und redete davon, dass sie einem liebevollen Gott diente. Sie wollte Missionarin werden und das Leben der Armen durch Musik schöner machen. Ich habe das nicht geglaubt – erst später. Die beiden Mädchen liebten sich so sehr, wie Gunther und Celia sich liebten. Dann fing alles an zu zerbrechen. Als ihr Vater gefasst wurde, wussten wir, dass Celia sich verstecken musste. Dass Tatjana ihn verraten haben sollte, hat Celia schockiert. Celia machte ihr Vorwürfe und zog mit Gunther weg. Tatjana war niedergeschmettert. Aber später schickte Gunther nach Tatjana. Ich erklärte mich bereit, Celia aus dem Land zu bringen und Gunther machte Hallstatt als Treffpunkt aus. Als ich ankam, waren Celia und Tatjana schon da.«

Darby setzte sich auf die Armlehne eines Holzsessels und schaute hinauf in den sternenübersäten Himmel. Wenigstens hatte ihre Großmutter nicht Tatjana selbst verraten, sondern nur ihr Versprechen, sich zu vertrauen.

»Und dann?«, fragte Darby herausfordernd, während sie zugleich auf Richards Schritte unten horchte. »Wie ist es gekommen, dass Tatjana ihr Leben für meine Großmutter hergegeben hat und Sie den Rest gestohlen haben?«

»Sie urteilen so leicht und waren gar nicht dabei. Ich wollte nicht, dass das passierte. Ihre Großmutter ist entkommen, weil ich sie hingefahren habe. Ich musste schwierige Entscheidungen treffen und war nach dem Krieg sehr gefährdet – auch meine Kinder. Gunther hat mir Sicherheit gegeben und als ich Celia den Brief schrieb, dachte ich, er wäre tot. Ich habe mir gesagt, dass sich Celia in Amerika ein neues Leben aufgebaut hat. Ich war traurig, als ich erfuhr, dass sie im letzten Herbst gestorben ist.«

»Woher wussten Sie das?«

»Sie hat letztes Jahr Kontakt mit mir aufgenommen, als sie nach dem Familienbesitz suchte.«

»Meine Großmutter hat Sie angerufen? Letztes Jahr?«

»Ja.« Ingrids Gesicht lag im Schatten, sie schaute ins Dunkle.

»Warum haben Sie ihr da nicht die Wahrheit gesagt, als sie noch Zeit hatten?«

»Nach so vielen Jahren? Da war es zu spät. Ich habe immer vermutet, dass Gunther wusste, wo der Besitz war, aber es konnte auch sein, dass Celia ihn vielleicht aus Österreich herausgebracht hatte. Als sie anrief, wusste ich genau, dass Gunther es wissen musste. Celia sagte, sie sei krank, das hat mir Leid getan. Ich habe dann noch einmal angerufen und Ihre Mutter hat mir gesagt, dass sie gestorben ist.«

»Und Sie haben ihr nie etwas von Gunther gesagt?« Sie waren so nah daran gewesen. Celia und Gunther hätten wenigstens ein paar Monate zusammen sein können. Aber wieder hatte die Gier nach diesem Erbe Leben gekostet. Darby spürte das unwiderstehliche Bedürfnis, Ingrid zu schlagen. Sie zitterte und war entsetzt, dass sie solche Gefühle gegen einen anderen Menschen hegen konnte.

»Ich muss selbst für mich sorgen«, sagte Ingrid. »Und wenn Celia bald sterben würde – warum sollte ich ihr dann nach so langer Zeit von Gunther erzählen? Ich muss manchmal hart entscheiden. Solange man nicht in Gefahr ist, weiß man nicht, wie man entscheiden würde. Das verstehen Sie nicht.«

»Dann erklären Sie es mir«, sagte Darby mit Nachdruck. Wenn Ingrid jetzt nicht sprach, würde sie es vielleicht nie erfahren. »Was passierte in der Nacht, als meine Großmutter flüchtete?«

Ingrid blies in ihre Hände und dann verschränkte sie die Arme. »Chaos. Die ganze Welt war ein Chaos. Wir wollten Celia hinausbringen und Gunther sollte in einem Haus in Oberösterreich eine falsche Fährte legen. Er wollte später nachkommen. Wir taten, als ob es ein tolles Abenteuer wäre: Celias Flucht nach Amerika. Ich holte Celia und Tatjana in Hallstatt ab. Wir brauchten mehrere Tage, um durch die Alpen zu fahren; ständig mussten wir von einer Straße auf die andere wechseln. Wir versuchten, viel zu lachen. Aber ich wusste, dass wir innerlich alle Angst hatten und traurig waren.«

Ingrid faltete die Hände und sprach ruhig, aber es war, als erlebten beide diese letzte gemeinsame Nacht noch einmal. Darby sah die drei in ihrem Wagen vor sich, auf dem Weg zu Hoffnung und Sicherheit ...

Hin und her kurvte der Wagen auf der Alpenstraße. Tatjana summte eine Melodie der Glenn-Miller-Band.

»Noch anderthalb Kilometer«, sagte sie und legte ihre Hand auf Celias. »Ich werde dich vermissen, liebe Freundin.«

»Es ist ja nicht für immer«, sagte Celia sanft. »Nach dem Krieg kommen wir wieder oder ihr kommt beide nach Amerika. Wir können uns nie ganz trennen.«

»Das stimmt.« Tatjana sprach mit einer Überzeugung, die Ingrid nicht verstand.

Der Wagen fuhr um eine Biegung und wurde langsamer. Ingrid wusste, dass es die letzte war, dann würden sie von Celia getrennt sein – wahrscheinlich für immer. Der Gedanke war ihr schrecklich, aber trotzdem war sie auch neidisch. Sie hatte nicht genug Geld um auszuwandern, sie musste selbst für ihr Überleben sorgen und niemand würde ihr helfen. Ein Wegweiser zur Schweizer Grenze leuchtete im Scheinwerferlicht kurz auf.

»Oh, lieber Gott«, sagte Celia plötzlich, »lieber Gott, hilf uns.«

»Wie kommen die hierher?« Tatjana bremste scharf. Der Wagen schleuderte vorwärts und Ingrid sah ein schwarzes Auto, das die Straße versperrte, direkt vor der österreichisch-schweizerischen Grenze. Plötzlich leuchteten hinter ihnen Scheinwerfer auf.

»Wo kommt der her?« Tatjana umklammerte das Lenkrad. »Celia, geh nach hinten. Legt euch beide hin. Ich versuche durchzubrechen.«

»Nein, das schaffst du nie!«, rief Celia.

»Ich gebe mir alle Mühe.«

»Halt!« Celia griff nach dem Lenkrad. »Das ist nicht deine Sache!«

»Hör auf sie, Tatjana!«, sagte Ingrid. »Wenn du das versuchst, kommen wir alle um.«

»Schon gut, schon gut.« Tatjana wurde ruhiger und sie hielt den Wagen schnell an.

Celia drehte sich um und schaute Ingrid und Tatjana ängstlich an. Der Wagen hinter ihnen hielt. Die Scheinwerfer leuchteten durch die Scheibe. Ein Mann stieg aus dem Auto vor ihnen, öffnete die hintere Tür und wartete.

Celia fasste auf ihren runden Bauch und schloss einen Augenblick die Augen. »Ihr sollt beide so schnell wie möglich nach Hause fahren. Ich hätte nie erlauben dürfen, dass ihr mitkommt, es war zu gefährlich. Es tut mir Leid.«

Ingrids Augen waren voll Tränen. Sie wusste, dass Celia sich nur nach außen stark zeigte. Ihnen allen war klar, dass Celia nicht mehr entkommen konnte. Sie würde Gunther nie wiedersehen, nie ihr Baby in den Armen halten. Ingrid war starr vor Angst um Celia, aber ebenso sehr für sich selbst. Würden sie sie auch verfolgen?

Celia beugte sich dicht zu Tatjana. »Eines muss ich vorher noch fragen. Es tut mir so Leid, Tati. Ich habe dir nicht vertraut. Nachdem wir so lange befreundet sind. Ich kenne dich doch so gut. Ich kenne dein Innerstes. Aber trotzdem habe ich das Vertrauen verloren. Als es am meisten darauf ankam, habe ich dich im Stich gelassen.«

»Hör auf«, flüsterte Tatjana. »Das ist in Ordnung.«

»Nein. Bitte, willst du mir vergeben?«

Den Mädchen kamen Erinnerungen an lange Vergangenes.

»Ich vergebe dir, meine Liebe.«

»Danke.« Celia fasste nach dem Türgriff. Sie zwinkerte Ingrid zu und lächelte. »He, vergesst nicht, die Heldin kommt immer davon.«

»Bleib drin«, befahl Tatjana und hielt Celias Hände fest. »Hör mir zu. Ich habe dich so lieb wie eine Schwester, nein, noch mehr als eine Schwester. Ich würde alles für dich tun, und dies ist das Einzige, was ich dir geben kann. Ingrid, komm hier auf den Fahrersitz.«

»Tati, du kannst da nicht hingehen. Sie wollen unbedingt

mich. Ich will euch nicht noch mehr in Gefahr bringen, es ist schon schlimm genug.«

»Bleib im Auto«, befahl Tatjana. Bevor Celia etwas sagen oder tun konnte, war Tatjana ausgestiegen. Sie gab Ingrid ein Zeichen und schlug die Tür zu. Ingrid kletterte über die Lehne, während Tatjana weiterging. Die Scheinwerfer beleuchteten ihre Gestalt und warfen einen langen Schatten auf den Boden.

»Was denkt sie, was sie ihnen sagen kann?«, fragte Celia und griff nach der Tür. »Ich gehe da hin.«

»Bleib drin!«, zischte Ingrid. »Du musst an dein Baby denken. Vielleicht kann sie etwas machen.«

»Was denn?«

»Ich weiß nicht. Sei nur still, sonst nehmen sie uns alle fest.«

Celia sah zu, wie der Mann in der SS-Uniform mit Tatjana sprach. Sie nahm Papiere aus ihrer Manteltasche und gab sie ihm. Er sah sie durch und fing an, auf das Auto zuzugehen, wo Ingrid und Celia warteten. Tatjana versperrte ihm den Weg, ihr Mund bewegte sich schnell. Endlich sah der Mann das Auto eine ganze Weile misstrauisch an, dann befahl er Tatjana, in sein Fahrzeug einzusteigen. Er schlug die Tür hinter ihr zu.

»Was macht sie denn?« Celia zerrte die Papiere aus ihrer eigenen Tasche. »Oh, lieber Gott, nein! Sie hat die Papiere vertauscht! Sie halten sie für mich!«

»Celia, steig ja nicht aus, sonst bringen sie uns alle um!« Ingrids Angst wuchs, sie erwartete Schüsse oder dass sie auch festgenommen würden.

Der Wagen hinter ihnen fuhr weg. Das schwarze Fahrzeug, das vor dem Grenzübergang stand, wendete und fuhr langsam an ihnen vorbei. Celia schrie und warf sich über den Sitz, als sie Tatjana sahen. Tatjana winkte und machte ihnen ein Zeichen weiterzufahren. Dann war sie weg.

Ingrid schaute von ihren Händen auf, die auf ihrem Schoß lagen, und Darby ins Gesicht. »Ihre Großmutter hörte nicht auf zu weinen, aber ich habe sie über die Grenze gefahren und versucht ihr zu sagen, sie sollte sich keine Sorgen machen. Die

Nazis würden merken, wer Tatjana war, und sie freilassen, habe ich zu ihr gesagt. Ich weiß nicht, ob sie mir geglaubt hat. Ich musste Celia versprechen, Tatjana zu helfen. Das habe ich auch, aber ich konnte natürlich nichts machen.«

»Konnte nicht oder wollte nicht?«, fragte Darby.

Ingrid wurde aus ihren Erinnerungen gerissen. »Ich habe auch geholfen, Ihre Großmutter zu retten. Ohne mich wäre sie nicht über die Grenze gekommen. Ich habe sie zum vereinbarten Ort gebracht und danach nie wieder gesehen.«

»Aber Sie haben von ihr gehört.«

»Ja. Im Krieg hat sie uns mit ihren Briefen immer wieder in Gefahr gebracht. ‚Was ist aus Tatjana geworden? Aus ihrer Familie? Und Gunther natürlich?'«

»Und Sie haben ihr geschrieben, sie wären alle tot.«

»Bei Tatjana war es wahr. Von Gunther hatte ich nichts gehört und dachte, er wäre auch tot. Sie musste aufhören zu schreiben. Wenn man mit einem SS-Offizier zusammenlebt, kann man keine Briefe aus Amerika bekommen, in denen nach Juden und politischen Gefangenen gefragt wird – man würde für eine Spionin gehalten und erschossen. Sie verstehen nicht, wie es während des Krieges war. Ich hatte nur mich selbst – ich konnte nicht auswandern wie Celia. Man hat Leute für nichts umgebracht oder verhungern lassen.«

»Aber am Ende wissen wir, wer wirklich Celias Freundin war.«

Ingrid drehte sich weg und Darby fragte sich plötzlich erschrocken, wo Richard war. Sie überlegte auch, wie viel Zeit ihr noch blieb. Dies war bitterer Ernst und sie hatte nicht mehr viel Zeit. Darby lief noch einmal zum Balkongeländer und schaute hinunter. Dort unten konnten Felsen sein; man konnte in der Dunkelheit nicht viel sehen. Sie warf einen Blick zurück, aber Ingrid beobachtete sie schweigend. Sie meinte in Ingrids Gesicht zu lesen: *Los. Das ist deine einzige Chance.*

Sie wollte schon springen, da hörte sie ein Geräusch. In der Dunkelheit erkannte sie undeutlich, dass unten jemand auf einem Stuhl saß. Die rote Glut einer Zigarette beleuchtete seine Atemwolke. Dort wartete Richard.

Darby zog Ingrid schnell wieder ins Zimmer und schloss die Tür. »Was will er mit mir machen?« Es war eine flehentliche Bitte an Ingrid, ihr zu helfen. Unten schlug die Tür zu. Richard kam.

»Nein. Richard tut Ihnen nichts.« Aber Ingrids Augen wichen aus.

Vielleicht sollte Darby jetzt wieder auf den Balkon laufen und hinunterspringen. Aber als sie sich gerade dazu entschloss, kam Richard wie zufällig ins Zimmer.

»Zeit zu gehen.« Ingrid sah ihn nicht an. »Komm, Darby.«

»Lass sie hier bei mir«, sagte Ingrid plötzlich. »Wenn du in Hallstatt fertig bist, hol mich ab. Dann lassen wir sie hier und gewinnen Zeit.«

Richard schüttelte den Kopf. »Nein, sie kommt mit mir.«

»Mach es nicht noch schlimmer für uns«, sagte Ingrid. Sie ging einen Schritt auf Darby zu, hob die Hand und ließ sie dann wieder fallen.

»Vielleicht kommen wir in ein paar Stunden wieder her. Aber ich will, dass du in München auf mich wartest. Ich kümmere mich um alles.«

Richard nahm Darbys Arm. Sie warf noch einen Blick auf Ingrid und sah Angst in den Augen der Älteren.

34 Vierunddreißigstes Kapitel

Unter einem eisigen Mond, der durch Schleier von Frostwolken schien, kamen sie in dem kleinen Dorf an – dem Dorf, das Darby liebte und in dem ihre Familie einmal gewohnt hatte. Richard versicherte ihr immer wieder, er werde ihr nichts tun, aber das tröstete sie wenig. Was könnte er denn mit ihr anfangen, wenn er erst bekommen hatte, was er wollte?

»Das malerische Hallstatt«, sagte Richard. Seine Finger spannten sich nervös um das Lenkrad. Er war dicht, ganz dicht vor dem Ziel. »Jedes Jahr gehen hier Tausende von Besuchern und unter ihnen liegt ein Vermögen.« Langsam fuhr der Wagen in das schlafende Dorf. »Rechts der berühmte Hallstätter See, ideal zum Tauchen und Segeln. Links das keltische Museum mit Relikten aus dem ältesten Salzbergwerk der Welt. Und oben auf dem Friedhof der verschollene Erbbesitz der Familie Lange – aber jetzt wird er bald gefunden.«

Darbys Mut sank, als sie am Gasthaus Gerringer vorbeifuhren. In der Eingangshalle brannte ein Licht, aber sonst war das Haus dunkel. Sie fuhren weiter über den Marktplatz bis zum Parkplatz bei der unteren Kirche.

Während sie einparkten, schaute Richard sich nervös um. Hohe Straßenlaternen beleuchteten den asphaltierten Platz und ihr Spiegelbild tanzte auf dem dunklen Wasser des Hallstätter Sees. Außer ihnen war niemand in der Nähe. Richard sprang heraus und ging um den Wagen, um ihre Tür zu öffnen. Als sie aus dem warmen Auto stieg, spürte sie die kühle Nachtluft im Gesicht. Richard gab ihr die Schlüssel.

»Mach den Kofferraum auf«, befahl er.

Aus dem Kofferraum nahm Richard eine Taschenlampe und gab Darby eine kleine Werkzeugkiste und eine Handschaufel. Sie prüfte die enge Straße, sie wusste, dass sie das Haus der Geringers in ein paar Minuten erreichen konnte. Aber konnte sie es schaffen, wenn Richard nur zwei Schritte von ihr entfernt war?

»Denk dran, was ich hier habe«, sagte Richard, der ihre Gedanken erriet. Sie nickte und spürte, wie die Angst sie fester in ihren eiskalten Griff nahm. Richard legte ihr den Arm um die Taille und versuchte, die kleine Schaufel zwischen ihnen zu verstecken.

Ihre Schritte hallten auf dem dunklen Beton, als sie die steile Straße hinaufgingen. »Sprich mit mir.«

»Was soll ich denn sagen, Richard?«

»Ich weiß nicht.« Er blieb stehen und drehte sie zu sich hin. »Ich schätze, ich weiß es auch nicht.«

Von der Straße aus stiegen sie eine Treppe hinauf auf einen Weg, der steil aufwärts führte. Darby stellte sich vor, wie Gunther jedes Jahr zu dieser Nachtzeit hierher gepilgert war. Über sechzig Jahre für nichts.

»So habe ich mir das nicht vorgestellt«, sagte Richard leise. Er blieb stehen und sah sie an. »Du sollst nicht denken, das hier machte mir Spaß. Ich bin in der Welt herumgereist, habe mit den reichsten Leuten gespielt und mich amüsiert. Und jetzt klettere ich bei Dunkelheit hier auf den Berg, heimlich, und muss drastische Mittel anwenden. Das habe ich mir nicht gewünscht.«

»Sie haben es so gewollt, Richard.«

»Ich kann nicht in Armut leben, kann nicht alles vergessen, was ich gehabt habe. Ich habe schwer gearbeitet, um meine Großmutter zu versorgen. Mein Vater und mein Onkel haben ihr Geld aufgebraucht.«

Darby fiel ein, wie Bruno Weiler von einem ehrgeizigen Jungen zu einem SS-Mörder geworden war – alles ohne böse Absicht. Ehrgeiz, Eigennutz, Selbstgerechtigkeit, Überheblichkeit und Gier führten abwärts, bis man Böses als gut rechtfertigte. Bruno hatte sich selbst erst erkannt, als er schockartig die menschliche Größe in Tatjanas Gesicht gesehen hatte. Gab es eine Möglichkeit, Richard die Augen zu öffnen?

»Ich habe Fehler gemacht und man braucht nur wenige, um sich hoffnungslos zu verstricken«, sagte Richard weiter.

»Warum soll ich für Ihre Schuld bezahlen?«

Er wandte sich ihr zu und dachte einen Augenblick nach. »Es ist hart, ich weiß. Aber zahlt nicht immer irgendjemand für anderer Leute Schuld?«

Darby wollte etwas sagen, aber sie hörte ein Auto kommen.

»Warte.« Er zog sie in eine dunkle Nische. Auf der Straße tief unter ihnen fuhr ein Polizeiwagen vorbei. Richard fluchte. »Was will der hier?« Sie warteten, bis der Wagen vorbeigefahren und nicht mehr zu sehen war. »Wir sind zu langsam. Komm weiter, aber sei leise.«

Sie stiegen in Serpentinen die Wege und Treppen hinauf, bis die roten Grablichter hinter der hölzernen Pforte sie begrüßten.

Richard stieß die Pforte auf. »Welches?« Seine Stimme klang leise und ängstlich und seine Taschenlampe huschte von einem Grabstein zum nächsten.

Sie gingen die Kieswege entlang; sie wusste nur die grobe Richtung: im oberen Teil, nah beim Beinhaus. Jede kleine Verzögerung war ein Augenblick mehr.

Bei Tageslicht waren diese Grabkreuze mit den hohen, spitzen Dächern Zeichen für vergangenes Leben. In der kalten Nacht waren die Dächer Pfeile, die von den Gräbern zum Himmel zeigten. Am Tag leuchteten die Blumen, die man im Frühling in die fruchtbare Erde gepflanzt hatte, heiter und hoffnungsvoll; die schwachen roten Kerzen sprachen von unvergänglicher Liebe. Die Winternacht machte die Blumen zu einer verfilzten Masse, wie Geister, die sich verfangen hatten und sich nicht von der Erde befreien konnten. Die roten Kerzen waren wie einäugige Wesen, die sie anstarrten und ihr sagten, dass sie auch bald hier sein würde.

»Wir verlieren Zeit.« Richard drückte ihren Arm, bis er weh tat.

»Oben, im evangelischen Teil.«

Vorsichtig gingen sie unter den geisterhaften Augen zu den oberen Gräbern. Sogar die wenigen Sterne, die zwischen den Wolken erschienen, starrten Darby kalt an ohne Zwinkern oder freundliches Leuchten. Die Schatten lachten nicht mehr höhnisch, sie warteten darauf, beide zu verschlingen und nicht mehr herzugeben. Sie sah Häuser, nicht allzu weit weg, im Schatten versteckt. Häuser, die Leben und Sicherheit versprachen.

Richard schob sie ungeschickt mit einer Hand vor sich her, in der anderen die Schaufel. Der Kies knirschte unter ihren Füßen; sie hoffte, es sei laut genug, um jemanden aufzuwecken. Hinter dem Beinhaus und auf manchen Gräbern lag noch Schnee. Darby folgte Gunthers Wegbeschreibung zum mittleren Grab dicht am oberen Zaun. Sie ging von einem Grab zum nächsten, bis sie vor einem Grabkreuz aus Holz und Schmiedeeisen stand. Wie bei manchen anderen Kreuzen verdeckte eine schwarze Platte das Namensschild. Das musste es sein.

»Bist du sicher?«, flüsterte Richard.

Darby kniete sich auf den Rand der niedrigen Betonmauer und öffnete das metallene Türchen. Darunter stand *Celia Rachel Müller*.

»Das ist es.« Richards Stimme war verändert und sie wünschte, sie könnte sein Gesicht sehen. Er gab ihr die Schaufel und knipste die Taschenlampe aus. »Graben.«

Darby fasste ihr Haar zusammen und steckte es hinten in ihre Jacke, dann fing sie an, die Schaufel in die kalte Erde zu stoßen. Sie grub mehrere Blütenpflanzen aus und legte sie auf den Boden, ohne den Rosenstrauch am Kopfende zu beschädigen. Mit jedem Schaufelstich entfernte sie sich weiter von ihrer letzten Chance. Ihre Hoffnung schwand.

Richard war ein Stückchen weggegangen. Er horchte und beobachtete, um festzustellen, ob jemand ihnen folgte. Er war nervös. Sie konnte sich vorstellen, was er dachte*: Was mache ich mit ihr? Brant sucht wahrscheinlich schon. Gunther wird ihm gesagt haben, dass wir in Hallstatt sind. Sie können jeden Augenblick kommen. Kann ich sie leben lassen? Und wie?*

Darby schauderte, während sie die Schaufel in das Grab stieß. Wie würde es sein zu sterben, heute Nacht zu sterben? Sie stellte sich ihre Mutter zu Hause vor, weit weg ... Wahrscheinlich frühstückte sie jetzt oder ging mit ihren Freundinnen spazieren. Gunther lag sicher behütet im Bett und schlief. Brant? Wo war Brant jetzt? Sie wünschte sich, morgen und noch viele viele Tage bei ihm zu sein.

Darby wischte sich die Hände an der Hose ab und grub weiter. Dieses Grab ohne Leichnam – würde es ihr Leben fordern? Sie schaute hinunter in die kalte, gefrorene Erde und griff mit den Händen hinein. Es war hier das einzige Grab ohne Leichnam.

Sie unterbrach die Arbeit, denn in Gedanken hörte sie eine leise, tröstliche Stimme und merkte*: Ich soll hier etwas finden. In der Erde dieses leeren Grabes ist etwas für mich. Ich bin ‚im finstern Tal' und du willst mir etwas zeigen. Aber was? Dass ich heute Nacht zu dir kommen soll? Dass ich nicht in der kalten Erde bleiben muss? Was?*

Plötzlich berührten ihre Finger etwas. Darby benutzte mit der rechten Hand die Schaufel und stieß auf etwas Hartes.

»Hast du es gefunden?«, fragte Richard über ihre Schulter.

»Es könnte sein.«

Sie konnte nur sein Profil sehen; er schaute erst in die eine, dann in die andere Richtung. Als er ihr sein Gesicht direkt zuwandte, sah sie nur einen schwarzen Schatten.

»Schnell!« Richard stand dicht über ihr. »Hol es raus.«

Er knipste das Licht an und leuchtete in das Loch. Mit Schaufel und Händen grub Darby weiter und schob die Erde weg. Mehr als einen Meter tief unten wurde ein Rechteck sichtbar. Darby grub und zog, bis die Erde es freigab. Sie stellte den Gegenstand auf den Betonrand.

Es war eine in schwere Folie eingewickelte Dose aus Metall. Richard nahm ein Taschenmesser und schnitt die Schutzfolie auf. Da bemerkte Darby irgendwo in der Nähe ein Geräusch. Sie konnte die Richtung nicht erkennen, meinte aber Schritte zu hören. Dann hörte Richard es auch. Er knipste die Taschenlampe aus, zog Darby heftig zu sich hin und duckte sich neben das Grab. Er versuchte durch die Dunkelheit zu sehen wie ein Jäger, der seine Beute sucht. Das Geräusch verstummte.

»Komm«, drängte Richard. Sie schlichen durch die Nacht, dicht an Sträuchern vorbei bis zu dem weißen zylindrischen Beinhaus.

»Bleib da.« Richard stieß sie gegen die Eingangstür. Sie spürte den kalten Stein im Rücken. Richard hockte sich ein Stückchen weiter weg und horchte. Sie sah die Pistole in seiner Hand. Aber auch so konnte sie kaum glauben, dass dies Wirklichkeit war: Richard mit einer uralten Pistole in der Hand, sie selbst auf dem Fußboden eines Beinhauses. Aber so erlebte man keinen unwirklichen Augenblick; dieser war realer als alles in ihrem bisherigen Leben, denn es konnte der letzte sein.

Richard versuchte die schwere Tür zu öffnen, dann sah er das Schloss. Ihr Blick fiel auf das Bild eines Schädels an der Tür, als er sie mit der Taschenlampe beleuchtete. Darby erinnerte sich, dass über der Tür die Buchstaben Alpha und Omega standen: Anfang und Ende.

Richard suchte etwas aus der Werkzeugkiste und steckte die Pistole wieder in die Tasche. Er beugte sich zur Tür vor. Darby saß neben ihm auf dem Boden mit geschlossenen Augen. Sie hörte das Geräusch einer kleinen Säge, dann nahm Richard das Schloss ab. Die schwere Tür ging auf und ein durchdringender Modergeruch kam ihnen entgegen wie Gespenster, die jemand von ihren Ketten befreit. Richard zog Darby hoch und stieß sie hinein. Sie stolperte hinein und lehnte sich in einer Ecke gegen die Wand. Sie wusste, dass tausend leere Augenhöhlen sie anstarrten. Kiefer waren geöffnet, als müssten sie ewig schreien. Richard stand wieder still und horchte. Dann schloss er die Tür hinter ihnen.

»Ich muss sehen, was wir hier haben«, sagte er und knipste die Taschenlampe an. »Dann gehen wir.«

Darby hockte in der Dunkelheit, während er die Metalldose öffnete. »Endlich. Ich konnte es kaum noch glauben, aber jetzt sind sie da.« Richard hielt die drei Münzen eine nach der anderen hoch. Er drehte sie um und betrachtete sie im Lampenlicht. »Erstaunlich.«

Sie zitterte an der kalten Betonwand und wieder verspürte sie Angst. Überall im Raum lagen Tausende von Knochen und warteten – warteten. Sie wollte stark sein und glauben. *Gott, ich habe solche Angst. Warum erlaubst du, dass dies hier passiert?*

Und dann fiel ihr Tatjana ein: eine Frau, die ihr Leben hergab, damit andere leben konnten. Oma hatte einmal gesagt, der Tod sei eine Stufe, die man hinaufsteigt, wie von der Kindheit zum Erwachsenwerden. Aber Darby machte dieser Schritt Angst.

Oma hatte gesagt: »Die Ewigkeit ist näher als wir merken, Darby. Wie ein Kind nicht erkennen kann, was seine Eltern tun und warum, so können wir Kinder nicht erkennen, dass überall um uns die Ewigkeit ist. Es ist, wie der Apostel Paulus sagt: ‚Christus ist mein Leben und Sterben ist mein Gewinn'.«

Aber ich will doch leben.

Und dann sah sie es – erkannte es ganz plötzlich. Brant hatte gesagt, man dürfe nicht vergessen zu leben. Christus ist mein Leben. Etwas zu leben war mehr, als nur daran zu glauben. Tatjana wusste das. Oma Celia wusste es: Es gibt keine größere Liebe als die, sein Leben für einen Freund aufzugeben. Wirklich zu leben, das heißt, für das zu leben, woran man glaubt, bis man die Ewigkeit erreicht. Das konnte sie nur im ‚finstern Tal' erkennen. In einem Grab ohne Leichnam, in einem Haus voller seelenloser Knochen wurde ihr das klar. Jetzt endlich, vielleicht im letzten Augenblick ihres Lebens, verstand sie, was es wirklich heißt zu leben.

Richard ließ den Deckel der Metalldose zuschnappen. »Sie ist nicht da. Wo ist die Brosche?«

»Gunther sagt, er hat sie nie gehabt.«

»Warum hast du mir das nicht gesagt!«

»Die Münzen allein sind schon unbezahlbar«, stotterte sie. »Das wird reichen. Celias Vater hat Gunther die Münzen gegeben, aber nicht die Brosche. Davon weiß er nichts.«

»Na gut«, sagte Richard und seine Stimme wurde ruhiger. »Dann müssen die Münzen reichen.«

»Was passiert jetzt, Richard?«

Er starrte sie lange an und fast konnte sie seine Gedanken hören, wie sie eine Lösung suchten. Alles schien auf den Ausweg zu deuten, der für ihn am einfachsten war. »Meine Möglichkeiten sind begrenzt.« Er beleuchtete seine Uhr mit der Taschenlampe. »Warum ist es auf einmal so spät? Ich muss hier weg.«

Er ließ den Strahl der Taschenlampe durch den Raum kreisen; eine Menge Schädel mit dunklen Augenhöhlen wurden sichtbar. Er strich sich über das Kinn und schaute dann nach unten, wo sie an die Wand gelehnt saß. Er biss die Zähne zusammen, bückte sich und legte die Münzen wieder in die Dose, dann stand er da mit der Dose unter dem Arm. Mit dem Blick auf die Tür zog Richard die Pistole aus der Tasche.

Plötzlich ertönte ein hartes Klopfen.

»Ruhe!«, zischte Richard und knipste die Taschenlampe aus. Er duckte sich und drückte sie fest an sich.

Darby hörte draußen schlurfende Schritte, dann ein zweites schnelles Klopfen an die Tür. Sie wollte um Hilfe rufen, aber die Pistole wurde ihr in die Rippen gedrückt.

Fest umklammerte Brant das Lenkrad; es schien ihm, als käme er nur im Zeitlupentempo vorwärts. Sein Wagen konnte nicht schneller fahren, aber wahrscheinlich war es doch nicht schnell genug. Er hatte die Polizei in Salzburg und in Hallstatt angerufen. Aber niemand half ihm. Sie wollten aufpassen, aber es gab keine Anzeichen für eine Entführung. Brant war klar, dass man ihn für einen betrogenen Liebhaber halten würde. Er wählte mit dem Autotelefon eine Nummer. Es klingelte und klingelte. Er wollte schon auflegen, als sie abnahm.

»Ingrid, hast du mit Richard gesprochen?«

»Ich habe ihn nicht gesehen. Warum?«

»Ingrid, hör mir zu. Ich weiß keine Einzelheiten, aber ich weiß genug. Wenn Richard mit einer Frau da war, besteht Lebensgefahr. Ich muss die Wahrheit wissen.«

Ingrid schwieg so lange, dass Brant klar war, dass sie etwas wusste.

»Hat er dich angerufen? War er da? Sag es mir!«

»Ich weiß nicht, was du meinst ...«

»Hör zu, Ingrid. Gunther und ich wissen, was mit Celia war, dass du sie und ihn angelogen hast. Das wissen wir alles. Wenn jetzt Darby etwas passiert, wissen wir auch, dass sie zuletzt mit Richard gesehen worden ist. Du musst es mir sagen!«

Es kam keine Antwort.

»Sind sie in Hallstatt?«, fragte er.

»Ja.«

»Dann weiß ich es wenigstens. Ich bin eben durch Bad Goisern gefahren und bin in einer Viertelstunde da.«

»Brant«, sagte Ingrid, »du kannst es unmöglich schaffen.«

35 Fünfunddreißigstes Kapitel

Kein Wort!« Richard hielt die Pistole auf Darby gerichtet, während er sie losließ und zur Tür schlich. Er überlegte, was er tun sollte. »Wahrscheinlich ist es ein Priester, aber vielleicht … Wenn du rufst, muss ich ihn umbringen und dich auch.«

Darby schlang die Arme um den Oberkörper. »Ich sage kein Wort.«

»Ich komme wieder.« Richard zog sein Jackett aus, nahm die Metalldose mit den Münzen unter den Arm und steckte die Pistole in den Hosenbund. Er leuchtete ihr mit der Taschenlampe ins Gesicht und öffnete die quietschende Tür. Er rannte hinaus, die Tür fiel zu und sie war in völliger Dunkelheit eingesperrt. Ihr Herz schlug heftig, sie versuchte irgendwo eine Spur von Licht zu erkennen. Es gab keine. Sie legte das Ohr an die Tür und hörte Richards Schritte, aber keine Stimmen. Hektisch schaute sie um sich in der Hoffnung, irgendetwas zu sehen, aber sie spürte nur Hunderte von Augen, die sich auf sie richteten. Nirgends ein Ausweg.

Plötzlicher Lärm draußen ließ Darby hastig zurückweichen. Heftig stieß sie an das Regal mit den Knochen. Von den oberen Brettern fielen Schädel und rollten auf den Fußboden. Einer fiel ihr in den Schoß und sie schrie auf.

Da ging die Tür auf und durch den Spalt sah sie einen schwachen Lichtschimmer. Sie tastete und griff nach der Schaufel, die neben ihr stand. Mit vor Angst verkrampfter Brust, die Augen starr auf den Eingang gerichtet, stand sie in der Ecke und wartete. Niemand kam.

Auf Händen und Knien, die Schaufel immer noch in der Hand, kroch sie neben die Tür. Sie erwartete jeden Augenblick, dass Richard hereinstürmte. Sie hörte noch mehr Geräusche: halb erstickte Stimmen, die sich anscheinend draußen zwischen den Grabsteinen entfernten. Ein paar Minuten später schlugen Autotüren zu, vielleicht auch eine Kofferraumhaube. Ein Wagen fuhr mit quietschenden Reifen weg.

Ihr fiel ein, jemand könnte Richard erwischt haben. Die Polizei? Brant? Aber warum hatte dann niemand nach ihr gerufen? Sekunden erschienen wie Stunden. Schließlich zog sie die Tür nach innen und spähte vorsichtig hinaus. Wenn sie den Abhang hinter dem weißen Turm erreichen könnte, könnte sie sich da verstecken. Sie atmete ein paar Mal tief, sagte ein kurzes Gebet und rannte aus dem Haus. Niemand hielt sie auf. Sie rannte fast blind drauflos, kratzte sich die Beine an den Betonmauern auf, während die roten Kerzen sie wie Augen anzustarren schienen. Die schwarzen Schatten am Berg versprachen ihr Sicherheit. Sie war fast da, da stieß ihr Fuß an etwas und sie fiel nach vorn. Der Kies schnitt ihr in Hände und Kinn. Sie war über die Metalldose gefallen und hatte die Münzen ausgeschüttet. Hastig griff sie nach den Münzen, hob die Dose auf und lief weiter. Sie sprang über eine Steinmauer und den steilen bewaldeten Hang hinauf. Sie stolperte. Auf Schritt und Tritt lauerten kaum wahrnehmbare Geräusche wie Gespenster. Erst als sie tief ins dichte Unterholz vorgestoßen war, hielt sie an. Niemand hatte sie verfolgt. Es war niemand da.

Durch die Bäume sah sie tief unten Lichter und hörte Geräusche. Dann näherten sich Schritte. Darby hockte nah bei der Holztreppe, die den Berg hinaufführte; hier kamen die Schritte herauf. Sie schmiegte sich an einen Baumstumpf und hatte das Gefühl, ihr Körper müsse in der Dunkelheit leuchten. Die Beine schienen ihr zu lang, ihr Atem deutlich sichtbar, und sie wusste nicht, wie sie den Kopf halten sollte. Ganz nah blieb die unsichtbare Person stehen. Darby hielt den Atem an. *Gott, hilf mir. Wenn du nicht willst, dass ich sterbe, hilf mir leben – wirklich leben!*

Unten ertönte Rufen und Lichter bewegten sich über den Friedhof. Wieder hörte sie die Schritte, sie gingen an ihr vorbei und weiter hinauf. Die Holzstufen knarrten, als die Gestalt höher stieg, dann trat die Person auf den Erdweg und man hörte nichts mehr.

»Darby!«

Sie war starr vor Schreck und wollte doch die Entfernung zu dem überwinden, der da rief.

»Darby! Darby! Wo bist du?«

»Brant«, flüsterte sie, »Brant.« Ihre Stimme reichte nicht bis zu ihm. »Brant!«

Ein Licht bewegte sich suchend über den Hang. Sie stand auf und fing an, sich in diese Richtung durchzukämpfen. Das Licht erfasste sie.

»Darby!« Er sprang über die kleine Mauer und rannte durch Äste und Unterholz. »Danke, Gott!« Er umarmte sie schnell und zärtlich. Die Taschenlampe fiel und rollte den Hang hinunter, während er sie in den Armen hielt.

Brant hob sie hoch und ihr Kopf fiel an seine Brust. Sein Herzschlag war wie ein Schlaflied für sie. Sie war in Sicherheit.

36 Sechsunddreißigstes Kapitel

Darby brauchte keine englische Übersetzung, um zu verstehen, dass Brant sich über die österreichischen Polizisten ärgerte. Sie selbst konnte auch nichts mehr sagen. Richard war nicht aufzufinden, aber die Polizei war sicher, dass er es nicht gewesen sein konnte, den Darby hatte den Berg hinauflaufen hören. Man hatte Richards Fußspuren gefunden; sie führten wieder den Berg hinunter. Noch erstaunlicher war, dass er die Münzen nicht mitgenommen hatte.

Darby erzählte den Polizisten, dass sie ein Auto und Stimmen gehört hatte. Aber Richards Wagen stand noch auf dem Parkplatz und Ingrid hatte man noch in Gosau angetroffen – allein. Es schien fast, als hätte jemand Richard gefangen und die Münzen für Darby dagelassen. Aber wer und vor allem: warum?

Darby saß auf dem kalten Picknicktisch, eine Decke um die Schultern gelegt, als das Morgenlicht über dem hohen Berg erschien. Darby konnte berichten, was sie wusste: Richards Pläne und seine Motive. Aber niemand meldete sich, der wusste, was wirklich passiert war. Auf den Holzstufen hatte man schlammverschmierte Fußspuren gefunden, aber die Spur führte durch den Wald und wieder zum Parkplatz.

»Ich bringe dich nach Hause.« Brant berührte zärtlich ihre Stirn. »Mit der Polizei kannst du heute Nachmittag noch sprechen.« Er zog die Decke fester um ihre Schultern. »Ich sage ihnen, dass wir jetzt fahren.«

Eine einzelne Träne rollte über Darbys Wange. Brant fing sie mit dem Finger auf, als er sie umarmte und die Lippen auf ihre Stirn drückte.

»Jetzt bist du in Sicherheit«, sagte er.

Über Brants Schulter sah sie einen buckligen alten Mann, der alles beobachtete. Es war der alte Mann mit dem Rechen. Als er sich umdrehte und mühsam wieder zu seinem Haus hinaufstieg, sah Darby eine ganze Generation weghumpeln und ihre Geschichten und Erinnerungen mit sich nehmen. Oma Celia hatte ihr viel erzählt, aber noch mehr ausgelassen. Das alles würde bald verloren sein. Das Buch würde zugeschlagen und ins Regal gestellt werden. Darby wollte die Erinnerung bewahren, so gut sie konnte – die Geschichte erzählen, wie sie sie kannte, und die Worte des Lebens lebendig erhalten.

Brant küsste sie wieder auf die Stirn und ging dann über die Straße zu einer Gruppe von Polizisten. Darby schloss die Augen vor lauter Erschöpfung, aber in ihr breitete sich Frieden aus. Gott wollte sie noch nicht gleich hier wegnehmen. Und sie wollte jetzt wirklich für ihn leben.

Ein Fahrzeug fuhr vorbei und die Polizisten winkten ihm ärgerlich weiterzufahren. Sie schaute auf. Die graue Limousine fuhr vorbei und hielt dann. Darby stand auf. Aus der Menge von Neugierigen kam ein Mann und ging zum Wagen. Ehe er einstieg, schaute er Darby direkt an. Irgendwie kam er ihr bekannt vor. Als er sich ins Auto setzte, bemerkte sie getrockneten Schlamm an seinen Schuhen. Darby selbst stand da wie angewurzelt. Sie wusste, dass dies der Wagen war, der sie zu Bruno Weiler gebracht hatte. Hatte der Mann, der Tatjana das Leben genommen hatte, jetzt ihres gerettet?

Brant kam auf sie zu, blieb aber stehen, als er ihren Gesichtsausdruck sah. Durch die getönten Scheiben konnte man nicht hineinschauen, aber als der Wagen langsam anfuhr, wurde das hintere Fenster heruntergelassen.

»Ist alles in Ordnung, Darby?«

Eine Rauchwolke stieg aus dem Fenster und dann sah Darby Bruno Weiler.

»Was macht der in Hallstatt?«, fragte Brant.

»Weißt du, wer das ist?«

»Natürlich. Das ist Minister Johannsen, einer der mächtigsten Männer in Österreich.«

Darby schaute Brant an, dann wieder den Wagen.

Bruno grüßte mit der Hand und die graue Limousine fuhr ab.

Epilog

Darby saß eingeklemmt zwischen Tante Helen und Onkel Marc in einem New Yorker Taxi, das sich durch den Verkehr drängte. »Langsamer«, rief Tante Helen ängstlich, »Sie bringen uns noch alle um.«

Darby lächelte, als sie am Bordstein hielten. Sie war verrückte Taxifahrer inzwischen gewöhnt. Ihre Mutter blieb einen Augenblick auf dem Vordersitz sitzen, bevor sie ausstieg. Als die Türen aufgingen, waren alle sofort vom Lärm der Großstadt umgeben. Hinter ihnen hielt noch ein Taxi und seine Türen wurden stürmisch aufgerissen.

»Tante Darby«, rief ihre Nichte und kam schnell angelaufen, »Kallies Baby-Born-Puppe hat Papas Bein nassgemacht.« Sie hielt die Hand vor den Mund und lachte.

Darby sah die Familie ihrer Schwester geschäftig im Taxi hantieren: Während Kallie langsam ausstieg, suchte Maureen nach Papiertüchern. Dann sah Darby ihre Mutter. Sie stand auf dem Bürgersteig, ohne die vorbeibrausenden Autos oder die blinkenden Lichter der Stadtmitte von New York wahrzunehmen. Sie wartete wie ein ängstliches Kind und suchte mit den Augen in der Menschenmenge. Mit Fotoausrüstung und Stativ unter dem Arm kam Darby näher und legte den anderen Arm um ihre Mutter.

»Und wenn er nicht kommt?«, fragte Carole.

»Er kommt.«

»Ich kenne das. Hier habe ich gewartet – sehr oft. Genau hier, mitten im Lärm, habe ich in der Menge gesucht. Er ist nie zur versprochenen Zeit gekommen.«

»Er hat es nicht gewusst. Jetzt weiß er es.«

Darby betrachtete das lang gezogene Dreieck des Times Square. Es hatte keine Ähnlichkeit mit den altertümlichen Plätzen in Europa. Man könnte es für eine große Verkehrsinsel halten, ständig von einem regen, ja hektischen Verkehr umgeben. Der Times Square war ein Touristenzentrum geworden mit Geschäften, Walt-Disney-Läden, *Good Morning America* und Leuchtreklame an allen Gebäuden. Es roch nach Großstadtstraßen und noch etwas, was von den Würstchenverkäufern kam – nicht nach guten Würstchen, sondern beißend, als wäre ein Teil in einem elektrischen Kocher überhitzt. Dieser Geruch und die Abgase, das war Times Square. Kein Platz für ein romantisches Wiedersehen, wie Gunther und Celia es sich vorgestellt hatten; Gunther hatte seiner jungen Braut 1939 den einzigen Platz in Amerika außer Ellis Island, von dem er gehört hatte, als Treffpunkt genannt. Also war dies der vereinbarte Platz gewesen. Über sechzig Jahre später sollte die Begegnung endlich stattfinden – am 3. April, Gunthers und Celias Hochzeitstag.

Darby hatte erst am Abend vorher mit Brant gesprochen, als er noch in London war und auf den Start seines verspäteten Flugzeugs wartete. Sie wollten den ersten Flug am frühen Morgen nehmen und doch noch pünktlich hier sein. Darby betete, dass es wahr würde, besonders als sie noch einmal das Gesicht ihrer Mutter anschaute.

Kallie und Kellie kamen gerannt und hängten sich an Darbys Jacke.

»Tante Darby, Kellie hat gesagt, ich darf mein Baby Born nicht mehr mitnehmen, weil das mit Papas Bein passiert ist.«

»Kinder, kommt her und bleibt hier«, rief Maureen. Sie liefen eilig zu ihrer Mutter und sie bückte sich und flüsterte ihnen etwas ins Ohr. John wischte immer noch an seinem Hosenbein.

»Wir wollen das anders machen«, sagte Darby zu ihrer Mutter. »Du guckst da auf den großen Bildschirm und ich suche in der Menge. Ich habe ihnen gesagt, wir treffen uns beim Kartenstand. Sie kommen bestimmt. Wenn ich sie sehe, sage ich es dir. Dann kannst du gucken.«

»Das ist vielleicht das Beste. Ich fahre jedes Mal zusammen, wenn ich einen jungen Mann sehe, und denke, es könnte dein Brant sein.«

Jetzt kam Maureen zu Darby. »John kauft den Zwillingen Würstchen und Onkel Marc und Tante Helen gehen mit. Wo sind sie?« Sie kaute an ihrem Fingernagel.

»Sie kommen bestimmt«, sagte Darby. Sie drückte ihrer Schwester beruhigend die Hand, obwohl sie selbst anfing, unruhig zu werden. Was, wenn – was, wenn – was, wenn …? Dann sah sie sie auf der anderen Seite des Platzes. Für kurze Augenblicke sah sie Brants dunkles Haar zwischen den Fremden. Er schob Gunther in einem Rollstuhl durch die Menge.

»Mama«, sagte Darby. Gunther suchte in der Menge und plötzlich trafen sich ihre Blicke. Er hob die Hand und Brant blieb stehen. Dann stand Gunther mühsam aus dem Rollstuhl auf.

Carole rang nach Luft, die Hände vor dem Mund. Tränen liefen ihr übers Gesicht und sie ging ein paar Schritte vorwärts. Darby und Maureen warteten im Hintergrund.

Wie in Zeitlupe gingen sie aufeinander zu und blieben dann dicht voreinander stehen. Auch Darbys Wangen waren feucht, als Gunther Carole in die Arme schloss. Jetzt endlich begegneten sich Vater und Tochter zum ersten Mal.

Auch Maureen wischte sich Tränen ab. »Diese Zeit gehört den beiden. Ich gehe John und die Kinder suchen und komme bald wieder.«

»Bist du sicher?«, fragte Darby, denn sie sah am Gesichtsausdruck ihrer Schwester, wie sie mit ihren Gefühlen kämpfte.

Maureen nickte und ging. Brant half Gunther auf eine Parkbank und kam dann auf Darby zu.

»Ihr habt es geschafft«, sagte sie sanft. Bei den vielen Plänen und ihrer Rückreise nach Amerika hatten sie wochenlang nur wenig Zeit für sich gehabt. Jetzt schloss sich ein Kapitel ihres

Lebens. Was würde das nächste bringen?

»Diesen Tag konnten wir doch nicht verpassen.« Brant zog einen Umschlag aus der Manteltasche. »Ich habe einen Brief vom Museum in Hallstatt mitgebracht. Sie bedanken sich bei deiner Familie, dass ihr die Münzen gespendet habt. Und ich habe auch die endgültige Bestätigung für Tatjanas Gedenktafel in Mauthausen.«

»Alles auf Deutsch, nehme ich an?«

»Natürlich. Weißt du, es wird Zeit, dass du selbst Deutsch lernst.«

»Ich wollte erst sehen, wo ich dann wohne, bevor ich mich für einen Kurs anmelde.«

»Professor Voss und Katrin haben schon einen Kurs in Salzburg für dich ausgesucht. Sie können es kaum abwarten, bis du wiederkommst.«

Darby lächelte. »Darüber müssen wir noch reden.«

»Unter anderem.« Brant umschloss ihre Finger mit seinen.

»Und was, meinst du, ist mit Kaiserin Sissis Brosche passiert?«

»Du bist wirklich gut darin, dass Thema zu wechseln«, sagte Brant kopfschüttelnd. »Wenn Gunther die Brosche nicht gehabt hat, kann sie überall sein. Vielleicht in einer Schweizer Bank oder in einem Tresor in Argentinien. Darum können wir uns später kümmern. Im Augenblick beschäftigt mich nur eine ungelöste Frage.«

»Und welche?«

Brant wandte sich ihr zu und hielt ihre beiden Hände. »Was morgen passiert – und übermorgen.«

Darby warf einen Blick auf ihre Mutter und Gunther. Sie waren in einer eigenen Welt und nahmen nichts wahr, was um sie vorging. Sie redeten mit zusammengesteckten Köpfen und unter vielen Tränen. Auch Darby wischte sich wieder übers Gesicht. Auf einmal hatte sie mitten im Lärm und in der Hektik das Gefühl, als sei jemand da, wie eine verblasste Erinnerung, die wieder auftaucht.

Sie konnte ihr Gesicht nicht sehen, wusste aber sofort: Tatjana. Das Mädchen wartete in einer Gefängniszelle – einer von denen, die Darby in Mauthausen gesehen hatte. Sie beobachtete, wie das Morgenlicht immer heller durch das Zellenfenster schien. Dann, als die Tür aufging, stand Tatjana auf und ging zwischen den Wachen den langen Weg über die gepflasterten Straßen, an Baracken und ängstlichen Blicken vorbei. Man führte sie zu einer Reihe von anderen. Da sah sie neben sich einen Mann, einen Mann mit Narben von Nägeln in den bloßen Füßen. Sie schaute nach oben und sah einen Vogel mit ausgebreiteten Flügeln hoch in den Himmel steigen.

Darby schaute wieder Brant an und lächelte. »Vielleicht haben wir auch noch den Tag danach.«

Anmerkung der Autorin

Der Weg war steil und die Luft frisch, als ich zu der leeren hölzernen Bank über Hallstatt in Österreich hinaufstieg. Erst vor fünf Monaten war ich dort gewesen und hatte mich gefragt, ob ich je wiederkommen würde. Schließlich hatte ich achtzehn Jahre lang von Europa geträumt, ehe ich endlich zum ersten Mal hinkam.

Ich weiß noch genau, wie meine Cousine und ich mit der Landkarte auf dem Fußboden unsere zukünftige Europareise planten. Ich war zehn, sie war vierzehn. Später im Französischunterricht suchten wir günstige Möglichkeiten, Geld zu wechseln, um unsere Träume zu verwirklichen. Nach meiner Heirat kaufte ich ein Buch über *Europa für 50$ am Tag* und war sicher, in ein oder zwei Jahren würden wir hinfahren. Aber es dauerte länger, als ich geplant hatte. Und durch das Warten lernte ich, dass man sich Träume nie wirklich selbst erfüllen kann.

Erst als ich Material für meinen ersten Roman *Ein neuer Frühling* sammelte, betraten mein Mann und ich zum ersten Mal europäischen Boden. Wir flogen nach Amsterdam und fuhren dann mit dem Zug nach Österreich. Jeder Tag war voll erstaunlicher Erlebnisse: Wir erforschten um Mitternacht die Straßen und Paläste von Wien und legten für die Besichtigung eines Salzbergwerks Bergmannskleidung an. Dann waren wir plötzlich wieder zu Hause und ich fragte mich, ob das Ganze nicht ein einziger langer Traum war.

Während ich an meinem Buch arbeitete, ließ mich Österreich nicht los. Ich hatte das Gefühl, genau wie Darby wieder hinfahren zu müssen. Aber war das mein Wunsch oder Gottes

Plan? Und dann war ich zu meinem eigenen Erstaunen wieder in Österreich.

Dieses Mal hatten drei Freundinnen aus der Schulzeit – Katie, Jenna und Shelley – ihre Alltagsroutine unterbrochen, um Österreich mit mir zu erforschen. Sie warteten unten in einem Café, während ich die Stufen über Hallstatt hinaufstieg und, als es anfing Abend zu werden, diese Bank wiederfand. Es war Ostersonntag. In den letzten Monaten hatte ich mir diese Aussicht so oft ins Gedächtnis gerufen, dass sie mir vertraut schien wie ein alter Freund. Ich nahm sie in mich auf, ließ die Erinnerung auf mich wirken und erkannte deutlich, wie Gott auch in den kleinsten Einzelheiten meines Lebens handelt.

Auf dieser Reise bekam ich wieder einen kleinen Einblick in Gottes Sichtweise ... durch einen alten Mann in Hallstatt, der Blätter zusammenrechte, ein altes Ehepaar, das auf dem Friedhof Blumen begoss, und durch eine Frau, die mir erzählte, dass ihr Großvater, ein Nazi, die jüdische Frau seines besten Freundes vor dem fast sicheren Tod gerettet hatte, indem er selbst an ihrer Stelle ins Gefängnis ging. Mit drei Freundinnen stand ich in Salzburg, als die Glocken um Mitternacht Gottes Lob verbreiteten. Ich bin durch Mauthausen und Dachau gegangen – wo Menschen wie ich erlebten, wie ihre Träume zerstört wurden, genauso wie ihr Leben. Als ich diese Türme verließ, wusste ich nicht, wie ich leben sollte mit ihren Erlebnissen und ihrem Schmerz, der auch in mir lebendig war.

Ich bin wieder zu Hause in Nordkalifornien. Aber oft stelle ich mir vor, ich schaute aus dem Fenster und sähe grüne Berghänge und spitze Felsen. Dann sehe ich gepflasterte Fußwege und höre Kirchenglocken läuten. Ich weiß, wo ich zu Hause bin, und ich bekomme kleine Einblicke in meinen weiteren Weg, aber zugleich gibt es Tausende von Kilometern entfernt eine leere Holzbank, die eine besondere Botschaft nur für mich allein enthält. Denn dieser Platz in Hallstatt war mehr als nur eine Bank am Wegrand. An diesen Platz denke ich zurück, wenn ich jetzt meinen Weg nach oben fortsetze. Ich schaue zurück und erinnere mich an das, was ich mir eingeprägt habe: *Cindy, heute hast du einen Augenblick lang Gott selbst gesehen. Vergiss das nicht, wenn du weitergehst.*

Und Sie, meine unbekannten Freunde, die dieses Buch lesen: Manchmal denke ich nach, wer Sie wohl sind. Wie sehen die schweren Zeiten aus, die Sie erleben, und Ihre lang gehegten Träume? Damals, dort auf der Bank, habe ich für Sie gebetet. Und heute bete ich um dasselbe für Sie: dass Gott Ihnen etwas zeigt, was Sie noch nie gesehen haben – vielleicht von Ihrer Hoftür aus oder von einer Klippe am Meer oder – wer weiß? – sogar in Hallstatt in Österreich.

Unruhige Zeiten, hohe Arbeitsanforderungen, Freude und Angst kommen so sicher wie der nächste Herbst und Winter. Aber auch wenn der Weg so steil ist, dass er uns den Atem nimmt, können wir doch weiter aufwärts gehen. In Winterzeiten entdecken wir Gottes Kraft, und wenn der Frühling kommt, erkennen wir, dass wir noch enger mit ihm verbunden sind. Und unterwegs erfüllt Gott Träume – auch solche, die uns gar nicht bewusst waren. Und auf unserem Weg mit ihm erleben wir, dass er unser tiefster Wunsch ist und unsere kleineren Wünsche in seiner Hand hält. Das sollen uns solche prägenden Erlebnisse eigentlich sagen.

Ich wünsche mir, dass Sie und ich die Worte, die uns prägen, auf unserem Weg mitnehmen. Und dass wir oft darauf zurückkommen.

Dank

Alles, was ich bin, habe und tue, kommt von Gott, dem Alpha und Omega.

Ich muss meinen Onkeln John, Chris und Andy danken; sie haben mich an ihren Geschichten, Späßen und Träumen teilhaben lassen.

Oma und Ron: für jahrelange Liebe und Postkarten von bleibendem Wert. Michelle Ower, Alanna Ramsey, Laurie Williams, Kim Shaw, aber auch Sherie Silva, Marian Morgan Hunt und Christi Harrington für dauerhafte Freundschaft. Jon Walker und Tracey Bumpus, die mich ermutigt und mir auch sonst geholfen haben. Den Martinusens, meiner gesamten Familie (Mama Martinusen und allen) gelten mein Dank und meine Liebe und auch Shawn Harman.

Besonders für Hilfe beim Schreiben des Buches:

David: Du gibst so viel und verlangst so wenig. Nichts wäre ohne dich gegangen: gemeinsame Träume, unsere Kinder, die erste Europareise, unser tägliches Frühstück und überhaupt jeder Tag.

Cody, Maddie und Weston: Geschenke vom Himmel an mich, jedes ganz einzigartig und jedes eine große Freude.

Mama und Papa: Sie haben mir mehr gegeben, als ich je erfahren werde. Schade, dass ich nicht ausdrücken kann, was ihr beide mir bedeutet.

Jen: für viele gemeinsame Jahre seit der Zeit von Kiefernzapfen und Burgen – meine leibliche und seelische Schwester.

Tricia Goyer: Denk an unser erstes Mount-Hermon-Schriftstellertreffen, dann lachst du laut. Danke für alle Anrufe über die anderthalbtausend Kilometer und für Ehrlichkeit über mein Schreiben (auch wenn es mir nicht passte).

Katie Martinusen (von der dritten Klasse bis ins Unendliche und noch weiter), Shelley Chittim und Jenna Shelby für eine Freundschaft, die alles mitmacht von Joggen im Regen über nächtelange Gespräche bis zu einer Abenteuerreise nach Österreich!

Meinen Schwestern von One Heart: für so viele Gebete, Lob und Ermutigung, als ich keinen Mut mehr hatte.

Janet Kobobel Grant: für deine Weisheit, Liebe und Freundschaft – aber du bist auch eine großartige Agentin.

Curtis Lundgren und Ramona Cramer Tucker: Verleger und Freunde.

Dem Team von Tyndale House: Bei euch fühle ich mich zu Hause und ihr seid eine fantastische Truppe: Anne, Ken, Travis, Sue, Lorie, Becky, Ron, Justin mit dem tollen Einbandentwurf und alle anderen.

Anne de Graaf: für einen Abschied in Hoek van Holland, der mir viel bedeutet hat.

Robin Jones Gunn: für Anschauungsunterricht in Freundschaft, Elternschaft, Schriftstellerei und noch mehr.

Wendy Lee Nentwig: für eine Freundschaft über große Entfernung.

Marlo Schalesky: für Ehrlichkeit und alles, was wir zusammen gelernt haben.

Joe Evich: für »Schreibsocken«, Kongress-Mitbringsel und gute, langanhaltende Freundschaft.

Familie Wagnleitner (Reinhold, Elisabeth und Anna) für Touren nach Salzburg und zum Mondsee, Maroni, Reinholds Geduld mit meinen vielen Fragen und besonders für herzliche Aufnahme in Österreich. Bestimmt sehen wir uns wieder.

Familie Chittim (Shawn, Shelley, Mike und Deb) und Joe Gazzigli für die Wochenenden im Haus auf dem Mount Shasta. Ohne diese Aufenthalte auf dem Berg wäre ich immer noch beim Schreiben.

Dank an Rudi Haunschmied und Martha Gammer von der Website über Mauthausen und Gusen in Österreich.

Cathy Snider: Der elektrische Kaffeetassenwärmer hat wirklich sehr viel ausgemacht. Damit hast du mir oft spät abends oder am Nachmittagstiefpunkt die Augen offen gehalten.

Dem AUHS-Kreisamt: Ich habe euch alle vermisst, als das Buch fertig war. Danke, dass ich eine Zeit lang an eurem Alltag teilnehmen durfte.

Shelly Gates: für die Geschichten und Kartenstudien, mit denen vor langer Zeit alles angefangen hat.

An meine Freunde in der Kirche, im Bibelkreis und in dieser wunderbaren Schreibwerkstatt (Maxine Cambra und die anderen), die mich ermutigt und mit Gebeten unterstützt haben. Um allen zu danken, die mein Leben mitgestaltet haben, müsste ich noch ein Buch schreiben. Ich hoffe, ihr wisst schon alle, wie wichtig ihr mir seid. Dieses kleine Buch hätte nicht entstehen können, wenn einer von euch gefehlt hätte. Ich kann nur sagen, ich habe für alles, was ich von euch bekommen habe, mein Bestes gegeben.